Max Küng • Fremde Freunde

Max Küng
Fremde Freunde

Roman

KEIN&ABER
POCKET

Ebenfalls von Max Küng:
Wenn du dein Haus verlässt, beginnt das Unglück
Die Rettung der Dinge

Alle Rechte vorbehalten
Copyright © 2021/2022 by Kein & Aber AG Zürich – Berlin
Lektorat: Sara Schindler
Cover: Maurice Ettlin
Satz: Dörlemann Satz, Lemförde
Druck und Bindung: CPI books GmbH, Leck
ISBN 978-3-0369-6153-8
Auch als eBook erhältlich

www.keinundaber.ch

```
        ˙¯∪i ιμισι˙˙
      ˛ιpfelApfelApfelApfeιｒ∖
     ｼfelApfelApfelApfelApfelA｝
    ˊfelApfelApfelApfelApfelApfe
    ApfelApfelApfelApfelApfelApf˛
   pfelApfelApfelApfelApfelApfelｨ
   ｛ApfelApfelApfelApfelApfelApfe
   pfelApfelApfelApfelApfelApfelA
   ApfelApfelApfelApfelApfelApfe
   ｝felApfelApfelApfelApfelApfel/
   ˎpfelApfelApfelApfelApfelApf˙
    ｪlApfelApfelApfelWurmAp˚
     ˋelApfelApfelApfelApfel/
      ˋpfelApfelApfelApfel˚
       ˋpfelApfelApfelAｒ
        ˋｎfelApfel˚
```

Reinhard Döhl, »apfel«, 1965

Inhalt

ERSTER FERIENTAG

La racine · *Die Wurzel*	13
L'arrivée · *Die Ankunft*	18
La douane · *Der Zoll*	25
L'arbre · *Der Baum*	34
La fringale · *Der Kohldampf*	44
Les bonnes conversations · *Die guten Gespräche*	49
L'arrière-pensée · *Der Hintergedanke*	56
Le repas de sang · *Die Blutmahlzeit*	61

ZWEITER FERIENTAG

Le supermarché · *Der Supermarkt*	67
L'héritage francophile · *Das frankophile Erbe*	78
La fissure · *Der Riss*	85
La faiblesse · *Die Schwäche*	93
La boucle · *Die Schlaufe*	101
Bagatelles · *Lappalien*	109
La banane · *Die Banane*	123
Le souffle · *Der Atem*	129
Les courants profonds · *Die Tiefenströme*	135
Les colombes · *Die Tauben*	139
La cloche · *Die Glocke*	148

DRITTER FERIENTAG

La chasse d'eau · *Die Wasserspülung*	157
La Toscane · *Die Toskana*	165
Les pommes · *Die Äpfel*	177
Le potiron · *Der Kürbis*	185
La sincérité · *Die Aufrichtigkeit*	188
Le pont · *Die Brücke*	195
L'élève · *Die Schülerin*	204
La passion · *Die Passion*	214
La forêt · *Der Wald*	221
La baleine à bosse · *Der Buckelwal*	228
Le taux de suicide · *Die Selbstmordrate*	234
Maux de tête · *Kopfschmerzen*	247

VIERTER FERIENTAG

Les indigènes · *Die Eingeborenen*	257
Le patrimoine culturel immatériel · *Das immaterielle Kulturerbe*	266
La priorité · *Die Priorität*	270
Humide et brillante · *Feucht und glänzend*	277
Le jambon · *Der Schinken*	282

FÜNFTER FERIENTAG

La surprise · *Die Überraschung*	293
La rage de dents · *Die Zahnschmerzen*	301
Le lièvre à la Royale · *Der Hase nach königlicher Art*	306
La cidrerie · *Die Mosterei*	313
Le chien · *Der Hund*	323
Sciences et technologies · *Wissenschaft und Technik*	331
La pulpe · *Das Fruchtfleisch*	341
La masculinité toxique · *Die toxische Männlichkeit*	348
Un homme et une femme · *Ein Mann und eine Frau*	358
Le nid · *Das Nest*	365
Le nettoyage · *Die Reinigung*	373

LETZTER FERIENTAG

Une petite musique de nuit · *Eine kleine Nachtmusik*	385
Jeux de détective · *Detektivspiele*	390
Les mesures · *Die Maßnahmen*	396
Mâchoires supérieure et inférieure · *Ober- und Unterkiefer*	404
Le cri · *Der Schrei*	406
La queue de billard · *Der Queue*	412
Lumière bleue · *Blaues Licht*	415
La rosée · *Der Tau*	416
La corde · *Das Tau*	419
Notre-Dame-du-Haut · *Unsere liebe Frau von der Höhe*	426

ERSTER FERIENTAG

La racine
Die Wurzel

Ein Haus. Der Himmel. Ein Baum. Alles spiegelt sich in einer Regenpfütze.

Eine ganze Woche über hatte es geschüttet, gepisst, geschifft. Und wenn der Regen aufhörte, äugten die Menschen misstrauisch in den grauen Himmel und meinten: Bald wird er wiederkommen. Und so war es dann auch. Das Wetter war grässlich in jenen Tagen, als der Sommer aufhörte und der Herbst begann. Die Menschen in der Gegend sagten kopfschüttelnd, als redeten sie über jemand Unverbesserlichen: »*Temps de chien.*«

Man urteilt gerne streng über das Wetter, geht hart mit ihm ins Gericht. Kein Tag vergeht, ohne dass man sich Gedanken darüber macht, ob man will oder nicht. Das Wetter gehört quasi zur Familie; man muss sich mit ihm arrangieren.

Endlich hieß es im Fernsehen, vom Atlantik her ziehe ein Hoch heran. Tatsächlich hörte der Regen auf. Das angekündigte Hoch fegte die Schlechtwetterwolken weg, auch über Saint-Jacques-aux-Bois. Erst wollten die Menschen den Prognosen nicht recht trauen, denn wie oft war man schon enttäuscht worden?

Tatsächlich kam ein Tag ohne einen einzigen Tropfen, dann noch einer. Morgens hing zwar noch Nebel über den Feldern, zum Schneiden dichtes Trüb. Niemals, so dachte man, würden die Sonnenstrahlen gegen diesen zähen Nebel ankommen. Doch noch im Verlauf des Vormittags hatte er sich verzogen, und die Sonne beschien die Landschaft mit ihrem klaren Licht, dass diese wirkte wie frisch gewaschen und abgeledert.

Ein paar Pfützen, sonst erinnert nichts an den Regen. Wie jene, in der sich ein Baum spiegelt, der Himmel, ein Haus. Es ist das letzte Haus an einer selten befahrenen Straße, die Rue de la Tuilerie heißt, obwohl heute weit und breit mehr keine Ziegelei zu sehen ist. Das Dorf, zu dem das Haus gehört – Saint-Jacques-aux-Bois eben, im Nordosten des Landes gelegen –, ist nicht groß, nichts Besonderes, ein Nest, wie tausend andere Käffer auch.

Vor einem halben Jahrhundert gab es noch eine Vielzahl von florierenden Fabriken in der Gegend, Möbelmanufakturen, Glasereien, Gerbereien, irgendwo auch eine Ziegelei. Damals lebten über tausend Menschen in Saint-Jacques-aux-Bois. Heute sind es weniger als die Hälfte, die Leute auf den wie in die Umgebung gewürfelten Höfen und Weilern mit eingerechnet. Viele waren weggezogen, in ein größeres Dorf, eine Stadt oder deren Nähe, dorthin, wo es Arbeit gibt oder wenigstens das Versprechen davon.

In Saint-Jacques-aux-Bois gibt es nicht viele Möglichkeiten, sich den Lebensunterhalt zu verdienen: ein bisschen Landwirtschaft, ein bisschen lokales Gewerbe, aber auch diese Zweige gediehen in den letzten Jahren nicht gerade rosig, und der Blick in die Zukunft verheißt keine Besserung. Niemand zieht her, auch wenn eingangs des Dorfes ein großes Schild aufgestellt wurde, um für Bauland zu werben. Der Quadratmeter ist für neun Euro zu haben, erschlossen und baufertig. Das Werbeplakat blieb trotz seines Versprechens und seiner imposanten Größe wirkungslos, bloß die Witterung scheint sich für es zu interessieren.

Hinter dem Haus beginnt schon bald der Wald, mächtig und dunkel. Die Wiese zwischen Wald und Haus wurde länger nicht mehr gemäht. Eine Mauer trennt sie vom Wald. Sie ist zwar schon halb zerfallen, dennoch hält sie wacker ihre Funktion aufrecht, separiert Wildnis von Zivilisation, trennt als von Menschenhand erbaute Linie aus Stein das Chaos von der Ordnung. Auf der Wiese stehen Bäume, mehr als ein Dutzend, krumm und knorrig. Allesamt Obstbäume von kleinem Wuchs, die Äste teils mit Holzlatten abgestützt, damit sie unter der Last der reifen Früchte nicht bersten.

Nur ein paar Schritte von den Obstbäumen entfernt, direkt vor dem Haus, steht ein anderer Baum: eine mächtige Linde. Sie ist weitaus eleganter als ihre verwilderten Nachbarn und beinahe so groß wie das Haus hoch. Verglichen mit der Linde und ihrem mächtigen Blattwerk wirken die zerzausten Apfelbäume mickrig, schmächtig.

Das Haus ist hundert Jahre alt, sieht jedoch frisch aus, die Mauern wurden vor nicht allzu langer Zeit geweißelt, die Fensterläden leuchtend blau gestrichen.

Entlang des Grundstücks verläuft ein Kanal. Früher war er Teil eines großen Plans gewesen. Man wollte ein bedeutendes Wasserstraßennetz für Frachtkähne anlegen, welches das Mittelmeer mit dem Nordosten des Landes und schlussendlich sogar mit der Ostsee verband, von Arles bis Stettin. Das funktionierte. Der Verkehr zu Wasser prosperierte. Doch dann kamen Eisenbahn und Lastwagen, die Transportrouten änderten sich. Heute sind auf den Kanälen nur noch selten Frachtschiffe unterwegs, es tuckern mehrheitlich gemietete Touristenboote mit leidlich talentierten Freizeitkapitänen am Ruder träge von Schleuse zu Schleuse. Kaum merklich fließt der Kanal dahin. Dunkel verbirgt sein stilles Wasser, was in ihm lebt, treibt und schwebt. Nur dann und wann durchbricht das Maul eines Fisches mit kaum hörbarem Glucksen die Oberfläche, schnappt nach einer Fliege, einer Mücke.

Die Sonne wirft ihr Licht auch auf einen Apfel. Er hängt schwer am kurzen, wulstigen Stiel. Es ist kein Schneewittchenapfel. Er ist nicht prall und knallig rot glänzend, sondern unscheinbar, schüchtern gelb-grün, die Haut von mattem Glanz, auf der der Sonne zugewandten Seite von leiser, orangeroter Färbung, als wäre er ein wenig errötet.

Der Wind lässt die Blätter im Baum rascheln. Träge baumelt der Apfel am elastischen Ast. In der Ferne hört man den scharfen Warnruf eines Greifvogels, das entfernte Bellen von Hunden. Irgendwo beschleunigt ein Motorrad mit giftigem Heulen. Sonst ist es still an diesem Tag am Ende des Sommers, am Anfang des

Herbstes. Bis das feine Knirschen von Kies vernehmbar ist. Kaum ist es verklungen, folgt ein dumpfes »Klonk«. Eindeutig das Zuschlagen einer Autotür, gefolgt von zwei weiteren, beinahe identischen Geräuschen, dann das metallische Klimpern eines Schlüsselbundes. »Da sind wir wieder«, sagt eine Stimme. Es klingt eher wie eine nüchterne Feststellung denn wie ein freudiges Verkünden. Eine Frau hat die Worte gesprochen. Ihnen folgt das Grunzen einer männlichen Stimme, das Zustimmung ausdrücken soll und ebenso unbestimmt klingt.

Der Apfel hängt am Stiel. Der Stiel hängt am Ast. Der Ast führt zum Stamm. Der Stamm steht auf der wilden Wiese und unter der Wiese verlaufen im feuchten, kühlen Dreck weit verzweigt und ungesehen von jedem menschlichen Auge die Wurzeln des Baumes. Dick wie Menschenarme erst, dann dünn wie Finger, am Ende fein wie Haar, verästelt und bis an die Grundmauer des Hauses reichend, wo die Pfütze ist, in der sich der Himmel spiegelt, das Haus, ein Baum. Alsbald wird sie versiegen, um im Boden von den Spitzen der Wurzeln des Baumes aufgesogen zu werden.

Der Apfel fällt zu Boden.

L'arrivée
Die Ankunft

Schwer hingen die Reisetaschen an Jeans Armen. »Verdammt, habt ihr da Plutonium reingepackt?«, sagte er zu niemand Bestimmtem. Er wollte nicht jammern, denn er wusste, jammernde Männer kamen nie gut an. Die Henkel der Taschen schnitten ihm in die Handflächen, er tat Schritt um Schritt, stellte die Taschen vor der Haustüre ab und ging zurück zum Wagen, dessen Metallic-Lack in der Mittagssonne schillerte wie der Panzer eines Waldlaufkäfers. Zwei weitere Reisetaschen lud er aus dem Gepäckraum, zudem einen voluminösen Hartschalenkoffer. Als er Laurent mit nichts als dem iPad in den Händen und auch noch ohne Schuhe an den Füßen zum Haus schlurfen sah, blaffte er seinen Sohn an, ob er sich nicht auch beteiligen wolle am Unvermeidbaren, dem Hereintragen des Gepäcks, denn das gehöre schließlich dazu, wenn es »dem Monsieur« zumutbar und nicht zu viel verlangt wäre, vielleicht, bitte, ja? Laurent bemühte sich um eine mitleiderweckende Miene, als er seinen Vater anblickte und mit dünner Stimme sagte, ihm sei schlecht, von der Autofahrt, so richtig kotzübel. In der Tat wirkte er fahl im Gesicht. Sein Vater wollte eben anmerken, das käme halt davon, wenn man während der Autofahrt die ganze Zeit in diese elektronischen Geräte starrte, anstatt – so wie er es ihm wiederholt geraten hatte – aus dem Fenster zu schauen. Jean hatte den Mund schon geöffnet, die erste Silbe lag ihm schon auf der Zunge, da hörte er Jacqueline rufen. »Leg dich drinnen aufs Sofa, Schatz!«

Es klang fürsorglich, versöhnlich.

»Danke, Mama«, sagte Laurent matt und müde.

Jean schloss seinen Mund, verzog das Gesicht und dachte, danke. So viel zum Thema »Erziehung auf einer Linie«.

Jacqueline mühte sich mit dem Schloss der Dachbox ab, sah Jean an und fragte mit vor Anstrengung verkniffenem Gesicht, ob er ihr nicht helfen könne mit dem verfluchten Ding.

»Ja«, erwiderte Jean ohne übermäßige Begeisterung, die Taschen in seinen Händen zogen ihn zum Erdmittelpunkt hinab. Er empfand es als doch einigermaßen seltsam, dass er so viel Schwere und Last empfinden musste, jetzt, am Anfang der Ferien. Ferien sollten doch Leichtigkeit sein. Ein Zustand des Schwebens. Luftiges Dasein. Glück. Deshalb hatten sie schließlich das Haus gekauft, hier in Saint-Jacques-aux-Bois. Damit sie ohne große Mühe in die Ferien fahren konnten. Das war die Idee gewesen: Spontan und ohne sich groß Gedanken machen zu müssen einfach zu Hause ins Auto klettern, gemütlich nach Frankreich kutschieren, ankommen, aussteigen, genießen! Es war nicht weniger als die Erfüllung eines Traums, ein Haus sein Eigen zu nennen, das man ohne Aufwand nutzen konnte, wo die Vorratsschränke voll waren, wo es warme Kleider gab für kühle Tage und einen Satz Badeklamotten für den Sommer. Und ein Paar Gummistiefel für den seltenen Fall, dass es einmal regnen sollte (so hatte er gescherzt, leider aber sollte sich das mit dem Regen als ganz und gar nicht so seltener Fall herausstellen, sondern als ausgesprochen nasse Regelmäßigkeit). Ein Haus, um »einfach zu *sein*«, wie Jean gerne sagte. Es gab noch andere Dinge, die Jean gerne sagte, wenn er von ihrem Haus erzählte, voller Stolz und mit entrücktem Lächeln, etwa: »Unser Second-House«. Und Jacqueline echote dann. »Second-House« war ein Begriff, der ihr gefiel. Was konnte man vom Dasein auf Erden mehr erwarten, als eine eigene Firma zu gründen, Kinder in die Welt zu setzen und ein Ferienhaus zu besitzen? Damit war für ein Leben schon viel erreicht, wenn nicht gar alles – wenigstens für Menschen knapp vor oder nach dem fünfzigsten Lebensjahr.

Die Realität jedoch sollte sich als etwas anders geartet herausstellen. Und so luden sie ihren Renault Espace jedes Mal voll bis unters Dach, wenn sie sich auf den Weg machten. Es war unglaublich, was alles mit in die Ferien musste, zwingend, dringend: Skateboards, Inlineskates, Fahrräder und Stand-up-Paddling-Bretter, große Kisten mit Gesellschaftsspielen (die mit schöner Regelmäßigkeit am Ende der Ferien unberührt wieder ins Auto eingeladen wurden), Jacquelines Puzzles, ihre Frühstücksflocken, die Hasen samt Futter und Streu. Auch wenn sie bloß für ein Wochenende fuhren, kam es Jean vor, als würden sie zu einer über alle Kontinente führenden Reise um die Erde aufbrechen.

Verdammt, dachte Jean, sagte aber nichts, bemühte sich, keine schlechten Vibes zu verbreiten, denn er wusste, dass es für alle nicht einfach war. Das Packen, das Einladen, die Abfahrt, die Reise, die Ankunft, die Trennung vom trauten Heim, der Aufbruch in ein zwar nicht gerade exotisch-fernes, aber doch fremdes Land. All das bedeutete Stress. Nicht selten kam es ihm vor, als bräuchte er den größten Teil der Ferien dazu, sich vom Stress zu erholen, den die Reiserei verursacht hatte, um dann, wenn er endlich an einem Punkt angelangt war, den man entfernt als so etwas wie »erholt« nennen konnte, wieder zu packen und die Heimreise anzutreten, die ihm jeweils noch anstrengender vorkam als die Anreise. Denn man konnte ja nicht einfach mir nichts, dir nichts wieder ins Auto steigen und abdüsen, sondern musste das Haus putzen, die Betten abziehen, den Kühlschrank ausräumen, die Heizung runterdrehen und kontrollieren, ob wirklich alle Türen und Fenster verschlossen waren. Zwar hatten sie eine Frau aus dem Dorf, die sich um die Tiefenreinigung kümmerte. Trotzdem, man musste, musste, musste! Was für ein Leben.

»Klemmt«, sagte Jacqueline knapp, als sich Jean an der Dachreling in die Höhe zog, um sich das Problem mit der Transportbox anzusehen, die wie ein grauer Sarg über dem Autodach schwebte. Es war zweifelsohne ein hässliches Ding, aber nützlich, so wie es eben hässlichen Dingen oft zu eigen zu sein scheint.

Die Gäste würden in zwei, drei Stunden ankommen. Bis dahin hätten Jacqueline und Jean genügend Zeit, das Gepäck zu verstauen, das Haus vorzubereiten, Licht und Luft hereinzulassen, die Betten frisch zu beziehen, Frottiertücher in die Bäder zu legen, vielleicht schnell noch mit dem Besen durch die Zimmer zu huschen und die toten Fliegen auf dem Boden wegzufegen. Die toten Fliegen, wo die immer herkamen? Einmal war der Boden schwarz vor geflügelter Leichen. Jacqueline hatte einen spitzen Schrei ausgestoßen, als sie die Türe zu jenem Zimmer unter dem Dach geöffnet hatte. Jean aber hatte bloß mit der Schulter gezuckt und kurzerhand persönlich die Bestattung per Besen besorgt.

Jacqueline würde auf der Wiese einen Strauß Herbstblumen pflücken – etwas, das sie liebte – und den feinen, zarten Strauß im alten Mostkrug auf den Tisch stellen. Sie würde einen kleinen Imbiss herrichten für die sicherlich hungrigen Ankömmlinge. Im Weinkühler stünde eine Flasche Grüner Veltliner, ihr Hauswein, den sie kistenweise von zu Hause mitbrachten, da Jacqueline der hiesige nicht zusagte. Ja, alles wäre parat und ganz wunderbar, wenn ihre Gäste einträfen.

Jean machte sich weiter an der Dachbox zu schaffen. Er fluchte nicht, obwohl ihm danach war; das verdammte Schloss der Dachbox ließ sich einfach nicht öffnen. Er fluchte nicht, da er nicht wollte, dass Jacqueline ihn mit ihrem Ich-hab-dir-doch-gesagt-die-Dachbox-taugt-nichts!-Blick ansah. Sie stand neben dem Wagen, die Arme verschränkt, schaute streng zu ihm hoch. Er schob die Zunge in den Mundwinkel, zog den Schlüssel aus dem Schloss, schob ihn erneut hinein, drehte sachte, mit Gefühl und forschend, erst in die eine, dann in die andere Richtung, dann mit so viel Kraft, dass er die im Mundwinkel geparkte Zunge zurückziehen musste, damit er sie nicht blutig biss.

Es war ein helles Geräusch, das erklang, als der Schlüssel brach, der Bart im Schloss stecken blieb. Jean fluchte leise, als er betrachtete, was er zwischen Daumen und Zeigefinger hielt, klein und silbrig glänzend: ein halber Schlüssel.

»Was ist passiert?«, rief Jacqueline.

»Hm«, murmelte Jean, den bartlosen Schlüssel in seinen Fingern, »abgebrochen.«

Jacqueline erwiderte nichts, aber Jean sah, dass sie nun doch ihren Ich-hab-dir-doch-gesagt-die-Dachbox-taugt-nichts!-Blick aufgesetzt hatte.

»Kein Problem«, meinte Jean. »Ich habe ja noch einen Ersatzschlüssel.«

»Aber, wenn er abgebrochen ist, steckt ja ein Teil des Schlüssels im Schloss, dann bekommst du den Zweitschlüssel nicht rein.«

Richtig, dachte Jean, aber er sagte, während er herunterstieg und den kaputten Schlüssel in seine Hosentasche steckte, ihn verschwinden ließ wie ein korrupter Polizist ein zu unterschlagendes Beweisstück: »Ich krieg den schon raus. Du musst dir deswegen nicht deinen hübschen Kopf zerbrechen. Das übernehme ich. Kein Problem, das Jean nicht lösen könnte, oder? Bringen wir erst mal den Rest rein. Um die Dachbox kümmere ich mich später.«

Jacqueline bedachte ihn nun mit einem anderen Blick. Es war der Ich-weiß-was-das-heißt-wenn-dusagst-ich-kümmere-mich-später-drum-Blick, eine Mischung aus Warnung und vorweggenommener Enttäuschung. Kaum hatte sich Jean nach den zuvor am Boden deponierten Taschen gebückt, sie ächzend gehoben und »Es *muss* Plutonium sein« gestöhnt, da hörten sie ein Hupen. Ein Wagen fuhr vor.

Es war ein Toyota Prius mit Schweizer Nummernschild. Am Steuer saß schmal grinsend Bernhard, neben ihm breit lächelnd Veronika, die Augen hinter einer riesigen Sonnenbrille verborgen. Zum offenen Fenster im Fond heraus winkte eine Hand, die Denis gehören musste.

»Viel zu früh … sie sind viel zu früh …«, rief Jacqueline und lachte auf. Jean hörte keine Freude im Lachen seiner Frau, es klang eher nach Besorgnis.

Er ließ die Taschen erneut fallen und hob die rechte Hand zum Gruß. »Dann mögen die Ferien beginnen«, sagte er leise.

La douane
Der Zoll

Filipp hatte den Wagen für ihre Reise nach Frankreich online bei einer Carsharing-Firma gebucht. Die Auswahl an Fahrzeugen war erstaunlich und auch etwas überfordernd. Sollte er auf radikal spartanisch machen und einen Wagen aus der »Micro«-Klasse buchen? Zu klein! Brauchten sie einen Wagen aus der »Minivan«-Kategorie? Zu groß! Ein »Cabrio«? Er lachte kurz auf.

Schließlich buchte er einen Honda Jazz Hybrid aus der Kategorie »Economy«, denn den Jazz hatte er immer schon gemocht. Außerdem war dieser Honda sensationell umweltfreundlich – wenn ein Auto überhaupt umweltfreundlich sein konnte. Als Filipp am Tag der Abreise damit vorfuhr, stöhnte Quentin auf.

»Du hast echt das hässlichste Auto auf der ganzen Welt ausgesucht.«

»Lass dich nicht von seinem Äußeren täuschen, es kommt auf die inneren Werte an«, erwiderte Filipp.

»So wie bei dir?«, entgegnete Quentin.

Filipp musterte seinen Sohn prüfend, sah, dass er fies grinste. Eine Neckerei. Er liebte Neckereien. Also gab er ihm in schneller Abfolge drei – »Biff! Bam! Pow!« – angedeutete Faustschläge in die Bauchgegend. Quentin spielte mit, stöhnte auf, krümmte sich theatralisch, wich zurück, ächzte, lachte.

Es war Gena, Filipps fünfzehnjährige Tochter, die er sagen hörte: »Habt ihr's lustig?«

Aus ihrem Mund klang es nicht freundlich, sondern genervt, sie schien peinlich berührt, ihren Vater und Bruder bei diesem kindischen Theater ertappt zu haben. Filipp richtete sich auf, legte den Kopf etwas schief, als er seine Tochter ansah.

»Alles klar, Gena? Wirst du zurechtkommen?«

Sie zog eine Schnute. Selbstverständlich würde sie zurechtkommen.

»Mama hat gesagt, das Gepäck sei bereit.«

»Dann wollen wir das Gepäck mal holen, wenn Mama das sagt!« Filipp nickte Quentin zu, deutete eine Bewegung an, als hole er zum ultimativen Hulk-Schlag aus, dann stoben sie lachend davon. Gena rief ihnen nach, aber ohne Vehemenz oder Dringlichkeit, einfach so, damit es gesagt war: »Ihr seid echt peinlich, wisst ihr das?«

Gena würde zu Hause bleiben, während die anderen ein paar Tage nach Frankreich fuhren. So hatten sie es ausgemacht. Gena hätte mitfahren können, sie wollte aber nicht.

»Ich und die drei Idioten?«, hatte sie zu Salome gesagt, als diese sie gefragt hatte.

Gena stand im Badezimmer und untersuchte die Spitzen ihrer langen, dunkelblonden Haare.

»Nein danke!«

Mit den drei Idioten meinte sie ihren Bruder Quentin und dessen beide Freunde Laurent und Denis. Oft hingen die zusammen in der Wohnung ab, taten, was Zwölfjährige tun: Erdnussflips aus der Tüte essen, die Hälfte auf dem Boden verstreuen, Zocken, Müll erzählen, blöd kichern, behämmerte YouTube-Videos glotzen, hundert Mal »Geil, Alter!« sagen, komisch riechen, ihr auf die Nerven gehen.

»Ich habe jetzt alles gepackt«, sagte Salome, die abwesend im Flur stand, wie hypnotisiert. In Gedanken ging sie den Inhalt aller Gepäckstücke noch einmal durch. Das Packen war ihr Zuständigkeitsbereich. Filipp war darin nicht besonders gut, genauer gesagt war seine Nonchalance diesbezüglich nicht kompatibel mit ihrer zuverlässigen und verbindlichen Art. Er war der festen Überzeugung, dass alles, was man für die Ferien brauchte, die Kreditkarte, die Sonnenbrille und eine Badehose sei.

Hatte sie Quentins Asthmaspray dabei? Ja.

Das Buch über diese berühmte Kapelle, die ganz in der Nähe lag und die sie schon seit Langem unbedingt besuchen wollte? Ja.

Die Elektrozahnbürsten? Ja.

Die Ladestation zu den Elektrozahnbürsten? Ja.

Ersatzaufsätze für die Elektrozahnbürsten? Ja.

Den Beutel mit den Steckdosenadaptern? Ja.

Ihre Thermosflasche? Ja.

Die Badesachen? Ja, auch die hatte sie eingepackt.

Als Jacqueline am Telefon gesagt hatte, sie sollen unbedingt die Badesachen mitnehmen, es gäbe einen

Kanal vor dem Haus, in dem man prima schwimmen könne, gingen bei Salome sofort die Warnlichter an. Gewässer, in denen gebadet werden konnte, waren vor allem eines: potenzielle Gefahrenzonen. Hörte sie das Wort »Wasser«, dachte sie an Strudel, tückische Strömungen, Tod durch Ertrinken. Trotzdem hatte sie die Badehosen für Quentin und Filipp eingepackt. Ihren Badeanzug aber nicht, den würde sie mit Sicherheit nicht brauchen.

Sie herzte Gena, die es mit einem stoisch ertragenen Schauer des Ekels über sich ergehen ließ. Aber als ihr die Umarmung zu lange dauerte, stöhnte sie: »Ist ja gut, Mama«, und machte sich von ihr los, ging davon. Nicht ohne Kummer blickte Salome ihrer Tochter nach. Gena schlidderte gerade in ein schwieriges Alter. Früher war sie ein so pflegeleichtes Kind gewesen, folgsam und lieb, fleißig in der Schule, nie hatte sie Probleme bereitet. Ganz im Gegensatz zu ihrem Bruder, der rebellisch und darauf bedacht gewesen war, immer das Gegenteil von dem zu tun, was von ihm verlangt wurde, impulsiv, auf Krawall gebürstet. Nun aber schienen sich die Launen der Kinder gekreuzt zu haben und sich in entgegengesetzter Richtung wieder voneinander zu entfernen. Je älter Quentin wurde, desto vernünftiger, angenehmer und sanfter schien er Salome. Gena hingegen war zunehmend schwierig geworden, unberechenbar, streitlustig, zickig. Noch keine drei Wochen war es her, als Gena ihr im Streit etwas so Furchtbares an den Kopf geworfen hatte, etwas so unerhört Böses – »Du dumme Fotze!« –, dass Salome die Hand ausgerutscht war ... was ihr sogleich furchtbar leidgetan hatte. Es war nun eine für sie emotional nicht einfache, aber für die Beziehung zueinander sicher sinnvolle Sache, in diesen Ferien auch ein bisschen Ferien voneinander zu machen, die Elastizität der Familienbande zu dehnen. Mädchen im Teenageralter waren gnadenlos den hormonell bedingten Stürmen der Gehirnchemie ausgeliefert. Noch schlimmer war es dabei für Salome, dass sie selbst sich gerade ebenfalls veränderte, auch launischer war seit ein paar Monaten, niedergeschlagener, aus heiterem Himmel, grundlos. Sie spürte, sie verließ die Zone, in die Gena nun eintrat. Gena wurde vom Mädchen zur Frau; und sie, Salome, wurde von der Frau zu was? Zur alten Schachtel?

Bald waren sie auf der Autobahn, ließen die Stadt hinter sich, drangen ein in den äußeren Asteroiden-Gürtel der Vorstadtsiedlungen. Filipp fummelte am Autoradio herum, schaute, ob sie schon in das Sendegebiet von Kanal K gekommen waren. Plötzlich schrie Salome laut auf. Filipp zuckte zusammen.

»Verdammt, was ist denn los?«, rief er.

Er klang echt genervt, was daran lag, dass er echt genervt war, sich so erschreckt hatte.

»Schrei doch nicht so, ich wär fast in die Leitplanke gefahren! Was ist denn los?!«

»Ich habe Quentins Ausweis vergessen!«, rief Salome und stöhnte auf. Seit ihrer Abfahrt hatte sie kein Wort gesagt, sondern war in Gedanken abermals die imaginäre Checkliste ihres Gepäcks durchgegangen.

Einen Moment herrschte Schweigen im Wagen, man hörte nur das hohle Dröhnen der Reifen, das Brummen des kleinhubraumigen Motors und das Gedudel aus den billigen Lautsprechern, dann sagte Salome: »Verdammt, wie konnte mir das passieren?«

Und ja, tatsächlich war das eine berechtigte Frage, wie konnte *ihr* das passieren? An alles hatte sie gedacht, so wie immer, an *alles*, sogar an die Zeckenzange und das Etui mit dem Reiseflickzeug – bloß nicht an den Ausweis ihres Sohnes.

»Gemach, gemach«, sagte Filipp mit lauter, aber ruhiger Stimme, den Blick weiterhin konzentriert auf die Straße und den darauf fließenden Verkehr gerichtet, »was ist daran so schlimm?«

Salome blickte Filipp an und äffte ihn nach.

»Was ist daran so schlimm? Ich sag dir, was daran so schlimm ist: Wir reisen in ein anderes Land! Und wenn man in ein anderes Land reist, muss man seinen Ausweis dabeihaben.«

Die Musik ging ihr auf die Nerven, sie schaltete das Autoradio aus. Wieder machte sich Schweigen im Wagen breit, bis sie kopfschüttelnd wiederholte: »Wie konnte mir das passieren?«

Filipp nickte bedächtig und sagte sanft: »Easy, Salome. Wer braucht schon Ausweise? Wir leben im 21. Jahrhundert, in Europa, da werden die Grenzen nicht mehr bewacht. Schon mal was von Personenfreizügigkeit gehört? Vom Schengenabkommen?«

Er warf ihr einen Seitenblick zu. Sie schaute wie versteinert geradeaus. Ein Tunnel verschluckte sie.

»Wir müssen den Ausweis holen«, sagte Salome entschlossen, als hätte sie Filipp gar nicht zugehört.

Der erwiderte: »Sag mal, hast du mir nicht zugehört? Wir fahren sicher nicht zurück. Wir brauchen den Ausweis nicht.«

Salome schwieg, innerlich mit sich ringend, unsicher. Stimmte das? Filipp schaltete das Radio wieder an.

»So geil! Tame Impala! So eine geile Band, hört mal!«

Er grinste breit, drehte den Song lauter, und nach hinten zu Quentin gewandt rief er: »Zieh dir das rein! *Das* ist Musik!«

Es war einer seiner pädagogischen Grundpfeiler, seinem Sohn wahre Kultur in den allgegenwärtigen und unausweichlichen Pop-Brei des Alltags zu mengen – schon als Kleinkind kam Quentin in den Genuss von reichlich Miles Davies und Thelonious Monk und anstatt *Findet Nemo* gabs an den Kindergeburtstagen Buster-Keaton-Filme. Doch nun hatte der Junge seine Kopfhörer auf den Ohren und stierte in die Nintendo Switch, ganz und gar verloren im Sog eines Spiels. Filipp ließ sich durch die kindliche Ignoranz seine gute Laune nicht verderben, nickte im Rhythmus des Songs, setzte den Blinker zum Überholen und beschleunigte.

»In zweieinhalb Stunden sind wir da«, sagte er. Niemand im Wagen erwiderte etwas. Als der Song im Radio zu Ende war, begann ein neuer.

Vierzig Minuten später überquerten sie den Rhein. Auf Anhieb erwischten sie die richtige Ausfahrt Richtung Frankreich, kamen zum Zollübergang, wo sie von einem Grenzwächter angehalten wurden. Nein, sagte Filipp in seinem besten Französisch, das nicht gerade gut war, aber bis dahin gereicht hatte, um etwa in Paris bei Chez Omar an der Rue de Bretagne ein Couscous zu bestellen oder am Ticketschalter des Centre Pompidou Eintrittstickets zu lösen, für ihren Sohn hätten sie keinen Ausweis dabei, nein, aber er sei wirklich sein leiblicher Sohn, das könne er ihm glauben.

Er wusste nicht, was »wie aus dem Gesicht geschnitten« auf Französisch hieß, also sagte er bloß »la tête« und »comme coupée«, den Rest erledigten seine an der Schauspielschule ausgebildeten Hände mit ihren ausdrucksstarken Fingern.

Gab es Dinge, die Filipp mit seinem Charme nicht meistern konnte?

Ja, die gab es. Und so waren sie bald wieder unterwegs, aber in die entgegengesetzte Richtung.

Es entstand ein kurzer interfamiliärer Disput darüber, ob man einfach einen anderen Zollübergang nehmen sollte. Salome setzte sich schließlich durch, Filipp gab nach, schweigend fuhren sie zurück. Salome holte Quentins Ausweis und, weil sie gerade in der Wohnung war, auch gleich noch das Buch, das sie eigentlich nicht hatte mitnehmen wollen, da es so dick war, so schwer. Vielleicht hätte sie ja tatsächlich Muße und Zeit in den kommenden Tagen, darin zu lesen. Es war doch immer gut, in den Ferien ein Buch dabeizuhaben, um damit die Langeweile totschlagen zu können, falls sie aufkäme.

Auch auf der erneuten Fahrt Richtung Basel sprachen sie wenig, das Radio blieb diesmal stumm, aber als Filipp wieder den Blinker zur Abzweigung nach Frankreich setzte, sagte er bitter grinsend: »Und täglich grüßt das Murmeltier.«

Salome schwieg.

Sie fuhren an denselben Zollübergang heran, an dem sie zuvor passieren wollten. Niemand war zu sehen, das Zollhäuschen verwaist und sie fuhren über die Landesgrenze, ohne dass sie überhaupt einen Uniformierten zu Gesicht bekamen.

»Diese Arschlöcher«, sagte Filipp leise und schüttelte ungläubig den Kopf. Und als sie schon französischen Boden unter den Rädern hatten, Filipp den Honda Jazz auf die erlaubten 130 km/h und dann darüber hinaus beschleunigte, sagte er noch einmal leise »diese Arschlöcher«.

Salome spähte auf den Tacho.

»Du fährst zu schnell«, sagte sie.

»Wir sind in Frankreich, da fahren alle zu schnell. Das gehört zum hiesigen Lebensstil. Zum ...« Filipp dachte nach, suchte nach dem passenden Begriff, da fiel er ihm ein: »... *savoir-faire!*«

Grell und kurz war das Licht, das aus dem Kasten am Straßenrand herausblitzte, dem Kasten, der ein Foto des roten Autos machte, mit einem Fahrer hinter dem Lenkrad, der grinste. Ein Grinsen, das eine Sekunde später erstorben war.

L'arbre
Der Baum

»Meinst du?«, fragte Jacqueline. »Aber sicher«, entgegnete Veronika betont locker, »das mach ich gerne.« Sie lächelte. Jacqueline sah Veronikas Zahnlücke zwischen den Schneidezähnen. War ihr bis dahin gar nicht aufgefallen. Und groß war diese Frau! Überragte Jacqueline gut und gerne um einen Kopf, brachte aber sicherlich trotzdem ein paar gewichtige Kilos weniger auf die Waage.

Nicht ohne Widerwillen übergab Jacqueline den Stapel mit den Bettbezügen, Laken und der Frotteewäsche ihrem Gast. So war es nicht gedacht gewesen. Bernhard und Veronika waren viel zu früh angereist. Vier Uhr nachmittags war ausgemacht gewesen, nun war es erst halb drei. Sie fühlte sich überrumpelt.

»Gut«, sagte Jacqueline, »dann lass ich dich.« Sie lächelte und legte die Hand sanft an Veronikas Schulter. »Bis später. Und wenn du etwas brauchst, ruf mich einfach.«

»Danke, Jacqueline. Und danke überhaupt. Für alles. Für die Einladung. Dass wir hier sein dürfen. Das ist sehr großzügig von euch!«

»Gern geschehen. Dafür hat man ja schließlich Freunde! Und ein Haus!«

Die Treppe knarzte, als Jacqueline hinunterstieg. Dann kehrte Ruhe ein in dem Zimmer, in dem Veronika nun alleine stand. Nein, mehr als Ruhe, eine Stille, wie sie sie schon lange nicht mehr erlebt hatte. Veronika legte den Stapel mit der Wäsche auf die noch unbezogenen Matratzen, die einen ordentlichen Eindruck machten, ohne die sonst übliche Fleckenhistorie menschlicher Absonderungen waren. Veronika trat an das Fenster und öffnete es. Der Blick ging auf den Kanal. Sie hörte das Gezwitscher von Vögeln, die im großen Baum vor dem Haus ihre Dinge verhandelten. Es war eine betörende Landschaft, in die sie da blickte. Nichts, was sie sah, schien von Menschenhand erschaffen, kein hässliches Einfamilienhaus, keine Handy-Antenne, kein Geräteschuppen. Es war, als hätte sie nicht das offene Fenster eines Hauses vor Augen, sondern ein Gemälde, das ein Idyll in hundert Grüntönen zeigte.

Dann ertönte ein fernes Brummen, das langsam lauter wurde. Sie trat näher an das Fenster. Ein Boot fuhr heran, eine Art Hausboot, fast so breit wie der Kanal selbst, gemächlich zog es vorbei.

Zwar war der Kanal künstlich, angelegt von Händen und Maschinen, erdacht von Köpfen mit wirtschaftlichen und politischen Interessen und Zielen, aber er war schon vor so vielen Jahren ausgebaggert worden, dass er nun mit der Landschaft verschmolz, die Natur sich ihn einverleibt hatte.

So war sie, die Natur: geduldig und schlussendlich immer obsiegend. Der Mensch dachte in Jahren; eventuell in Jahrzehnten, wenn er weise war. Für die Natur jedoch waren hundert Jahre bloß ein Wimpernschlag.

Veronika ließ das Fenster offen, wandte sich um. Das Zimmer verströmte einen behaglichen Charme, die Wände waren in einem bläulichen Grünton gestrichen, eine dunkelholzige Spiegelkommode mit verschnörkelten Details stand in der Ecke. Sie zog an einem der Griffe, die Schublade war leer und mit Wachspapier ausgeschlagen. Sie ließ sie offen, um später ihre Kleider einzuräumen. Neben dem geschwungenen Holzbein der Kommode sah sie eine Fliege, auf dem Rücken liegend. Mit dem Fuß wischte Veronika das tote Insekt unter die Kommode.

Sie ließ ihren Blick durch den Raum schweifen. Ein Korbstuhl, zwei Einzelbetten. »Leider kein Kingsize-Doppelbett«, hatte Jacqueline entschuldigend gesagt und sogleich darauf hingewiesen, dass sie dafür aber das hellste Zimmer hätten, mit am meisten Morgensonne.

Zum Glück, hatte Veronika gedacht, wobei sich das nicht auf die Morgensonne, sondern auf die getrennten Betten bezog.

Jacqueline hatte Bernhard und Veronika zuvor durch das Haus geführt. Es war in der Tat beeindruckend. Sie hatten es bereits von außen bewundert, man sah ihm seine Schönheit schon vom Parkplatz aus an, aber erst als sie gemäßigten Schrittes von Raum zu Raum gingen, offenbarte sich seine wahre Größe. Man betrat es vom gekiesten Parkplatz, kam in ein luftiges Entree mit einem gekachelten Schachbrettboden, gelangte durch einen langen Flur in das großzügige Esszimmer mit einem massiven Marmortisch. Alte Plakate zierten die Wände, ein großer, altersblinder Spiegel mit goldenem Rahmen hing über einem kleinen Sideboard, welches ein Altar der liebsten Dinge war: Krimskrams, ein blauer Papagei aus Porzellan, alte Arzneimittelflaschen, Aschenbecher mit Werbemotiven von alkoholhaltigen Aperitifgetränken, die seit Dekaden schon vom Markt verschwunden waren.

»Eklektizistisch!«, hatte Veronika gesagt, während sie eine imposante Ansammlung von Duftkerzen studierte, woraufhin Jacqueline sie mit einem fragenden Lächeln bedacht hatte. »Sehr schön eingerichtet«, sagte Veronika schnell, ließ es wohlwollend klingen.

Ja, jemand hatte sichtlich viel Zeit und Liebe in die Dekoration der Räume gesteckt. Vielleicht etwas zu viel, dachte Veronika.

An das Esszimmer angeschlossen war der Salon mit einem ausladenden Sofa, zwei identischen Eames-Lounge-Chairs mit Ottomanen und einem Kamin, der so aussah, als sei er eine Weile schon nicht mehr benutzt worden. Über dem Kamin hing ein kurioses Ding, Veronika hatte ein fragendes Gesicht gemacht.

»Was ist denn das für ein Monstrum?«

In der Tat war dieses Ding seltsam anzusehen, ein schwarzes Gestänge aus Eisen mit schartigen, zackigen Zähnen, nicht unähnlich einem gewaltigen rostigen Haifischgebiss.

»Das war Jeans Idee«, hatte Jacqueline gesagt und die Augen verdreht.

Just in dem Moment war der hinzugetreten.

»Ein altes Tellereisen. Mit solchen Fallen hat man früher Bären gejagt. Und Wölfe. Hab das Prunkstück in einem Trödelladen in Luxeuil gefunden. Musste ganz schön feilschen!« Noch eine Weile bestaunten sie das Tellereisen, dann gingen sie weiter.

Die Küche befand sich gleich nebenan. Bernhard pfiff anerkennend, als sie eingetreten waren. Der Ausbaustandard dieser Küche ließ keine Zweifel an der Ernsthaftigkeit der Absichten dessen, der sie geplant hatte.

Auch an elektrischen und mechanischen Küchenhilfen mangelte es nicht, eine massige Berkel-Wurstschneidemaschine war ebenso zu finden wie eine imposante Espressomaschine mit so vielen Anzeigen, Schaltern, Hebeln und schwenkbaren Dampfdüsen, dass sie ebenso in das Labor eines verrückten Wissenschaftlers gepasst hätte. »Haushaltsgeräte, *mon amour*!«, hatte Jean gesagt, die Schultern entschuldigend gehoben und gegrinst.

Auf zwei Stockwerken darüber verteilten sich die Schlafzimmer, je vier pro Etage sowie zwei Badezimmer, die sowohl vom Flur wie auch durch schmale Türen von den angrenzenden Zimmern aus zugänglich waren. Die Decken waren hoch und reich an Stuckverzierungen. Alles verströmte eine nicht zu ferne aber dennoch wirksame Exotik. Es war für Veronika nicht ohne Reiz, ein fremdes Haus zu erkunden, von Raum zu Raum zu gehen, all die Dinge zu entdecken, die ein solches Haus ausmachten, das unbestreitbar eine Geschichte besaß, ein Leben und sicherlich auch das eine oder andere Geheimnis. Doch sie hätte das Haus anders eingerichtet, ganz anders.

Jacqueline hatte erzählt, das Haus sei kurz vor der Jahrhundertwende erbaut worden, von einem Kapitän, der die Meere der Welt bereist und sich dann hier in seiner alten Heimat zur Ruhe gesetzt habe.

»Kommt mit, ich zeig euch den wahren Star hier: den Garten.« Stolz lächelnd führte Jacqueline ihre Gäste aus dem Haus.

Und in der Tat, in diesem Garten musste man sich schlagartig wohlfühlen, romantisch, wie er war, wild und einladend ausladend, einfach wunderbar.

»Boccia!«, hatte Bernhard gerufen, als er die mit alten Bahnschwellen eingefasste Bahn hinter der efeuumrankten Fassade einer Remise entdeckte. »Das habe ich ja ewig nicht mehr gespielt!«

»Boule!«, erwiderte Jean.

»Wie?«

»Boule sagt man hier, nicht Boccia. Oder Pétanque.«

»Ach stimmt, wir sind ja in Frankreich!«

»Wir hatten solch ein Glück mit diesem Haus!«, sagte

Jacqueline mit verklärtem Blick zu den beiden. »Ich sag immer, wir haben es nicht gesucht. Es hat *uns* gefunden. Ich erinnere mich noch genau daran, wie wir zum allerersten Mal hier waren, da fühlte ich mich überhaupt nicht fremd, nein, mir war, als hätte ich früher schon mal darin gelebt. So vertraut kam es mir vor.« Jean hatte mit einem Nicken bedeutet, dass es auch ihm so oder ähnlich ergangen war. Dann wies er in den angrenzenden Obstgarten und sagte feierlich: »Die Apfelbäume! Aus den Früchten dieser Bäume machen wir bald Saft. *Jus de Pomme*. Er schmeckt herrlich, das kann ich euch versprechen! Herrlich!«

Veronika stand noch immer am Fenster, als Bernhard mit dem Gepäck hereinkam, es fallen ließ und ächzte.

»Verdammt schwer!«

»Was macht Denis?«

»Was weiß ich, die Kids sind in ihrem Zimmer verschwunden.«

»Sind sicher schon am Gamen.«

Bernhard zuckte mit den Schultern.

»Lass sie doch. Es sind Ferien. Zeit für uns alle, sich zu entspannen.«

Veronika sah Bernhard an, als wolle sie abchecken, ob er sie verarscht. Aber er schien es so gemeint zu haben, wie er es gesagt hatte. Entspannen …, dachte sie. Fremdwörter hatte sie noch nie gemocht.

»Welches Bett möchtest du?«

»Ist mir egal.«

»Mir auch. Entscheid du.«

»Nein, sag du. Sonst sagst du später, du hättest eigentlich lieber das andere gehabt.«

Veronika verdrehte die Augen.

Bernhard ging wieder aus dem Zimmer, ohne sich für eines der Betten entschieden zu haben. Sie hörte ihn davongehen, kaum vernehmlich klagten die Dielen unter seinen Füßen.

Als die Betten bezogen waren mit der lilafarbenen und den etwas aufdringlich nach fremdem Waschmittel riechenden Bezügen, ging auch Veronika hinunter. Jean oder Jacqueline hatte einen kleinen Aperitif auf einem Tablett vorbereitet.

»Ich weiß, es ist noch etwas früh«, sagte Jean, der eine Flasche Weißwein in einen Kühler stellte und diesen auf das Tablett, »aber wir sind ja erstens in Frankreich und zweitens in den Ferien! Kommt, wir gehen in den Garten!«

Kaum hatte er das Tablett erhoben, ertönte eine Hupe.

»Da kommt wohl noch jemand«, sagte er und stellte das Tablett wieder ab.

Laurent und Denis hatten das Gehupe ebenfalls gehört, jagten mit Gepolter die Treppe herunter und stürzten aus dem Haus. Die Erwachsenen folgten ihnen gemächlich. Filipp und Salome stiegen gerade aus dem Wagen.

Filipp streckte sich, als ob er aus einem langen Schlaf erwacht sei. Die Jungs drängelten sich um die offene hintere Wagentüre, um Quentin zu begrüßen.

»Gut gereist?«, fragte Jean.

»Absolut!«, sagte Filipp und packte die ihm entgegengestreckte Hand, zog Jean an sich und umarmte ihn, als seien sie alte, dicke Freunde. Doch eigentlich kannten sie sich kaum, bloß vom Sehen, wie man sich eben so kennt, wenn die Kinder zusammen zur Schule gehen. Genau das aber sollte sich in den nächsten Tagen ändern, denn das war der Zweck dieses Urlaubs: Dass man vertrauter wurde miteinander. Sich näher kennenlernte. Das Fundament einer Freundschaft gegossen wurde. Dass aus flüchtigen Bekannten Gefährten wurden; Gefährten, die einen auf dem zukünftigen Weg begleiteten.

Er klopfte Jean auf den Rücken. Salome stand etwas verlegen beim Auto, zwang sich aber zu einem Lächeln.

»Wir ...«, setzte sie an, um von ihrem Missgeschick zu erzählen, der Sache am Zollübergang, dem vergessenen Ausweis, brach aber ab, sagte nicht, was sie hatte sagen wollen.

»Ihr beweist gutes Timing! Die Weißweinflasche wurde eben geköpft. Kommt herein«, rief Jean, der aus Filipps Umarmung wieder in Freiheit entlassen worden war. Nun wurde Bernhard in Filipps Armen begraben.

Wenig später standen sie unter der Linde, auch die Kinder, Gläser in den Händen, Lächeln in den Gesichtern. Die Last der Reise fiel von ihnen ab. Langsam kamen sie an. Erleichterung machte sich breit. Sie stießen auf die Woche an, die vor ihnen lag. Tage voller Versprechungen, voller Erholung, Entdeckungen und Abenteuern, zudem mit einer Dosis kultureller Bildung: Die Kapelle von Ronchamp, das berühmte Bauwerk von Le Corbusier, lag nicht weit entfernt.

Nebst dem Weißwein und selbst gemachter Zitronenlimonade für die Kids hatte Jean auch Champagner aufgetischt; und zwar echten, keinen Cava- oder Prosecco-Fusel. Die Flaschen lagen in einem splendiden

Kühler, der üppig mit Eis gefüllt war. Unter Gejohle flog der Korken, weit in den Himmel, beschrieb eine wunderbare Parabel und landete mit einem kaum hörbaren Geräusch im Kanal.

»Guter Schuss!«, rief Filipp.

»Gekonnt ist gekonnt!«

Sie füllten die Gläser, eines lief über, man schüttelte sich die Finger trocken, lachte, prostete sich zu.

Filipp rüffelte scherzhaft seinen Jungen, weil der ihm beim Anstoßen nicht in die Augen geschaut hatte. »Du weißt ja, was passiert, wenn man sich nicht in die Augen schaut!« Quentin guckte etwas dümmlich drein, und auch etwas verlegen, denn er wusste, was sein Vater nun sagen würde, er hatte ihn diesen Satz schon hundertmal sagen hören. Der Junge sagte also, was sein Vater von ihm zu hören wünschte, und erntete Gelächter von den Erwachsenen: »Sieben Jahre schlechten Sex.«

»Der war gut«, rief Jean und tätschelte Filipp die Schulter. »Der war wirklich gut! Sieben Jahre schlechten Sex! Eine fürchterliche Vorstellung!«

Und sie lachten, manche mehr, manche weniger.

Die Ferien hatten begonnen.

La fringale
Der Kohldampf

Vor dem Essen sollten sie sich noch etwas die Beine vertreten, die sicherlich müde waren von der langen Autofahrt, wie Jean anregte. »Lasst uns den Kreislauf etwas ankurbeln!«

Eine gute Idee, fanden alle bis auf die Kinder.

Doch auch die mussten mit, trotz Protesten und Quengelei. Also verließ ein ganzer Tross das Haus, spazierte schwatzend den Kanal entlang, zur alten Drehbrücke und dann noch weiter. Mit einem lauten, singenden *Bonjour* grüßte Jean einen Mann, der ihnen entgegenkam und knapp zurückgrüßte, indem er seinen Finger an eine imaginäre Hutkrempe legte.

»Wer war denn dieser finstre Kerl?«, fragte Filipp mit gesenkter Stimme und blickte dem Mann hinterher.

»Der Wirt.«

»Es gibt also ein Restaurant hier! Großartig!«

»Oh ja, das gibt es, aber etwas Besonderes ist es nicht.«

»Nicht?«

Jean korrigierte sich sogleich, er wollte nichts Negatives über das Dorf berichten.

»Sagen wir's so: Es ist recht einfach. Eher ein Wirtshaus als ein gediegenes Restaurant. Eine typische Dorfkneipe.«

»Aber in Frankreich isst man doch so gut! Wie Gott und so. Deswegen sind wir ja hier, Jean!«

Jean lachte auf.

»Ich weiß, Frankreich hat diesen Ruf, doch man isst leider nicht überall wie bei Paul Bocuse. Außerdem: Selber zu kochen macht doch viel mehr Spaß, oder?«

Filipp pflichtete Jean wortreich bei, und während er von den Dingen erzählte, die er selber gerne kochte, etwa sein »weitherum berühmtes« Gulasch, wandte Jean noch mal schnell den Kopf nach dem Wirt. Er war nicht mehr zu sehen.

Damals, als sie das Haus gekauft und umgebaut hatten, sagte Jean den gleichen Satz zu seiner Frau, der eben aus Filipps Mund gekommen war: »Es gibt ein Restaurant hier! Großartig!«

Das Restaurant hieß La Fringale. Jean musste das dicke grüne PONS-Wörterbuch aus dem Regal ziehen und das Wort nachschlagen.

»Und?«, fragte Jacqueline. »Was heißt es? Froschschenkel oder so was? Oder Kühlschrank?«

Jean las ihr den Eintrag aus dem Wörterbuch vor.

»Kohldampf?«, sagte Jacqueline. »Sehr passend. Dann spielen wir mal die hungrigen Gourmetkritiker, los!«

Voller Elan machten sie sich auf den Weg zum Restaurant, das von außen nicht sonderlich viel hermachte, was aber – das wussten sie – nichts bedeuten musste. In Italien beispielsweise hatten sie vermeintliche Spelunken betreten, kamen Stunden später aber glücklich betrunken und gemästet wieder heraus.

An einem ihrer allerersten Abende in Saint-Jacques-aux-Bois, noch ganz fiebrig vom Feuer des Neuen, drückte Jean die Klinke herunter, öffnete die Türe, und als sie die Gaststube betraten, blendete sie das grelle Licht der Neonröhren an der niedrigen Decke der Wirtsstube. Eine eben noch vergnügt lärmende Runde am Tisch verstummte. Köpfe wandten sich um. Sie blickten in ein halbes Dutzend fragender Gesichter von Männern, vor denen Bier- und kleine Weingläser standen. Jean hob schüchtern die Hand zum Gruß, sagte leise »*Bonjour*«, während er in die Gaststube trat. Jacqueline blieb wie angewurzelt bei der Türe stehen.

Ein Mann erhob sich von seinem Stuhl und fragte, ohne sie zu begrüßen, ob sie zu essen wünschten. Jean antwortete ihm auf Französisch, so gut er konnte, ja, er habe einen »echten Kohldampf«, was weder bei dem Mann noch bei den Gästen am Tisch irgendeine Reaktion auslöste. Der Mann trug keine Schürze und war auch nicht wie ein Kellner gekleidet. Es musste wohl der Wirt sein, nahm Jean an. Hager und bleich machte er einen ungepflegten, ja ungesunden Eindruck. Der Wirt wies auf einen der Tische und bedeutete den zwei Neuankömmlingen, sich zu setzen. Sie bestellten zwei Gläser Weißwein, der sich als klebriger Chardonnay herausstellte, immerhin aber gut gekühlt war.

Menu Gourmand stand in gestenreich geschwungener Schrift auf einem kopierten Blatt.

»Achtzehn Euro«, sagte Jacqueline in einem neutralen Ton, der wohl besagen sollte, dass der Preis zwar niedrig sei für ein Menü mit einem solchen Namen, jedoch nur bedingt Anlass zu Euphorie war. Jean, der die Plastikkarte studierte, an der die Tageskarte klebte, sagte: »Es gibt auch Pizza und Pasta.«

»Hmmm«, machte Jacqueline.

»Hmmm«, machte auch Jean.

Sie bestellten zweimal das *Menu Gourmand*.

Es dauerte nicht lange, da hörten sie das typische Geräusch aus der Küche, welches bloß ein Gerät zu machen imstande war, ein leises minutenlanges Dröhnen, gefolgt von einem kurzen »Pling!« – der Mikrowellenofen.

Sie aßen nie wieder in dem Lokal, kehrten nur dann und wann ein, sommers, wenn das Gartenrestaurant geöffnet hatte, um ein kühles Kronenbourg zu trinken, denn auch den Wein mieden sie fortan, wenigstens im La Fringale.

Einmal suchte Jean das Gespräch mit dem Wirt, doch der war weiterhin nicht, was man einen geborenen Gastgeber nennen würde. Und immer, wenn Jean ihm zufällig begegnete, schien ihm der Blick des Wirtes zu sagen: »Wegen Menschen wie euch gehen wir Konkurs. Weil ihr nicht unsere Gäste seid, weil ihr nicht kommt. Weil ihr euch zu gut seid. Ihr elenden Snobs von der Insel der Ahnungslosen. Was wollt ihr überhaupt hier? Euch an unserem Elend ergötzen?«

Dabei war es ganz und gar nicht so. Jean hätte gerne die lokale Wirtschaft unterstützt. Doch galt es abzuwägen: Goodwill gegen Gesundheit. Wenn das schlechte Gewissen wieder mal zu sehr an Jean nagte, dann schlug er Jacqueline vor, dem La Fringale einen Besuch abzustatten, auf einen Imbiss vorbeizuschauen, ein kaltes Plättchen zu bestellen, Käse, Wurst, aus »politischen Gründen«, wie er sagte, »um das Klima zu verbessern, pure Diplomatie«.

Doch Jacqueline weigerte sich strikt und standhaft. Jean fügte sich. Ohne Gesellschaft wollte er auch nicht hin, denn gab es etwas Traurigeres, als alleine in einem Lokal zu sitzen und zu essen, schweigend und nicht wissend, wohin man blicken soll?

Les bonnes conversations
Die guten Gespräche

»Wir sind zwar in Frankreich, aber gegessen wird pünktlich um halb acht«, hatte Jacqueline gesagt, als sie vom Spaziergang zurückgekehrt waren, der ihnen allen sichtlich gutgetan hatte. Jacqueline hatte den Spruch bezüglich der Pünktlichkeit wie einen Scherz klingen lassen, aber pünktlich um halb acht saßen sie am Tisch, rückten nahe zusammen, schauten alle in die eine Richtung und lächelten. Filipp hatte die Hand zum Peace-Zeichen erhoben.

»Cheeeese!«, rief Jacqueline.

Blitzlicht erhellte ihre Gesichter.

»Jean!«, rief Filipp. »Du musst auch mit aufs Foto!«

Jean war in der angrenzenden Küche beschäftigt, von wo er gut gelaunt brüllte: »Ich bin sowieso nicht fotogen! Aber die gute Nachricht: Das Essen kommt gleich!«

Man rückte wieder auseinander, richtete Teller, Gläser, das Besteck, goss Wein ein, Wasser, Saft. Jacqueline sah, wie Veronika ihre Serviette befühlte; sie schien deren Qualität wertzuschätzen, was Jacqueline nicht ohne Stolz lächeln ließ. Bernhard saß neben Filipp, der von einem Film erzählte, den er gesehen hatte und empfehlenswert fand. Er hörte zu und nickte, obwohl er nicht begriff, worüber Filipp sprach. Von Filmen, Schauspielern und Regisseurinnen hatte er keinen Schimmer. Er ging fast nie ins Kino. Entweder waren ihm die Filme zu langweilig, oder sie waren ihm zu dumm. Der letzte richtig gute Film, den er gesehen hatte? Wohl ein James Bond, von dem er sich weder an den Titel noch an den Namen des Hauptdarstellers erinnern konnte, obwohl er dessen kernige Visage vor Augen hatte.

Die Kommunikation verlief noch etwas harzig, war aufgesplittet in Einzelgespräche unter Sitznachbarn. Dann und wann verebbte das Gespräch ganz. Man lächelte sich zu, goss Wein nach. Das Feuer des Gesprächs war noch nicht entfacht, was sicherlich damit zu tun hatte, dass man sich nicht sonderlich gut kannte – noch nicht. Als Jacqueline sich einen Ruck gab und Filipp fragen wollte, wie es mit der Schauspielerei denn gerade so laufe, kam Jean mit einem dampfenden Topf aus der Küche.

»Achtung! Heiß!«, rief er, das Küchentuch nonchalant über die Schulter geworfen, trippelnd wie eine japanische Bedienstete, fügte er halblaut an, mehr zu sich: »Jetzt bloß nicht stolpern!«

Er stolperte nicht, platzierte den gewaltigen Topf in der Mitte des Tisches auf einen Untersatz, und hob den Deckel.

»*Et voilà!*«

Der Dampf stieg empor, einer Kühlturmwolke gleich, und mit ihm breitete sich ein wunderbarer Duft im Zimmer aus.

Man rief »Ah!«, man machte »Oh!«.

Jean wusste, dass dieser erste Abend unter einem gewissen Druck stand, denn eine Anreise in die Ferien war für alle anstrengend, umso mehr, wenn man mit der Destination nicht vertraut war und Kinder mit an Bord hatte. Kam man dann an, war man mit Auspacken und den zu Hause vergessenen Dingen beschäftigt. »Wo ist das Ladekabel?« war erwiesenermaßen der meistgehörte Satz nach Eintreffen in einem Ferienhaus oder Hotel.

Wenn die Dinge rundliefen, die Erwartungen sich erfüllten, wandelte sich alles, ging in Wohlgefallen auf, manchmal sogar in so etwas wie Glückseligkeit. Noch aber waren sie mittendrin in diesem ominösen und diffizilen Prozess des Ankommens.

Eine nicht zu unterschätzende Rolle spielte dabei der Zuckerhaushalt eines jeden Gastes. Eine Unterzuckerung im Spannungsfeld einer Ferienreise im Frühstadium führte unweigerlich zu Disharmonie, die in der Folge zu einem schwer zu kittenden Streit eskalieren konnte. Deshalb war Jean vorbereitet. In weiser Voraussicht wurde die nötige Vorarbeit geleistet, um dem Phänomen der »Hungerbosheit« entgegenzuwirken. Er hatte tags zuvor zu Hause vorgekocht, Bœuf Bourguignon nach Art von Paul Bocuse, ein Gericht, mit dem er Erfahrung hatte und von dem er wusste, dass es wie gemacht war für ein erstes Essen, ein Initiations-Mahl, denn Geschmortes besaß die Fähigkeit, die Menschen zu einen. Davon war Jean überzeugt. Bei einem Schmorgericht verbanden sich über Stunden hinweg langsam die Geschmäcker und Aromen der einzelnen Zutaten zu einem neuen Ganzen. Und die, die es sich einverleibten, verbanden sich ebenfalls, wurden auf Gemeinschaft kalibriert. Ein Topf Bœuf Bourguignon war so etwas wie die Kappeler Milchsuppe der Jetztzeit.

Klug, wie er war, wusste Jean, dass am ersten Abend kein großes Gekoche drin war. Das Kochen mit mehreren Parteien konnte eine teambildende Maßnahme sein, auch bei Menschen, die sich wildfremd waren. Jean hatte sich diesen Umstand geschäftlich schon mehrmals zunutze gemacht. Es konnte eine großartige Erfahrung sein, aber niemals am ersten Ferientag.

Schon Tage zuvor hatte er beim Metzger das telefonisch bestellte Fleisch gekauft. Drei Kilo Rind aus der Schwanzrolle, in Stücke geschnitten, so groß wie Hühnereier. Obendrein das, was man sonst noch brauchte, einen ganzen Kalbsfuß und grünen Speck. Eigenhändig hatte er die Fleischwürfel mit dem weißen Fett des Specks gespickt. Das war zwar zeitraubend, doch gerade das machte ja das Kochen aus: Die Zeit, die man sich nahm, der Aufwand, den man nicht scheute. Dieser rational gesehen eindeutige Irrsinn der Verhältnisse. Stundenlang stand man in der Küche, verschlungen aber war das Gekochte in wenigen Minuten. Es lohnte sich allemal.

Dampfende Suppenlöffel schöpfte Jean in die tiefen Teller, es wurde probiert, und nach der ersten Gabel knallte Filipp seine auf den Tisch, schüttelte betont langsam den Kopf, die Augen geschlossen, all dies nicht ohne eine zünftige Portion Theatralik, öffnete die Lider wieder, blickte Jean an und ließ die Handflächen aufeinanderplatzen, klatschte einmal, zweimal und ein drittes Mal, wie bei der Eröffnung zum Applaus nach einer sensationell gelungenen Premierenvorstellung.

»Jean! Himmlisch! Danke!«, rief er, legte die rechte Hand auf die Brust, auf das Herz, und senkte seinen Kopf in Andeutung einer Verbeugung.

Mit beifälligem Gemurmel wurde dem zugestimmt, man erhob die Gläser und trank auf Jean.

Auf Jean! Auf seine Kochkünste! Auf das wunderbare Haus! Auf Paul Bocuse! Auf die Ferien! Auf die bevorstehende Zeit!

»*Vive la France!*«, rief Filipp, als er aufgestanden war, das Glas erhoben, und dann noch einmal, bekräftigend: »*Vive la France!*«

Sie aßen alles auf. Mit von Hand aus dem Laib gerissenen Stücken Baguette rückten sie den letzten Soßentropfen im Gusseisentopf zu Leibe, nachdem sie schon die Teller blank geschleckt hatten.

»Genial!«, rief Filipp. »Wir sind bei einem verdammten Kochgenie gelandet!« Er rieb sich den Bauch und begann ächzend, an seinem Gürtel zu fummeln, während er der Runde verkündete, er habe zu viel »gefressen«.

Dennoch gab es ein großes Hallo, als Jean mit dem dümmlichen Grinsen der Vorfreude ein imposantes Holzbrett herantrug und in die Tischmitte stellte, mit gebührender Vorsicht, dorthin, wo zuvor der leer ge-

gessene Gusseisentopf mit dem Bœuf Bourguignon gestanden hatte – die Käseplatte.

»Käse ist Jeans Leidenschaft«, kommentierte Jacqueline, »eine von vielen Leidenschaften. Aber für Käse würde er sterben!«

»Diesem Tod würde ich mich sofort anschließen«, sagte Filipp, der sich die Hände rieb und mit der Zunge über die Lippen fuhr, begleitet von einem Schmatzen, was Salome peinlich berührt lächeln ließ.

Jean stand am Tisch, richtete seinen Zeigefinger auf die Käseplatte und erläuterte die einzelnen Sorten, rühmte etwa den Comté, der aus der Region stammte und für den strenge Produktionsregeln galten. Dann griff er sich das große Stück Morbier mit seiner charakteristischen schwarzen Schicht, die waagrecht inmitten des gelblichen Laibs verlief, erklärte wie ein Herzchirurg einen Eingriff an einem Modell, den Kopf dem Objekt zugeneigt, ganz bei der Sache: »Asche! Dieses schwarze Zeug ist Asche. Damit trennten früher die Bauern auf den Höfen die Morgen- und die Abendmilch. Die Asche war ein Schutz vor Ungeziefer, Dreck, was auch immer.« Er legte das Käsestück zurück auf die Platte, schaute in die Runde und sagte abschließend: »Der langen Rede kurzer Sinn: guten Appetit!«

Die gute Laune schien Jeans Gesicht zu erleuchten wie die Glut eines Ofens. Wie gut es war, dass die Ferien so begannen. Seine Gäste sollten sich hier zu Hause fühlen, das Haus lieben lernen und die Landschaft und was sie hervorbrachte, was die Region ausmachte, all die großartigen Spezialitäten und lokalen

Leckereien, die es für sie zu entdecken gab. Bald war denn auch die Hälfte des Käses weggesäbelt.

Jean trat mit klirrenden Schnapsgläsern heran, stellte auch ein paar Flaschen mit unterschiedlichsten Pegelständen auf den Tisch und goss reihum ein.

L'arrière-pensée
Der Hintergedanke

»Alles bestens. Die Dinge laufen gut!«, sagte Jean und grinste in den Badezimmerspiegel. Sein Gesicht war gerötet, etwas aufgequollen. Offensichtlich war er angetrunken und dabei bestens gelaunt und voller Zuversicht. Er schob sich seine Schallzahnbürste in den Mund und summte mit ihr um die Wette, spuckte aus, der Schaum der Zahnpasta rötlich vom Wein, machte sich mit einem Dentalstick in der Höhle seines aufgerissenen Mauls zu schaffen, stocherte zwischen den Ritzen seiner Zähne, sorgfältig, damit das Zahnfleisch nicht verletzt wurde, aber doch so fest, dass die Fasern des Rindfleisches herausgeschoben wurden, kleine braune Würmchen, die er in das weiße Porzellanbecken spuckte. Immer wieder befriedigend, sich gründlich um seine Beißerchen zu kümmern. Bernhard hätte sicherlich seine helle Freude an ihm. Oder vielleicht gerade nicht? Denn lebte ein Zahnarzt nicht von denen, die sich nicht oder bloß unzulänglich um die Hygiene ihres Kauwerkzeuges kümmerten? Waren Zahnärzte nicht allesamt Heuchler? Die waren doch froh, wenn einer mit fauligen Zähnen anspaziert kam, dann hatten sie Arbeit, konnten fleißig bohren, füllen und fette Rechnungen schreiben, sich dicke Autos leisten und Häuser am Meer. Dafür mussten sie allerdings ihre Finger in fremde Münder stecken, Tag für Tag. Alles hatte eben seinen Preis.

Jean ging zur Toilette, knöpfte die Hose auf und ließ sich schwer auf die kalte WC-Brille plumpsen. Mit lautem Plätschern entleerte er seine Blase, noch immer summend. Die Dinge liefen formidabel. Es war ein toller erster Abend gewesen. Und ein prima Anfang war die Voraussetzung für eine gute Entwicklung ihres Plans. Mit beschwingtem Schritt trat er aus dem Bad ins Schlafzimmer, legte die Kleider ab und schlüpfte schnell nackt zu Jacqueline ins Bett, die in einer Zeitschrift blätterte. Über den Rand ihrer Lesebrille sah sie ihren Mann vergnügt an.

»Ein schöner Abend war das«, sagte sie.

»Ja, sehr sogar.«

»Weil du so gut gekocht hast! Bis auf den letzten Bissen haben sie alles aufgegessen.«

Jean blickte voller Zufriedenheit an die Zimmerdecke. Er spürte den Wein. Er musste furzen, ein leiser Wind.

»Jean! Also bitte!«, schimpfte Jacqueline, kicherte aber.

Jean grunzte wohlig.

Er ließ den Abend in Gedanken Revue passieren. Mit jedem Bissen Fleisch und mit jedem Schluck Wein waren die Gespräche lebhafter geworden, intensiver, lustiger. Es wurde viel gelacht. Die Frauen sprachen zwar für seinen Geschmack ein bisschen viel über die Kinder und die unweigerlich mit ihnen verbundenen Probleme – aber so waren sie halt, die Frauen, fand Jean: An Komplikationen interessiert, an denen sie herumdrücken konnten wie an einer schwärenden Wunde.

Die Männer dagegen hatten sich angenehmeren Themen zugewandt, sprachen über die Schönheit des Rennradfahrens und vor allem über die Tour, die sie zusammen unternehmen wollten. Sie sprachen über die Vorzüge Frankreichs. Die Probleme Frankreichs. Dann gingen die Diskussionen in wildem Galopp quer durch sämtliche Themengebiete.

»Oh, schon so spät!«, hatte Salome irgendwann ausgerufen, als sie auf ihre Armbanduhr geblickt hatte. »Ich schau mal, was die Jungs machen, die brauchen auch etwas Schlaf.«

Sie erhob sich vom Tisch und wollte ihren Teller abräumen.

»Nein, lass nur!«, sagte Jean schnell. »Das machen wir schon, das gehört zum Service dazu.«

»Nobel!«, rief Filipp. »Ein gutes Hotel hier! Da kommen wir wieder!«

»Fünf Sterne!«, sagte Jacqueline keck und hob die Hände zu einer So-ist-es-eben-Geste.

Dann war man zu Bett gegangen, spät, aber nicht zu spät, was Jacqueline beruhigt hatte, denn so schön ein erster Abend in geselliger Gemeinschaft auch war: Wenn übertrieben wurde – in jeglicher Hinsicht, vor allem aber was den Wein anging, und noch mehr den heimtückischen Schnaps –, konnte das durchaus auch kontraproduktiv sein, zumindest was den Verlauf des folgenden Tages anbelangte.

Auf Jeans Nachttisch lagen zwei Bücher. Ein Maigret-Krimi und ein schmaler Band, den ihm Filipp als Geschenk mitgebracht hatte.

»Ein lustiges Buch!«, hatte Filipp gesagt, als er es ihm überreicht hatte. »Du wirst Lacan nach der Lektüre mit anderen Augen sehen!«

Jean hatte sich artig bedankt und auf den Umschlag geblickt, auf dem ein hagerer Mann zu sehen war – dieser Lacan wohl –, und in dessen lächelndem Gesicht furchtbare Zähne. Er erinnerte Jean an den Wirt vom La Fringale.

»Lacan«, wiederholte Jean nachdenklich. Den Namen hatte er noch nie zuvor gehört, munter fügte er aber hinzu: »Der wäre ein guter Kunde von Bernhard geworden!« Jean las kaum Bücher. Weshalb auch? Lernte man etwas, wenn man ein Buch las? Nein, es war Zeitverschwendung, wenn auch mit Niveau. Deshalb war das Lesen eines Buches für Jean das Privileg der Ferien, denn ein Buch in den Händen zu halten, egal ob man darin las oder nicht, war für alle ein klares Zeichen: Hier hat jemand Zeit im Überfluss und ist gewillt, diese zu vergeuden. Im Alltag gab es dafür keinen Platz.

Jean langte nach dem Maigret.

»Du schaffst es noch, zu lesen?«, fragte Jacqueline erstaunt.

»Ja«, erwiderte Jean, räusperte sich, schlug das Buch auf. Aber noch bevor er am Ende der ersten Seite angekommen war, wurden ihm die Lider schwer.

»Das beste Schlafmittel, das es gibt«, sagte er murmelnd, während er sich noch mal aufrappelte. Er legte träge den Maigret auf den Nachttisch zurück zum Lacan und löschte das Licht.

»Gute Nacht, Schatz.«

»Schlaf gut, Jean.«

Auch Jacqueline legte ihre Lektüre zur Seite und machte es sich unter der raschelnden Decke bequem. Sie rückte näher an Jean heran, an seinen massigen Körper, dessen Wärme Jacqueline so gern mochte.

»Du bist meine Wärmflasche«, raunte sie in sein Ohr und gab ihm einen Kuss auf die nackte, behaarte Schulter, schob ihre Hand über den wabblig weichen Bauch. »Und mein Schweinchen bist du, mein liebes Schweinchen.« Sie fuhr über den Berg des Bauches, hinab, bis zu seinem Penis, der klein war wie ein verkümmerter Wurm und so schlaff wie der Rest von Jean. Sie streichelte das schrumpelige Glied ihres Mannes, knetete es liebevoll, rieb es ein wenig.

»Ist da jemand noch wach?«, flüsterte sie mit rauchiger Stimme. Aber Jean erwiderte nichts, sie hörte nur seinen schweren Atem, der tief aus seinem Innern drang.

Da war nichts mehr zu machen. Sie ließ von ihm ab.

Jacqueline schmiegte sich an ihren Mann, ein sanftes Lächeln im Gesicht. Ihre Gäste hatten den Köder geschluckt, nun würde der seine Wirkung tun. Der Plan würde aufgehen.

»Wir sind eben schlau«, flüsterte sie in der Dunkelheit ihrem nun schnarchenden Mann ins Ohr, »schlau und gerissen, wir beide, du und ich.« Dann schlief auch sie ein.

Le repas de sang
Die Blutmahlzeit

Alle schliefen in ihren Betten. Sie träumten. Sie träumten nicht. Sie lagen auf ihren Rücken. Sie lagen auf ihren Bäuchen. Sie lagen gekrümmt wie Embryos. Der Puls ging langsamer als sonst. Sie schnauften im Schlaf oder lagen still in ihren Zimmern, steif, wie erschlagen. Andere zuckten mit den Füßen oder warfen sich auf die Seite. Sie sprachen im Schlaf unverständliche Worte, lachten leise, brummten, stöhnten. Die Augäpfel zuckten hinter verschlossenen Lidern. Sie atmeten durch den Mund, durch die Nase, sie schnarchten laut, schnarchten leise, schnurchelten.

Die Türen des Hauses waren verschlossen, die Fenster ebenfalls. Die Mauern waren dick. Alle wussten sich hier in Sicherheit, geborgen in der Mitte der Nacht, umgeben von tiefer Dunkelheit, hier unter dem schützenden Dach.

Doch während die Menschen in Morpheus Armen liegen, erwacht anderes Leben. Es kommt hervorgekrochen, aus den Ecken, den Ritzen, den Spalten.

In einem der Betten lag Salome, Mutter zweier Kindern, ausgebildete Sängerin, Sopran. Neben ihr sägte Filipp, der Vater ihrer Kinder, Schauspieler von Beruf, ihr Partner, obwohl sie immer »mein Mann« sagte, wenn sie von ihm sprach, was juristisch nicht korrekt war, denn sie hatten nie geheiratet, was vor allem an Filipps Verständnis von moderner Partnerschaft lag. Salome war gerade in den ersten Zyklus der Tiefschlafphase eingetreten. Ihr Mund war leicht geöffnet, das Haar lag wild auf dem Kissen. Der Atem ging regelmäßig, das Herz pumpte mit fünfzig Schlägen pro Minute das Blut durch die Bahnen. Sie wusste nichts von dem kleinen Tier, das unterwegs war, um sich zu ihr ins Bett zu legen. Es kroch heran, langsam. Tagsüber hatte es in seinem dunklen Versteck ausgeharrt. Das Licht behagt ihm nicht. Der grelle Tag war für die großen, satten Trottel, die Menschen, die Haus- und Nutztiere. Die Nacht aber gehörte der wahren und wilden Natur, der zahlenmäßig überlegenen Armee der Unscheinbaren. Das Tier hatte Hunger. Es hatte Durst. Und es wusste, was zu tun war.

Die Bettwanze war keine Schönheit, auch nicht sonderlich populär. Niemand ging in den Zoo, um sie zu bestaunen. In den Buchläden gab es keine prächtigen Coffee Table Books, die von ihr handelten. Sie war klein, auch im vollgefressenen Zustand nicht größer als ein Apfelkern.

Die Wanze, die dem warmen, weichen Körper Salomes entgegenkrabbelte, war dünn wie Papier. Schon lange hatte sie nicht mehr gefressen, kein Blut mehr gesaugt. Das machte ihr nichts aus, hungern war Teil ihres Lebens. Sie kannte die Geduld, war vertraut mit der Hartnäckigkeit.

Die Bettwanze stach ein erstes Mal. Dann noch mal. Das tat sie so lange, bis der Blutfluss nach ihrem Gusto war. Salome schlief tief, gab keinen Laut von sich, während sich das Tier an ihrem Lebenssaft gütlich tat.

Zehn Minuten dauerte die Blutmahlzeit. Dann ließ die nun pralle Wanze von ihrem Opfer ab, kroch davon, schleppte sich satt und dick dorthin zurück, wo sie hergekommen war. Und nichts blieb zurück als ein Tropfen Blut als kleiner dunkler Fleck auf dem weißen und ansonsten makellosen Laken.

ZWEITER FERIENTAG

Le supermarché
Der Supermarkt

Was Salome so gefiel an dieser Gegend im Osten Frankreichs, in der sie zuvor noch nie gewesen war, und die in einem *département* lag, dessen Name sie sich nicht merken konnte: dass die Dinge nicht wirklich anders waren als zu Hause. Das mochte sie.

Zwar unterschied sich alles, jedoch bloß in kleinen Details. Die Flora und Fauna schien wie daheim. Dort standen die gleichen Bäume, wuchsen die gleichen Gräser. Doch die Rinder auf den Weiden schienen größer und kräftiger als in der Heimat. Die Straßenbeläge unterschieden sich ebenfalls, wie auch deren Markierungen in Farbigkeit und Beschaffenheit. Es gab Stoppschilder, die rot und achteckig waren wie jene zu Hause, dennoch waren sie anders und vor allem schienen die Autofahrer ihnen hier weniger ergeben zu sein. Die Autos auf den Straßen waren Autos wie daheim, aber älter, verbeulter. Prestige schien hier kein Thema zu sein, oder man hatte schlichtweg nicht das Geld dafür. Die Mofas waren Mofas, klangen jedoch anders, waren lauter, fuhren schneller. Die Baguettes waren Baguettes, indes waren sie hier um einiges knuspriger. Und günstiger!

Für Salome war diese leichte Verschiebung des Gewohnten eine ideale Kulisse für eine erholsame Ferienzeit. Ja, fand sie, hier konnte sie gut entspannen, hier gefiel es ihr. Sie konnte durchatmen. Letztes Jahr waren sie zur selben Zeit nach Marokko gereist. Filipp war mit der Idee und einem Prospekt angekommen. »Marokko?«, hatte Salome stirnrunzelnd gefragt, und Filipp hatte gesagt: »Unser Ritt nach Agadir! William S. Burroughs hat dort *Naked Lunch* geschrieben!«

Eigentlich war Filipp ganz und gar nicht der Ferienprospekt-Typ, doch sie buchten pauschal, zahlten im Voraus, packten, und als sie abreisten, nahmen sie entsprechende Erwartungen mit, denn so günstig die Reise anfangs schien, am Ende hatten sie dem Veranstalter eine stattliche Summe überwiesen. Es wurde ein Fiasko. Im Prospekt hatte die Hotelanlage wunderbar ausgesehen, mit einem eindrücklichen, endlos scheinenden Strand. Kaum standen sie in ihren Badeklamotten dort und blickten auf das Meer, sahen sie: Es war nicht blau wie auf den Prospektfotos, sondern von einem Grau, mit dem man Schlachtschiffe strich. Sie blickten hinaus auf die bedrohlich grollend hereinrollenden und von Schaumkronen garnierten Wellen. »So ist das richtige Meer«, sagte Filipp ernst und nickte, »rau, so muss es sein. Eine Urgewalt.« Der Wind pfiff derart, dass sogar die wenigen Windsurfer untätig herumstanden, die groben Reißverschlüsse ihrer Neoprenanzüge bis unters Kinn hochgezogen. Nach einer halben Stunde lagen Salomes Nerven blank, die der Kinder ebenfalls, zitternd vor Kälte und die Hände um ihre Leiber geschlungen, suchten sie in der Hotelanlage Zuflucht. Was sich außerhalb des Hotels abzeichnete, setzte sich drinnen fort. Das Essen war nicht marokkanisch würzig, sondern nach internationalen Hotelstandards gekochte Eurocuisine, pampig, *beef or chicken*, und entweder völlig geschmacklos oder so versalzen, dass Salome den versöhnlich gemeinten Spruch mit dem verliebten Koch am zweiten Abend nicht wiederholte. Bald litten alle an Durchfall. Die Kinder fanden in der Hotelanlage keine Ferienbekanntschaften, sowieso waren sie beinahe die einzigen Gäste. Außer ihnen schien die ganze Welt zu wissen, dass man zu dieser Jahreszeit nicht dorthin reiste, wo sie hingereist waren, und so manches Mal waren sie sich nicht sicher, ob das Hotelpersonal aus purer Freundlichkeit lächelte oder aus Schadenfreude. So wurde die herbeigesehnte Exotik bald zur Last, die große Romantik zur kleinen Tragödie.

Hier in Frankreich, in der Franche-Comté, waren sie in einer Region, deren Grenze sich an die Schweiz schmiegte. Sie waren quasi bei den Nachbarn zu Besuch. Das gab Salome ein gewisses Maß an Sicherheit.

Salome und Filipp waren an diesem Morgen ohne Quentin nach Corbenay aufgebrochen, um die Einkäufe zu erledigen. Der war erleichtert, dass er nicht mitzukommen brauchte. Salome und Filipp ihrerseits waren froh, wieder einmal in Ruhe etwas zu zweit zu unternehmen und ein paar Dinge besprechen zu können.

»Win-win«, hatte Filipp gesagt, als sie losfuhren, die Hand erhoben zum High five. Salome begriff, wenn auch nicht gleich, ließ ihre Handfläche auf die ihres Mannes klatschen, schlaff klang das Geräusch der sich treffenden Hände. In Saint-Jacques-aux-Bois gab es einen kleinen Lebensmittelladen mitten im Dorf, geführt von zwei Schwestern, beide alterskrumm. Man bekam dort aber lediglich die nötigsten Dinge für den täglichen Gebrauch. Außerdem musste man bei allem, was man kaufte, penibel auf das Verfallsdatum achten. Wollte man richtig einkaufen, war man gezwungen, in ein Auto zu steigen und den Weg in den Supermarkt von Corbenay auf sich zu nehmen, und wenn sie nicht drei Mal falsch abgebogen wären, hätten sie nicht viel mehr als zwanzig Minuten für die Fahrt benötigt. Doch Filipp meinte, er kenne den Weg, und machte nur eine wegwerfende Geste, als Salome sich anschickte, das Navigationsgerät anzustellen.

Und so fuhr er links, wo er hätte rechts fahren müssen, statt die richtige Verzweigung nahmen sie die falsche und beim großen Kreisel mit dem gigantischen, leuchtend roten Apfel aus Polyester in der Mitte, der ganzjährig für die Früchte warb, auf die man hier so stolz war, fuhren sie an der zweiten statt an der dritten Ausfahrt ab.

Wenn Salome sagte: »Filipp, ich glaube, wir sind falsch«, lächelte er, fuhr sich mit der Hand durch die schwer zu bändigenden Haare, sah sie an und sagte: »Alles im Griff. Einmal Pfadfinder, immer Pfadfinder.«

Er schaltete einen Gang hoch, gab Gas.

»Du warst doch gar nie bei den Pfadfindern«, sagte Salome.

Filipp lächelte noch etwas mehr.

Sie fuhren über Land, die Straße führte sie hinauf zu Hügelkuppen und hinab an schmächtige, sich dahinschlängelnde Bäche. Traktoren mit riesigen Stollenreifen und großen Maschinen am Haken waren auf den Feldern an der Arbeit. Von so etwas wie Industrie war nichts zu sehen, nur an ein paar längst zerfallenen Fabriken kamen sie vorbei, Zeugen einer anderen Zeit.

Auch auf den Dörfern war der schleichende wirtschaftliche Niedergang allgegenwärtig. Die Öfen in den Bäckereien waren kalt, in den Coiffeursalons fielen schon lange keine Haare mehr. »A VENDRE«-Schilder an jeder Ecke, mit Pappe notdürftig geflickte Fenster, auf Ziegelsteinen aufgebockte, radlose PKW-Kadaver. Was ihnen auffiel: In den Dörfern waren kaum Menschen auf den Straßen unterwegs, und die, die sie sahen, trugen meist einen Trainingsanzug, sahen dabei aber nicht so aus, als ob sie je Sport trieben.

Das Einzige, was noch zu florieren schien, merkte Filipp an, waren die Autowerkstätten von französischen Marken, Peugeot, Renault, Citroën, denn, so führte er weiter aus, waren die Franzosen einerseits patriotisch bedingt unbelehrbar markentreu, andererseits schienen die französischen Autos noch immer mit großer Zuverlässigkeit kaputtzugehen. Es war nicht zu leugnen, über allem lag eine gewisse Tristesse, die sogar sie als Urlauber erfasste, wenn auch auf verklärte Weise; so nannten sie die Szenerie nicht trist oder trostlos, sondern »romantisch« und »spannend«.

Nach einer guten Stunde Fahrt bogen sie endlich auf den riesigen Parkplatz des Supermarkts ein; er war beinahe leer.

»Ist doch manchmal gut, einen kleinen Umweg zu machen«, sagte Filipp, »so sieht man mehr von der Landschaft. So hat man mehr vom Leben.«

Salome kannte Filipp gut genug, um zu wissen, dass er sauer auf sich selbst war. Sie sagte jedoch nichts, sondern war einfach froh, endlich angekommen zu sein. Ihr waren die Straßen hier nicht geheuer. Zu lange Geraden, auf denen für ihren Geschmack zu schnell gefahren und zu wagemutig überholt wurde. Dazu kaum Leitplanken, sondern unübersichtliche Kurven und todbringende Bäume am Straßenrand. Eine Gefahr an jeder Ecke. Wie viele Kreuze aus Holz hatte sie am Wegesrand gezählt? Vor einem lagen sogar noch frische Blumen. Als sie daran vorbeifuhren und sie Filipp darauf hinwies, meinte er schulterzuckend: »Sind Fatalisten, die Franzosen. Fahren gerne ohne Sicherheitsgurte. Täte uns manchmal auch gut.«

»Ohne Sicherheitsgurte zu fahren?«

»Ein bisschen lockerer zu sein. Nicht immer alles so eng zu sehen.«

»Wow«, sagte Filipp, als sie aus dem Auto stiegen und er seinen Blick über den Parkplatz schweifen ließ, der groß und weit war wie eine Flughafenlandepiste. Im

Hintergrund stieg eine gewaltige Wolke aus einem Industrieschornstein, fröhlich lockte vis-à-vis das Logo der Autowaschanlage Eléphant Bleu. Die Straße nannte sich *Avenue* und war nach einem Mann benannt, dessen Name ihnen nichts sagte. An ihr reihten sich Autohändler, Möbeldiscounter und Tankstellen aneinander. So karg die Dörfer ihnen auf dem Weg erschienen waren: Hier um den Verkehrskreisel ballten sich Handel und Gewerbe, auch wenn es nicht eben nach ökonomischer Prosperität roch.

Der Supermarkt selbst war ein uniformer Klotz ohne jeglichen architektonischen Anspruch, funktional, fensterlos, metallen, aus den gleichen Modulen erstellt wie Hunderte andere übers Land verteilte Filialen dieser Supermarktkette.

»Das wäre eine super Location für einen Film«, sagte Filipp. Aus Löchern im Straßenbelag des Parkplatzes wucherte Unkraut. Salome wusste, dass Filipp solche Dinge gefielen – triste Gebäude, die man ins Niemandsland gestellt hatte. Groß prangte der Name des Supermarktes über dem Eingang: HYPER CASINO.

»Ich hol einen Einkaufswagen«, sagte Filipp und ging zu einem der über den Parkplatz verteilten Plexiglashäuschen, die von Witterung und Vandalismus gezeichnet waren und wo die Einkaufswagen wie schlafend ineinandergeschoben auf Kundschaft warteten.

Nach kurzer Zeit kam er zurück, ohne Wagen.

»Hast du einen Euro?«

»Ich habe gar kein Bargeld dabei«, sagte Salome, »Jacqueline hat gesagt, man könne mit Karte bezahlen.«

»Bezahlen schon, klar, aber für den Einkaufswagen brauchen wir ein Ein-Euro-Stück. Und ich denke in Anbetracht der Ware, die wir heute hier anschaffen müssen, wäre ein Einkaufswagen wohl keine schlechte Idee.«

Salome war ratlos.

Zum Glück fand sich beim Eingang des Supermarktes ein Geldautomat. Salome wusste nicht, wie viel sie abheben sollte, also drückte sie die Taste mit »100« drauf, denn hundert war immer eine gute Zahl. Der Geldautomat machte laute Geräusche. Nach langem Rattern und Surren spuckte er einen einzelnen Geldschein aus.

»Was tust du da?«, fragte Filipp.

»Ich hebe Geld ab.«

»Ja, das sehe ich. Aber weshalb hundert Euro?«

Salome wusste nicht, was sie darauf antworten sollte. Er schien genervt, in der Hand hielt er die lange Einkaufsliste. Schon alleine die Erstellung dieser sonderwunschreichen Liste war eine komplexe, nervenaufreibende Angelegenheit gewesen.

»Jetzt hast du einen Hundert-Euro-Schein.«

»Ja, und?«

»Den macht dir doch niemand klein! Wir brauchen doch nur eine Münze für den verdammten Einkaufswagen.«

Nun wurde auch Salome langsam wütend. Weshalb redete Filipp so mit ihr? Ihr Mund wurde hart und spitz, als sie sagte: »Bei diesem Automaten bekommt man keine Münzen.«

Filipp verdrehte die Augen und blickte an die Decke des Supermarktes, wo dicke Lüftungsrohre hingen und aus Lautsprechern seichte Musik herabtröpfelte.

»Schon klar. Aber man zieht nicht hundert Euro, weil dann ein Einhundert-Euro-Schein rauskommt, den niemand wechseln kann, deshalb hättest du zwanzig Euro nehmen sollen, oder siebzig, oder neunzig, aber nicht hundert! Wir sind hier quasi in der dritten Welt. Hundert Euro, das ist, als ob du bei uns einen Tausender klein machen müsstest.«

Salome wusste, wohin Gespräche wie dieses führten. Ohne ein weiteres Wort ließ sie Filipp stehen und ging mit dem Schein in der Hand zum Stand einer Bäckerei, die sich im Eingangsbereich des Supermarktes befand. Drei runde Stehtische mit Serviettenspendern darauf luden zum Verweilen ein. Ein vages Versprechen von Gemütlichkeit. Der Stand war mit Holzelementen dekoriert, die an so etwas wie eine ursprüngliche Bauernhofidylle erinnern sollten. *La Boulange Dorée* stand über der Theke, hinter der eine Verkäuferin lehnte und auf ihrem Handy herumtippte. Die Dinge in der Auslage sahen jedoch ziemlich appetitlich aus, viel besser auf jeden Fall, als Salome es in einem Supermarkt erwartet hätte. Glänzende Cremeschnitten, knusprige Blätterteigpasteten, unterarmlange Sandwiches, aus denen dicke Schinkenscheiben lugten wie lechzende Zungen.

»Hier«, sagte Salome zu Filipp, der die Einkaufsliste studierte. Sie hielt in der einen Hand eine Dose Cola, in der anderen ein in eine Serviette geschlagenes Croissant von enormer Größe. Filipp schob die Einkaufsliste in die Hosentasche, nahm die Cola und das Croissant.

»Iss. Trink.«

Er nickte.

»Wenn du unterzuckert bist, kannst du ganz schön fies sein, weißt du das?«

Filipp steckte sich das Croissant in den Mund, damit er beide Hände frei hatte, um die Cola-Dose zu öffnen. Mit lautem Zischen entwich die Kohlensäure.

Bald war die Cola getrunken, das Croissant gegessen.

»Jetzt geht es mir besser«, sagte er und unterdrückte einen Rülpser.

»Eben«, sagte Salome und wischte ihm ein paar Krümel vom Pullover. »Und übrigens: Es war überhaupt kein Problem, mit dem Hunderter zu bezahlen.«

»Echt nicht?«

»Nein. Ich habe mich noch bei der Verkäuferin entschuldigt, aber der war das völlig egal.«

Filipp unterdrückte einen weiteren Rülpser.

»Sorry.«

»Und wie sagt man?«

»Wie sagt man was?«

»Danke«, sagte Salome, ließ es streng klingen, konnte sich ein Lächeln aber nicht verkneifen.

Sie hielt ihm eine Ein-Euro-Münze hin. Filipp warf die leere Dose in den Mülleimer, nahm ihr die Münze aus der Hand, tat einen Tanzschritt und fing an das Lied zu singen, das er gerne sang, diesen abgedroschenen Song aus der Fernsehwerbung für Konfekt: »*Du bist das Rettungsboot auf meinem Ozean! Du bist der Wir-*

belsturm in meinem Wasserglas! Du bist in meiner Winterzeit der Sonnenstrahl! Merci, dass es dich gibt!«

Auf seinen Knien vor Salome kauernd kam Filipp zu einem Ende seiner Gesangseinlage, die Hände gefaltet, den Blick zu ihr emporgerichtet, als bitte er sie um Vergebung.

»Filipp, bitte!«, sagte sie leise. »Hör auf!«

Salome schaute sich im Eingangsbereich des Supermarktes um. Manchmal schämte sie sich für seine extrovertierten und verrückten Aktionen, die aus heiterem Himmel kamen und an gänzlich unpassenden Orten. Tatsächlich starrte ein Mann herüber, ein Bauer wohl, ungepflegt wie frisch vom Traktor gestiegen, in Faserpelzuniform und mit einem Bart wie eine Hecke. Seltsam erschrocken sah er aus, wie er zu ihnen herüberschaute. Schnell wandte Salome ihren Blick ab.

»Filipp, bitte«, sagte sie erneut, dringlicher nun, »die Leute gucken schon!«

Sie zog ihn am Arm, lächelnd, aber auch peinlich berührt. Aus den Augenwinkeln spähte sie abermals zu dem verwilderten Bauern hinüber. Der stand noch immer unverhohlen zu ihnen herübergaffend vor der Kühlvitrine von *La Boulange Dorée*, die leise vor sich hin brummte.

L'héritage francophile
Das frankophile Erbe

Sie hatten alle ausgeschlafen und spät gefrühstückt, ein jeder, wann er wollte, ganz ungezwungen, ein halbes Dutzend Baguettes wurden verdrückt. Aber sie waren auch gut hier, die Baguettes, so leicht, luftig und knusprig, dazu gesalzene Butter, Akazien- und Bergblütenhonig, Konfitüren, Nutella. Alles hatten sie sich schnell im kleinen Dorfladen besorgt, bei den zwei Alten. Croissants gab es, die groß waren wie Kröten und fettige Flecken auf der Papierpackung hinterließen, auf der sie lagen, nur kurz, denn bald waren auch sie alle aufgegessen. So wie auch die mit Apfelkompott gefüllten Blätterteigtaschen und die beim Reinbeißen vor Knusprigkeit splitternden *pains au chocolat*. Man hörte das zufriedene Stöhnen, all die Geräusche, die Menschen von sich geben, wenn ihnen etwas zusagt, es schlichtweg betörend ist, *göttlich* sogar.

Salome und Filipp waren schon vor dem Frühstück aufgebrochen, um im Supermarkt einzukaufen. Sie ließen sich das nicht nehmen, obwohl Jean es ungünstig fand, er wäre lieber selber gefahren, denn er kannte den Weg und hatte so in etwa eine Ahnung, wo in dem weitläufigen Supermarkt was zu finden war. Außerdem verspürte er eine leise Sehnsucht nach dem Gestell mit den Büchsensardinen. »Mein Schatz, bist du am Meditieren?«, fragte Jacqueline jeweils, wenn sie von einer entfernten Ecke der Supermarktgalaxie wieder auf ihren Mann stieß, der im Gang mit den Fischkonserven stand. Sie hatte nicht unrecht. Ein langer Blick auf eine Büchse Jahrgangssardinen, und Jean wurde zu den Fanggründen der saftigen und zarten Fische gebeamt, irgendwo draußen vor der Küste im *Département Finistère*, wo die Wellen wogten und das Meer leer war, tausend Faden tief und weit und breit kein Land in Sicht.

»Pommes de France« stand auf dem Poster, das Veronika betrachtete, eine dampfende Tasse Kaffee in der Hand. Auf dem Poster waren Illustrationen von verschiedensten Äpfeln im wissenschaftlichen Stil abgebildet. Veronika fand das Poster geschmäcklerisch, geradezu kitschig, sagte aber: »Hübsch!«

»Wir haben nicht ganz alle Sorten hier bei uns im Garten«, sagte Jean und machte eine entschuldigende Geste. »Wir haben hauptsächlich Cox Orange.«

»Noch nie gehört.«

»Ein toller Apfel. Und Renette haben wir auch. Beides sind alte Sorten, die man heute kaum mehr kennt, die aber wunderbar schmecken. Im Supermarkt bekommt man moderne Züchtungen, eher etwas für das Auge denn für den Geschmack. Bei den alten Sorten ist das ganz anders. Wir sind hier ja nicht auf Ertrag aus.«

»Die Vorzüge der Liebhaberei«, sagte Veronika.

Jean blickte Veronika an. Sie hielt seinem Blick stand. Er wandte die Augen ab.

Jeans Affinität zu Frankreich war nicht nur in den Ferien ausgeprägt und von Weitem erkennbar. Stets trug er geringelte Marinepullover und -shirts der Marke Saint-James. Sich wie ein bretonischer Seemann zu kleiden war irgendwann zu seinem Markenzeichen geworden, ebenso sein Faible für leinene Sommerschuhe, in die er ab dem Monat Mai bis Ende Oktober konsequent sockenlos schlüpfte.

Die Frankophilie war Jean in die Wiege gelegt worden, er wuchs mit ihr auf. Sein Vater war in einer Basler Vorortgemeinde Französischlehrer gewesen. Die Grenznähe zu Frankreich prägte das Leben von Jeans Eltern. Sie fuhren einen Renault 4 mit einem Schalthebel, der wie ein Revolver aus dem Armaturenbrett ragte. Der R4 war knallrot und auch sonst waren sie ganz und gar rot eingestellt, überzeugte Sozialisten. Der Mai 68 hatte sie erschüttert und geprägt, »*Il est interdit d'interdire!*«, rief der Aufkleber, der neben der lachenden »Atomkraft? Nein Danke!«-Sonne auf der Heckklappe des R4 prangte. Man war freudig erregt, hoffnungsfroh, begeistert über die Gründung der Zeitung *La Libération*, die man eifrig las und liebevoll *La Libé* nannte. Jeans Vater war zudem eingefleischter Pilzsammler, Bartträger, im Vorstand des lokalen ornithologischen Vereins, er trug gerne Sandalen *und* Socken, war Mitglied bei Greenpeace und beim WWF. Im Sommer fuhren sie in bergiges Gebiet, um eine Woche im Schweiße seines Angesichts gegen die Verwaldung der Alpweiden zu kämpfen, bevor sie dann mit gutem Gewissen den Renault beladen und für drei Wochen nach Cap d'Agde fahren konnten, um dort unter der Sonne zu wandeln, mit nackten Brüsten und baumelndem Gemächt, in natura und ganz ungezwungen.

Jeans Elternhaus war voller Bücher mit französischen Titeln gewesen, seine Eltern liebten die Literatur, wie sie die Musik liebten, das Theater und den Film, die bildenden Künste ebenso, man ging für Picasso auf die Straße, im Wohnzimmer hing ein Tinguely, klein zwar, aber ein Original. Jeans Mutter trug gerne ein Kopftuch in der Manier von Simone de Beauvoir, der Vater rauchte Pfeifen aus Bruyèreholz, die er in einem Tabakladen im Bastille-Quartier in Paris kaufte. Sonntags spielte Jeans Vater die Orgel in der Dorfkirche, gerne gab er Bach, jubelte den Gläubigen aber immer wieder auch Zeitgenössisches unter, Sperriges von Maurice Duruflé oder von dem von ihm verehrten Olivier Messiaen. Nicht selten drehte sich dann der Kopf einer alten Kirchgängerin, die Stirn in Falten gelegt, Verwunderung im Gesicht.

Als Jean auf die Welt kam, gaben sie ihm den Namen Hans, was Jean nie verstehen konnte, irgendwann gar als Beleidigung aufzufassen begann. Wenn seine Eltern doch so überzeugte Franzosenfreunde waren, weshalb gaben sie ihm dann ausgerechnet einen Namen, der mit einem Buchstaben begann, den die Franzosen gar nicht aussprechen konnten? Warum bekam er nicht einen adäquaten Namen? Weshalb nicht etwas mit einer wie von einem Vogel gezwitscherten Melodie und einem diakritischen Zeichen auf einem der Vokale? Benoît-Clément beispielsweise? Oder Jérôme-François? Oder wenigstens Raphaël?

Er fragte seine Eltern nie nach den Gründen. Als Teenager jedoch verpasste er sich einen Namen, der besser zu ihm passte. So wurde aus dem biederen und plumpen Hans der schöne Jean – ein Name mit Charme und Schmiss.

Als Erwachsener dann arbeitete Jean in einer der großen, renommierten Werbefirmen. Firmen, die nach außen noch strahlten, erleuchtet vom Glanz der goldenen Zeiten, auch wenn diese goldenen Zeiten in Wahrheit eben um die Ecke verschwunden waren. In der Agentur hatte er auch Jacqueline kennengelernt, kaufmännische Auszubildende im zweiten Jahr. Seither waren sie ein Paar, unzertrennlich. Und als später das Werbewasserloch in Basel mehr und mehr austrocknete, zogen sie zusammen nach Zürich und erfüllten sich ihren Traum, gründeten eine eigene Agentur. Mutig! Stolz! Voller Elan! Klein wollten sie beginnen – und klein sollte die Agentur auch bleiben.

Vom frankophilen Erbe seiner Eltern ließ sich Jean bloß den einen Teil auszahlen: Es beschränkte sich mehrheitlich auf das, was man trinken und essen konnte. Und da er nicht gänzlich frei von Eitelkeit war, entwickelte er, um den Auswirkungen seiner Hauptleidenschaft entgegenzuwirken, eine gewisse Begeisterung für die Tour de France und den Fahrradsport im Allgemeinen, auch aktiv, fuhr seit jeher ein Rennrad französischer Provenienz. Auch bei Automobilen war Jean auf Familienlinie, immer blieb er Renault treu, obwohl es ihn schon etwas fuchste, als seine Werberkollegen sich ihre ersten 911er zulegten und ihn mit blöden Sprüchen aufzogen, wenn er mit seinem metallicblauen R5 vorfuhr, flotter Schriftzug auf dem Heck, Turbo unter der Haube und Schalensitze innendrin hin oder her. Das ganze französische Gedankenzeugs war weniger seine Domäne. Er zog Bocuse einem Baudrillard vor, Ducasse einem Descartes. Aber ganz der Kulturbanause war Jean nun auch wieder nicht. Er liebte die Comics von Hergé (obwohl der Belgier war) und die französische Musik, hütete die von seinem Vater geerbte Plattensammlung, die er komplett in das Haus in der Franche-Comté mitgenommen hatte, zusammen auch mit der Revox-Stereoanlage. Claude François war sein Lieblingsinterpret. *Comme d'habitude* sein Lieblingslied. Aber natürlich mochte er auch die klassischen Chansons von Brel (obwohl der Belgier war), den lasziv verträumten Yéyé-Kaugummi-Pop der Hardy und der Gall, den schrillen Nonsens-New-Wave von Plastic Bertrand (obwohl der Belgier war), alles, solange es einfach irgendwie französisch klang. Nur das dröhnende Orgelzeugs, auf das sein Vater so stand, das hörte er sich niemals an, denn die ganze Klassik-Kacke war einfach zu deprimierend.

Purer Zufall war es gewesen, dass Jean eines Abends mit einem Kunden im wohl nicht besten, aber einem der teuersten Restaurants der Stadt saß und ein paar

Tische entfernt einen Mitstreiter aus den guten alten Basler Zeiten entdeckte. Kaum hatte sich Jean kurz an seinem Tisch entschuldigt und war zur Begrüßung an jenen seines alten Kollegen getreten, brauchte der keine fünf Minuten, um Jean ein kompaktes, aber in seiner komprimierten Essenz bedrückendes Resümee der letzten Jahre abzuliefern, inklusive der Paraphrase einer eindrücklichen Krankheitsgeschichte sowie einer an Fluchworten nicht armen Skizzierung seines üppigen Rosenkrieges, in dem gerade die finale Schlacht bevorstand. Zudem gab es noch die salopp formulierte Frage, ob Jean nicht ein schönes Haus kaufen wolle, in Frankreich, in der Franche-Comté, ob das nicht vielleicht etwas für ihn wäre? Zu einem sensationellen Preis! Mit eigenem Apfelgarten und Ausblick, unbebaubares Land! Worauf Jean – dem zunehmend unwohl wurde, einerseits wegen der negativen Gravitationskraft, die von seinem ehemaligen Kollegen ausging, einem Kollegen, den er schon damals nicht wirklich gemocht hatte, andererseits stand er den umherschwirrenden Kellnern im Weg –, sagte: »Aber sicher! Ich wollte schon immer ein Haus in Frankreich!« Jean hatte es im Spaß gemeint, mit breitem Lachen, gab dem alten Kollegen jedoch seine Visitenkarte.

Drei Wochen später waren Jacqueline und er stolze Besitzer eines Hauses an einem Kanal in Frankreich, in einer Region, von der sie zuvor noch nie gehört hatten. Der Preis war in der Tat sensationell gewesen.

La fissure
Der Riss

»Ist dir nicht wohl?«, fragte Jacqueline sanft.

»Nein, nein, alles bestens«, erwiderte Veronika und zwang sich zu einem Lächeln. Sie hatte beiläufig gesagt, dass sie auf ihr Zimmer gehe, um ein wenig zu lesen, denn ihr war nach etwas Ruhe. Doch ihre Gastgeberin hatte darin sofort einen Grund zur Besorgnis gesehen.

So war es eben, wenn man zu Gast war. Auch wenn einem vom Gastgeber mit Nachdruck versichert wurde, man solle bitte tun, was auch immer man tun wolle, ganz ungezwungen, *mi casa tu casa* und so weiter, wirklich frei fühlte man sich nie. Immerzu war man gehemmt. Man wusste nicht, in welchem Schrank die Tassen waren. Man öffnete nicht einfach so ohne zu fragen den Kühlschrank, um die Champagnerflasche rauszuholen, die einen schon seit Tagen reizte. Man legte nicht die Füße auf den Couchtisch, obwohl einem danach war, oder fing an, die Fenster zu putzen, weil sie einem schmutzig vorkamen. Man war der Gast, man war fremd.

In einem Hotel waren die Verhältnisse klar, die Territorien abgesteckt, die Kompetenzen verteilt. Man bezahlte Geld und dafür durfte man sich bis zu einem bestimmten Grad benehmen, wie man wollte. Die Beziehung zwischen Gastgeber und Gast war von professioneller Freundschaftlichkeit geprägt. Zu Besuch in einem Haus von Bekannten verhielten sich die Dinge anders, nicht nur für die Gäste, sondern auch für die Gastgeber. Veronika hatte etwa beobachtet, dass Jean seiner Frau einen missbilligenden Blick zuwarf, als Quentin beim Frühstück die Butter nicht gerade vom Block abschnitt, sondern quer in den Quader reinsäbelte, erst von der einen, dann von der anderen Seite, konsequent unkultiviert. Doch Jacqueline hatte gelächelt und getan, als habe sie nichts gesehen.

Auf ihrem Zimmer, das sich noch immer so fremd anfühlte wie bei ihrer Ankunft, schaute Veronika aus dem Fenster. Sie war im Urlaub, konnte tun, was immer sie wollte. Aber genau das war das Problem. Bei der Arbeit hatte sie eine Aufgabe, ein Ziel. Deshalb war sie so gerne im Büro. Der Urlaub mit all seinen Unabwägbarkeiten und diesem diffusen Zwang zur Erholung langweilte und verunsicherte sie.

Sie zückte ihr Handy, setzte sich auf das Bett und begann, sich durch den Instagram-Feed zu ackern, sah sich die Fotos an, eines nach dem anderen, als blätterte sie im Wartezimmer eines Arztes durch eine Illustrierte, schnell, mechanisch, verweilte nur Bruchteile von Sekunden, schöne Möbel, schöne Menschen, schöne Orte, Regenbogen, Katzen, Kunst. Auf Instagram war die Welt immer schön, dachte Veronika, wusste aber nicht, ob ihr das gefiel oder auf die Nerven ging. Bis sie innehielt. Dieses Foto von dem Graffito! Das kannte sie doch!

Natürlich! Das Wochenende in Mailand. Bernhard hatte das Graffito mit seinem Handy geknipst, nachts, als sie nach einem Restaurantbesuch zurück ins Hotel spazierten, hart schlug das Blitzlicht in die Dunkelheit, grell an die schmutzige Wand, mit diesem in schwarzer Farbe hingesprühten Spruch, den Bernhard so gut fand, so super, weil er von Leonard Cohen stammte. Auf dem ganzen Weg zum Hotel brabbelte Bernhard davon, wie genial die Texte von Cohen seien und dieser eine Satz im Speziellen: *»There is a crack in everything, that's how the light gets in.«*

Nun hatte er das Foto auf Instagram gepostet. Wie alt mochte das Bild sein? Drei Jahre? Vier? Warum postete er es gerade jetzt? Was hatte das Mailand von damals mit dem Hier und Heute zu tun?

Veronika war sich nicht sicher, wie sie darüber denken sollte. Also erinnerte sie sich, denn sich zu erinnern war eine gute Alternative zum Grübeln, das sie ermüdend fand, vor allem solches über die Gegenwart oder noch schlimmer: das Grübeln über die Zukunft, zumindest die nähere. Das Geschehene hatte einen entscheidenden Vorteil: Man hatte es hinter sich.

Dass ein Mann wie Bernhard auf Cohen stand, kam ihr anfangs seltsam vor. Cohen war fast so schlimm wie Bob Dylan. All diese alten weißen nölenden Männer. Bis ihr irgendwann klar wurde, weshalb er ihn mochte. Weil Bernhard auch eine Jammersocke war.

Wie viele Jahre hatte sie gebraucht, bis ihr das klar wurde?

Zu lange.

Noch einmal betrachtete sie das Bild, las die krakelige Schrift auf der Hauswand. »*There is a crack in everything, that's how the light gets in.*« Bernhards Kommentar dazu (unsinnigerweise auf Englisch, obwohl er gerade mal 127 Follower hatte, unter denen, soweit sie wusste, niemand Englischsprachiges war): »*SO TRUE!*«

17 Likes hatte er bekommen. Von ihr würde keiner hinzukommen.

Sie musste unbedingt damit aufhören, sich Bernhards Instagram-Beiträge anzusehen, die sie zunehmend befremdeten, denn sie kamen ihr vor wie Kommentare eines Unbekannten über ein Leben, von dem sie nichts wusste – und auch nichts wissen wollte. Er postete Bilder von Sonnenuntergängen und schrieb darunter: »*Beautiful*«. Selfies, die ihn grinsend in voller Rennradmontur zeigten, darunter: »*Mood of the Day*« plus einen Smiley.

So true, dachte sie, schüttelte den Kopf und fragte sich, wann die ersten Risse in ihrer Ehe aufgetaucht waren. Sicherlich hatte es mit feinen Rissen angefangen, mit bloßem Auge nicht zu sehen, vorhanden, aber unsichtbar.

Wann waren die Risse größer geworden? Wann hätte sie etwas feststellen können, wann etwas bemerken müssen? Und wann kam es zum finalen Sprung, durch den das Licht der Erkenntnis drang, dass alles vorbei war?

Geschah es an einem gänzlich unwichtigen Ort, bei einem nichtigen Ereignis, zum Beispiel an diesem einen Mittwochabend, als sie seit Langem wieder mal einen Kindersitter organisiert hatte, um gemeinsam essen zu gehen, Zeit zum Reden zu haben, um dann die ganze Zeit nur über das Kind und dessen Erziehung zu sprechen? Einer dieser Abende, die damit begannen, dass man dachte: Herrlich! Zeit! Nur für uns! Und damit endeten, im Bett Rücken an Rücken zu liegen und so zu tun, als schlafe man, verärgert und voll leise köchelndem Frust über den enttäuschenden Verlauf der vergangenen Stunden.

Den Aperitif tranken sie in einer Bar, anschließend im Restaurant, angetrunken und hungrig, lähmte sie die schiere Anzahl der Gerichte. Ihr Blick sprang von den Hauptgerichten zu den Vorspeisen und zurück.

»Echt schwirig, sich zu entscheiden«, sagte sie, worauf Bernhard etwas Unverständliches murmelte.

»Das wäre mal ein Konzept für ein Restaurant«, sagte sie. »Bloß ein einziges Gericht auf der Speisekarte. Das würde das Leben vereinfachen.«

»Nimm doch die Kokosmilch-Suppe, die ist gut.«

Sie schwieg und sah ihn prüfend an. Auch er hob den Blick von der Karte.

»Was ist?«

»Ich hasse Kokosmilch.«

»Scharf magst du doch.«

»Kokosmilch ist Fett, davon bekomme ich Bauchschmerzen.«

Er seufzte beleidigt, schließlich hatte er es gut gemeint, als er ihr die Suppe vorschlug.

»Das weißt du, oder?«

»Was?«

»Na mit der Kokosmilch.«

»Ich dachte, du magst scharf. Und außerdem ist es eine Suppe. Suppen sind gesund.«

»Wie lange sind wir jetzt verheiratet?«

Sie wusste, dass er es nicht wusste. Sich an Daten oder Vergangenes zu erinnern war noch nie sein Ding gewesen. Ihren Hochzeitstag? Vergaß er immer. Ihren Geburtstag? Vergaß er auch immer. Sogar an den Geburtstag von Denis musste sie ihn jedes Mal vorab erinnern.

Sie blickte ihn an. Was sah sie? Den Mann, in den sie sich verliebt hatte, damals auf der Dachterrasse auf der Silvesterparty, als eben ein Jahr zu Ende gegangen war und die Zukunft begann, die sich aufregend und wunderbar angefühlt hatte in jenem Moment? Nein, sie sah einen Mann mit beleidigter Miene, die ausdrücken sollte, dass er rhetorische Fragen hasste. Und sein Humor war verschwunden, irgendwann, einfach so. Er war ein lustiger Mensch gewesen, als sie sich in ihn verliebte. Doch dann kam der Ernst des Lebens, der Humor verschwand und zurück blieb nur Bitterkeit.

All das fiel ihr ein, in diesem fremden Zimmer in Frankreich, mit dem Handy in den Händen und dem Geruch der frisch gewaschenen Bettwäsche in der Nase.

Sie legte ihr Smartphone zur Seite, saß auf dem Bett mit der zu weichen Matratze, in dem sie schlecht geschlafen hatte. Unten hörte sie Rufe, dumpf drang fröhliches Kindergeschrei zu ihr hoch. In der Ferne schnatterten

Enten. Vernehmlich hüpfte der Zeiger ihres schwarzen Reiseweckers von Sekunde zu Sekunde, zerschnitt die Zeit in kleine Stücke. Gerne hätte sie geweint, aber so sehr sie auch wollte, es ging nicht. Daran würden auch diese Ferien nichts ändern, die paar Tage, in denen sie vor den anderen so taten, als wäre alles in Ordnung. Obwohl jedem auffallen musste, dass ihre Beziehung tot war. Da gab es keine Gesten der Zärtlichkeit mehr, keine Berührung, kein Hand-auf-den-Rücken-Legen beim Vorbeigehen. Noch nicht einmal so etwas wie freundschaftliche Gefühle, sondern nur noch Distanz und Kühle und dann und wann ein zynischer Spruch oder ein leidenschaftslos geführter Streit wegen einer Belanglosigkeit. Aber es war niemand da, der sie näher beobachtete. Die anderen im Haus kannten sie kaum. Zudem hatte sie in letzter Zeit mit leiser Schadenfreude feststellen müssen, dass auch bei anderen Paaren die Begeisterung über die Partnerschaft einigermaßen erschöpft schien, obwohl die meisten ihrer Bekannten und Freunde noch immer sehr viel Energie in die Außenwirkung ihrer Beziehung investierten. Das Aufrechterhalten der Fassade war für viele wohl so etwas wie die partnerschaftliche Hauptaktivität geworden.

Im Alltag kam sie gut damit zurecht, hatte sich damit abgefunden, war beschäftigt und abgelenkt. Bernhard machte sein Ding, sie ihres. Denis zuliebe taten sie, als seien sie noch eine Familie. Einmal pro Woche gingen sie zur Paartherapie, die eigentlich nicht Therapie heißen sollte, sondern »Abwicklung«. Es ging um nichts anderes mehr als die Trennung, die sie nach einem pervers festen Plan mit fixen Terminen organisierten. Alles war auf den Tag genau definiert. Die Chronik eines angekündigten Endes. Hier aber, in diesem Haus in Frankreich, das sie nicht ausstehen konnte, vom ersten Moment an schon nicht, obwohl sie allen sagte, wie wunderbar es sei, wurde es ihr vor Augen geführt, immerzu. Es war vorbei. Die Jahre waren verschwendet, sie hatten es verbockt.

Veronika erhob sich vom Bett, schob das Handy in ihre Hosentasche und schlüpfte in ihre Ballerinas.

La faiblesse
Die Schwäche

Immer, an jedem Tag, bei jedem Wetter, ob es ihr gut ging oder schlecht, band sich Jacqueline ein Seidentuch von Hermès um ihren Hals. Heute griff sie zu einem ihrer absoluten Lieblingsfoulards, obwohl schwer zu sagen war, welche Tücher ihre wirklichen Favoriten waren, denn sie liebte sie alle, durch die Bank. Das Entscheidende war die Stimmung des Tages, eine Laune. Heute etwa hatte sie Lust auf rosa, also wählte sie das *»Clic-clac à pois«*, ein Foulard mit hellrosa Punkten auf blassrosa Hintergrund, darauf die kunstvoll umgesetzten Illustrationen von in sich verschlungenen Reitpeitschen. Jacqueline hob das Foulard, ohne es sich um den Hals zu binden, schaute in den Spiegel. Ihr gefiel, was sie sah: Sich selbst und das Foulard, beides schön, zusammen noch schöner.

Hermès war ihre Schwäche. Kein Monat verging, ohne dass sie in ihrer Lieblingsboutique vorbeischaute und sich Foulards zeigen ließ, quadratische aus reiner Seide, rautenförmige, großformatige aus Merinowolle, sie waren so anzusehen, wie sie sich anfühlten, wunderschön und edel. Niemals verließ sie den Laden, ohne etwas gefunden zu haben. Manchmal konnte das Leben ziemlich einfach sein.

Allein schon, wie es in der Boutique roch, die Düfte, die in der Luft lagen, das Leder, das sein Odeur verströmte. All das entführte sie in eine andere Welt. Eine bessere Welt, voller Geschichten und Historie, erfüllt von weit zurückreichenden Traditionen und edelster Handwerkskunst. Jacqueline verwandelte sich im Nu in eine Prinzessin (oder in dem Alter, in das sie nun eingetreten war, vielleicht eher in eine Königin), sobald ihr der immer freundliche und makellos gekleidete Türsteher einen Knicks andeutend Einlass gewährte, während er sie respektvoll mit ihrem Namen begrüßte, wie auch diese ausgezeichnete und liebenswürdige Verkäuferin, die ihr mit einem unbezahlbaren Lächeln entgegenkam, mit erhobenen Armen, als wolle sie sie umarmen.

»Frau Klein, so schön, Sie wiederzusehen!«

Diese kleinen Riten waren wie Wellness und verwandelten Jacqueline ein jedes Mal in einen glücklicheren Menschen. Nicht, dass sie sich sonst unglücklich gefühlt hätte, nein, sie war ein sehr zufriedener Mensch. Sie hatte ein gesundes Kind, einen liebenden Gatten, der ein guter Vater war und mit dem sie als Partner ein Geschäft aufgebaut, ihren Traum verwirklicht hatte. Sie besaßen ein Ferienhaus, fuhren einen Wagen mit beheizbaren Ledersitzen, wohnten in einer großzügigen Wohnung in einem guten Quartier und ihr Kind hatte es aufs Gymnasium geschafft. Ihnen ging es gut und sie waren wohlauf. Ein bisschen Bluthochdruck bei Jean, aber nicht, dass man sich deshalb ernsthaft Sorgen hätte machen müssen, schließlich gab es ja Tabletten dagegen, so wie es Tabletten gegen das Sodbrennen gab, das sie beide ab und an plagte. Sie schliefen sogar noch miteinander, einmal pro Woche, oder jede zweite Woche, freitags über Mittag, wenn Laurent in der Schule war. Sie konnten in ihrer Beziehung aufeinander zählen, begehrten einander noch immer. Nach all den Jahren. Niemals hatte sie ihn betrogen, nie das Bedürfnis nach einer Affäre verspürt. Jean genügte ihr. So wie sie ihm genügte. Wenigstens hatte er das beteuert, als sie ihn danach gefragt hatte, mehr als einmal.

Gut, in ihrer Agentur liefen die Dinge nicht gerade rosig in letzter Zeit, aber sicherlich würde es bald wieder aufwärtsgehen, bestimmt. Vor zwanzig Jahren hatte sie die Agentur zusammen mit Jean gegründet. Sie hatten schon bald schöne Aufträge bekommen, dicke Fische an Land gezogen. Es hatte so manchen Grund zum Feiern gegeben. Ihr Portefeuille und ihre Kundenliste konnten sich sehen lassen, auch wenn der eine oder andere Kunde schon länger nicht mehr von sich hören ließ. Aber war nicht alles im Leben eine Wellenbewegung? Keine Flut ohne Ebbe, oder?

Bis es nun aber so weit war, sie wieder die Welle des Erfolgs surfen durften, mussten sie ein wenig auf ihre Ausgaben achtgeben, die Kosten im Auge behalten. Sehen, dass die Dinge nicht aus dem Ruder liefen. Denn die verflixten monatlichen Fixkosten waren hoch und vor allem fix.

Jean war ein großzügiger Mensch. Ein sehr schöner Wesenszug, der einen Teil seiner liebenswerten und einnehmenden Art ausmachte. Leider war diese Großzügigkeit gepaart mit seinem Ungeschick in finanziellen Angelegenheiten bisweilen ein wenig fatal. Auch sein Motto »Man muss das Geld zum Fenster rauswerfen, damit es zur Türe wieder hereinspazieren kann« verlor nach und nach an Charme und Gültigkeit.

Es war Jacqueline, die sich um die Zahlen kümmerte, immer schon darum gekümmert hatte. Jean war der kreative Part in der Firma, der »Künstler«, und so war es Jacqueline, die erkannte, dass das Geld in letzter Zeit nicht mehr so bereitwillig wieder zur Türe hereinspaziert kam, während er es weiterhin beidhändig aus dem Fenster warf. Zahlen konnten wunderbar sein, manchmal aber waren sie auch einfach nur unerbittlich. Es dauerte eine Weile, bis Jacquelines Appelle für gewisse Sparmaßnahmen bei Jean auf Gehör stießen, und noch etwas länger, bis er sie hatte akzeptieren und wenigstens teilweise umsetzen können. Jacqueline wusste ja selbst, wie schwierig es war, über Jahre hinweg lieb gewonnene Gewohnheiten einfach so mir nichts, dir nichts aufzugeben, über Bord zu werfen. Die häufigen Besuche in guten Restaurants, der Skiurlaub über Weihnachten *und* Neujahr in St. Moritz. Oder eben ihre Besuche bei Hermès. Sich einzuschränken war ein Lernprozess. Machbar, aber schwierig.

Jacquelines groß angelegter Masterplan des Gürtelenger-Schnallens betraf auch ihr Ferienhaus in Frankreich. Sie hatten es zwar tatsächlich ausgesprochen günstig erstanden, damals, sie wären dumm gewesen, hätten sie nicht zugegriffen. Dann aber – so musste sie sich rückblickend eingestehen – übertrieben sie es doch ein wenig bei der Renovierung. Was wiederum nicht zuletzt dem Umstand der günstigen Anschaffung geschuldet war. Ja, sie hatten mit der großen Kelle angerichtet. Allein die Rechnung für den Kochherd! Aber damals hatte Jean gesagt: »Wenn schon, denn schon. Keine halben Sachen.« Er hatte gesagt: »Wie oft baut man im Leben ein Haus um?« Also hatte er diesen blöden Molteni-Herd bestellt – so teuer wie ein nagelneuer Porsche – und ein paar schöne Möbel, etwa den massiven Esszimmertisch, dessen Marmor aus denselben Steinbrüchen stammte, aus denen schon die Künstler der Renaissance das Material für ihre ewig währenden Skulpturen hatten hauen lassen.

Nun standen ein paar gröbere Arbeiten an, die allesamt nichts mit einer Verschönerung des Hauses zu tun hatten, sondern banal und leider unumgänglich waren. Der lecke Heizöltank musste saniert werden, noch war unklar, ob das Erdreich davon betroffen war. Das Dach erwies sich bei der letzten Kontrolle als morsch und musste komplett erneuert werden. Die Feuchtigkeit in den Grundmauern führte dazu, dass Schimmel sein Unwesen trieb.

Wollten sie das Haus halten, mussten sie sich etwas einfallen lassen. So kam Jacqueline die Idee, Denis' und Quentins Eltern einzuladen, denn die Kinder waren beste Freunde, weshalb sollten das die Eltern nicht auch werden?

»Bernhard ist Zahnarzt«, hatte sie Jean erklärt, »und Veronika ist Grafikerin und ziemlich erfolgreich. Zusammen haben die sicher ein hübsches Einkommen.«

»Etwas arrogant, diese Veronika«, hatte Jean knapp angemerkt. Er glaubte, sie hätte ihn immer geschnitten, wenigstens bei den wenigen Malen, die sie sich begegnet waren, den Elternabenden etwa.

»Na ja, sie hätte beinahe die neuen Banknoten gestalten dürfen. Hat beim Wettbewerb scheinbar den zweiten Platz belegt.«

»Wie sagt man so schön? *Second to win, first to lose!*«

»Ihre Agentur läuft sehr gut. Sie hat in der Szene einen ziemlich guten Ruf, ist so etwas wie ein Star.«

Jean verdrehte die Augen, murmelte: »Ein Star der Grafikerszene ... klingt wie ein Widerspruch in sich ... schade, dass sie kein Pornostar ist, das wäre was Handfestes.«

Er grinste dümmlich. Jacqueline bedachte ihn mit einem tadelnden Blick. Jean bemühte sich sogleich wieder um Ernsthaftigkeit und forderte sie mit einer Geste auf, weiterzusprechen.

»Wir laden sie nach Saint-Jacques ein, auch die Eltern von Quentin. Wir verwöhnen sie, und zwar nach Strich und Faden. Es wird an nichts mangeln! Dann, zum richtigen Zeitpunkt, bieten wir ihnen an, sich am Haus zu beteiligen.«

»Sich am Haus beteiligen?«

»Ja. Sie werden sich in das Haus verlieben und dann machen wir sie zu Partnern.«

Jean blickte seine Frau schweigend an. Er überlegte, begann dann zu strahlen und nickte.

»Du bist wirkliche eine!«, sagte er und zog sie zu sich, die Hand auf ihre Pobacke gelegt. Mit zusammengepressten Zähnen stieß er hervor: »Durchtrieben bist du! Ein durchtriebenes Luder!« Sie lachten. Jean knetete mit seinen Händen ihren Hintern, schob ihr den Rock herauf.

Oder waren die Punkte zu unruhig? Jacqueline legte das *»Clic-clac à pois«* zurück und griff zu einem ebenfalls rosafarbenen Tuch mit der Abbildung einer prächtigen Dragoneruniform darauf, auf der kunstvoll verschnörkelte Schlaufenknöpfe waren, die als *Brandebourgs* bekannt waren. Es erschien ihr durch die Größe des Motivs etwas ruhiger als das *»Clic-clac à pois«*. Aber war heute wirklich ein Tag für Dragoneruniformen?

Jacqueline nahm ein drittes Tuch aus der alten Hutschachtel, in der sie ihre Schätze hütete. Auf diesem Foulard waren Kristalle und Edelsteine abgebildet, faszinierend anzusehen in ihrer vielfältigen Farbigkeit. Diese Explosion von Farben entsprach ihrer Stimmung, doch, doch! Sie legte das Tuch um ihren Hals. Mit einem Foulard von Hermès sah alles gleich viel besser aus. Ihr Hals war eigentlich das Einzige, was sie an ihrem Äußeren störte. Mit dem Rest war sie ziemlich zufrieden. Sie war eher klein, aber so war sie nun mal gewachsen. Und sie war etwas rundlich, aber Jean mochte das, wie er zu betonen nicht müde wurde, für ihn war es »weiblich«. Gerne lobte er ihre »Karosserie« und verglich sie mit jener der DS, dem göttlich gerundeten Auto von Citroën. Sie brachte vielleicht ein paar Kilo zu viel auf die Waage, aber sie war eben ein Genussmensch. Jacqueline war also ganz zufrieden mit sich selbst, abgesehen von diesem Hals, der im Kontrast zu ihrem stets aufwändig mit teuren Cremes gepflegten Gesicht stand. Ja, sie investierte viel Zeit und Geld in die Gesichtspflege. Der Hals wurde dabei leider öfter mal vergessen.

Geschickt zupfte sie das Tuch mit den Kristallen und Edelsteinen zurecht. Ja, es war die richtige Wahl.

La boucle
Die Schlaufe

Wie Jean war auch Bernhard ein Rennradfahrer, obschon er nicht so oft fuhr, wie er hätte fahren wollen, da es die Zeit nicht zuließ, denn er war beruflich stark eingespannt. Mehr als fünftausend Kilometer pro Jahr waren nicht drin. Doch Bernhards Körper kam dem Sport entgegen. Er war groß (also langer Hebel) und schlank (also geringes Gewicht in Relation zur Körpergröße), so brachte er auch mit wenig Trainingseinheiten eine ganz passable Leistung auf die Straße. Außerdem ging er regelmäßig joggen, auch auf seine Ernährung achtete er, aß nie zwischen den Hauptmahlzeiten, mied Zucker, Alkohol trank er nur bei gesellschaftlichen Anlässen, die in letzter Zeit allerdings eher rar gewesen waren. Sowieso war er weder ein Partylöwe noch das, was man einen Gourmet nennen konnte. Wenn seine Berufskollegen von Fressorgien in mit Auszeichnungen bestückten Restaurants in Norditalien schwärmten, dachte er jeweils: lieber die als ich.

Bernhard besaß Ausdauer. Ehrgeiz und Zähheit hatte er sowieso immer schon gehabt, in der Schulzeit, im Studium. Als Jean am Telefon erwähnt hatte, die Gegend sei für eine Ausfahrt ideal, erwiderte er: »Sehr gut, ich nehme meine Maschine mit.«

»Maschine«, hatte Jean gedacht und die Augen verdreht. Wie konnte man etwas so Sinnliches wie ein Rennrad »Maschine« nennen?

Jean beäugte nun diese *Maschine*, als er bereits in voller Rennradmontur, bunt wie ein tropischer Vogel, in der nach Farbe und Benzin riechenden Remise stand, wo die Fahrräder untergebracht waren, nebst einem Beil, das in der Ecke in einem Spaltstock steckte, dem Kram für die Baumpflege, Werkzeug, den Pétanque-Kugeln und allerlei Gerümpel. Jean konnte diesen modernen Rennrädern aus Kunststoff nichts abgewinnen, er war ein Ästhet. Das betonte er auch gerne: Ein Ästhet alter Schule. Deshalb kamen für ihn nur formvollendete Räder aus Stahl infrage.

Jean kam nicht umhin, den Kopf zu schütteln, als er ächzend in die Knie ging, um Bernhards Karbonhobel zu inspizieren. Das scheußliche Ding aus sicherlich fernöstlicher Produktion war Hochverrat an der Eleganz zugunsten der Effizienz. Für Jean ein typisches Zeichen der Jetztzeit, des beschleunigten, freudlosen Kapitalismus mit all seiner kalten, unmenschlichen Gnadenlosigkeit.

Jeans Rad hingegen war wunderbar anzusehen, in einem leuchtenden Rot lackiert, und beinahe so alt wie er selbst. Wenn Leute ihn auf sein Gefährt ansprachen, was nicht selten vorkam, versorgte er sie subito mit Details, die niemand wissen wollte, inklusive Hinweisen zu Helden von einst, welche auf solchen Rädern zu gloriosen Siegen gefahren waren.

So erging es auch Bernhard und Filipp. Letzterer machte sich grundsätzlich nichts aus Sport, ließ es sich aber nicht nehmen, die beiden anderen auf der angekündigten Tour zu begleiten, schließlich war jede Erfahrung eine Erfahrung – und er wollte nicht mit den Frauen im Haus bleiben und auf die Kinder schauen müssen, während sich die beiden anderen auf den Landstraßen vergnügten. Als Bernhard erfuhr, dass Filipp mitkommen wollte, hatte er dies mit einem fragend die Tonleiter hinaufsteigenden »Okay?« quittiert. Er spürte eine gewisse Dämpfung der Vorfreude auf die Ausfahrt, vielleicht vorweggenommene Enttäuschung sogar. Denn einen unerfahrenen Fahrer mitzunehmen bedeutete, auf diesen Rücksicht nehmen zu müssen, auf ihn zu warten, das Tempo anzupassen.

Bernhard kannte Filipp kaum, doch redete er für seinen Geschmack etwas zu gerne. Ein Eindruck, der sich hier in Saint-Jacques-aux-Bois schnell erhärtet hatte.

»Er ist wie ein Radio, ständig auf Sendung«, hatte er Veronika gegenüber gesagt, aber sie hatte lediglich eine ihrer kühlen Antworten gegeben, die auch noch Kritik an ihm beinhalteten: »Immerhin kommuniziert er mit Menschen.«

Jean hatte das mattschwarze Rennrad an Sattel und Lenker gepackt und es ein wenig in die Höhe gehoben, um das Gewicht zu prüfen. Bernhard hatte er nicht herankommen hören und erschrak, als er ihn hinter seinem Rücken sagen hörte: »Weniger als sieben Kilo. Mit den Pedalen!« Fast wäre ihm das Rad aus den Händen gefallen. Er stellte es mit gebührender Vorsicht zurück auf den Boden und wandte sich um.

»Wirklich leicht wie eine Feder! Bist du bereit?«
»Ja, bin ich.«

Bernhard war ganz in Schwarz gekleidet. Die ebenfalls schwarzen Rennradschuhe trug er in der Hand. Deswegen hatte er sich wie ein Indianer anschleichen können. Jean hingegen steckte in seinem Retrodress, mächtig zeichnete sich sein Bauch unter dem engen, elastischen Stoff ab. Bleich, beinahe weiß waren seine kurzen, krummen Beine. Dann kam Filipp hinzu, klatschte in die Hände und sagte laut: »So, die Herren! Die drei Muskeltiere sind ready! Mögen die Rennen beginnen.«

»Muskeltiere!«, wiederholte Jean. »Der war gut!«

Filipp hatte sich nicht die Mühe gemacht, sich dem Sport entsprechend zu kleiden. Er stand in einer ganz normalen Jogginghose und Kapuzenpulli da. Jean fragte, ob er keine Radhose dabeihabe. Er könne ihm in diesem Fall gerne eine leihen.

»Ich ziehe bequeme Kleidung vor«, erwiderte Filipp, »Funktionsfummel sind nicht so mein Ding.« Er fahre ja auch im Alltag Rad. Wo also läge da der Unterschied? Bernhard hob die Augenbrauen, sagte aber nichts.

»Nun gut«, rief Jean voller Elan und klatschte ebenfalls in die Hände, um gute Allgemeinstimmung bemüht, »lass uns das Rad anpassen, Filipp.«

Er holte das für Filipp vorgesehene Rad, das er zuvor von Spinnweben befreit und aufgepumpt hatte, aus einer Ecke, stellte den Sattel etwas höher, da Filipp doch einen halben Kopf größer war als er.

»So sollte es passen«, sagte er.

»Aber sicher!«, meinte Filipp lässig und schwang sich auf den Sattel.

Unter großem Hallo machten sie sich kurz darauf auf den Weg, die Kinder johlten, die Frauen klatschten, und die Helden winkten mit erhobenen Händen.

Sie fuhren Jeans Lieblingstour, eine Schlaufe von gut vierzig Kilometern, die alle Vorzüge der Landschaft vereinte und deren ganze Schönheit erfahrbar machte. Die Runde führte durch kleine, blumengeschmückte Dörfer, vorbei an Auen und sich schlängelnden Flüssen, schmale Wege führten über stoppelige Getreidefelder. Es ging auf schnurgeraden Straßen durch Wäldchen und Wälder, in die das Sonnenlicht während einer rasanten Abfahrt hereinschoss wie ein Stroboskop, dann wieder wurde die Straße kurvig und sanft ansteigend. Sie kamen an Ruinen vorbei, die von der Flora teils zurückerobert worden waren, einst stolze Fabriken gewesen waren, kreuzten den Kanal über steinerne Brücken. Schossen durch kurze, schwarze, feuchte Tunnel.

Jean hob den Arm. Das Zeichen, anzuhalten. Sie verlangsamten die Fahrt, kamen am Straßenrand zum Stehen. Jean wies auf einen Baum am Wegesrand, wo ein mächtiger Vogel auf einem Ast saß und sich nicht von ihnen stören ließ.

Jean blickte ergriffen vom Vogel in die Gesichter seiner Mitstreiter. »Wunderschön, oder?«

Filipp nickte, nahm einen Schluck aus der Trinkflasche.

»Viele Greifvögel hier, wie mir scheint«, sagte er schwer schnaufend. »Die französischen Mäuse scheinen zu schmecken! Wundert mich nicht, ich fand französische Mäuschen auch immer verführerisch.«

Er grinste. Jean lachte auf. Bernhard sagte nichts, wich Filipps nach Bestätigung suchendem Blick aus und schluckte den Ärger herunter, dass sie wegen Filipp so trödeln mussten. Sein Puls war kaum höher als im Ruhezustand, sie hätten locker doppelt so schnell fahren können. Jean mochte zwar ein Fettsack sein, aber er hatte Saft in den Waden. Ja, Jean war in Ordnung, Filipp hingegen ging ihm mächtig auf die Nerven, wenn er etwa »Zwischensprint!« rief und wie ein Irrer an ihnen vorbeikurbelte, um wenige Meter später wieder so langsam zu fahren, dass er beinahe vom Rad fiel, übertrieben hechelnd und stöhnend. Bernhard achtete darauf, stets vor Filipp zu fahren. Er wollte seinetwegen nicht in einen Unfall verwickelt werden. Weshalb, fragte er sich, mussten die Starken immer Rücksicht auf die Schwachen nehmen? Warum müssen die Schnellen langsam fahren? Warum konnten die Langsamen nicht schneller fahren? Das war für Bernhard ein Grundübel der Gesellschaft: diese unselige Diktatur der Schwachen und Unwilligen.

Bernhard war so müde, Rücksicht zu nehmen auf jene, die keine Rücksicht nahmen. Das war, fand er, wie mit gewissen Mitmenschen. Er hatte nichts gegen niemanden, ganz und gar nicht. Aber gewisse Subjekte wollten sich einfach nicht den hiesigen Verhältnissen und Gepflogenheiten anpassen. Weshalb Toleranz gegenüber Intoleranten? Nur weil anderswo im Straßenverkehr das Abbiegen ohne zu blinken gang und gäbe war, musste man das hier doch nicht auch praktizieren, oder? Es gab Regeln. War es so schwer, sich daran zu halten? Oder die jungen Männer, denen das Testosteron nur so aus den zerrissenen Jeans troff und die wie Affen in Horden herumlungerten, mussten die immer ihren Rotz auf den Boden spucken? Und wenn man ihr Verhalten mit einem missbilligenden Blick strafte, kamen sie einem auch noch frech oder aggressiv. So langsam ging ihm auf den Sack, was ihn früher kaltgelassen hatte.

Er war ein toleranter Mensch, doch alles hatte seine Grenzen. Und er spürte, dass die Dinge sich veränderten. Allein schon dieser grassierende Gender-Wahnsinn! Dieser ganze Minderheitenfimmel, den die Gesellschaft entwickelte! Rechte für die! Rechte für den! Jeder nahm sich plötzlich so wichtig, jeder fand sich so speziell. Jeder sah sich als Zentrum des Universums. Konnte man nicht einfach normal sein? Sein Leben leben, seinen Job tun und die Schnauze halten? So wie er es tat? War das zu viel verlangt, gottverdammt noch mal?!

Kurz hatte er überlegt, den beiden anderen einfach davonzufahren, hatte sich aber dagegen entschieden. Er spielte das Spiel mit, nahm sich jedoch vor, die Tour einfach nochmals zu fahren. Alleine, in seinem Tempo. Vielleicht schon am nächsten Morgen, wenn alle noch in ihren Betten lägen.

Filipp fragte nun: »Wisst ihr, was Mäusebussard auf Französisch heißt?« Als er keine Antwort bekam, sagte er trocken: »*Musée des Beaux Arts.*« Jean lachte laut auf, nachdem er ein, zwei Sekunden Zeit brauchte, um die Pointe zu begreifen.

»Der war gut!«, sagte Jean und blickte zu Bernhard, der noch immer den Vogel betrachtete, der stoisch auf dem Ast saß und in seiner Art Bernhard nicht unähnlich war. Bernhard lächelte schmal, nahm einen Schluck aus seiner Trinkflasche, schmeckte den synthetischen Orangengeschmack des isotonischen Getränks. Als der Vogel sich dann doch entschloss, davonzufliegen, hob Filipp die Hand und winkte ihm nach.

Auch er lächelte, während der Vogel sich in die Lüfte erhob und bald verschwand. Obwohl ihm gar nicht nach Lachen zumute war, denn etwas war nicht in Ordnung. Er fühlte einen pochenden Schmerz, und zwar in seiner Hose, an seinem Hinterteil. Schon nach wenigen Kilometern hatte er bemerkt, dass es zu brennen begann, erst schwach, dann etwas stärker, nun war es, als klemme eine Chilischote zwischen seinen Arschbacken. Es war wohl doch keine so brillante Idee gewesen, in der Jogginghose auf den Sattel zu steigen. Er hatte sich den Wolf gelaufen. Aber egal, er würde es durchziehen, er würde den Indianer aus sich rausholen, der keinerlei Schmerz kannte.

»Alles okay?«, fragte Bernhard mechanisch.

»Alles paletti«, antwortete Filipp und grinste. »Könnte nicht besser sein!«

Bagatelles
Lappalien

Während die Männer taten, was Männer tun mussten, taten die Frauen das einzig Richtige: nämlich nichts. Das Nichts bestand darin, sich auf Liegestühlen in die Herbstsonne zu fläzen, mit Sonnenbrillen auf den Augen, und sich zu unterhalten.

»Gibt es hier eigentlich Schlangen?«, fragte Salome, während sie ihren Blick schweifen ließ.

»Nie welche gesehen«, sagte Jacqueline.

»Aber man sagt, es gibt Schlangen hier.«

»Wer hat das gesagt?«

»Das habe ich gelesen.«

»Hast du Angst vor Schlangen?«

»Ja, klar.«

Jacqueline zuckte mit der Schulter.

»Und vor Wespen und Bienen?«, fragte Veronika.

»Nicht besonders.«

»Das ist ein Fehler. Weil die sind am gefährlichsten.«

Sie schwiegen wieder. Genossen die Ruhe, kosteten die Leichtigkeit des Augenblicks aus, die Abwesenheit der Männer, die Ruhe.

Die Kinder hatten sich in ihr Zimmer abgesetzt, das zugleich Kino war und Spielhölle und das bald nach Schweiß, Pubertät und alten Socken roch.

»Das sind doch die besten Ferien«, sagte Jacqueline beiläufig und zufrieden, »wenn man die Kinder fast nicht sieht. Dann sind alle glücklich. Wir lassen sie in Frieden. Sie lassen uns in Frieden. Win-win!«

Salome seufzte; unklar, ob es wohlig beipflichtend gemeint oder Ausdruck einer diffusen Sorge um die Kinder war, denn der Grat zwischen zu viel und zu wenig Aufmerksamkeit war schmal.

Auf dem Kanal erschien ein Kahn, geisterhaft geräuschlos näherte er sich. Ein Hausboot mit blauen Zierstreifen, eine verwitterte und von der Sonne ausgebleichte Trikolore flatterte im mäßigen Fahrtwind, die Fenster waren mit Geranienkisten bestückt. Am Ruder stand ein Mann im Rentenalter mit Kapitänsmütze und entblößtem Oberkörper, weiß behaart und feist. Daneben saß auf einem Monoblockstuhl eine unförmige Frau mit Strickzeug im Schoß. Sie hoben wortlos die Hände zum Gruß. Jacqueline und Salome winkten zurück.

Nun vernahm man auch das leise Tuckern des Motors, ein Blubbern und Plätschern des von der Schiffsschraube aufgewirbelten Wassers. Der Kahn glitt vorbei, nahm das Tuckern mit, das Blubbern und das Plätschern. Die Fahrtwellen verebbten bald, und es war wieder so ruhig wie zuvor.

»Eine furchtbare Art, Urlaub zu machen. Auf einem Hausboot!«, sagte Jacqueline, die ihre Bluse einen Knopf weit öffnete, damit ihr Dekolleté auch etwas Sonne abbekam.

»Ja, schrecklich«, sagte Salome unbeteiligt.

»Ich stelle es mir auch nicht sonderlich bequem vor, in diesen engen Kabinen.«

»Schrecklich«, wiederholte Salome, noch träger als zuvor, es war beinahe ein Hauchen.

Wieder verfielen sie in Schweigen.

Ein Serviertablett stand zwischen den Stühlen im Gras, darauf eine Karaffe mit Wasser, fröhlich klimperten die Eiswürfel, gelb leuchteten die Zitronenschnitze. Es gab Weißwein in einem Terrakottakühler, salziges Blätterteiggebäck, Wasabinüsschen. Als Salome sah, wie Jacqueline den Weißwein aus dem Kühler zog und sich ein Glas eingoss, musste sie an die verschwundenen Flaschen denken. Es war ihr noch immer unerklärlich. Als sie und Filipp vom morgendlichen Einkauf im Supermarkt zurückgekehrt waren und ihre Besorgungen aus dem Auto ins Haus räumten, war der Karton mit den sechs Flaschen Wein nicht mehr im Kofferraum. Einfach weg.

»Mysteriös. Ich bin mir hundert Prozent sicher, die Scheißkiste eingeladen zu haben«, sagte Filipp, als sie es bemerkt hatten.

»Du musst ihn im Supermarkt vergessen haben«, sagte Salome.

»Nein, habe ich nicht.«

Salome wies demonstrativ in den leeren Kofferraum.

Filipp zuckte mit den Schultern.

»Du hast mich ja noch angemacht, hast gesagt, ich soll sorgfältiger mit der Kiste sein, weil die Flaschen so klirrten«, blaffte Filipp.

»Aber wo ist er denn jetzt?«

»Vielleicht hat ihn jemand geklaut.«

»Geklaut?«

»Ja, hier aus dem Kofferraum, während wir die Scheißtüten ins Haus geschleppt haben. Die Franzmänner haben einen ganz eigenen Begriff von Besitz und Eigentum.«

»Und wer sollte das gewesen sein?«

»Was weiß ich? Irgendein Penner, der zufällig vorbeigekommen ist.«

Nein, dachte Salome, den Kopf schüttelnd, der Karton musste noch immer irgendwo auf dem Parkplatz vor dem Einkaufszentrum stehen, auch wenn Filipp schwor, ihn eingeladen zu haben. Eine andere Erklärung gab es nicht. Konnte es nicht geben.

Laurent und seine Freunde kamen aus dem Haus, scheinbar gelangweilt, aber auf eine betont entspannte Weise, ganz so, als führten sie etwas im Schilde. Als sie bei den Müttern vorbeikamen, schwatzten sie ihnen das Blätterteiggebäck ab.

»Ihr könnt es ja auch besser gebrauchen als ich«, sagte Jacqueline, während sie sich aufrichtete und ihre Bluse zurechtzupfte.

Die Jungs standen noch um den Tisch herum, bis das Gebäck verdrückt war.

»Lasst uns abzischen«, sagte Laurent zu seinen Freunden.

»Wo wollt ihr hin?«, fragte Salome, nicht ohne Besorgnis im Blick.

»In den Wald.«

»Und was habt ihr im Rucksack?«

»Proviant.«

»Passt auf euch auf!«, sagte Jacqueline und strich Laurent über den Kopf. Eine Geste zärtlicher Absicht, aber irgendwie doch grob. Der Junge entwand sich ihren fürsorglichen Fingern. Die drei Freunde gingen davon.

»Stellt keinen Blödsinn an«, rief ihnen Jacqueline nach. Es klang drohend und zugleich wie eine Floskel.

»So sollte es immer sein«, meinte sie nach einer Weile. »Die Kinder spielen im Wald. Die Männer strampeln sich einen ab. Und wir machen einfach nichts!« Sie goss sich ein Glas Weißwein ein. Auch Veronika und Salome füllte sie die Gläser, obwohl diese dankend abwinkten. Sie nahm einen Schluck, sank in den Liegestuhl zurück und es dauerte nicht lange, da war von ihr nur noch ein leises Schnarchen zu hören.

Schwer atmend kamen die Kinder am späteren Nachmittag von ihrem Waldausflug zurück, just in dem Moment, als auch die Männer von ihrer Tour heimkehrten. Die Frauen erhoben sich von ihren Gartenstühlen, um die Männer zu begrüßen, fragten, wie auch die Kinder, wie es gewesen sei. Die Männer waren sich in ihrem Urteil einig.

»Großartig!«

»Herrlich!«

»Diese Landschaft!«

»Wie gemacht fürs Fahrradfahren!«

»Schöner geht nicht!«

Sogar Bernhard nickte und lächelte. Dann ächzten sie und stöhnten, so wie man es eben tut, wenn man gerade von einem gewaltigen Abenteuer zurückgekehrt ist, galaktische physische Strapazen hinter sich hat, die noch glorios im Körper nachhallen, in den Muskeln, Gelenken und den Sehnen.

Dabei waren nur Jeans Gefühle rein und ehrlich. Alle drei trugen zwar ein Lächeln auf den Gesichtern, im Inneren jedoch waren ihre Zustände unterschiedlichst.

Bernhards bereits während der Fahrt aufkommende Enttäuschung wurde nach der Ankunft verstärkt, als er die Daten seines Fahrradcomputers checkte. Er dachte oft in Zahlen. Wie schnell er gefahren war, wie lange, wie viele Höhenmeter. Dachte in Watt und Kalorien. Sein Rad wog 6,8 Kilo. Er wog 74 Kilo. Er konnte über die Dauer einer Stunde konstant 275 Watt treten. Er war 1,84 Meter groß, den Rest konnte man sich ausrechnen. Zahlen waren Dinge, denen er vertrauen konnte. Gefühle hingegen waren Gefühle – trügerisch, diffus und unbrauchbar.

Salome streichelte sanft über Filipps Rücken, als der das Rad in die Remise schob.

»Du hast geschwitzt«, sagte sie. Es klang erstaunt, aber auch ein bisschen bewundernd, so wie man zu einem kleinen Kind sprach, wenn es etwas besonders gut gemacht hatte, oder zu einem Hund, langsam und überdeutlich.

»Wie ein Schwein, geschwitzt wie ein verdammtes

Schwein hab ich«, rief Filipp, »die Typen sind ab wie die Raketen!«

Er nickte zu Jean, der etwas verlegen dreinschaute. Filipp übertrieb mal wieder.

»Aber jetzt muss ich mal schnell für kleine Jungs«, sagte Filipp.

Er verschwand im Haus.

Salome sah ihm nach. Filipps Gang kam ihr sonderbar vor. Und während sie sich ein wenig Sorgen um ihn machte, dachte sie, dass sie sich keine Sorgen machen sollte, denn das hatte ihre Therapeutin gesagt, und das wusste sie auch. Sie sorgte sich zu oft und zu viel. Sie konnte nicht die ganze Last der Welt auf ihre Schultern laden. Auf diese Schultern, auf denen schon so manches lastete. Deshalb schaute sie auch kein Fernsehen mehr. Wenn im Radio die Nachrichten kamen, stellte sie den Sender um oder das Gerät gleich ab. Tageszeitungen zu lesen hatte sie vor längerer Zeit schon aufgegeben. Die Medien waren auf das Schlechte fixiert, selten las man positive Geschichten. All die Dinge, die in der Welt geschahen, bedrückten sie. Die Unruhen, welche die Wahlen in Kamerun begleiteten, die Bilder von Bootsflüchtlingen, die Toten nach den Beben in Indonesien. All das schlug ihr aufs Gemüt, wühlte in ihrem Innersten. Und nun Filipps sonderbarer Gang. Sie war einfach zu sensibel. Salome atmete einmal tief ein.

Filipp ging nicht auf die Toilette. Er stieg direkt die Treppe zum Zimmer hoch. Dort zog er die Türe hinter sich ins Schloss und die Hose runter, verrenkte sich, um zu sehen, was ihn plagte. Der Schmerz war quälend stark geworden. Irgendwo da hinten, da unten, zwischen den bleichen Backen. Aber so sehr er sich auch verdrehte und den Kopf wandte, er konnte nichts sehen außer der hellen Haut seiner Hüfte und ein bisschen Arsch. Die Ursachen des Schmerzes lagen tiefer.

Eine Spiegelkommode stand im Zimmer, also stellte er sich mit dem Rücken zu dieser und drehte seinen Kopf einer Eule gleich zum Spiegel hin, beugte sich nach vorne, schob seinen Hintern heraus. Aber auch so konnte er nichts erkennen. Er zog seine Arschbacken auseinander, ächzend verbog er sich noch etwas. Doch trotz der Verrenkungen gab der Hintern das schmerzende Geheimnis seinen Augen nicht preis.

Da ging die Türe auf.

»Meine Güte!«, rief Salome, die ins Zimmer kam. »Was machst du da?«

»Fuck!«, rief Filipp aus, sich aufrichtend. »Hast du mich erschreckt! Kannst du nicht anklopfen?«

Rotgesichtig hob er seinen Kopf.

»Du hast gesagt, du müsstest auf die Toilette«, sagte sie irritiert.

»Muss ich auch, sogar dringend, wie ein Pferd muss ich pissen.«

Salome verzog ihr Gesicht, sie mochte es nicht, wenn er grob redete, hatte es noch nie gemocht. Filipp hatte leider einen Hang zu derbem Sprachgebrauch, was sicherlich mit seinem Beruf zu tun hatte. Als sie ihre Therapeutin darauf angesprochen hatte, ganz beiläufig, da hatte diese gefragt, ob Filipp denn auch schon handgreiflich geworden sei, die Hand erhoben habe gegen sie oder eines der Kinder. »Aber nein!«, hatte sie geantwortet. Er redete doch bloß gerne etwas derb. Die Therapeutin sah sie daraufhin misstrauisch an, machte sich eine Notiz, und Salome lächelte verlegen und ärgerte sich, dass sie eine solche Nebensächlichkeit überhaupt zur Sprache gebracht hatte.

»Mein Arsch tut weh«, sagte Filipp, »hab mir irgendwas aufgescheuert bei der Tour. Die Hose war zu eng. Oder zu lose. Was weiß ich. Die Naht der Unterhose hat mir wohl den Arsch zerfetzt. Alles ist voller Blut.«

Er wies auf die am Boden liegende Unterhose.

»Oh nein!«

»Das Velo war auch viel zu klein für mich. Jean ist ja ein Zwerg. Ich musste mit einem verdammten Zwergenvelo fahren! Und die Idioten mussten ja auch kurbeln wie vom Teufel geritten.«

Er tastete zögerlich mit den Fingern zwischen den Arschbacken herum, sondierte mit den Spitzen des Zeige- und Mittelfingers, als wären es fühlende Antennen. Und da spürte er etwas, das sich wie eine Geschwulst anfühlte, ein pochender und brennender Fremdkörper, am Rand des Afters, als säße dort ein Egel oder eine dicke, pulsierende Schnecke.

Salome war peinlich berührt, ihrem Mann dabei zuzusehen, wie er sein Hinterteil befummelte, splitterfasernackt. Sie sagte: »Kann ich dir irgendwie helfen?«

Es klang eher unverbindlich als wie ein von Herzen kommendes Hilfsangebot.

Filipp hob erneut den Kopf und blickte Salome an,

als sei er überrascht, sie noch immer im Zimmer vorzufinden. Er war gedanklich ganz und gar bei der taktilen Erforschung seiner vor Schmerz glühenden Glutealregion. Doch nun fragte er Salome, ob sie nicht nachsehen könne. Er würde sich aufs Bett abstützen und sie könnte ihn untersuchen.

»Wie bitte?«, erwiderte Salome.

»Du hast da optisch einen viel besseren Zugang!«

Sie hielt inne, ihr fehlten die Worte. Sie konnte doch nicht ... unmöglich ... den Hintern ihres Mannes auskundschaften? Sie war schließlich weder Gastroenterologin noch pervers veranlagt. Salome half immer gerne, wenn sie konnte, und zimperlich war sie beileibe nicht, drückte Filipp gerne eitrige Pickel auf dem Rücken aus, befreite ihn von schwarzköpfigen Mitessern oder rupfte ihm mit einer Pinzette eingewachsene Haare aus. Doch jetzt und hier übertrumpfte der Ekel ihr angeborenes Helfersyndrom.

»Ich bin mal unten«, sagte sie kühl.

Dumme Kuh, dachte Filipp bei sich. Salomes Augen hätten die Seinigen sein können, hätten ihm beschreiben sollen, was sie sahen. Aber da war sich Madame natürlich zu gut dafür. Typisch! Manchmal konnte sie eine Art haben, die Filipp mächtig auf die Eier ging, so etepetete, so lebensfremd sensibel. Sie war und würde im Kern bleiben, was sie schon immer gewesen war: eine Tochter aus gutem Haus mit wohltemperierten Manieren. Seinem wahren Wesen konnte man nicht entrinnen, so sehr man es auch versuchte. Das wusste er nur zu gut.

Mit heruntergelassener Hose stand er wieder allein im Zimmer. Aber ganz alleine war er nicht, denn da war der Schmerz.

Früher hatte er nie Schmerz empfunden, war nie krank gewesen, auch der übelste Kater kostete ihn nichts als ein müdes Lächeln. Nun jedoch traten mehr und mehr Gebrechen in sein Leben; der Schmerz war zu einem treuen Begleiter geworden. Es waren bloß Lappalien, nichts Schlimmes, ein verstauchter kleiner Finger, der schon seit Monaten schmerzte, zwar nur schwach, aber trotzdem. Der Rücken, der am Morgen wie eingerostet war. Und dann war da noch die Episode mit seinen Hoden, genauer mit dem einen, in dem er einen Knoten gespürt hatte. Erst hatte er diese Entdeckung erfolgreich verdrängt, doch der Knoten wurde größer und größer, bis er ihn nicht mehr ignorieren konnte. Filipp ließ sich von seiner Hausärztin die Nummer eines Urologen geben.

Der Urologe war alt und hatte einen schweren slawischen Akzent. Filipp mochte ihn sogleich und hoffte, dass er ihn bald noch mehr mögen würde, wenn er ihm nämlich verkündete, dass alles gut sei, er nicht mehr an das denken musste, an was er in den Tagen zuvor immerzu hatte denken müssen, an seinen Tod.

Kaum hatte Filipp den Termin beim Urologen ausgemacht, schlich sich die Furcht an ihn heran. Er spielte diverse Szenarien durch, die variantenreich waren, aber allesamt auf das Gleiche hinausliefen, Filipps finalen Vorhang nämlich. Nie im Leben hatte er bis dahin Angst vor dem Tod empfunden. Niemals. Im

Gegenteil. Er war stets der Ansicht, dass die Angst vor dem Tod unsere Kultur blödsinnig dominiere; die ganze Hektik und das immerwährende Gefühl, etwas zu verpassen, die Gier, der Körperkult, der Jugendwahn, all das waren Manifestationen für unseren Bammel vor dem Sensenmann.

Was ihn diesbezüglich beschäftigte, war die Frage, wie die Menschen über ihn sprechen würden, wenn er nicht mehr wäre. Wie sehr würden sie ihn vermissen? Wie würden sie seiner gedenken? Käme *Last Exit Egerkingen* zum Anlass seines frühen und unerwarteten Todes im Fernsehen? Und wenn ja, zu welcher Sendezeit? Gäbe es ganzseitige Todesanzeigen? In wie vielen Zeitungen würde ein Nachruf gedruckt? Welches Foto würden sie dafür verwenden? Wer wäre an seiner Abdankung zugegen? Hätte er überhaupt Anspruch auf eine ordentliche Beerdigung mit allem Drum und Dran, da er ja vor Jahrzehnten schon aus der Kirche ausgetreten war? Und falls ja, wäre die Kirche voll? Käme Gwen? Trüge sie eine schwarze Sonnenbrille? Würde sie weinen? Natürlich würde sie weinen, fraglos, aber *wie sehr* würde sie weinen? Zu gerne hätte er die Reden gehört, die auf ihn gehalten würden. Würde Salome singen? Sicher würde sie singen, aber *was* würde sie singen? Hoffentlich nicht das *Ave Maria*! Vielleicht sollte er besser eine Anleitung zu seiner Trauerfeier verfassen, damit die richtige Musik gespielt würde. Etwas von Johnny Cash. *Another One Bites the Dust* wäre auch geil, in voller Lautstärke. Das würde vor allem seinem Schwiegervater mächtig auf dessen runzlige Eier gehen. Ein Gedanke, der Filipp kurz lächeln ließ.

Noch während der Urologe den Kopf des Ultraschallgeräts in Filipps Unterleib drückte, sagte der Doktor in seinem schweren slawischen Tonfall, der klang, als würden die Worte eine Kellertreppe hintersteigen: »Es ist nicht das, was Sie denken, was es ist.«

Der Urologe lächelte sanft, wissend, reichte Filipp eine Rolle mit Haushaltspapier, damit er sich das kühle Kontaktgel vom Leib putzen konnte, reinigte seinerseits den Kopf des Ultraschallgeräts, bat dann mit einer altmodisch höflichen Geste Filipp, vom Untersuchungstisch aufzustehen und am Schreibtisch Platz zu nehmen, wo der Arzt sich in einen dicken Lederbürostuhl fallen ließ, der den alten Körper quietschend begrüßte. Er beugte sich vor, nahm einen Stift und ein Blatt Papier. Mit wenigen Strichen und ein paar Worten erklärte ihm der Arzt, was eine Hydrozele war.

»Man nennt es auch Wasserbruch. Eine Ansammlung von Flüssigkeit in ihrem Skrotum.«

»Skrotum?«

»Machen Sie sich keine Sorgen. Es ist harmlos.«

Als Filipp nach Hause kam, geflutet von Glücksgefühlen ob der eben vernommenen Tatsache, in absehbarer Zeit doch nicht sterben zu müssen, ließ er sich einen neuen Termin geben: bei einem Tätowierer. Zwei Tage später ritzten fein surrende Nadeln eine Kinderzeichnung von Quentin in seinen Oberarm. Es war eine Zeichnung, die den Tod darstellte. Filipp hatte seinen Sohn gebeten, den Tod zu zeichnen. Er sah aus wie eine Witzfigur. Kinder, so fand Filipp, waren eben viel klüger als die Erwachsenen. Sie waren weiser, obwohl sie weniger Lebenserfahrung hatten. Oder vielleicht gerade deshalb?

Nun stand er in einem fremden Zimmer in einem fremden Land und sah sich selbst im Spiegel, ein Mann von 47 Jahren, nackt und bleich und mit einem vor Schmerz pochenden Arsch. Der Mann, den er im Spiegel sah, war älter als der Mann, als der er sich fühlte. Ja, er war geworden, was er niemals hatte werden wollen, ein alter Sack. Am Leben zwar, aber ein alter Sack.

Dann kam ihm eine Idee.

»Scheiße, warum bin ich da nicht früher drauf gekommen«, murmelte er, nahm sein Mobiltelefon von der Kommode, schaltete in den Kameramodus, aktivierte den Selbstauslöser. Er legte das Gerät auf den Boden und ging in die Knie, harrte tief kauernd über dem iPhone und zog mit den Händen seine Pobacken auseinander. Es dauerte nur Sekunden, da erklang das Auslösergeräusch. Ein Blitz erhellte den Ort, der zuvor nie das Licht gesehen hatte.

La banane
Die Banane

Bernhard schlich sich aus dem Haus. Er hatte beschlossen, die Runde nicht erst am nächsten Morgen noch einmal zu fahren, sondern jetzt gleich. Beim Hinausgehen schnappte er sich den Bund mit den Bananen aus der Früchteschale, die dekorativ auf dem Esszimmertisch stand, wählte die größte aus und brach sie mit einem leisen Knacken heraus, schob sie in die Rückentasche seines Rennradtrikots. Nun war er bereit.

»Noch nicht geduscht?«

Es war Filipps Stimme. Bernhard hatte ihn gar nicht bemerkt. Filipp saß in einem der Sessel hinter einer aufgeschlagenen Zeitung verborgen. Er senkte sie raschelnd, legte sie zur Seite, erhob sich vom Sessel – nicht ohne Mühe, wie Bernhard schien.

»Ich dreh noch mal eine Runde«, sagte er, ließ es beiläufig klingen.

Filipp blickte ihn ungläubig an.

»Echt? Wir, äh, waren doch eben erst auf einer Monstertour!«

Bernhard nickte, schwieg. Weshalb sollte er sich erklären? Er konnte tun, was immer er wollte, er war niemandem Rechenschaft schuldig.

»Also, ich für meinen Teil bin bedient«, sagte Filipp, winkte ab, trat an den Tisch. »Du stehst auf Bananen?«

»Wie?«

»Ich habe gesehen, wie du dir eine Banane in die Tasche gesteckt hast.«

Bernhard nickte vage. Alle Ausdauersportler vertrauten der Banane. Ihre Vorzüge waren allgemein bekannt. Er machte sich ans Gehen, doch Filipp hielt ihn am Arm zurück.

»Du weißt ja, warum Elvis starb, oder?«

Bernhard war verwirrt. Wovon redete Filipp da?

»Elvis? Der Sänger?«

»Ja. Genau. Elvis Presley.«

Bernhard wurde ärgerlich. Er hatte keine Lust auf ein blödes Gespräch über Elvis.

»Ich denke, es waren die Drogen«, sagte Bernhard.

»Da denkst du falsch!«, meinte Filipp und grinste teuflisch, ließ den Satz nachhallen und verkündete mit Pathos in der Stimme: »Es war die Banane.«

Filipp fixierte Bernhard und feixte noch diabolischer.

»Die Banane?«, echote Bernhard verwirrt.

Filipp setzte sich nicht ohne zögernde Vorsicht mit einer Pobacke auf den Tisch und begann zu erzählen. »Elvis ernährte sich nur noch von seiner Leibspeise: Bananen-Erdnussbutter-Sandwiches. Morgens Bananen-Erdnussbutter-Sandwiches, mittags Bananen-Erdnussbutter-Sandwiches, und was aß er abends?«

»Keine Ahnung. Ist mir auch egal.«

»Bananen-Erdnussbutter-Sandwiches, und gerne auch

mal noch eins zwischendurch. Das hatte natürlich Folgen.«

Filipp machte ein grimmiges Gesicht, ballte seine Hände zu Fäusten, seine Augen weiteten sich, er blähte die Backen zu prallen Bällen, sein Kopf wurde rot. Dann löste er die Anspannung, die Luft prustete aus seinem Mund, die fest geballten Fäuste sprangen auf, sein Oberkörper sank zurück, er drehte die Augen gen Himmel.

»Peng!«, rief er laut. »Elvis drückte auf dem Scheißhaus, bis es ihn innerlich zerriss. So arg war seine Verstopfung! Er starb an den Folgen von inneren Blutungen. Und alles wegen der Banane.«

Bernhard wusste nicht, was er sagen sollte. So einen Blödsinn hatte er noch nie gehört.

Er wollte endlich los und ärgerte sich über Filipp, noch mehr aber über sich selbst, dass er sich überhaupt auf das Gespräch eingelassen hatte. Seine verdammte Höflichkeit. Nächstes Mal müsste er egoistischer sein. Ohne ein weiteres Wort zu Filipp ging er davon.

Bernhard fuhr dieselbe Schlaufe, die er mit den anderen zuvor gefahren war, aber doppelt so schnell. Bald hatte er ein Lächeln auf dem Gesicht, und als es den Fluss entlangging, mit sirrenden Reifen, die Strecke schnurgerade, zog er die mitgebrachte Banane aus der Trikottasche, geschickt, in voller Fahrt. Das Gespräch mit Filipp kam ihm wieder in den Sinn. Der Typ war auf Streit aus gewesen, eindeutig. Aber Bernhard war smart, ging Ärger lieber aus dem Weg. Außer, der Ärger kam direkt auf ihn zumarschiert. Etwa in Gestalt dieser Tippen-während-des-Gehens-Typen. Das waren all jene, die in der Stadt als Fußgänger unterwegs waren, dabei aber vom Gebrauch ihrer Smartphones nicht lassen wollten – oder konnten. Das ging Bernhard mächtig gegen den Strich. Niemals aber würde er jemanden deswegen zur Rede stellen oder zurechtweisen. Wenn er jedoch so einen auf sich zukommen sah, mit unsicherem Gang, verlangsamt, eine Passantin, die tippend auf ihn zutrippelte, den Blick wie hypnotisiert versunken im gläsernen Screen, dann spürte er Verdruss.

Erst unlängst kam ihm eine junge Frau entgegen. Bernhard ging immer schnell und vorausschauend, achtsam, Situationen antizipierend. Wie ein Städter eben! Deshalb sah *er* die junge Frau auch entgegenkommen. Ein dummes Ding, enge weiße Hose, silberfarbene Bomberjacke, das Gesicht nuttig geschminkt. Debil stierte sie aufs Handy. Bernhard sah voraus, dass sie in fünf Sekunden kollidieren würden, doch er hielt Reisegeschwindigkeit und Richtung bei. Vier! Er verlangsamte seinen Gang nicht, beschleunigte auch nicht. Drei! Er änderte ihn weder ein paar Grad nach links noch nach rechts, um die drohende Kollision zu vermeiden. Zwei! Er hielt geradewegs auf das Mädchen zu. Eins! Erst im letzten Moment wich er aus, mit einem eleganten Schlenker. Null! Sie erschrak. Bernhard hörte das scheppernde Geräusch, das nur auf dem Boden aufschlagende Handys machen. Als sie ihn endlich anschaute, hilflos und fragend, war Bernhard schon weiter, drehte sich nur kurz um und zuckte mit der Schulter.

Als Bernhard die Banane verdrückt hatte, hielt er die Schale in seiner Hand. Er sah sich um, ob jemand des Weges kam. Die Schale der Banane wollte dahin zurück, wo sie hergekommen war, in die Natur. Er sah niemanden und trotzdem warf er die Schale nicht weg; die Stelle schien ihm suboptimal. Zu exponiert. Er würde sie an einer besser dafür geeigneten Stelle ins Gebüsch pfeffern. Was natürlich Blödsinn war. Aber er hatte Hemmungen, die Schale einfach so ins Gehölz zu schleudern. So wie er Hemmungen verspürte, auszuspucken, auch wenn der zähschleimige Rotz ihm wie eine Kröte im Rachen hing.

Nicht wissend, wohin mit der Bananenschale, entschied er sich, sie in der Rückentasche seines Trikots zu verstauen. Da passierte es.

Aus dem Nichts kam etwas herangesaust, von links, mit einem Lärm, den er zuvor nicht bemerkt hatte. Er erschrak, griff mit der linken Hand in den Bremshebel, die rechte war mit der Bananenschale beschäftigt, die er schon halb in der Trikottasche verstaut hatte. Er rief noch: »Hey!«

Da war der andere schon vorbeigerast, direkt vor Bernhards Nase, ein Typ auf einem Mofa. Hatte ihm einfach die Vorfahrt genommen. Der Drecksack! YAMAHA stand von Hand geschrieben darauf, das las Bernhard noch, als er zu Boden ging. YAMAHA. Ungelenk hingeschmiert, auf der Plastikabdeckung des Mofas, dick mit weißer Farbe. Ein altes Mofa, mit fleckigem Flugrost an den Chromstangen, eine blaugraue Wolke quoll aus dem Auspuff. Der Typ auf dem Mofa trug eine Jeansjacke, Cowboystiefel und war viel zu alt für solch einen fahrbaren Untersatz. Er musste geistesgestört sein, zu behindert, um ein richtiges Motorrad lenken zu dürfen. Während Bernhard den Sturz nicht mehr vermeiden konnte, ihm das Vorderrad wegrutschte, fuhr der Typ auf dem Mofa weiter, ohne das Tempo zu verringern oder Anstalten zu machen, ihm auszuweichen. Der Typ nahm die linke Hand vom Lenker, hob sie in die Höhe, und Bernhard sah den ausgestreckten Mittelfinger, den der Mofatyp ihm zeigte, während er davonknatterte.

»Du Arschloch«, rief Bernhard, während er fiel. Es ging alles sehr schnell und langsam zugleich. Er fühlte die Härte des Asphalts, hörte das Scheppern seines Rades, den dumpfen Aufprall seiner 74 Kilo. Der Lärm des Mofas entfernte sich. Alles, was von ihm zurückblieb war eine bläuliche Wolke, die wie feiner Nebel stinkend über der Straße hing.

Bernhard lag am Boden, die Füße noch immer in den Pedalen, so als gehörten er und sein Rad in jeder Situation zusammen. Er hob den Kopf, schaute sich ungläubig um, spürte nicht die Schürfung seiner Hand, nicht den Schmerz in seiner Hüfte, auf die er gefallen war. Mühsam stand er auf. Die Bananenschale hielt er noch immer in den Fingern seiner rechten Hand.

Le souffle
Der Atem

Sie bückte sich. Das Blut lief ihr in den Schädel. Salome spähte unter das Bett, so wie bereits am Morgen.

Nichts, bloß knäuelgroße Wollmäuse und alte Spinnweben.

»Seltsam«, murmelte sie. »Es muss doch irgendwo sein.«

Salome suchte weiter, auch die Schublade des Nachttisches zog sie auf, mit Mühe, da sie klemmte, aber das Medaillon war nicht dort, bloß eine dicke, tote Fliege, die ihr ihre dünnen Beine entgegenstreckte.

Salome war sich sicher, den Heiligen Christophorus auf dem Nachttischchen abgelegt zu haben, als sie gestern zu Bett gegangen war, so wie sie das Kettchen mit dem Medaillon immer in ihrer Nähe deponierte, wenn sie schlafen ging. Es war ihr Glücksbringer.

Doch am Morgen, als sie das Schmuckstück anlegen wollte, war es verschwunden. Sie hatte Filipp danach gefragt.

»Deinen Christophorus? Nicht gesehen. Vielleicht ging er mal eben Zigaretten holen?«

Auch Quentin konnte nicht weiterhelfen.

So blieb das Verschwinden ein Rätsel. Nicht, dass das Kettchen oder das Medaillon einen besonderen materiellen Wert besessen hätten. Es war kein exquisites Stück, auch nicht über Generationen hinweg vererbt. Dennoch war es ihr wichtig, denn immer hatte Salome den Heiligen Christophorus mit dabeigehabt, auf all ihren Reisen, seit sie ihn bei einem Straßenhändler in Padua gekauft hatte, vor über zwanzig Jahren. Auch bei den Geburten ihrer Kinder war der Glücksbringer zugegen gewesen. Tatsächlich war er länger Teil ihres Lebens als Filipp.

Ungläubig sagte sie zu sich selbst: »Das verstehe ich nicht«, zwang sich aber sogleich zu Optimismus und fügte hinzu, etwas lauter, in demselben Singsang, mit dem sie auch Kinder zu trösten versuchte, die wegen einer Lappalie verzweifelt und traurig waren: »Es wird schon wieder auftauchen.«

Salome nahm die silberfarbene Thermosflasche von der Kommode, schraubte den Deckel ab, goss sich lauwarmes Wasser ein. Diese Flasche gehörte wie der Heilige Christophorus zu ihren ständigen Begleitern. Es gab nichts Besseres für die Stimme als lauwarmes Wasser, getrunken in kleinen Schlucken. Nicht Kräutertee, der zwar einen positiven Effekt auf die Verdauung haben mochte, für die Schleimhaut des Stimmbandmuskels aber, entgegen dem, was viele glaubten, Gift war. Was wussten die Leute schon über ihren Beruf und was er mit sich brachte? Was wussten sie über Haltung, Körperarbeit, Resonanzbereitschaft? Über die Selbstdisziplin, die er einem abverlangte? Was wussten sie über den Alltag, das Leben, *ihr* Leben, in dem alles einer Sache untergeordnet war: dem Singen.

Man warf ihr seltsame Blicke zu, wenn sie auch im Sommer mit einem mehrfach verschlungenen, dicken Schal durch die Gegend lief, meinte, es sei eine Marotte. Salome aber wusste um die Fragilität des Innern ihres Schädels, jenem weit verzweigten, labyrinthischen Ort, der ein Tempel war, wo Musik entstand. Der Kehlkopf mit seinem Knorpelgerüst und den eingebetteten Stimmfalten, deren zarter Randkanten wegen sie die feinsten Töne zu singen vermochte.

Salome wusste aus Erfahrung, dass überall Gefahren lauerten. Sie war vorsichtig und agierte präventiv. Immerzu kam irgendwoher Zugluft, selbst wenn man sie gar nicht spürte. Zugluft war ihr Erzfeind. So bat sie des öfteren Freundinnen, doch bitte mit ihr an einen Platz in einer anderen Ecke des Cafés zu wechseln, oder sie verlangte in einem Restaurant nach einem anderen Tisch. Man hätte sie für kompliziert halten können, neurotisch sogar. Dabei war sie einfach achtsam. So mied sie auch Menschenansammlungen und im Winter fuhr sie nur mit den öffentlichen Verkehrsmitteln, wenn die Strecke zu Fuß nicht zu schaffen war, denn auch Krankheitserreger nahmen gerne die Straßenbahn.

Beruflich hatte sie öfters in Kirchen zu tun, besonders tückische Orte, wenn man aus der Hitze des sommerlichen Draußen in die Kühle des Drinnen geriet, in die klamme Kälte, die vom Boden her in den Körper drang und einen nach und nach in einen singenden Kühlschrank verwandelte.

Da war es mehr als ratsam, unter dem Kleid Leggins

zu tragen, sich ein Jäckchen aus Mohair überzuwerfen, sich mit einem Schal zu rüsten, selbst bei brütender Hitze. Auch wenn die Leute sie dann ansahen, als wäre sie eine Irre.

Sie nahm einen Schluck Wasser, dann noch einen, aber einen kleineren als zuvor, so wie sie es immer tat, bevor sie zu singen begann. Es war ein Ritual, eines von vielen. Zwei Schlucke. Der erste klein, der zweite kleiner.

Sie lockerte ihren Körper, dehnte ihren Nacken. Sie schwang die Arme wie Keulen. Sie beugte sich hinab, streckte sich, versuchte mit den Fingerspitzen die Zehen zu berühren – etwas, das ihr schon länger nicht mehr gelungen war. Und immer atmete sie tief: die famose Zwerchfell-Flankenatmung!

Die Füße hüftbreit stand sie dann da, als wäre sie ein Baum, als wüchsen aus ihren Füßen Wurzeln in den Grund, die Knie elastisch, entspannt. So wie sie es schon während ihres Studiums gelernt hatte. Mit einem Glas Wasser auf dem Kopf musste sie damals dastehen, ewig lange. Das Glas balancieren, während sie sang. Kein einziges Mal war es ihr heruntergefallen.

Salome öffnete ihren Mund, die Lippen fein nach außen gestülpt, als wolle sie jemanden küssen, die Zunge elastisch und an die unteren Schneidezähne angelegt. Langsam entwich die Atemluft ihren Lungen, ohne Druck. Im Studium übten sie das vor brennenden Kerzen, deren Flammen nicht flackern durften, und vor Spiegeln, die nicht beschlugen – wenn sie es richtig machten.

Ein Laut erfüllte den Raum mit Vehemenz, Eindringlichkeit.

Auf einem Ton sang sie: »A-e-i-o-u.«
Und noch mal.
Und noch mal.
Bedächtig sang sie immer wieder dasselbe. Geduldig. Konzentriert. Denn das hieß ja »zu üben«, dasselbe immer und immer wieder zu tun, auch wenn man dachte, es sei nun endlich genug und nicht mehr nötig. Ausdauer und Selbstdisziplin waren das A und O. Kein Hinterfragen, kein Zulassen des kleinsten Zweifels.

Es folgten schnelle Vokalwechsel, eine typische Belcanto-Übung: »Aiaiaiaiaiaiaiaiaiaiaiaiaiaiaiaiaiaiaiaiaiai-aiaiaiaiaiaiai!«

Und noch mal:
»Aiaiaiaiaiaiaiaiaiaiaiaiaiaiaiaiaiaiaiaiaiaiaiaiaiai!«
Und noch mal.
Und noch mal.
Und noch mal.

Nach den Übungen goss sich Salome Wasser ein. Ein kleiner Schluck. Ein kleinerer Schluck. Sie hielt einen Moment inne, atmete ruhig, schloss die Augen und öffnete den Mund. Was nun aus ihr herausströmte, waren gesungene Worte, die klar und rein klangen, laut und deutlich. Sie sang eine ihrer liebsten Arien, aus dem ersten Akt des *Rosenkavaliers*.

Die Zeit, die ist ein sonderbar Ding.
Wenn man so hinlebt, ist sie rein gar nichts.

Aber dann auf einmal,
da spürt man nichts als sie:
Sie ist um uns herum, sie ist auch in uns drinnen.

Als sie geendet hatte, hörte sie keinen Applaus und keine Bravorufe, sondern nur den leisen Lärm des Lebens, dem sie eben entflohen war. Wenn Salome sang, konnte sie alles um sich herum vergessen, war an einem besseren Ort.

Als sie im Spiegel ihrem Blick begegnete, sah sie sich lächeln. Sie sah eine glückliche Frau.

Les courants profonds
Die Tiefenströme

»Oh Mann«, rief Jean, verdrehte die Augen, schüttelte den Kopf. Salomes Gesang drang durch das Haus, erfüllte es. Ihre Stimme hangelte sich die Tonleiter hoch, purzelte sie wieder herunter. Ging erneut hoch.

Jacqueline hatte Lippenstift aufgetragen, einen frechen Pinkton namens *Never Enough* von Estée Lauder, die Lippen zusammengepresst kontrollierte sie den Strich, die Kontur, war zufrieden. Sie blickte im Spiegel zu ihrem Mann, der hinter ihr stand, lächelte und nickte wissend. Jean trat näher an sie heran.

»Das klingt ja wie bei der Castafiore.«

Jacqueline zupfte ihr Seidenfoulard zurecht, betrachtete prüfend ihr Spiegelbild.

»Wie bei wem?«

»Wie bei der Castafiore! Dieser Opernsängerin aus den *Tim-und-Struppi*-Comics.«

»Ach die!«, sagte Jacqueline, lachte glucksend und fügte hinzu: »Falls Salome sich am Haus beteiligt, sie und ihr Schauspielermann, dann sollten wir es vielleicht vermeiden, gleichzeitig mit ihnen hier zu sein, da dreht man ja durch bei dem Gejaule.«

Jean lachte nicht.

»Falls ...«, sagte er düster.

»Ich glaube, das Haus gefällt ihnen. Und auch wenn die beiden nicht unbedingt reich sind, das nötige Kleingeld sollten sie haben. Sie sparen ja sonst genug, an ihren hässlichen Flohmarktkleidern zum Beispiel ... oder denk an diese schrecklich ausgelatschten Turnschuhe, die Filipp trägt.«

Jean zuckte mit der Schulter.

»Salome hätte es jedenfalls, da bin ich mir inzwischen sicher. Oder sie könnte es sich beschaffen.«

»Ach ja? Woher denn?«

»Ihr alter Herr«, sagte Jean und ließ es bedeutungsvoll klingen.

Jacqueline warf Jean im Spiegel einen fragenden Blick zu, runzelte die Stirn, was sie sofort wieder unterließ. Falten waren niemals gut.

»Was ist mit ihm?«

»Als du die geniale Idee hattest, die Eltern von Laurents Freunden einzuladen, um ihnen unser Haus schmackhaft zu machen, da dachte ich erst, dass bei Filipp und Salome nicht viel zu holen wäre. Doch ich hab mich ein bisschen schlaugemacht. Salome heißt ja Pfannenstiel.«

»Ein seltsamer Name, hab ich immer schon gedacht.«

»Aber sie heißt in Wirklichkeit gar nicht Pfannenstiel, sondern *von* Pfannenstiel. In ihrer Bescheidenheit hat sie das *von* gestrichen. Sie stammt aus einer steinreichen Familie. Ihrem Vater Karl von Pfannenstiel gehören ziemlich viele Immobilien, manche an besten Adressen in der Stadt.«

»Aber wieso wohnen Salome und Filipp dann in

dieser schrecklichen Hasenstall-Siedlung, wahrscheinlich sogar in einer subventionierten Wohnung?«

»Die machen eben ganz auf Künstler. Sie scheinen spartanisch zu leben, sozial, grün, links, aber da wird regelmäßig was geschoben, da fließt die eine oder andere Tranche Subvention von Papa von Pfannenstiel. Finanzielle Tiefenströme, von denen niemand etwas ahnt, cash und schwarz. Und irgendwann wird Salome erben. Und zwar richtig. Nicht einfach ein lumpiges Milliönchen, sondern hundert Millionen. Oder zweihundert.«

Jacqueline hatte die Ohrhänger wieder aus den Löchern ihrer Ohrläppchen gefummelt, war nun mit ihren Perl-Ohrclips beschäftigt, während sie halblaut noch einmal sagte: »Unverständlich, dass man so reich sein kann und herumläuft wie eine Vogelscheuche.« Sie wandte sich Jean zu. »Und wie sehe ich aus?«

Jean besah sich seine Jacqueline und ein zufriedenes Lächeln erschien auf seinem Gesicht. Ja, er durfte wirklich dankbar sein, eine solche Frau zu haben.

»Bezaubernd«, flötete er, »ganz bezaubernd!«

Dann klingelte sein Handy laut und schrill.

»Wer ruft dich denn in den Ferien an?«

»Das«, sagte Jean, »sind meine Täubchen, mein Täubchen.«

Er rieb sich die Hände, grinste, trat näher an seine Frau heran.

»Das war der Timer. Die Küche ruft«, flüsterte er, gab ihr einen Kuss auf den Nacken und eilte davon. Doch als er den Türgriff schon in der Hand hatte, hielt er inne, verharrte. Lauter als zuvor hörten sie Salomes Stimme, die ihnen durch Mark und Bein ging:

»Aiaiaiaiaiaiaiaiaiaiaiaiaiaiaiaiaiaiaiaiaiaiaiaiaiai!«

»Wir werden alle skalpiert! Die Sioux kommen! Rette sich, wer kann!«, rief Jean, machte ein zerknirschtes Gesicht und verschwand durch die Tür.

Jacqueline wandte sich wieder dem Spiegel zu.

»Gewöhn dich lieber schon mal an den Gedanken, mein Schatz«, sagte sie leise und zu niemandem. »Gewöhn dich lieber dran.«

Les colombes
Die Tauben

»Danke, nein. Für mich nur Salat«, sagte Salome zaghaft, aber betont freundlich, als Jean mit der Porzellanplatte zu ihr an den Tisch trat, darauf die aus der Gusseisenform gelöste Terrine.

»Sicher?«

»Ja, ich sollte nicht zu viel Fleisch essen.«

»Aber Fleisch ist gesund«, protestierte Jean, woraufhin Salome verlegen lächelte. »Fleisch ist gut für die Stimme!«, meinte er und schaute in die Runde. »Terrine für das Timbre!«, rief er. Man lachte. Man pflichtete bei.

Doch er wollte es nicht zu weit treiben, fügte in versöhnlichem Tonfall hinzu: »Schon gut! Bestimmt ist Gemüse ebenfalls gut für die Stimmorgane.«

Bereitwillig hielt Bernhard ihm seinen Teller hin, nahm dankend ein dick geschnittenes Stück der Terrine entgegen. Jean bemerkte ein Pflaster auf Bernhards Handballen, wollte eben fragen, ob er sich verletzt habe. In dem Moment sagte Bernhard, »sieht großartig aus!«

Die Terrine war die Vorspeise. Und ein Gericht, welches Himmel und Erde verband, zwei Dinge vermählte, die Jean ein jedes für sich sehr liebte, die in Kombination aber eine neue Dimension erreichten.

Pilze und Geflügel nämlich. Auf den ersten Blick mochten es gegensätzliche Elemente sein, die jedoch vortrefflich harmonierten und die in diesem Gericht ihren letzten *Pas de deux* tanzten: eine Terrine aus Taube und Pfifferlingen.

Es hatte denn auch in der Tat himmlisch geduftet, als Salome in der Küche vorbeischaute, nachdem die Männer von ihrer Radtour zurückgekehrt waren. Sie war noch immer etwas aufgewühlt von dem seltsamen Aufeinandertreffen mit ihrem nackten und sich verrenkenden Ehemann. In der Küche fand sie einen gut gelaunten Jean am Werken, der eine französische Schnulze mitträllerte. Als Jean Salome bemerkte, begrüßte er sie fröhlich, stellte den Radioapparat leiser und rieb seine Hände an einem Küchentuch ab, nicht, weil sie feucht oder schmutzig waren, sondern aus lauter Gewohnheit.

»Wie das duftet!«, rief Salome, ließ es schwärmerisch klingen. Sie schnupperte mit emporgerecktem Kopf, sah Jean zu, wie er geschickt hantierte. Eine Pfanne zischte laut.

»Du kochst wirklich gerne!«, stellte sie fest.

»Beim Kochen kann ich so richtig abschalten, es ist für mich pure Entspannung. Manche meditieren oder rennen zum Psychiater, ich koche.«

Er lächelte Salome breit an, sie strahlte zurück. Sie verstand ihn so gut.

»Und das hier gibt eine feine Terrine!«

»Die machst du selber? Ist das nicht wahnsinnig aufwendig?«

»Ganz und gar nicht, es ist sogar recht simpel, man braucht einfach etwas Zeit und Geduld, wie so oft beim Kochen. Zeit, Geduld und die richtigen Werkzeuge. Plus die perfekten Zutaten selbstverständlich!«

Salome begutachtete den Inhalt der Bratpfanne etwas genauer, erneut zischte es, lauter noch als zuvor. Dampf stieg auf, als Jean den im Fett prasselnden Inhalt der Pfanne mit einer Flüssigkeit ablöschte, die er konzentriert aus einer Karaffe in die Pfanne goss. Salome stutzte. Was sie in der Pfanne sah, hatte sie noch nie zuvor gesehen. Sie konnte es nicht einordnen.

»Sieht interessant aus!«, sagte sie vorsichtig.

»Das ist bloß ein Teil des Ganzen. Denn das ist das Geheimnis des Kochens: Man muss die magischen Verbindungen der Zutaten finden, muss die einzelnen Geschmäcker zusammenbringen, wie die Instrumente zu einem Orchester oder Stimmen zu einem Chor. Das ist die Kunst.«

Salome nickte. Das machte Sinn, ganz und gar.

Jean holte eine weiße Keramikplatte von der Anrichte und hielt sie Salome hin, damit sie besser sehen konnte, was darauf war.

»Schau, hier, das sind die Hauptdarsteller.«

Auf der Platte lagen Tiere. Vögel mit bleichen, gerupften Leibern, die kopflosen Hälse rot sabbernde Stümpfe. Die dürren Beinchen mit den kraftlosen Krallen zeigten in Richtung Decke.

Salome wich instinktiv zurück, hielt die Luft an.

»Ui!«, entfuhr es ihr.

»Tauben«, sagte Jean, »da löse ich nun die Brüstchen

heraus, auch die Schenkel geben noch etwas Fleisch her. Dann kommt alles zusammen in den Fleischwolf.«

»Auch das?«

Salome wies auf eine Bratpfanne mit dem wie Hexengebräu blubbernden Inhalt.

»Ja, das sind die Lebern und Herzen der Tauben. Die habe ich kurz in Gänseschmalz angebraten und mit Banyuls abgelöscht. Nun lasse ich das Ganze etwas karamellisieren.« Jean rüttelte die Pfanne, ein professioneller Handgriff, sicher, schnell. Er nickte zufrieden.

»Saugut!«, rief Filipp mit vollem Mund, nachdem er sich eine dicke Scheibe der Terrine auf einem Stück Baguette in den Mund gezirkelt hatte. »Nach dieser Monstertour hab ich einen Bärenhunger!«

»Lasst es euch schmecken!«, sagte Jean. Zufrieden sah er, wie seine Gäste mit Appetit aßen. Die Gespräche verstummten, man hörte Schmatzen und Geschirrgeklapper, Wein wurde nachgeschenkt. Doch lange hielt die andächtige Stimmung nicht an, bald wurde wieder geredet, entstand ein lebhaftes, vielstimmiges Tischgespräch, das in Jeans Ohren Musik war.

Jacqueline trug das Foulard mit dem Kristall- und Edelstein-Motiv um den Hals und eine Schüssel grob geschnetzelten Tomatensalat in den Händen, der bedeckt war von rohen, roten Zwiebelringen. Sie setzte sich zu den anderen und reichte die Schüssel herum.

»Nehmt euch Salat! Und wegen Donna Leon: Ich liebe ihre Bücher!« Sie hatte mit einem Ohr mitbekommen, dass es bei dem Gespräch am Tisch um Donna Leon ging. Mit dem Thema war sie einigermaßen vertraut. »Dieser Commissario Brunetti ist ein gewiefter Typ.«

»Wir sprachen gerade von Don DeLillo«, sagte Veronika trocken wie ein Schluck Banyuls, während sie den Salat auf ihrem Teller begutachtete, den ihr Salome aufgetan hatte. Die rohen Zwiebeln würden ihr später grausam aufstoßen. Sie schob sie an den Tellerrand. Veronika sah in Jacquelines verwirrtes Gesicht und wiederholte: »Don DeLillo, nicht Donna Leon.«

»Wir sprachen gerade über seinen Roman *Underworld*, der als Netflix-Serie rauskommen soll«, meinte Filipp.

»Oh«, sagte Jacqueline etwas verlegen und harpunierte ein großes Tomatenstück mit ihren Gabelzinken.

Jean kam seiner Frau zu Hilfe.

»Sie schreiben beide Bücher, aber es sind doch zwei Paar Stiefel. Man könnte sagen: Der eine ist ein Paar Herrenschuhe, die andere ein Paar High Heels.«

Mit einem breiten Grinsen fügte er hinzu: »Ich habe beide nicht gelesen.«

Filipp meinte daraufhin halblaut, während er zu Veronika blickte: »Ich weiß nicht, ob High Heels zu Donna Leon passen, die kommt mir eher flach daher, absatzlos könnte man sagen ... obwohl ...« Er lachte auf.

Ein lautes Knacksen kam aus dem Kamin, gefolgt von einem schnell verklingenden hohen Ton, wie ein

Seufzen. Ein Klümpchen Glut war aus dem Feuer geschleudert worden.

Dieser verdammte Kamin, dachte Jean. Ihm wäre lieber gewesen, sie hätten kein Feuer gemacht. Doch als Filipp ihn gestern entdeckt hatte, rief er begeistert: »Geil! Ein Cheminée!«

Da hätte Jean sofort sagen müssen, dass das Holz nicht gut brenne. Es war zu feucht, zu schlecht gelagert oder schlicht das falsche Holz. Hatte er etwa Ahnung von Brennholz? Jedenfalls war es mit diesem verdammten Holz unmöglich, ein Feuer in Gang zu bekommen, auch wenn er eine halbe Packung Anzündhilfen reinschmiss. Der Bauer hatte ihn übers Ohr gehauen, so einfach war das. Sie benutzten den Kamin selten. Eigentlich nie. Jacqueline mochte ihn nicht, sie hatte Angst vor Feuer im Allgemeinen und vor diesem im Speziellen, denn wie leicht brannte doch so ein Haus nieder. Außerdem stank man elend nach Rauch, auch Tage später noch. »Machen wir ein Feuerchen?«, hatte Filipp gefragt, mit echter Begeisterung und einem vorfreudigen Flackern in den Augen.

»Äh«, hatte Jean darauf geantwortet, »es ist doch eigentlich nicht kalt im Haus.«

»Es geht ja nicht ums Heizen«, fiel ihm Filipp ins Wort, »es geht um die Gemütlichkeit! Um die Stimmung!«

»Aber sicher«, sagte Jean schnell, »wir dürfen nur nicht vergessen, die Klappe zu öffnen!«

Er langte in den Kamin hinein und öffnete die Luke, die den Schornstein verschloss. Ein metallenes Ächzen erklang. Ruß rieselte herunter. Als er die Hand wieder herauszog, war sie schwarz.

»Geilomat«, rief Filipp und äugte begeistert in den noch leeren, kalten Kamin, »so ein Cheminée ist ultimative Gemütlichkeit. Und es steckt eine Weisheit im Feuer, kosmisches Wissen, seit damals, als man in der Steinzeit plötzlich das Mammut nicht mehr roh kauen musste. Erst dadurch wurden wir zu jenen, die wir heute sind. Ein Feuer verbindet uns mit den Anfängen der Menschheit, mit unseren Urahnen, verstehst du?«

Jean lächelte und nickte zögernd.

»Wir könnten Würste braten! Die Jungs könnten Stockbrot backen! Marshmallows brutzeln!«

Jean schwieg, beständig lächelnd.

Vor dem Essen schritt Filipp zur Tat. Es war eine Weile her, seit er das letzte Feuer entfacht hatte, in der Genossenschaftswohnung gab es natürlich keinen feinstaubschleudernden Kamin. Er zerknüllte ein paar Zeitungsseiten, suchte die kleinsten Scheite aus dem Holzvorrat heraus – nicht gerade ideale Anzündspäne, doch annehmbar –, arrangierte sie pyramidenförmig, obendrauf legte er ein großes Holzstück. Sogleich kollabierte die fragile Konstruktion.

»Fuck«, murmelte er.

Nach drei Versuchen und ein paar weiteren leisen Flüchen war Filipp mit dem Ergebnis zufrieden. »Ratsch«, machte das Streichholz. Zischend entflammte es.

Doch das Feuer wollte nicht in Gang kommen. Die

Flammen erloschen, sobald das Zeitungspapier verschlungen und verkohlt war.

Erst da entdeckte er die braune Schachtel mit den in Wachs getränkten Anzündhilfen. Mit spitzen Fingern arrangierter er die Hölzer neu, schob kräftig Anzündhilfen hinein, bald war die Packung mit den Streichhölzern leer, doch das Feuer mottete nur vor sich hin. Qualm breitete sich aus, eine Schwade ließ seine Augen tränen.

Veronika saß mit ihrem Buch in einem der Sessel und hatte schon vor einer Weile den Kopf gehoben, um Filipp bei seinen erfolglosen Versuchen zuzusehen.

»Will es nicht?«, fragte sie ihn, der mit bedröppelter Miene und leerer Streichholzschachtel in der Hand in das dunkle Loch stierte, aus dem es qualmte.

»Nein«, sagte er, »weiß auch nicht. Muss am Luftdruck draußen liegen.«

Sie stand auf und kam hinüber zum Kamin.

»Darf ich es versuchen? Ich war mal bei den Pfadfindern.«

Er zuckte mit der Schulter, hielt ihr die Streichholzschachtel hin.

»Sind leer.«

Veronika suchte kurz, entdeckte auf dem Kaminsims eine weitere Schachtel. Sie schnappte sich den Schürhaken, brachte Filipps angekokeltes Konstrukt zum Einsturz und arrangierte geschickt die Hölzer neu. Ein Streichholz genügte, schon züngelten die Flammen an ihnen empor, bald brannte ein veritables Kaminfeuer.

»Wie hast du denn das geschafft?«, fragte Filipp.

»Ich sagte doch«, erwiderte Veronika, »ich war bei den Pfadfindern.«

»Und wie war dein Pfadfindername?«

»Kleiner Biber«, sagte Veronika und betrachtete das Feuer, das ihre helle Haut rötlich glänzen ließ.

»Kleiner Biber?«

Sie lächelte. Er sah ihre Zahnlücke. Sie verlieh ihr etwas Jugendliches, Abenteuerliches, ja leicht Verwegenes sogar. Ihm fiel auf, dass Veronika keine Schminke trug. Noch nicht einmal Lippenstift.

»Da ist der Biber seither aber ganz schön gewachsen!«, sagte er, wandte seinen Blick auch dem Feuer zu, wo die Flammen tanzend hochschlugen, die Luft fraßen und das Holz, fauchend, knackend, flackernd und begierig züngelnd.

La cloche
Die Glocke

Er hatte von einem Wirbelwind geträumt, weshalb auch immer, wie man halt so träumte. Ein Wirbelwind, der ihn erfasste und hochtrug in einer langsam rotierenden Bewegung.

Je höher er stieg, desto leichter fühlte sich alles an. Er verließ nicht nur den Erdenboden, auch die Schwere der Gravitation fiel von ihm ab. Es war ein Zustand der Euphorie – als breite sich das Hochgefühl nicht nur in seinem Körper aus, sondern auch um diesen herum, als sei es keine Luft, in der er da schwebte, sondern pure Glückseligkeit.

Bis er ein helles Geräusch hörte.

Er erkannte den Klang sofort, wusste, woher er kam, nämlich aus dem wirklichen Leben. Es war die Glocke, die unten im Entree hing, direkt neben der Haustür, eine kleine Glocke mit dünnem Klöppel und hohem Klang.

Aber weshalb läutete sie zu dieser Unzeit?

Jean, noch im Nachhall seines Traums, nahm seine Patek vom Nachttisch, kühl und schwer lag die Uhr in seiner Hand. Die Leuchtmasse der Zeiger und des Ziffernblattes bestätigten ihm, dass es mitten in der Nacht war.

Hastig legte er die Uhr an, setzte sich auf, ein mühsames Ächzen kam aus seinem Mund. In der Dunkelheit hockte er auf der Bettkante, horchte.

Da! Wieder! Eindeutig: Die Glocke bimmelte. Jemand musste unten sein.

»Jacqueline?«, flüsterte er.

Doch Jacqueline schlief tief und fest.

Jean erhob sich, stieg schnell in die Unterhose und öffnete die Tür. Leise schlüpfte er aus dem Zimmer. Er horchte wieder. Die Glocke war verklungen. Nur der Boden knarrte unter seinen nackten Sohlen. Jean war mittlerweile mit den nächtlichen Geräuschen des Hauses vertraut. Manchmal schien es ihm, als jammere es, als wolle es ihm etwas erzählen; und als er das einmal Jacqueline gegenüber erwähnt hatte, meinte sie: *Sie* sollten jammern, nicht das Haus, wegen all der Rechnungen, die mit zuverlässiger Regelmäßigkeit hereinflatterten.

Dieses mitternächtliche Glockengebimmel war keines der bekannten Hausgeräusche. Sicher aber würde es sich logisch erklären lassen. Es gab für alles eine Erklärung.

Von draußen drang kaum Licht durch das Fenster. Es gab keine künstliche Beleuchtung in der Nähe, keine Gebäude, nur den Schein, den der Mond spendete, mäßig stark oder auch nur spärlich, je nach Phase und Wolkendichte.

Intuitiv fand Jean den Lichtschalter. Noch einmal hörte er das Bimmeln der Glocke, lauter nun. Mit vorsichtiger Hast ging er den Flur entlang. Lichtschalter um Lichtschalter knipste er an, bis er in das Entree kam, wo die Glocke hing, die nun verstummt war, aber noch hin und her schwang, bis sie zum Stillstand kam, als wäre sie über Jeans Erscheinen erschrocken und erstarrt.

Er ging zur Eingangstüre, drückte die Klinke, aber es war abgesperrt. Wie sollte es das auch nicht sein, eigenhändig hatte er es ja vor dem Zubettgehen wie immer noch kontrolliert. Jean ließ seinen Blick durch das Entree schweifen. Er konnte keine Besonderheit feststellen. Er befühlte die Glocke, als könne er dort einen Hinweis finden, weshalb sie geläutet hatte.

Irgendetwas musste sie in Bewegung gesetzt haben. Ein Luftzug? Ein Tier? Einer der Gäste? Jean kontrollierte die Fenster, erst im Entree, dann im gesamten unteren Stockwerk, doch alle waren verschlossen. Er schüttelte den Kopf. Es gab keine Erklärung. Spielte ihm da jemand einen Streich? Die Kinder? Nein, dafür wären sie zu faul, mitten in der Nacht. Filipp? Hatte der sich einen Spaß erlaubt?

Die Kühle der Fliesen verwandelte seine nackten Füße in eisige Klumpen und er spürte auf einmal, dass seine Blase sich bemerkbar machte. Noch einmal ging er zur Haustür, spähte durch das kleine Fenster in die Dunkelheit hinaus, erkannte aber nichts. Als er wieder von der Türe zurücktrat, sah er im Spiegel an der Wand sich selbst, müde und ratlos. Und dann bemerkte er eine Bewegung. Eine Gestalt erschien im Spiegel, ein Wesen wie ein weißer Schimmer.

Ein spitzer Schrei entfuhr ihm. Erschrocken wirbelte er herum.

Doch das war kein Geist, der ihm dort gegenüberstand, keine Erscheinung mit blutverschmierter Fratze, sondern Veronika, mit von der Nacht zerzausten Haaren und sorgenvoller Verwunderung im Gesicht, denn auch sie hatte sich erschreckt.

»Meine Güte!«, rief Jean, peinlich berührt von seiner eigenen Schreckhaftigkeit.

»Tut mir leid«, erwiderte Veronika, »ich …«

Sie holte Luft, legte ihre Hand an die Brust, »… ich hatte Durst … wollte mir in der Küche ein Glas Wasser holen … da hörte ich Geräusche …«

Sie brach ab.

Jean hatte sich wieder gefasst. Und wurde sich der Situation bewusst. Es war mitten in der Nacht, er stand in Unterhose da, die Uhr mit dem Krokodillederband am Handgelenk, ansonsten nackt.

Weshalb hatte er nicht noch schnell ein T-Shirt übergestreift, war in eine Hose geschlüpft?

Sie hingegen war sehr schön anzusehen. Bis dahin war sie ihm zu streng rübergekommen, zu kontrolliert, kantig und kühl. Er hatte Jacqueline gegenüber erwähnt, dass es Veronika nicht schaden würde, ein bisschen mehr auf den Rippen zu haben, sie bräuchte mal wieder ein richtiges Stück Fleisch.

»Findest du sie nicht sexy?«, hatte Jacqueline herausfordernd gefragt.

»Ich? Die? Nein danke. Ich bumse doch kein Bügelbrett«, hatte er grob gesagt, woraufhin Jacqueline ihn tadelte. Insgeheim schien es ihr jedoch zu gefallen, wenn die Fantasie mit ihm durchging und er so zotig redete.

Nun, im grellen Licht, wirkte Veronika durchlässiger, etwas blass, ja, doch diese Fahlheit war nun mehr Ausdruck von Verletzlichkeit. Die Haare, die fern jeglicher Kontrolle eines Spiegelblicks und Bürstenkorrektur in alle Richtungen abstanden, verliehen ihr etwas Wildes, Animalisches, ja Verruchtes.

Jean, der unmerklich seine Bauchmuskulatur anspannte, seine Trommel einzog, Haltung annahm, konnte Veronikas Brüste unter dem weißen T-Shirt deutlich ausmachen. Brüste, die klein und fest waren, die Nippel von der Kühle der Nacht steif, hart sich unter dem feinen Stoff abzeichnend. Sonst trug sie nichts außer einem Slip, der sichtbar wurde, als ihr das T-Shirt etwas hochgerutscht war. Ein kleiner Slip, der Stoff so dünn, dass Jean Veronikas dunkles Schamhaar darunter deutlich erkennen konnte. Er wusste nicht, wohin er schauen sollte. Als sein Blick jenem von Veronika begegnete, sah er den fragenden Ausdruck in ihrem Gesicht.

»Ich, äh«, setzte er an, »habe schlecht geträumt.« Er unterbrach sich. Veronika könnte daraus schließen, dass man an diesem Ort generell schlecht schlief und böse träumte. Er aber wollte negative Gefühle in Zusammenhang mit Haus und Ort unbedingt vermeiden.

»Auch ich hatte Durst«, log er schließlich lächelnd, »also kam ich runter, und dann fiel mir ein, dass ich noch …« Doch es fiel ihm nichts ein, was ihm scheinbar eingefallen war. Wie nur konnte er Veronika gegenüber plausibel erklären, warum er halb nackt mitten in der Nacht an seiner eigenen Haustüre rüttelte? Sie musste ihn für einen Irren halten.

»Reserveschlüssel!«, sagte er. Es klang erleichtert.

»Reserveschlüssel?«, fragte Veronika, die Arme vor der Brust verschränkt, leicht fröstelnd.

»Ja, ich hatte Durst und ging runter, und dann fiel mir ein, dass ich irgendwo hier einen Reserveschlüssel für die Dachbox habe, die Dachbox auf dem Auto, weißt du, die haben wir nämlich noch nicht ausgepackt, und der andere Schlüssel, der ...«

Veronika schien nicht wirklich interessiert an dem, was Jean ihr erzählte. Sie machte ein unbestimmtes Geräusch, sagte müde: »Ich geh dann mal wieder ins Bett.«

»Ja, mach das. Mach ich auch. Kein Schlüssel hier.«

Als Veronika davonging, sah Jean ihr hinterher. Ihr Hintern war nicht übel, musste er zugeben. Ein knackiger Po, die Backen perfekt gerundet und straff. Wie viele Stunden auf dem Stepper steckten da wohl drin? Er hörte das Wasser in der Küche rauschen, als sie sich ein Glas einfüllte, und wartete einen Moment, bis die Geräusche verklungen waren, dann ging auch er wieder hoch und sank in sein Bett, das ihn noch wohlig warm erwartete.

Bevor er wieder einschlief, dachte er nicht mehr an die Glocke, sondern an Veronika. An das, was er eben gesehen hatte, dieses letzte Bild, das sich ihm eingebrannt hatte: ihr knackiger, kleiner Hintern. Der war wirklich perfekt. Jean wurde hart. Er langte hinüber, legte seine Hand auf Jacquelines Hintern, der sich so ganz anders anfühlte, als jener hinter seinen geschlossenen Augenlidern es versprach. Dann schlief er ein, die Uhr am Handgelenk, leise tickend, die Ziffern giftig in die Dunkelheit strahlend, die Zeiger kreisend, einer langsam, der andere schneller.

DRITTER FERIENTAG

La chasse d'eau
Die Wasserspülung

Als Veronika am Morgen erwachte, stand Bernhard am Fenster und blickte hinaus. Im ersten Moment war er nichts als eine Silhouette, ein dunkler Fleck im hellen Licht, das durch die Musselinvorhänge in das Zimmer hereindrängte. Als sich ihre Augen an die Grelle des jungen Tages gewöhnt hatten, erkannte sie ihn besser: In seiner eng anliegenden Rennradmontur stand er da und schien etwas zu beobachten.

»Was siehst du?«, fragte sie. Drei müde, zähe Worte.

»Nichts«, sagte er.

Nichts, dachte Veronika, schloss die Augen, rollte sich zur Wand, vergrub das Gesicht im Kissen. Zum Glück hatten sie zwei Einzelbetten bekommen. Das war ihre größte Angst gewesen: ein Doppelbett mit einer Decke, das sie hätten teilen müssen. Dann den Gastgebern klarzumachen, dass sie getrennte Betten bräuchten. Vorsorglich hatte sie einen Schlafsack eingepackt.

Erst hatte sie überhaupt nicht mitkommen wollen, dann aber doch zugesagt, Denis zuliebe. Die Therapeutin hatte Veronika dazu geraten. Es passte gut in ihren Plan, von dem sie nicht abweichen wollten. Der Plan gehörte umgesetzt. Tag für Tag, Stück für Stück. Damit alles zu einem sauberen Ende käme.

Schweigend lag sie im Bett. Auch Bernhard schwieg. Er begutachtete seine Hand, als studierte er seine Lebenslinien, doch tatsächlich untersuchte er seine Wunde, die er sich beim Sturz am Vortag zugezogen hatte. Es war nicht das erste Mal, dass er gefallen war. Er kannte dieses Gefühl, diese leichte Übelkeit, die einen überkommt als Vorahnung für den zu erwartenden Schmerz, dazu eine leise Enttäuschung über sich selbst, dass man den Sturz nicht würde vermeiden können, dass er nicht aufzuhalten war. Dann der Lärm des Aufschlags, scheppernd das Rad, dumpf der Körper, die folgende Stille, das aus der aufgeschlagenen Haut sickernde Blut. Schnell hatte er sich wieder aufgerappelt, das Rad begutachtet, auf etwaige Schäden kontrolliert, den krummen Bremshebel gerichtet, die davongekullerte Trinkflasche aus der Grasnarbe geholt. Erst da fühlte er das Brennen der Handinnenfläche, sah schwarz die Steinchen im roten Fleisch. Das musste desinfiziert werden, dachte er. Weshalb hatte er keine Handschuhe angezogen?

Schließlich sagte dann doch jemand etwas. Es war Bernhard, der noch immer seine glänzende Wunde betrachtete, zwischen den bodenlangen Vorhängen stehend, die der Wind schüchtern bewegte. »Als ich losgefahren bin, war der Nebel noch richtig dicht. Jetzt verzieht er sich. Wird ein sonniger Tag heute.«

Sonnig, dachte Veronika, für dich vielleicht. Aber sie schwieg, gab noch nicht einmal einen zustimmenden Laut von sich.

Früher hätte sie ihn gefragt, ob seine Ausfahrt schön

gewesen sei, wie weit die Runde gewesen war, ob er früh aufgestanden war, und wenn er die Uhrzeit genannt hätte, hätte sie geantwortet: »Du spinnst! So früh!«, und es aber lieb gemeint, gelächelt, so wie auch er gelächelt hätte, glücklich. Lange her.

Veronika öffnete ihre Augen, schlug die Bettdecke zurück, reckte sich.

»Mein Rücken! Die Betten sind viel zu weich«, sagte sie matt.

»Findest du? Meine Matratze ist tipptopp. Ich habe geschlafen wie ein Murmeltier.«

Veronika erwiderte nichts. Sie kannte das. So war Bernhard. Immer sagte er das Gegenteil. Hätte sie gerade gesagt, die Matratze sei tipptopp, sie hätte geschlafen wie ein Murmeltier, hätte er mit Bestimmtheit erwidert, er fände sie zu weich. Oder zu hart. Er habe miserabel gepennt. Sein Rücken tue ihm deswegen weh.

Dieser Wesenszug Bernhards, konsequent gegen alles zu sein, was im Entferntesten nach Konsens roch, brachte Veronika zur Weißglut. Anfangs, zu Beginn ihrer Beziehung, brach seine Anti-Haltung nur selten durch, und wenn, dann zaghaft. Erst später entwickelte er diesbezüglich eine gewisse Beharrlichkeit. Zuerst dachte Veronika, seine aufkommende Gegenteil-Manie sei Zeugnis eines starken Willens, so etwas wie Charakterfestigkeit, ein Sich-nicht-verbiegen-Wollen. Aber dem war nicht so. Seine aufgesetzte Verweigerung war nur ein Punkt von vielen aus dem dicken und reich illustrierten Katalog von Bernhards Wesenszügen, die Veronika auf den Wecker gingen. Oder nein, besser:

die ihr auf den Wecker gegangen waren, damals, als sie noch etwas für ihn empfunden hatte.

Das Einzige, was sie heute noch empfand, wenn sie an Bernhard dachte, sie die nasskalte Tropfsteinhöhle ihres Herzens ausleuchtete, war Müdigkeit.

»Die Landschaft hier ist ziemlich schön«, hörte sie ihn ohne jede Begeisterung sagen, und sie hätte Lust gehabt, aus reiner Boshaftigkeit zu antworten: »Ich finde sie scheißhässlich!« Doch sie ließ es sein.

»Wie findest du es hier?«, fragte Bernhard, ohne sich umzudrehen. Er hatte einen Fischer entdeckt, der mit zögerlichen, nach festem Grund forschenden Schritten in den Kanal gestiegen war. Erst wollte sie ihn nachäffen, sie fände es hier »ziemlich schön«, zog es dann aber doch vor, weiter zu schweigen.

»Dort unten steht ein Fischer«, sagte er.

Eine Weile sprach keiner von beiden, bis Veronika doch etwas sagte.

»Das Haus ist groß, ehrlich gesagt wäre es mir zu groß. Wozu braucht man ein so riesiges Haus?«

Bernhard starrte unverwandt aus dem Fenster.

»Damit man eventuell Freunde einladen kann?«, fragte er ironisch, mit einer gespielten Pause zwischen »eventuell« und »Freunde«, als hätte er erst nach dem Wort suchen müssen. Er sah, wie der Fischer stoisch im Wasser stand, sich kaum regte, nur manchmal die Rute etwas hob oder senkte. Er murmelte: »Was für ein stupides Hobby.«

»Freunde? So viele Freunde kann sich niemand leisten, wie man hierher einladen könnte.«

»Es müssen ja nicht Freunde sein. Wir sind ja auch keine Freunde von Jean und Jacqueline, und trotzdem sind wir hier. Oder man vermietet es. Airbnb oder so.«

Wieder entstand eine ausgedehnte Pause, bis Bernhard zu sprechen anhob: »Wie findest du die beiden?«

Veronika gab ein leises Ächzen von sich, als sie sich aufsetzte und streckte.

»Sie sind ganz nett. Ich meine, sie sind nicht gerade Mitglieder im Einstein-Klub, klar, aber herzlich sind sie, großzügig, das muss man ihnen lassen. Hast du schon mal darüber nachgedacht, wie wir uns erkenntlich zeigen sollten? Wir haben kein Geschenk mitgebracht, nicht mal eine Flasche Wein.«

Bernhard wandte den Kopf, sah seine Frau dort sitzen, mit wirrem Haar. Das Haar, in dem seine Finger einst zu Hause gewesen waren. Nicht ohne Bitterkeit dachte er: Herzlich? Gerade du sprichst von Herzlichkeit?

Sie griff sich ihr Buch vom Nachttisch, legte sich zurück in die Kissen. Kurz überlegte sie, ob sie Bernhard von der seltsamen Begegnung mit Jean erzählen sollte, wie er in Unterhose und der lächerlich dicken Uhr am Handgelenk im Entree gestanden hatte wie ein Schlafwandler, grotesk mit seiner Wampe, besann sich dann aber. Wozu sollte sie es erzählen?

»Leider haben sie überhaupt keinen Geschmack. *Zero taste.* Nur weil man in Frankreich ist, muss man ja nicht das ganze Haus mit Tour-de-France-Postern tapezieren und mit alten Ricard-Flaschen dekorieren. Fehlt nur noch, dass sie eine Boccia-Bahn anlegen.«

»Die gibts«, merkte Bernhard an, »hinter der kleinen Remise. Aber man sagt hier nicht Boccia, sondern Pétanque – oder Boule.«

»Letzte Woche war ich kurz auf der Homepage ihrer Firma. Dachte, ich mach mich mal ein bisschen schlau. Hätte ich lieber lassen sollen. Extrem bieder, was die so machen, sowohl inhaltlich wie formal.«

»Aha«, sagte Bernhard mechanisch. Er kannte die Urteile, die Veronika über all jene fällte, die sich erlaubten, im gleichen Metier wie sie tätig zu sein. Schuldig! Schuldig! Schuldig! Und zwar in allen Anklagepunkten.

»Nein, was sage ich da. Bieder trifft es nicht. Horror trifft es viel besser, echter Horror. Ihr Motto ist »Klein – aber oho«! Und sie verwenden immer Arial.«

»Und das ist schlimm? Arial?«

»Schlimm?«

Sie verdrehte die Augen.

»Für irgendeinen Weinhändler haben sie sogar Zapfino genommen. Zapfino!«

Sie lachte übertrieben auf.

»Zapfino?« Bernhard klang nicht wirklich interessiert.

»Ja, Zapfino. Das ist eine Schrift, ein Font.«

»Aha.«

Während sie das Buch aufschlug, nach der Seite blätterte, auf der sie zuletzt gelesen hatte, suchte sie nach den richtigen Worten, um ihrem Mann zu erklären, wovon sie sprach – wie schon so oft, denn er hatte niemals ein echtes Interesse für ihren Beruf entwickelt. Doch deshalb machte sie ihm keinen Vorwurf. Weshalb auch? Sie hatte schließlich auch nie Neugierde für seine Kunst der Wurzelbehandlungen oder das Implantieren von Zahnprothesen an den Tag gelegt.

»Die sieht aus, wie wenn Zorro eine Einladung zu seinem Geburtstag gestalten würde, so ein geschwungener Kalligrafenkack, wie mit einem Säbel hingeschmiert.«

»Zorro hatte keinen Säbel«, hörte sie Bernhard sagen, »der hatte einen Degen.«

Ärgerlich schüttelte sie den Kopf.

Er wandte sich vom Fenster ab, sagte: »Du bist doch immer für Präzision, ich erwähne es nur deshalb. Ein Säbel ist kein Degen.«

Veronika dachte: Blödmann!, und sagte: »Auf jeden Fall ganz übel, was die machen. Optische Verschmutzung. Ein Glück, dass sie so erfolglos sind. Und wie sie sich anziehen! Er wie ein schwuler Matrose auf Landgang, und sie mit ihrem Foulard-Fimmel und dem albernen Kurzhaarschnitt! Der passt einfach nicht zu ihrer runden Kopfform. Sie müsste die Haare länger tragen, das würde ihr Gesicht strecken. Ich denke immer, jetzt erklärt sie mir dann gleich, wie man die Rettungsweste anziehen muss, oder fragt, ob ich einen Drink möchte, sie kommt mit ihrer Dauerfreundlichkeit rüber wie eine Stewardess.«

»Flight Attendant sagt man heute«, erwiderte Bernhard, musste aber lächeln, als er sich Jacqueline wie von Veronika beschrieben vorstellte. Dass ihm Veronika noch Grund zum Lächeln gab, wer hätte das gedacht.

Sie hörten die Spülung eines Klos, das erstaunlich

nah klang. Das Bad mit der Toilette grenzte an ihr Zimmer. Hinein führte eine niedrige Tür, die dünn zu sein schien wie Pappe. Sie vernahmen die Nachgeräusche des Spülvorgangs, das Gurgeln und Rauschen und Zischen, schließlich das Quietschen der Badezimmertüre, die in das Zimmer nebenan führte. Das Schlafzimmer von Jacqueline und Jean.

La Toscane
Die Toskana

In den Ferien sprechen die Menschen besonders gerne über ein bestimmtes Thema: über Ferien, die man in der Vergangenheit gemacht hat.

Sie berichten davon, wo sie diese verbracht haben, wie lange sie dauerten, manchmal berichten sie auch davon, wie teuer die Ferien gewesen waren, denn es war eine zwar sattsam bekannte, doch immer noch allgemeingültige Gleichung: je teurer, desto schöner. Sie erzählen von ihren Eindrücken, die sie zurückbrachten wie am Strand von Son Bou gekaufte Souvenirs. Schließlich tendiert man dazu, eher von den Eindrücken zu erzählen, die man in die Heimat mitnimmt, als von jenen, die man vor Ort gehabt hat. Vor Ort bestehen Ferien nicht selten zu großen Teilen aus Stress, Streit und Desillusion. Ferien stehen unter Erfolgsdruck. Immer. Die mit dem Begriff Urlaub verbundenen Erwartungen sind enorm, denn eine Reise kostet stets eine schöne Stange Geld, insbesondere, wenn man mit Kindern wegfährt. Die Spanne der Erholung oder des Abenteuers ist lachhaft kurz, verglichen mit jener Zeit, die man das Jahr über im Hamsterrad verbringt. So eine verdammte Urlaubsreise, die muss einfach gelingen! Unbedingt!

Also sprechen die Menschen in ihren Ferien über vergangene Ferien, über geniale Orte, an denen sie waren, lokale Spezialitäten, die sie kosteten, Strände, an denen sie lagen, Vulkane, auf die sie kraxelten, aber auch über kleinere und größere Katastrophen, wobei es eher die kleineren sind, die hervorgekramt werden und die sich im Laufe der Zeit durch wiederholtes Erzählen im nicht selten weinseligen Kreis in witzige Anekdoten verwandelt hatten, die mit jedem Erzählen noch schöner wurden.

Dass man in den Ferien gerne über vergangene Ferien spricht, macht Sinn, denn einerseits liegt das Thema nahe, andererseits hat jede und jeder etwas beizutragen, nicht selten mit gemeinsamen Nennern, Überlappungen von Destinationen oder geteilten Erfahrungen.

So auch während des Frühstücks, das Jean und Jacqueline mit ihren Gästen am späten Vormittag im Garten einnahmen, unter dem großen Baum. Es war herrlich, und gar nicht selbstverständlich, denn schließlich war es Herbst.

Veronika berichtete von ihrer Reise nach Japan und der fremden und faszinierenden Welt auf dem Fischmarkt in Tokio.

»Hör auf! Mir wird noch übel!«, stöhnte Jacqueline.

Veronika war erleichtert, dass Jacqueline weiterhin so freundlich und nett war. Sie hatte nach dem morgendlichen Gespräch mit Bernhard befürchtet, Jacqueline oder Jean hätten den wenig schmeichelhaften

Inhalt ihres Gespräches durch die dünnen Wände mitbekommen.

»Es gab lebendige Crevetten! Der Guide führte uns in ein Sushi-Lokal am Rand des Marktes. Um sieben Uhr morgens! Und da gab es Crevetten-Sushi und als Dekoration dazu die Köpfe mit den Fühlern dran, die sich noch bewegten! Das ist dort ein Beweis für die Frische der Ware.«

Salome schüttelte ungläubig und angewidert den Kopf.

»Sei froh, dass Crevetten stumm sind«, meinte Filipp, während er sich Kaffee eingoss.

So ging es reihum. Sogar Bernhard berichtete von einer Rennradreise auf Teneriffa mit All-inclusive-Service, zu dem auch allabendliche Massagen gehörten. Eine Reise, zu der er ohne Familie angetreten war. Jean machte keinen Hehl aus seinem Neid, so etwas in der Art habe er auch schon immer mal unternehmen wollen, und erzählte seinerseits von einer Reise auf eine der Liparischen Inseln, er musste Jacqueline nach deren Namen fragen. »Salina! Genau. Wir hatten dort ein schickes Hotel. Aber Jacqueline schlief schlecht.« Jean schaute zu seiner Frau, die ein wenig peinlich berührt war, da sie wusste, was nun käme, sich ein Lächeln aber doch nicht verkneifen konnte. »Ich hatte wohl etwas zu viel gegessen«, meinte sie entschuldigend. »Und auch etwas zu viel getrunken!«, sagte Jean. »Auf jeden Fall weckt mich Jacqueline mitten in der Nacht. Sie war ganz aus dem Häuschen. Der Vulkan breche aus, rief sie. Ich stürze zum Fenster und tatsächlich: Auf der

Nachbarinsel Stromboli spuckt es rot glühend aus dem Krater! Wir sind aus dem Zimmer gerannt und haben alle geweckt, an die Türen getrommelt. Bis alle Gäste in der Hotellobby standen, müde und in Pyjamas, und der Hoteldirektor erschien. Er erklärte uns, dass der Vulkan nicht ausbreche. Dieses Spektakel sei ganz normal, jede Nacht sähe man das Glühen. Es sei ganz und gar ungefährlich. Ihr könnt euch vorstellen, dass wir uns in den folgenden Tagen von den anderen Hotelgästen den einen oder anderen Spruch anhören mussten ...« Jean äffte sich selbst nach, vielleicht auch Jacqueline, als er die Hände hob, an eine imaginäre Hotelzimmertüre trommelte und rief: »Der Vulkan bricht aus! Der Vulkan bricht aus!«

Die Stimmung war ausgelassen, und Jean war glücklich, dass seine Geschichte über den vermeintlichen Vulkanausbruch so gut ankam. Er hatte sie schon hundert Mal erzählt, fand sie selber aber noch immer richtig gut.

»Aber es geht doch nichts über ein eigenes Ferienhaus«, sagte Bernhard irgendwann, als sich die Gemüter wieder beruhigt hatten, »ich hätte auch gerne eines! Je größer, desto besser! Dann kann man seine Freunde einladen.«

Er sprach demonstrativ in Veronikas Richtung, die aber nicht reagierte, sondern Jacqueline um die Butter bat.

Jean wurde hellhörig und noch mehr, als Salome hinzufügte: »Ja, aber so ein Haus macht halt auch viel

Arbeit. Man muss jemanden vor Ort haben, der nach dem Rechten sieht, wenn man selbst nicht da ist.«

»Ach, das ist kein Problem«, sagte Jean schnell.

»Nun ja ... wenn ich an unser Haus denke ...«, sagte Salome und lächelte betreten. Sie wollte Jean nicht widersprechen, aber so war es nun mal. Ein Haus bedeutete Arbeit, immerzu. Wer drehte im Winter die Heizung auf, bevor man kam? Wer goss im Sommer die Pflanzen, damit sie nicht verdorrten? Wer schloss das von einem Sturm aufgedrückte Fenster wieder?

Jean, die Lippen geschürzt, schob seine Kaffeetasse von links nach rechts, als zöge er eine Schachfigur und hob den Kopf.

»Ich wusste gar nicht, dass ihr ein Haus besitzt. Wo denn?«

Salome wurde verlegen. Dieses Thema hatte sie nicht anschneiden wollen. Filipp war es peinlich, wenn sie darüber sprach. Doch der war damit beschäftigt, eine Packung Sablés zu öffnen, und sagte: »Die spinnen, die Franzosen, verpacken alles einzeln.«

Jean hakte nach, wiederholte seine Frage.

»Das Häuschen ist nicht unser Häuschen«, sagte Salome schnell. »Es gehört meinen Eltern. Sie haben es vor vielen Jahren gekauft.«

Filipp beteiligte sich noch immer nicht am Gespräch, doch er hörte aufmerksam zu und dachte: Häuschen ist gut. Villa träfe es besser. Landgut. Der Besitz von Signore di Pfannenstiel, dem großen Immobilientycoon. Das fucking Castello Grande.

Aber er schwieg. Aus gutem Grund. Denn manche

Geschichten waren so furchtbar, dass sie auch nach langer Zeit nicht zu einer gern erzählten, lustigen Anekdote mutierten.

»Wo es liegt? In Italien«, sagte Salome.

Jean fragte nach, darum bedacht, nicht zu viel Interesse an den Tag zu legen, ließ es beiläufig klingen, während er sich eine ordentliche Portion Rührei auf den Teller schaufelte.

»Wo in Italien?«

»In der Toskana.«

»Toskana! Oh, schön!«

Jacqueline erkundigte sich weiter, den Mund voll mit einem Stück Baguette, das sie mit fruchtsüßer Himbeerkonfitüre bestrichen hatte: »Liegt es am Meer?« Obwohl sie nicht wusste, ob die Toskana überhaupt am Meer lag oder nicht. Geografie war noch nie ihr Ding gewesen.

Jacqueline war erleichtert, als Salome erwiderte: »Nein. Nicht direkt. Zum Meer sind es knapp zwanzig Minuten mit dem Auto. Das Haus ist in den Bergen … also in den Hügeln.«

Filipp kaute ein halbes Sablé, die andere Hälfte hielt er in der Hand, betrachtete sie wie ein Forscher ein Insekt, von dem er nicht weiß, ob die Spezies schon entdeckt worden war.

»Sind verdammt gut, die Dinger! Lohnt sich, die einzeln zu verpacken.«

Genussvoll und laut zerkaute er die eben noch betrachtete Hälfte des Sablés.

Jean war leise alarmiert. Und seine gerade noch

euphorische Stimmung trübte sich. Wenn jemand bereits ein Haus besaß, hätte er sicherlich wenig bis gar kein Interesse daran, sein Geld zusätzlich in ein anderes Haus zu stecken. Wie naiv von ihm. Er hätte es sich ja denken können, dass jemand mit einer Herkunft wie Salome nicht ohne eine über Generationen hinweg vererbte Ferienresidenz auf die Welt kam. Und wer würde eine Villa in der Toskana gegen dieses Haus hier im französischen Niemandsland tauschen, wo man zum nächsten Supermarkt so lange brauchte wie in der Toskana zum Meeresstrand mit seinen Sonnenschirmen, Gelaterias und Bars, in denen Sommerhits schepperten? Das wäre, als würde er jemandem vorschlagen, seinen Ferrari gegen einen rostigen Peugeot zu tauschen. Natürlich gab es solche Irre. Aber sie waren rar. Doch was Jean irritierte, war, dass Filipp sich am Gespräch über das Haus mit keinem Wort beteiligte. Sonst war er doch nie um eine Meinung verlegen.

Als er Filipp ansah, las dieser mit Hingabe die Aufschrift auf der Keksschachtel, das Kleingedruckte, die Inhaltsangaben, die Infos über den Butteranteil und die Zusatzstoffe.

Tatsächlich war das Haus von Salomes Eltern mehr als bloß ein Haus, der Begriff Anwesen träfe es besser. Mit viel Liebe und noch mehr Geld war das mittelalterliche Bauerngut aufwendig renoviert und mit sämtlichen modernen Gerätschaften ausgerüstet worden, die ein Ferienhaus von gewissem Standard aufzuweisen hatte. Der Blick von der Terrasse über die unverbauten, sattgrünen Hügel der Toskana war berauschend, vor allem abends, wenn die Sonne den Horizont in kitschiges Rot tünchte. Nebst nicht weniger als sieben von Salomes Mutter und ihrem Flair für Laura Ashley eingerichteten Schlafzimmern gab es einen stattlichen und beheizbaren Pool mit üppig möblierter Sonnenterrasse davor. Es gab auch einen frei stehenden Pizzaofen und eine Outdoorküche mit Gasherd. Der Weinkeller war größer als ihre Genossenschaftswohnung in Zürich, der Fitnessraum ebenfalls. Die Sauna bot Platz für acht Erwachsene. Die Markisen auf der Terrasse gingen elektrisch. Ein großes, eisernes Tor lag vor der Zufahrt. »Shit«, entfuhr es Filipp, als sie das erste Mal vor dem Tor hielten und aus dem Wagen stiegen, um das Schloss mit einem großen Schlüssel aufzuschließen, »wie bei der verdammten Southfork Ranch!«

Salomes Eltern betrachteten sich als großzügige Menschen. So war es nur selbstverständlich, dass ihre Tochter samt Familie das Haus benutzen konnte, wann immer es frei war. Allerdings war das schlussendlich nicht so oft der Fall. Es war erstaunlich, als wie kompliziert es sich herausstellen sollte, ein Haus für zwei, drei Wochen in die komplexe Schulferienplanung einzubinden. Salomes Eltern waren zwar beide längst im Pensionsalter und deshalb eigentlich zeitlich flexibel, wie man hätte meinen sollen, wollten dann aber doch das Wochenende oder ein paar Tage in der Toskana verbringen, und zwar in trauter Zweisamkeit, ohne Kindergeschrei, was Filipp anfangs erboste, bald aber nicht mehr. Denn zusammen mit Salomes Eltern waren sie ein einziges Mal in der Villa gewesen, oder wie Filipp gerne sagte: dreimal! Nämlich das erste, das einzige und das letzte Mal. Trotzdem verbrachten sie den einen oder anderen schönen Sommer in dem Haus, wenn Salomes Eltern auf Kreuzfahrt waren, und auch im Herbst hatten sie den Weg schon auf sich genommen, das Haus war einfach grandios.

Bis zu jenem Wochenende im April vor acht Jahren. Filipp feierte seinen 40. Geburtstag und wollte dies auf gebührende Art und Weise tun. So, dass er ihn nicht wieder vergessen würde. Was ihm auch tatsächlich gelingen sollte. Zusammen mit seinen Kumpels Mike, Andi und Damian wollte er im Haus im Süden ein bisschen Party machen. Er und die Jungs! Die Jungs und er! Es würde groß werden, grandios, legendär!

Andi fuhr am frühen Freitagmorgen mit seinem allradgetriebenen T5 California vor, einen Anhänger hinten dran, auf dem er »das Spielzeug« dabeihatte: zwei hochbeinige, knallorange Motocross-Maschinen. So ging es gen Italien.

Wie Wildschweine heizten sie mit den Maschinen über die toskanischen Hügel, schon mittags knacksten sie eine Büchse Peroni nach der anderen auf. Damian, immer schon der Apotheker, hatte THC-Tropfen dabei und kristallines MDMA. Sie ließen es krachen. Irgendwann zogen sie die guten Flaschen aus dem Weinkeller, leerten eine um die andere, auch die Hausbar in der antiken Holztruhe gingen sie an, vernichteten einen schönen Teil der Spirituosen, etwa den XO Cognac in dieser wie ein überdimensionierter Parfümflakon daherkommenden Flasche. Sie rauchten noch einen Joint und schmissen sich das MDMA ein, während sie italienische Horrorfilme aus den Achtzigern schauten, *Suspiria* zuerst, dann *Ein Zombie hing am Glockenseil*, später noch *Nackt und zerfleischt*.

Als sie zwei Tage später die Motocross-Räder wieder auf den Anhänger schoben, war Filipp schon klar, dass sie einen Schweinestall hinterließen. Aber schließlich gab es ja La Rosa, eine Frau aus dem Dorf, die sich um das Haus kümmerte. Die würde das schon in Ordnung bringen, schließlich wurde sie von den Alten von Pfannenstiels dafür bezahlt.

Doch es kam anders.

Damian hatte nicht nur seine THC-Tropfen dabeigehabt, sondern auch sein Taschenmesser, was ihm wieder einfiel, als er im Vollrausch unter dem großen eichenen Esszimmertisch aus dem 17. Jahrhundert lag, an die Unterseite der Tischplatte starrte und sich von ihrer Maserung hypnotisieren ließ. Da kam ihm eine Idee. Er zückte das Messer, machte sich ans Werk. Eine halbe Stunde später hatte er ein ziemlich gelungenes Hakenkreuz hineingeritzt. Dann schlief er ein, vergaß die Schnitzerei, wie er auch das Taschenmesser vergaß, bloß eine Beule auf seinem Schädel zeugte auf der Rückfahrt davon, dass er unter dem Tisch geschlafen hatte. Am Morgen hatte er sich an der Platte mächtig den Schädel angedonnert. Noch als sie den Zoll passierten, brummte ihm die Birne.

Als La Rosa das Haus betrat, war sie völlig entsetzt. Das Geschirr stapelte sich ungespült. Überall lagen leere Weinflaschen herum. Essensreste. Offene Müllsäcke. *Porca miseria!*

Als sie sich bückte, um den seltsamen Dreck unter dem Esstisch näher zu untersuchen, die Holzspäne, stieß sie auf das Hakenkreuz. Schnurstracks rannte sie aus dem Haus, fluchend und sich bekreuzigend, rief Signora di Pfannenstiel an, kreischte erbost ins Telefon. In ihrer Familie waren Partisanen gewesen! Sie hatten im Krieg Juden versteckt, sie hatten gegen die Nazis gekämpft!

Und so kam es, dass Filipp das schöne Haus in der Toskana niemals mehr betreten sollte, auch Salome nicht, denn sie fuhr nicht Auto, und mit dem Zug und den Kindern hinzufahren kam einer halben Weltreise gleich. Das Verhältnis zwischen Filipp und Salomes Eltern wurde durch den Zwischenfall nicht besser, obwohl Damian einen handschriftlichen Brief an die von Pfannenstiels schrieb, darin wortreich um Entschuldigung bat, sich erklärte und seinen Freund Filipp von jeder Schuld freisprach, aber auch nicht vergaß, sich nach dem Verbleib seines Taschenmessers zu erkundigen.

Das war die Geschichte mit dem Haus im Süden, die Filipp für sich behielt. Und nachdem Salome gesagt hatte, dass sie schon länger nicht mehr in dem Haus gewesen seien, da die Reise doch etwas weit sei, sagte er: »Also ich hätte jetzt Lust auf eine Partie *Stadt, Land, Fluss*! Wer ist dabei?« Niemand hob die Hand.

»Dann halt nicht«, sagte Filipp beleidigt. Er stand auf und begann, den Tisch abzuräumen. Das Frühstück war beendet.

Les pommes
Die Äpfel

Ein Krachen, knackig, saftig. Jean biss herzhaft in den Apfel, kaute genussvoll. Er hatte seine eigene Art, einen Apfel zu verspeisen. Immer von unten nach oben, am Ende dann auch das Gehäuse, oder, wie er zu sagen pflegte, *from tail to nose*. An einem Kern, den er in seinem Mund behielt, konnte er noch lange herumlutschen. Er mochte den feinen Geschmack nach Marzipan, diese leise Ahnung von Blausäure. »Die sind doch giftig!«, hatte Jacqueline immer gesagt, wenn er auf einem Apfelkern herumkaute, bis sie es irgendwann nicht mehr gesagt hatte, denn er lebte ja noch.

Jean saß auf einer verwitterten Bank im Apfelgarten. Windschief stand sie unter einem der Bäume im hohen Gras. Breitbeinig hockte er in der Herbstsonne, die linke Hand auf der Rückenlehne. So betrachtete er zufrieden, was Jacqueline und ihm gehörte, das Haus und den Garten, das umliegende Land, die Obstbäume darauf. Ihm gefiel, was er sah, so wie er mochte, was er hörte. Das Gratiskonzert des Urlaubs, die Hintergrundmusik, das Trillern der Vögel, ihr Schackern und Quirlen, Schnirpen und Schnörkeln. Eine einsame Hummel solierte durchs Bild, ein Rabe kolkte, der Wind fuhr sanft wie ein Streicheln in die Blätter, ließ sie rascheln.

Als er Salome bemerkte, die durch die herrliche Kulisse in sein Blickfeld schlenderte, strahlte er noch ein wenig mehr, richtete sich auf und rief nach ihr. »Salome! Ich hoffe, ihr fühlt euch wohl.«

Sie erwiderte Jeans Lächeln.

»Es ist wunderbar hier.«

»Danke. Und wenn ihr was braucht, zögert nicht, es zu sagen. Ich weiß, es ist kein Fünfsternehotel …«

»… es ist absolut perfekt hier. Ihr habt großes Glück mit diesem Haus. Und diese Landschaft …« Salome wollte kein passendes Wort einfallen, sie deutete eine Geste an, wies um sich herum.

Jean grinste zufrieden, zuckte lässig mit den Achseln. Was sollte er darauf erwidern? Nichts! Denn Salome hatte recht. Absolut recht. Oder? Sich Träume zu erfüllen, vor allem große und lang gehegte, hat immer einen Haken, denn erfüllte Träume stellen sich gerne als Belastung heraus. Zwar ist die Vorstellung Wirklichkeit geworden, doch tut diese Wirklichkeit oft nicht, was man sich von ihr erhofft. Die Sehnsucht bleibt bestehen, denn Sehnsüchte sind unstillbar, und je mehr man sie zu erfüllen versucht, desto größer werden sie.

Sollte er Salome jetzt, trotz des Rückschlags mit dem Pfannenstiel'schen Ferienhaus in Italien, erzählen, dass eine Beteiligung am Haus eine Option wäre? Es bräuchte kein großes Investment, bloß einen Handschlag und eine Transaktion von ein paar Hunderttausend, schon wären sie Partner. Sie könnten gleichwertige Teilhaber werden, fifty-fifty, oder dritteln, falls Bernhard und Veronika auch einstiegen. Man käme sich nicht in die Quere mit der Belegung des Hauses, da wäre man ganz unkompliziert und flexibel, denn auch wenn sie so oft hierherfuhren, wie es ihre Zeit zuließ, stand das Haus doch an mehr als dreihundert Tagen im Jahr leer.

Nein, entschied Jean, für ein konkretes Angebot war es nicht der richtige Zeitpunkt. Er müsste noch einmal nachfühlen, warum Filipp bei diesem Thema so ungewöhnlich wortkarg gewesen war. Er musste es behutsam angehen. Salome war, so meinte er zu spüren, ein zartes Pflänzchen. Und sowieso sollten die Gäste erst noch so richtig verwöhnt werden. Es war Geduld gefragt. Jean rückte ein Stück zur Seite und klopfte neben sich auf den freien Platz auf der Bank.

»Komm! Setz dich.«

Er drehte sich zum nahen Baum hin und pflückte einen Apfel von einem tief hängenden Ast, rieb ihn am Hosenbein, bis er glänzte, und reichte ihn Salome.

»Danke«, sagte sie, »wie im Paradies!« Sie biss hinein.

Das gefiel Jean, und er wiederholte, was er Salome so schön hatte sagen hören: »Wie im Paradies.«

Salome setzte sich und kam nun ebenfalls in den Genuss jener Aussicht, die Jean zuvor bewundert hatte: das Haus, die Bäume, die Umgebung. Ein Idyll, eine Szenerie wie aus einer anderen, unschuldigeren und auch besseren Zeit.

»Ich muss immer an die Bücher von Tomi Ungerer denken«, sagte Jean, »*Das Biest des Monsieur Racine*. Dort gibt es auch solche Obstgärten.«

Salome nickte. Gleich darauf allerdings wurde ihr

Lächeln merklich schmaler und Verunsicherung lag in ihrem Ausdruck, als sie Jean ansah.

»Du, Jean, gestern Nacht, diese Glocke ...«

»Glocke?«, fragte er schnell.

»Ich bin wach geworden. Mitten in der Nacht. Hatte wohl etwas zu viel getrunken. So wie Jacqueline damals, auf dieser Liparischen Insel.«

Sie schmunzelte, er lachte auf, bedeutete mit einem Nicken, dass er wusste, wovon sie sprach.

»Auf jeden Fall wurde ich wach, und da hörte ich ein leises Gebimmel. Hast du es auch gehört?«

Jean schürzte die Lippen, tat, als versuchte er sich zu erinnern, schüttelte dann den Kopf.

»Es war fast ein wenig unheimlich.«

»Hast du das nicht geträumt?«

»Vielleicht«, sagte Salome und lächelte versöhnlich.

Doch Salome war sich sicher, dass es kein Traum gewesen war. Sie hatte die Glocke gehört, sie hatte versucht, Filipp wach zu bekommen. Doch wenn der mal schlief, dann schlief er. Seltsam, dass Jean nichts gehört hatte.

Jean schielte zu Salome herüber, verstohlen, prüfend. Sie biss wieder in den Apfel, betrachtete das saftige Fleisch der Frucht. Eine Weile schwiegen sie. Dann fragte Jean: »Was machst du eigentlich so?«

»Ich bin Sängerin«, sagte sie erstaunt.

»Ja, ja, das weiß ich selbstverständlich, ich meinte, was zurzeit so läuft! Gibst du Konzerte?«

»Mit Konzerten gehts bald wieder los, im November

haben die Passionen in den Kirchen Hochkonjunktur. Matthäus und nochmals Matthäus.« Sie seufzte. »Dann wird einiges los sein. Aber gerade unterrichte ich vor allem.«

»Oh, das ist schön ... etwas weiterzugeben.«

»Ja, mit jungen Menschen zu arbeiten ist eine großartige Erfahrung.«

»Junge Menschen! Wenn du das sagst, dann kommt man sich ja richtig alt vor!«

Salome lächelte milde.

»Die jungen Menschen von heute sind ganz anders als wir damals.«

»Aber wir sind doch noch immer jung!«, protestierte Jean.

Salome sagte nichts, aber ihr Gesichtsausdruck bedeutete: Nein, sind wir nicht. Nicht mehr. Und Jean wusste es auch.

Salome versank in Gedanken an die Konzerte, mit denen es schon bald wieder losgehen würde. Sie freute sich darauf, Schuberts Messe in G oder in F, Haydns Theresienmesse – und Bachs Matthäuspassion. Aber wie immer beschlich sie auch jetzt schon Beklemmung, dabei waren es ja bloß Vorweihnachtskonzerte, vorgetragen vor einem nicht fachkundigen Publikum. Denn auch wenn ein Publikum aus lauter Banausen bestand, wollte sie singen, wie sie zu singen von sich verlangte. Perfekt. Das war sie der Kunst schuldig, und das war das Problem.

Deshalb hatte sie mit dem Singen an Opernhäusern

aufgehört. Die nervliche Belastung war einfach zu groß. Schon Tage vor den Auftritten wurde ihre Anspannung größer, steigerte sich stetig. Am Tag des Konzertes war sie nichts weiter als ein reines Nervenbündel. Zudem wusste sie, dass immer etwas schiefging. So etwas wie einen perfekten Abend, wie oft hatte sie das erlebt in ihrer Karriere? Dreimal? Viermal? Meist saß sie nach gefallenem Vorhang mit dem Gefühl in der Garderobe, nicht genügt zu haben, egal wie lang der Applaus auch gewesen war.

Auch wenn niemand einen Fehler gehört haben mochte, war da trotzdem etwas gewesen, was besser hätte sein können, sein müssen. Ihre Therapeutin hatte in diesem Zusammenhang von einem »destruktiven Perfektionismus« gesprochen. Hinzu kamen die Momente der Einsamkeit, die mit den Engagements im In- und Ausland verbunden waren. Die leeren Zeiten vor und nach den Proben in den fernen Städten, die immer blieben, was sie waren: fremd, egal wie lange sie dort weilte. Auch nicht zu unterschätzen war das toxische Umfeld, in dem man sich bewegte, die Kolleginnen, die nichts anderes waren als Konkurrentinnen und nur auf ihr Versagen warteten. Schadenfreude war eine treue, ständige Begleiterin.

All das zog Salomes Elan und ihrer Begeisterung den Zahn, langsam, aber sicher. Denn ja, sie liebte das Singen, aber so sehr sie es liebte, so sehr hasste sie, was damit verbunden war. Für das kaputtzugehen, was man doch liebte wie sonst nichts? Das konnte auf Dauer nicht funktionieren.

Salome beugte sich vor, schob das linke Hosenbein hoch, zog die Socke ein Stück herunter, betrachtete ihre Wade. Sie sah drei kleine rote Punkte. Sie juckten. Auch Jean entging nicht, wie Salome sich kratzte, die weiße Haut sich rötete unter dem Streifen der Nägel. Schnell wandte er den Blick ab. Diese Stiche. Sie waren ihm leider nur allzu bekannt. Er hatte gedacht, die Sache mit diesen verdammten Viechern sei erledigt. Sie hätten eben doch alle Matratzen auswechseln sollen.

»Da kommen sie«, hörte Salome Jean sagen, der aufstand. »Dann kann es losgehen.« Die anderen kamen in den Apfelgarten, die Kinder auch. Alle begannen mit der Arbeit, ernteten die Äpfel, um später in der Mosterei daraus *Jus de Pomme* pressen zu lassen, herrlichen, frischen Apfelsaft.

Die Jungs rüttelten wild an den Stämmen und den erreichbaren Ästen, dumpf polterten die Früchte ins Gras. Hatten sie faule Stellen, schmissen sie diese mit Schwung über die Gartenmauer und schauten, ob der Wurf bis zum Kanal reichte. Mit einem leisen »Platsch!« gingen sie nieder ins Nass.

Schnell war ein ordentlicher Haufen Früchte beisammen. Von den Händen wanderten sie in Körbe. Die Körbe leerten sie in hölzerne Kisten, die sie später gerade noch so in den Espace hieven konnten.

»Verdammt ergiebig, die Bäume, die werfen echt was ab«, sagte Filipp, das Gesicht von der Arbeit gerötet wie die Schale eines reifen Apfels. Ihm war solche Arbeit fremd, aber er spürte die Befriedigung, die sie mit sich brachte. Diese tief fußende Zufriedenheit, etwas zu schaffen, mit den eigenen Händen etwas zu leisten, und danach den physischen Beweis der verrichteten Arbeit zu sehen. Da wurde ein archaischer Eifer in ihm geweckt. Bald verfielen sie in zufriedenes Schweigen und verrichteten stumm ihre Arbeit, wie hypnotisiert fuhren sie damit fort. Unterbrochen wurde die wohlige Monotonie in unregelmäßigen Abständen, wenn ein fauler Apfel durch die Luft sirrte. Jean holte eine Leiter aus der Remise, geschultert trug er sie heran, laut pfiff er ein Lied. Er stellte die Leiter an den Baum, erklomm die Sprossen, um an die höher hängenden Früchte zu gelangen. Alle griffen sie nach den Äpfeln. Die Ernte der Früchte war eine Szenerie wie auf einem Gemälde eines alten Meisters, friedlich und verträumt, bukolisch und einfach nur schön.

Le potiron
Der Kürbis

Der Kürbis war ein tückischer Kamerad, innen weich, außen hart, die Schale zwar dünn, aber zäh. Einen Kürbis auszuhöhlen erforderte Geschick und Wissen, Gewieftheit und ein gehöriges Maß an konzentrierter Aufmerksamkeit.

Mit einem Kugelausstecher kratzte Jean das leuchtend orangefarbene faserige Kernfleisch aus den wohlgeformten Hokkaido-Kürbissen. Danach würde er sie mit *Crème double*, Knoblauch sowie geriebenem Gruyère-Käse füllen und im Ofen backen, bei 200 Grad, anderthalb Stunden lang; ein herrlicher Duft würde sich im Haus ausbreiten. Zu Tisch würden sie das leckere Gemisch dann direkt aus den Kürbissen löffeln. Himmlisch!

Einen der kleinen Kürbisse hatte er schon perfekt ausgehöhlt, als Jacqueline in die Küche trat. Jean registrierte sogleich Besorgnis in ihrem Gesicht.

»Schatz?«

Sie zupfte ihr Foulard zurecht, dessen Hermès-Orange formidabel zu den Kürbissen passte.

»Jean, du musst dir was ansehen«, sagte sie, nicht laut, aber mit Dringlichkeit.

»Aber ich bin hier grad mit meinen Babys beschäftigt. Schau sie dir an, die Schätzchen, sind sie nicht wunderbar?«

Er hob einen der Kürbisse hoch, damit Jacqueline das Prachtexemplar angemessen bestaunen konnte.

»Ja, ganz wunderbar. Aber bitte, komm schnell mit, ich muss dir was zeigen.«

Nicht ohne Widerwillen legte Jean den Kürbis zurück auf das Schneidebrett, rieb sich die Hände am Küchentuch sauber. Er wollte protestieren, aber Jacqueline war schon aus dem Zimmer.

Sie führte ihn ins Badezimmer im ersten Stock und verriegelte die Tür, kaum hatten sie es betreten. Jean hob die Hände, eine fragende Geste. »Was?«

Jacqueline blieb nahe der Türe stehen und deutete auf die Toilettenschüssel, ein altmodisches Modell, ein Flachspüler, voluminös.

»Jemand hat nicht gespült«, sagte Jacqueline.

»Das sehe ich«, meinte Jean trocken, als er zur Toilettenschüssel getreten war. Er verzog sein Gesicht.

»Aber warum hast du mich geholt? Hättest das Ding doch einfach runterspülen können.«

»Hab ich doch versucht!«

Jean stand ratlos da.

»Wie kann man so was nur tun?«

»Vielleicht hat jemand einfach vergessen zu spülen«, versuchte Jean eine Erklärung.

»Hast *du* schon mal zu spülen vergessen?«

»Wenn ich es vergessen hätte, dann würde ich mich ja nicht daran erinnern«, sagte er und beugte sich über die Toilettenschüssel. Der Anblick war in der Tat unappetitlich. Er sah jedoch keinen Grund, deswegen seinen Humor gänzlich zu verlieren.

»Steht kein Absender drauf«, sagte er.

Jacqueline war nicht nach Witzen zumute. Sie schwieg. Kalt blitzten ihre Augen.

Er betätigte die Spülung. Das Wasser ergoss sich rumorend und tosend in die Schüssel, wo der Pegel rasch stieg.

»Oh nein«, rief Jean.

Jacqueline wollte nicht hinsehen, konnte aber nicht anders. Der Wasserpegel stieg. Und stieg. Der Kothaufen löste sich vom Grund, schwamm auf. Jean griff schon zum Handtuch, um es über die Toilettenschüssel zu werfen, als Damm gegen die drohende braune Flut, sollte das Klo tatsächlich überlaufen.

Aber dann sank das Wasser wieder, so rasch es gestiegen war; und das braune Ding verschwand mitsamt der trüben Flüssigkeit, wurde mit einem gurgelnden Geräusch in die Kanalisation hinabgesogen.

»Das war knapp!«, ächzte Jean, atmete erleichtert aus.

»Das war bestimmt ein Streich der Kinder!«, sagte Jacqueline gallig.

»Nein. Es muss ein Versehen gewesen sein«, meinte Jean. Er zog noch einmal am altmodischen Holzgriff, der an einer feingliedrigen Kette hing. Wieder toste das Wasser. Was ihn tatsächlich etwas nachdenklich stimmte, war: Er hatte kein Toilettenpapier gesehen.

La sincérité
Die Aufrichtigkeit

Noch hing der Geruch des Mittagessens als süßlich-würzige Erinnerung im Raum. Herrlich hatten die Kürbisse geschmeckt. Jacqueline räumte den Geschirrspüler ein, die anderen saßen noch am Tisch und zerkauten ein paar Mitmenschen. Lehrer, andere Eltern, Nachbarn, entfernte Bekannte. Wer nicht zugegen war, wurde verhandelt und verlacht. Man zog über sie her. Die Urteile waren harsch und gnadenlos.

»Jacqueline! Jetzt tu nicht so ungemütlich! Komm zu uns, die Küche mach ich später«, rief Jean. Sie räumte noch ein paar Dinge auf, wischte mit dem Geschirrtuch über die Arbeitsfläche aus Chromstahl und setzte sich dann zu den anderen, schwieg jedoch. Sie mochte nicht so bösartig und hart über Abwesende urteilen.

Sie war in dieser Hinsicht ein gebranntes Kind.

Es war eine Weile her, aber sie konnte sich nur zu gut daran erinnern, wie damals ihr Handy gesurrt hatte, in einem Sommer vor einigen Jahren.

»Monika! So schön, von dir zu hören!«

Monika war nicht gerade das, was man eine beste Freundin nennen konnte, aber sie schickten sich regelmäßig SMS, gingen zusammen etwas trinken oder essen, hin und wieder auch ins Kino. Manchmal, wenn Jacqueline etwas in einer Boutique sah, eine Bluse oder ein anderes Kleidungsstück, von dem sie fand, es sei Monikas Stil, schickte sie ihr ein Foto davon. Monika schrieb immer sofort zurück, bedankte sich herzlich, mit Emojis und Worten wie »Du bist die Beste!« oder »Du bist ein Goldschatz!«. Monika aber war nicht nur eine Freundin, sondern hatte auch eine leitende Funktion in einer Versicherungsgesellschaft inne. So hatten sie sich kennengelernt. Seit Jahren schon betreute die Agentur »Klein – aber oho!« den Jahresbericht sowie das Neujahrsgrußkartengeschäft dieser Versicherungsgesellschaft. Schöne Aufträge, Jahr für Jahr, und vor allem lukrativ.

Als Monika anrief, war Jacqueline in der Stadt unterwegs, stellte sich in eine schattige Ecke und fragte: »Wie gehts?«

»Gut. Dir?«

»Bestens. Heiß, der Sommer, oder?«

»Genial! Wie läuft das Geschäft?«

»Bestens!«

Belanglosigkeit reihte sich an Belanglosigkeit zu einer Kette des Palavers. Doch meinte Jacqueline in Monikas Stimme einen Unterton zu vernehmen. Als sie das Gespräch sterben ließ, trat eine Pause ein.

»Monika?«

Doch statt einer Antwort hörte Jacqueline sie schluchzen.

»Monika? Ist alles in Ordnung?«

Jacqueline hörte sie schniefen, dann schnäuzen, dann

fragte Monika, ob sie eventuell gleich Zeit für eine Tasse Kaffee hätte.

»Ja, natürlich«, sagte Jacqueline, »ich habe gleich ein Meeting, geht vielleicht eine Stunde, keine große Sache. Danach bin ich frei.«

»Um vier?«

»Um vier ist gut. Im Odeon?«

»Im Odeon.«

Die Tische auf der Straße waren allesamt besetzt, Monika war nicht zu sehen, also ging Jacqueline rein, auch dort war sie noch nicht. Sie setzte sich in eine der Nischen beim Eingang, die gerade frei geworden war. Diese Nische mit dem runden Marmortisch und der roten Lederbank am Fenster war der perfekte Ort, um Geheimnisse auszutauschen, ein Ort für Verliebte und Spione – oder für gute Freundinnen, die sich länger nicht gesehen hatten. Jacqueline bestellte einen Espresso, und als sie aus dem Fenster blickte, sah sie die Werbung des Reisebüros auf der gegenüberliegenden Straßenseite, die schöne Menschen an schönen Orten zeigte. Eine sachte Sehnsucht nach der Ferne überkam sie, nach einem luxuriösen Hotel an einem mondänen Ort, ein Resort mit einer weitverzweigten Spa-Anlage im orientalischen Stil mit nach Eukalyptus duftendem Hamam und Dampfbad. Die Geräusche im Café verschmolzen mit ihren Fantasien. Das Fauchen der Kaffeemaschine kam ihr vor wie ein herrlicher Saunaaufguss, das Pumpen der Maschine wie das Tuckern eines Bootes unterwegs zu einer einsamen Lagune.

Bis ihr einfiel, dass es im nächsten Urlaub nicht nach Dubai oder auf die Seychellen gehen würde, sondern nach Saint-Jacques-aux-Bois, in ihr Haus, so wie auch im letzten und im Jahr zuvor schon. Denn dafür hatte man ja ein Ferienhaus: Damit man dort seine Ferien verbringen konnte, auch wenn aus dem »konnte« schnell ein »musste« geworden war – mit einem eigenen Ferienhaus war man zu seinem Glück verdammt.

Jazz klang aus den Lautsprechern, eine sentimentale Trompete arbeitete sich die Tonleiter hoch und runter, und als eine Sängerin ansetzte, um von der Liebe zu singen, vom Schmerz, oder von beidem, hörte sie Monika ihren Namen rufen.

Monikas Geschichte war schnell erzählt. Ihr Mann betrog sie. Natürlich mit einer Jüngeren. Sie hatte es schon eine Weile geahnt, doch verging einige Zeit, bis sie den Mut hatte, ihn damit zu konfrontieren.

Monika begann zu weinen.

»Ich glaube, wir brauchen jetzt etwas Stärkeres«, sagte Jacqueline, legte Monika tröstend ihre Hand auf den Arm. Monika fasste sich etwas, zwang sich zu einem Lächeln.

Sie bestellten Champagner, und so, wie die feinen Bläschen in den langstieligen Gläsern perlten, emporstiegen, eines nach dem anderen, so brach es aus Monika hervor. Sie erzählte ihr vielleicht nicht die ganze Geschichte, aber doch sehr viel. Wie sie ihren Mann zur Rede gestellt hatte, wie er alles abgestritten, ihr krankhafte Eifersucht vorgeworfen hatte. Wie sie nachts sein Handy genommen, sich im Bad eingeschlossen und die

SMS gelesen hatte, die expliziten, wie sich die ganze Katastrophe schließlich offenbart hatte.

Sie bestellten noch zwei Gläser und nach der dritten Runde konnte Monika aussprechen, was sie in ihrem Herzen fühlte: Ihr Mann war ein Arschloch, ein Sauhund, sie würde ihn verlassen. Oder nein, sie würde ihn vor die Türe setzen! So wie man es in Filmen sah. Einfach seinen ganzen Krempel vor die Türe knallen, aus dem Fenster schmeißen, den Humidor, die Golfschläger hintendrein, sollte er doch bei seiner Schlampe einchecken, die könne ihn gerne haben. Geschenkt!

Auch Jacqueline stieg der Alkohol zu Kopf. Sie hob ihre Hand, bedeutete Monika zu schweigen, sagte dann, nicht ohne theatralische Feierlichkeit: »Monika, ich muss dir nun etwas sagen, etwas, das ich dir schon früher hätte sagen sollen.«

Monika schaute sie neugierig an.

»Ich fand ihn immer schon ein Arschloch. Von Anfang an. Wie er dich behandelt hat! Und diese Hemden, die er trägt!« Sie prustete. Jacqueline fuhr fort mit ihrer Rede, in der sie detailliert schilderte, was sie von Monikas Mann hielt, dass er ein eingebildeter Idiot sei, und ja, als sie das letzte Mal zusammen gegessen hatten, da sei er ihr so was von auf die Nerven gegangen mit seinen Finance-Business-Monologen, seinen Von-oben-herab-Reden, außerdem sei er fett geworden. Monika solle froh sein, wenn sie ihn loswürde, denn sie hätte kein Problem, einen Neuen zu finden. Sie sehe doch blendend aus, stehe mitten im Leben! »Sei froh, dass du das Arschloch los bist!«

Zum Abschied umarmten sie sich, Monika drückte Jacqueline fest an sich, bedankte sich, beteuerte, wie gut ihr das Gespräch getan habe.

»Gern geschehen«, sagte Jacqueline. »Du kannst mich jederzeit anrufen. Und wenn ich jederzeit sage, meine ich jederzeit. 24-Stunden-Beratungs-Hotline, okay?«

Sie löste ihr Seidenfoulard, obwohl es ihr Lieblingstuch war, und schlang es Monika um den Hals.

»Das steht dir gut! Und jetzt mach das Arschloch fertig, gib ihm, was er verdient!«

Jacqueline ballte die Hand zur Faust. Monika nickte und lächelte, bedankte sich noch einmal für das offene Ohr, den Champagner, das Foulard, und als sie sich in verschiedene Richtungen in die Stadt aufmachten, war Jacqueline noch immer beduselt vom Alkohol und euphorisiert von der gegenseitigen Offenheit.

Dass sie die ganze Woche über nichts mehr von Monika hörte, fand Jacqueline dann doch etwas seltsam. Keine Nachricht, kein Anruf. Sie hatte erwartet, dass Monika nochmals auf das gute, ehrliche Gespräch zurückkäme. Vielleicht erwartete sie auch so etwas wie Dankbarkeit für ihre Solidarität und die offenen Worte. Nach zehn Tagen rief sie selbst an. Monika ging nicht ran. Jacqueline schickte ihr eine SMS. Aber erst nach der dritten Nachricht kam eine Antwort: »Melde mich. Gerade viel um die Ohren.«

Und dann sah sie die beiden in einem Straßencafé. Sie knutschten wie frisch Verliebte. Nie mehr hörte

Jacqueline etwas von Monika, und als sie ihr das nächste Mal in der Stadt über den Weg lief, ging Monika wortlos an ihr vorbei, die Augen hinter einer überdimensionierten Sonnenbrille verborgen, als habe sie sie nicht bemerkt, oder als kenne sie sie überhaupt nicht.

Der kühle Entzug der Freundschaft tat weh, doch weitaus schmerzlicher war der Anruf, den Jacqueline erhielt. Sie wurde von einer ihr unbekannten Sachbearbeiterin informiert, dass die Versicherungsgesellschaft im Zuge einer Neuorientierung den Geschäftsbericht anderweitig betreuen lassen werde, ebenso das Grußkartengeschäft. Auf der Quittung für Jacquelines Aufrichtigkeit stand eine sechsstellige Zahl – und davor ein Minuszeichen.

Deshalb hielt sich Jacqueline zurück, als gerade am Esstisch die Sprache auf einen gemeinsamen Bekannten gekommen war, den die anderen auseinandernahmen.

»So ein Trottel!«

»Ja, echt ein Psycho!«

Sie mochten recht haben, doch Jacqueline wusste, dass die Wahrheit zu einem Bumerang werden konnte, war sie mal ausgesprochen. Ein Bumerang, der direkt in den Kassenschrank flog.

Le pont
Die Brücke

Salome trat auf den Balkon. Sie hielt sich am niedrigen Eisengeländer fest. Es war zwar schön anzusehen mit seinen verschnörkelten maritimen Motiven, doch es machte keinen besonders stabilen Eindruck, man sah rostige Stellen, wo es in den Stein überging. Sie bekam weiche Knie. Höhe hatte ihr immer schon Angst gemacht. Auf dem Kanal, dessen träges Wasser das Licht der Sonne glitzernd spiegelte, waren Quentin und Denis auf ihren Stand-up-Paddling-Brettern unterwegs, mehr um Gleichgewicht als um Tempo bemüht, während Laurent am Ufer stand und sie anfeuerte. Es ging gemächlich ein Stück den Kanal hoch, den Kanal runter, alle beide fielen mehr als einmal beinahe ins Wasser. Dieses Wasser! Salome erschauderte jedes Mal. Sie fand es einfach schrecklich. Die Kinder hatten sogar darin gebadet, ihren Einwänden zum Trotz. Es sei doch viel zu spät im Jahr, hatte sie gemeint, sie würden sich erkälten. Aber auch Jean und Filipp waren reingesprungen. »Herrlich«, hatte Filipp aus dem grässlichen Nass gerufen, »komm auch!« Sie aber winkte ab, zog den Hut gegen die Sonne etwas tiefer ins Gesicht und dachte: Nie im Leben!

So erfrischend es auch zu sein versprach, hatte das

Wasser einen unergründlichen Farbton, schlammig grünbraun. Was sich alles darin befinden mochte? All der Unrat, die Fäkalien, der Dreck. Um nichts in der Welt tunkte sie auch nur einen Zeh hinein. Da konnte Filipp sie gerne eine Spielverderberin nennen. Den Kanal entlang führte eine schmale Straße. Schnurgerade lief sie durch Salomes Blickfeld, wie ein mit dem Lineal gezogener schwarzer Strich. Dieses Sträßchen war beliebt bei Spaziergängern und Fahrradfahrern, ursprünglich aber für die Arbeiter erbaut worden, die die zahlreichen Schleusen des Kanals unterhielten.

Hinter dem Wall lag eine Wiese, durch die sich ein Fluss seinen Weg bahnte. Er wirkte wie ein wilder Bruder des strengen Kanals, schien zu fließen, wie es ihm gefiel. Trat da und dort über die Ufer, Bäume standen halb im Nass, halb auf trocknem Grund. An den flachsten Stellen des Ufers hielten große, muskulöse Rinder mit weißem Fell ihre rosig weichen Schnauzen in das Wasser, soffen bedächtig, hoben die massigen Köpfe, wenn sie etwas hörten, glotzten herüber, um alsbald ihre Mäuler wieder zu senken und weiterzusaufen. Ab und an tat eines dieser imposanten Tiere einen melancholischen Ruf. Oft sah man Wasservögel: Graureiher, Kormorane, Enten aller Art. Manchmal einen Fischer, der weit ausholend mit elegantem Wurf und leisem Sirren der Rolle seinen Köder auswarf, um ihn kurz darauf wieder einzuholen.

Mit lautem Platschen fiel Denis in den Kanal. Salome hörte Quentins Lachen, es klang so unbeschwert.

»Ist alles gut?«, rief sie herunter. Die Kinder schienen

sie nicht zu hören. Sie beschloss, einen Spaziergang zu unternehmen. Am Himmel war keine Wolke zu sehen. Trotzdem nahm Salome eine leichte Regenjacke vom Haken, als sie aus dem Haus ging. Man wusste schließlich nie. Die Tür zog sie einfach hinter sich zu, auch wenn sie sie gerne abgeschlossen hätte, aus Gewohnheit. Doch Jean und Jacqueline pflegten in den Ferien einen überaus nonchalanten Stil und die Haustür blieb tagsüber unverschlossen. Was sollte hier schon geschehen? Es war ganz anders als zu Hause in der Stadt, man war auf dem Land, in einem Dorf, in einer funktionierenden kleinen Gemeinschaft.

Das Haus war wirklich – wie sie es zu Jean gesagt hatte, und auch zu Filipp gestern Nacht vor dem Einschlafen – »ein Traum«, trotz des trüben Kanals und des baufälligen Balkongeländers, das man sicherlich ohne großen Aufwand reparieren konnte. Die Lage am Dorfrand war einfach ideal. Hier hatte man seine Ruhe. Sie hatte Filipp gegenüber angeregt, dass sie sich eventuell am Haus beteiligen könnten, das wäre doch eine Idee! Er hatte darauf nichts erwidert, was so viel hieß wie: »Mit was, bitte schön?«

Geld war immer ein Problem für Filipp. Sie verkniff sich, was sie hätte sagen können. »Meine Eltern« und »Erbvorbezug« waren Reizwörter. Filipp wurde schnell zornig, wenn das Thema Geld zur Sprache kam, denn das Geld, von dem sie lebten, war zu großen Teilen das Ihrige, genauer gesagt das ihrer Eltern, die sie diskret, aber stetig unterstützten, damit sie sich in ihren künstlerischen Berufen verwirklichen konnten. Leider war das Verhältnis zwischen Filipp und ihren Eltern zerrüttet.

Als Schauspieler war es für Filipp nicht immer einfach, genügend Geld zu verdienen, vor allem, da er hohe Ansprüche an sich und seine Kunst stellte. Deshalb hatte sie sich in ihn verliebt, damals, in diesen stolzen, zornigen, jungen Mann, der sein Leben lebte, frei und selbstbewusst. Ein Leben für die Kunst. Radikal. Im Lauf der Jahre hätte sie es gerne gesehen, wenn er auch einen kleinen Kompromiss eingegangen, das eine oder andere Mal über seinen Schatten gesprungen wäre, diesen oder jenen Job angenommen, vielleicht sogar einen Werbespot gedreht hätte. Aber nein, er blieb, wie er war, auch wenn der edle Stolz von früher sich mehr und mehr in gallige Bitterkeit gewandelt hatte, genährt und gespeist von den Enttäuschungen, Rückschlägen und Niederlagen, die der Schauspielerberuf reichlich bereithielt.

Salome fand die Idee einer Beteiligung am Haus großartig, doch traute sie sich nicht, Jean oder Jacqueline darauf anzusprechen. Noch nicht. Jean hatte ja erwähnt, das Haus sei für einen Dreipersonenhaushalt überdimensioniert. Es schien Salome ganz so, als ob Jean das eine oder andere Mal hatte durchblicken lassen, dass eine Beteiligung durchaus eine Option sein könnte. Platz wäre in der Tat genug vorhanden. Und je belebter so ein Haus war, desto besser, oder? Zudem konnte sie Jacqueline und Jean gut leiden, es waren nette Leute, unkompliziert, ehrlich, offen und aufrichtig, die Kinder verstanden sich sowieso.

Sie ging zum Kanal, winkte den Kindern, rief, sie sollten aufpassen, wegen der Schiffe und überhaupt. Eine Weile schaute sie noch den Jungs zu, dann ging sie los. Sie folgte dem von üppigen Brennnesselbüschen gesäumten Trampelpfad am Ufer Richtung Dorf, die Regenjacke fest in der Hand.

Der Mann saß auf einem weißen Plastikstuhl vor dem kleinen Haus an der Brücke und rauchte. Als er Salome näher kommen sah, winkte er. Sie hob ihrerseits die Hand. Er hieß Bertrand, schon tags zuvor hatte Salome auf ihrem Spaziergang kurz mit ihm gesprochen. Er hatte erzählt, dass er aus der Nähe stamme, in Besançon studiere, Biomedizin oder etwas in der Richtung, die Details hatte sie nicht verstanden. Nun habe er beschlossen, eine Auszeit zu nehmen und als Wärter der alten eisernen Drehbrücke zu jobben, die das Dorf mit der Umgebung verband und gerade mal so breit war, dass ein Auto sie befahren konnte. Natürlich wäre eine automatisierte Brücke einfacher und auch günstiger im Unterhalt, aber diese Brücke war als ein *monument historique* eingestuft. Also wurde sie von Hand zur Seite geschoben, wenn ein Schiff passierte, so wie seit über hundert Jahren.

Bertrand erzählte schwungvoll und mit fester Stimme, so wie ein professioneller und passionierter Touristenführer, und er erwähnte auch, dass nebst der wunderbaren Drehbrücke von Saint-Jacques-aux-Bois die Schleusentreppe von Golbey zu den bemerkenswertesten Bauwerken des Kanals gehöre. Eine Schleusentreppe, bestehend aus fünfzehn Stufen, mit der man in dreikommazwei Kilometern nicht weniger als vierundvierzig Meter Höhe zu überwinden imstand war. Erbaut im Jahr 1880! Was für eine Ingenieursleistung!

Am Ende seines Vortrages deutete Bertrand eine Verbeugung an, ließ sich wieder in den Stuhl fallen, als hätte er gerade eine sehr anstrengende Arbeit verrichtet. Salome nickte, bedankte sich für seine Ausführungen.

Der Job, so erzählte Bertrand weiter, habe seine Erwartungen bisher vollauf erfüllt. Zwar sei der Verdienst gering, aber er finde die Ruhe und Zeit, die er sich erhofft hatte, um über dies und jenes nachzudenken. Salome unterließ es, nachzufragen, worum es sich bei »dies und jenes« handelte. Sie konnte ihn gut verstehen.

»Ein Traumjob«, hatte sie gesagt und es nicht ironisch gemeint.

Bertrand zuckte mit der Schulter und lachte breit. Ein fröhlicher Mensch, dessen Unbekümmertheit und jugendliche Energie Salome gefiel. Genauso sprach er auch, laut und energisch.

Bertrands Aufgabe bestand darin, zu warten, bis ein Schiff sich näherte, ein Touristenboot oder auch einer der seltenen Frachtkähne, und dann die Brücke zur Seite zu schwenken. Salome hatte zugesehen, wie er das tat, als ein Frachtkahn sich näherte. Wie er an Eisenrädern kurbelte, dann seine Arme gegen die Brücke stemmte, sich seine Muskeln spannten. So schob er die Brücke langsam zur Seite – fünfzehn Tonnen, bewegt von einem einzigen Mann. Salome war beeindruckt von seiner Kraft, ebenso von der ausgeklügelten Mechanik, sagte dies auch, worauf Bertrand erwiderte, das sei eben feinste französische Ingenieurskunst aus einer Zeit, als die französische Ingenieurskunst noch etwas gewesen sei. Er rieb sich die Hände an einem Lappen sauber, winkte dem Kapitän des Schiffes zu, der mit gebührender Vorsicht und professionellem Geschick seinen Kahn durch die enge Passage lenkte. »Wie durch ein Nadelöhr«, wollte Salome sagen, aber ihr fiel das französische Wort für »Nadelöhr« nicht ein.

Heute war kein Schiff in Sicht. Salome hätte Bertrand gerne auf einen Kaffee ins Haus eingeladen, es waren nur ein paar Schritte, aber natürlich konnte er seinen Posten nicht verlassen und zudem wäre es doch einigermaßen seltsam, einen Fremden in ein Haus einzuladen, das nicht ihres war.

»Sie wohnen hier?« Mit einem Nicken deutete Salome auf das Häuschen, vor dem Bertrand saß.

»Ja«, sagte er, »unten ist die Schaltzentrale, oben die Wohnung, die ist zwar nicht gerade luxuriös, bietet aber alles, was ich brauche. Möchten Sie mal schauen?«

Salome erschrak bei dem Gedanken, mit dem Fremden in das kleine Haus zu gehen. Was sollte jemand denken, der sie dabei beobachtete? Verlegen blickte sie auf den Kanal.

»Und Sie sind also aus der Schweiz«, sagte Bertrand mehr feststellend denn fragend.

»Ja«, sagte Salome, »genau.«

Bertrand lächelte. War da so etwas wie Spott in seinen Augen zu erkennen? Man musste sich doch nicht dafür schämen, aus einem Land zu kommen, in dem es den Menschen ein wenig besser ging als in anderen Ländern.

»Und was machen Sie beruflich?«

»Ich bin Sängerin«, sagte Salome bescheiden.

»Sängerin!«, rief Bertrand. »Eine echte Sängerin?«

»Nun ja, kommt darauf an, was Sie sich unter einer echten Sängerin vorstellen?«

»An einer Oper? Mit Arien?« Bertrand stimmte sogleich einen Gesang an, »do-re-mi-fa-so«, ließ seine Stimme von tiefsten Tiefen in höchste Höhen steigen, am Ende kam nur noch ein Krächzen aus seiner Kehle. Salome klatschte in die Hände, lachte.

»Ja, so ungefähr, ganz genau.«

»Singen Sie etwas für mich, bitte.«

»Jetzt, hier?«

»Ja«, sagte Bertrand erwartungsfroh.

Salome wusste nicht, was sie erwidern sollte. Sie musterte angestrengt den Boden, als ob der ihr sagen könnte, was zu tun wäre. Da kam ein Grollen über den Himmel, wurde zu Donner. Salome und Bertrand hoben die Köpfe, er schirmte seinen Blick mit der Hand, in der die Zigarette qualmte. Eine Ente erhob sich mit flappenden Flügeln aus dem Wasser, quakend beschwerte sie sich über den plötzlichen Lärm. So laut der dröhnende Donner, so klein seine Ursache: Ein Kampfjet im Tiefflug teilte das makellose Blau. Ein zweiter folgte.

Als die Jets verschwunden waren und die Ruhe zurückkehrte, die Ente mit plätscherndem Geräusch wieder wasserte und die Rinder ihre dickhalsigen Schädel zurück ins Gras senkten, da traf Salome etwas. Im Gesicht. Unvermittelt. Ein Regentropfen? Und während sie in den blauen Himmel spähte, in dem weit und breit keine Wolke zu sehen war, zersprang ein zweiter Tropfen auf dem breiten Rücken ihrer Nase.

L'élève
Die Schülerin

»Kennst du die?«, fragte Jacqueline. Sie hielt eine Illustrierte in den Händen. Auf dem Cover war eine junge Frau mit Sommersprossen, hellhäutig, ernst und schön wie eine, die sehr berühmt sein musste. »ALLE SIND VERRÜCKT NACH DIESEM MÄDCHEN«, lautete die Schlagzeile.

Filipp räusperte sich, machte ein unverbindliches Gesicht, sein Mundwinkel zuckte.

»Ja«, sagte er, »flüchtig.« Er ließ es gleichgültig klingen, aber nicht so gleichgültig, dass es verdächtig schien. Ganz normal sollte es klingen, beiläufig.

Jacqueline blickte ihn erwartungsvoll an, noch immer das Magazin in den Händen, wie eine Polizistin, die einem Zeugen ein Fahndungsfoto hinhält, auf neue Hinweise und Erkenntnisse hoffend. Jacqueline wollte mehr über diese Schauspielerin erfahren, Filipps Berufskollegin, deren Name gerade in aller Munde war. Sicher gab es Geschichten über sie. Gerüchte, mehr oder weniger ausgeschmückt, mehr oder weniger wahr, egal. Jacqueline war begierig zu erfahren, wie sie so war, im echten Leben. Bestimmt eine Zicke, die Drogen nahm, Affären hatte. Als Filipp keine Anstalten machte, mehr über sie zu erzählen, musste Jacqueline nachhelfen.

»Und? Wie ist sie so?«

Doch er gab sich weiterhin einsilbig, also warf sie das Magazin auf den Sofatisch. Sie hatte sich von Filipp mehr erhofft.

Da lag sie. Gwendoline. Kopfüber auf dem Sofatisch. Er schaute auf ihr Gesicht, musste hinsehen, konnte nicht anders. Ein gedrucktes Foto nur, doch wirkte es wie ein Zauber, der ihn für einen Moment bannte. Filipp hörte nicht, was Jacqueline erzählte, die eifrig weiterredete, über eine eigene Bemerkung lachte. Er nickte mechanisch. Er erinnerte sich. Im Winter war es gewesen, vor zwei Jahren, als die junge Frau ihn ansprach, während er im Foyer eines Programmkinos ein Bier trank und auf seinen Film wartete. *Family Life* von Ken Loach war angesagt, die Vorstellung um 16 Uhr. Ihre Augen waren groß und schwarz, die knochigen Wangen blass und sommersprossengesprenkelt. Verletzlich sah sie aus, aber nicht verschlossen. In ihren Zügen hatte sie etwas Kämpferisches.

»Entschuldigung, bist du Filipp Heiniger?«

Sie fragte es in einem Tonfall, in dem man Fragen stellt, die keiner Antwort bedurften. Filipp musterte sie und erkannte: ein Fan. Beruflich gesehen waren Fans unwichtig, hinsichtlich Connections und Engagements. Aber selbstverständlich war jeder Fan, egal ob männlich oder weiblich, ob jung oder alt, schön oder hässlich, eine der vielen Stimmen des Chors, der das wunderbare Lied der Berühmtheit sang.

»Ich habe dich in *Last Exit Egerkingen* gesehen.

Du hättest den Filmpreis für die beste Nebenrolle verdient.«

Filipp nickte wortlos.

Er war nominiert gewesen. Insgesamt war der Film in nicht weniger als sieben Kategorien nominiert gewesen und hatte sechs Preise geholt, bloß in der Sparte »Beste Darstellung in einer Nebenrolle« reüssierte er nicht. Und weshalb? Weil Filipp ein Mann war. Das war klar. Sie mussten den Preis einer Frau zuschanzen, ein politischer Entscheid. Alle hatten es gesagt. Alle.

Die junge Frau hielt ihm ihre Hand hin, die Finger mager wie die Stöcklein von Hänsel, mit denen er die Hexe zu täuschen wusste. Filipp nahm diese Hand, die sich kalt anfühlte, fremd. Es war immer interessant, jemanden zu berühren, selbst bei einer so alltäglichen Geste wie dem Händeschütteln flossen Energien und Informationen. Ihr Händedruck war überraschend fest. Filipp sagte lässig »Hi«.

Sie blickte ihm ernst und bestimmt ins Gesicht. Filipp überlegte, was er auf das zuvor Gesagte erwidern sollte, wusste aber, dass ein kräftiges Schweigen oft die stärkste Antwort war.

»Ich fand den Film wirklich großartig«, sagte sie.

Es entstand eine Pause. Diese Augen. Filipp wandte seinen Blick ab, schaute durch das Fenster nach draußen, wo ein paar Betrunkene nicht zu wissen schienen, ob sie noch eine Partie Pétanque spielten oder schon mit einer Prügelei begonnen hatten.

Langsam wurde es Zeit, in den Kinosaal zu gehen. Filipp trank sein Bier aus und bestellte sich gleich ein neues, damit er während der Vorstellung etwas zu trinken hatte. Als er bezahlte, fragte sie ihn, ob er auch Unterricht gäbe, Privatunterricht, Nachhilfe quasi, die könnte sie gebrauchen, sie bereite sich auf die Aufnahmeprüfung für die Schauspielschule vor.

Ach daher weht der Wind …, dachte Filipp und sagte: »Selten«, ließ es gewichtig klingen. Um nicht zu abweisend zu wirken, schob er nach: »In gewissen Fällen aber schon.«

Sie konnte durchaus einer dieser gewissen Fälle sein, fand er. Sie war zu jung, um schön zu sein, denn wahre Schönheit verlangte nach einem gewissen Schatz an Erfahrungen, nach einer gewissen Reife, Tiefe. Aber sie war hübsch, lebendig, frisch. Und vor allem brachte sie ihm den gebührenden Respekt entgegen, eine wichtige Voraussetzung. Er kramte einen Stift aus der Innentasche seiner Holzfällerjacke, kritzelte seine Nummer auf einen Bierdeckel, reichte ihn ihr. Sie bedankte sich, sagte, sie würde sich melden, steckte den Bierdeckel ein, schob ihn in eine Tasche ihrer zu großen Lederjacke und gab ihm zum Abschied nochmals die Hand.

»Wie heißt du eigentlich?«, fragte Filipp.

»Gwendoline«, sagte sie, »aber nenn mich Gwen.«

»Gwen«, wiederholte Filipp, während er ihre Hand schüttelte. Klingt wie ein Hundename, dachte er.

Am nächsten Tag erhielt er von ihr eine SMS. Ob er mal Zeit für einen Kaffee habe. Er schrieb zurück: »Gerade viel los, mal schauen, wann ich es mir einrichten kann.« Tags darauf saßen sie in einer Bar und sprachen über den traurigen Film, den sie zusammen und doch getrennt gesehen hatten, und als sie ihn fragte, was er zurzeit so tue, sagte er, er arbeite an einem eigenen Projekt. Um was es dabei gehe, fragte sie mit vorsichtiger Neugier.

»Um alles und nichts!«, sagte er und lächelte vielsagend, zufrieden mit der geheimnisvollen, verbalen Wolke, in der er die junge Frau ratlos, doch sicherlich fasziniert zurückließ.

Gwen bat Filipp, ihr beim Vortest zur Aufnahmeprüfung an die Schauspielschule zu helfen. Ein frei gewählter kurzer Monolog oder eine selbst entwickelte Szene wurde erwartet. Und dann ging alles sehr schnell. Sie schrieben nicht nur eine Szene, sondern begannen auch eine Affäre. Eine Unausweichlichkeit, die ihren Lauf in Gwens Zimmer nahm, in einer Wohngemeinschaft, in der die Mitbewohner bedeutungsvolle Blicke austauschten, tuschelten und nervös taten, wann immer er auftauchte. Eine Stimmung, die Filipp genoss.

Eines Abends nahm Gwen seine Hand, führte sie an ihre Brust. Sein Schwanz wurde hart. Sie steckte ihm ihre Zunge in die schmalzige Höhle seines Ohrs. Filipp schloss die Augen und tat einen tiefen Atemzug, erschauderte erregt. Aber da war noch ein anderes Gefühl neben der plötzlichen Lust, ein Schatten. Er dachte an Salomes Gesicht, die Gesichter der Kinder, Quentin, Gena, lächelnd, glücklich. Schnell öffnete er seine Lider, Gwens fordernde Augen, versank in ihrem Schwarz, verdrängte die Bilder seiner Frau, seiner Kinder aus dem Bewusstsein, sagte nichts, atmete nur etwas schwerer, als sie seine Hose öffnete, ohne Hast, aber mit Bestimmtheit, flink, sich auf ihre Knie sinken ließ und ihn in den Mund nahm, ihn blies, seine Hände sich in ihren Haaren verloren, er nicht so recht wusste, ob er ihren Kopf fester an seinen Körper pressen oder ihn zärtlich streicheln sollte, bis sie von ihm abließ, zu ihm hochblickte. »Fick mich«, sagte sie mit geflüsterter Vehemenz.

Er tat, was sie von ihm verlangte, so gut er konnte. Erst dachte er, er sei ein wenig aus der Übung, aber dann merkte er, Vögeln war wie Fahrradfahren. Man verlernte es nie. Und wenn man es wieder tat, fühlte man, was für einen Spaß es machte, wie sehr man es vermisst hatte.

Mit Salome war Sex ein rares Gut geworden. Einerseits waren die Situationen selten, in denen sie miteinander hätten schlafen können, seitdem die Kinder da waren. Hinzu kamen ihre Migräneanfälle, Unpässlichkeiten spezifisch weiblicher Natur, Launen. Bis ihm irgendwann die Lust vergangen war – wenigstens die auf Salome. So war es nur recht, fand er, wenn er sich ein bisschen in der Welt umschaute.

Es hatte auch früher immer wieder Techtelmechtel gegeben, Affären mit Kolleginnen oder jemandem aus dem Stab einer Theater- oder Filmproduktion. Denn in so einer Produktion zu stecken, das war wie in einem Krisengebiet bei einer Truppe des Roten Kreuz dabei zu sein. Es gab Stress. Es gab Action. Es war geil. War elendig. Achterbahn. Schüttelbecher. Psycho. So ein kleiner *panic fuck* war manchmal genau das Richtige.

Alle kannten die Regeln und hielten sich daran. *What happens on tour, stays on tour.*

In den letzten Jahren war ihm die diesbezügliche Nonchalance der Körperlichkeit etwas abhandengekommen, so wie die Engagements insgesamt. Er war nicht mehr oft *on tour*. Es schien, als zöge ihn das Leben in vielerlei Hinsicht aufs Abstellgleis. Da kam ihm Gwen gerade recht. Ihre direkte und unkomplizierte Art war für Filipp wie eine Rückführung in Zeiten der Leichtigkeit. Und doch wollte es ihm nicht ganz gelingen, brachte er Salomes Gesicht einfach nicht aus seinem Kopf. Er arbeitete sich zu seinem Höhepunkt vor, das klatschende Geräusch in den Ohren, die rhythmische Musik von Fleisch auf Fleisch: »Ehe-Bruch ... Ehe-Bruch ... Ehe-Bruch ... Ehe-Bruch.«

Bei jedem Stoß schoss es ihm durch den Kopf, bei jedem Stoß in diesen fremden Leib, der fremd roch und fremd klang, sich fremd anfühlte. Und nicht nur fremd war dieser Körper, sondern vor allem auch verboten. Bei diesem Gedanken erschauderte er. Er konnte nicht sagen, ob die Angst ihm Lust bereitete oder die Lust Angst.

Er kam schnell, aber er war gut gewesen, fand er. Gwen bestätigte es, als er sich neben sie auf die Matratze fallen ließ, sein Brustkorb sich hob und senkte vor Anstrengung und Erregung.

»Das war ein echt guter Fick«, sagte sie, als machte sie eine sachliche Feststellung.

Einen solchen Satz hatte er schon lange nicht mehr gehört. Er hallte in seinem Schädel nach. Und da er nicht wusste, was er sagen sollte, fragte er: »Nimmst du eigentlich die Pille?«

Sie lachte auf, während sie mit ihrem T-Shirt seinen Saft wegwischte, der aus ihr herauslief.

»Machst du Witze?«

Er wusste nicht, wie sie es meinte, verschränkte die Arme hinter dem Kopf und starrte an die Zimmerdecke. »Das war ein echt guter Fick«, echote es in seinem Kopf.

So heftig die Affäre begonnen hatte, so abrupt endete sie. Gwen wurde nicht an der Schauspielschule aufgenommen. Sie war am Boden zerstört, als sie ihm den Brief mit der Absage zeigte. Er versuchte, sie zu trösten, so gut er konnte, jedoch ohne Erfolg. An jenem Nachmittag gab es noch nicht einmal einen Abschiedskuss. Dass sie bei der Prüfung durchrasselte, war für Filipp keine Überraschung. Gwen mochte jung und hübsch sein, war aber leider völlig untalentiert. Besser sie erfuhr es früh, so waren die zu begrabenden Hoffnungen noch nicht allzu groß.

Ihr Portfolio geriet jedoch in die Hände eines Jungregisseurs, der genau das Gesicht erkannte, das er suchte, diese sommersprossige Verletzlichkeit, dieser leidgeprüfte Blick, der gnadenlose Rache versprach.

Sie ziehe nach Berlin, schrieb sie ihm in einer SMS.

»Cool!«, schrieb er zurück, er sei immer wieder mal in Berlin.

Dann hörte er nichts mehr von ihr, und das war ihm ganz recht. Was sollte er auch mit einem so jungen Ding, das nichts mit dem Leben anzufangen wusste?

Die Jungen von heute meinten, es falle einem alles in den Schoß, alles sei selbstverständlich. Außerdem war sie ihm eh auf die Nerven gegangen mit all den trashigen Fernsehserien, die sie sich reinzog, ihrem Klamottenfimmel und dem naiven Veganer-Tic. Er hatte eine Frau. Er hatte Kinder. Verpflichtungen. Verantwortung. Ein Leben.

Er vergaß sie. Alles, was von ihr übrig blieb, war eine gelegentlich aufflackernde Erinnerung verbunden mit schlechtem Gewissen. In der Folge war er Salome gegenüber aufmerksamer, liebenswürdiger, hilfsbereiter. Er hatte Schuld auf sich geladen. Große Schuld, die er abarbeiten wollte. Salome jedoch schien es gar nicht zu bemerken. Und bald war alles wieder wie zuvor.

Filipp erschrak, als er Gwens Foto in der Zeitung sah, nachdem sie für ihre allererste Rolle für den Filmpreis nominiert worden war. Noch mehr erschrak er, als sie den Preis auch noch gewann. Seither wurde sie in den Medien herumgereicht, als Wunderkind gepriesen, als »Alpen-Nicole-Kidman« gerühmt. Nach einigem Zögern schickte er ihr eine SMS, in der er ihr gratulierte. Er schrieb: »Hat das Training doch was genützt!« Entgegen seiner Gewohnheit hängte er sogar einen zwinkernden Smiley hinten dran. Er bekam keine Antwort. Sie muss wohl eine neue Nummer haben, dachte Filipp.

»Na ja, schade jedenfalls, dass du nichts weißt, ich hatte schon gehofft, du hättest eine Affäre mit der gehabt oder so.« Jacqueline hatte unterdessen immer weiter gesprochen und lachte nun über ihren, wie sie fand, sehr gelungenen Witz, aber ihr Anfall von Fröhlichkeit erstarb schnell, als sie Filipps Gesichtsausdruck sah.

»Ist dir nicht wohl? Du siehst blass aus.«

»Nein, nein, alles bestens. Ich geh aber mal eben ein bisschen raus, an die frische Luft.«

»Tu das, es ist ein wunderschöner Tag«, sagte Jacqueline, und als Filipp aus dem Zimmer ging, fiel ihr auf einmal auf, dass er einen sonderbaren Gang hatte. O-beinig wie ein Cowboy, der ein paar Pferde zu viel geritten hatte.

La passion
Die Passion

Mit einem Buch in den Händen war Jean auf dem Liegestuhl eingedöst. Ein vorbeifliegendes Insekt weckte ihn. Eine Wespe. Oder eine Biene. Vielleicht auch eine Hummel. Sich räuspernd und benommen vom Halbschlaf versuchte er, sich zu orientieren. Wie spät mochte es sein?

»Oha! Bald Zeit für den Aperitif!«, murmelte er nach einem Blick auf seine Armbanduhr.

Filipp, der auf dem Liegestuhl neben ihm lag, pflichtete ihm mit einem zustimmenden Brummen bei. Auch er war eingedöst, sachte erdrückt von dieser so leichten Schwere des süßen Nichtstuns.

»Bin gleich wieder da«, sagte Jean, erhob sich und ging ins Haus. Schon bald kehrte er zurück, in der einen Hand zwei leere Gläser, in der anderen eine Flasche Wein. Filipp bedankte sich, als Jean ihm ein Glas reichte und sagte: »Ist das nicht unheimlich anstrengend, so ein Leben als professioneller Schauspieler? Dieser Konkurrenzkampf. Diese Unsicherheiten.« Jean dachte, es wäre nun an der Zeit, Filipp mal ein bisschen auf den Zahn zu fühlen, ihn ein wenig auszuhorchen. Auch wegen dem Haus in der Toskana und ihren allgemeinen Vermögensverhältnissen. Er sagte: »Du hast ja nicht gerade das, was man einen Nine-to-five-Job nennen könnte, oder?«

Endlich, fand Filipp, stellte Jean mal eine interessante Frage.

»In der Tat, Jean. Die Schauspielerei ist kein Beruf für alle und jeden. Sehr anstrengend! Deshalb habe ich diese Ferien hier auch bitter nötig!«

Jean nickte. Das konnte er sich gut vorstellen. Filipp fuhr fort: »Es gibt viele Schauspieler, die das hinlegen, was man eine Bogenkarriere nennt. Sie lernen einen soliden Beruf, sagen wir Grundschullehrer, dann werden sie Schauspieler. Anfangs läuft es gut mit der Schauspielerei, dann sogar noch etwas besser. Schließlich haben sie Erfolg, erreichen einen gewissen Grad an Berühmtheit. Doch oft stagniert dann die Karriere. Es geht wieder bergab. Irgendwann müssen sie erkennen, dass es nicht reicht, aus welchen Gründen auch immer. Gründe gibt es ja immer genug im Leben.«

»Ja ja! Genau«, pflichtete ihm Jean bei.

»Also geben sie auf, kehren der Schauspielerei den Rücken, gehen zurück zu ihrem ursprünglichen Beruf, dem sie einst entflohen waren und den sie nach der Beerdigung ihrer künstlerischen Ambitionen bis ans Ende ihrer Tage wieder ausführen, frustriert zwar, aber ökonomisch in Sicherheit.«

»Und was hast du ursprünglich gelernt?«

»Ich?«

Filipp zog sich mit theatralischem Schwung die Ray-Ban von der Nase, klappte sie zusammen. Er sah Jean direkt in die Augen.

»Für mich war immer schon klar, dass ich Schauspieler werden wollte. Ich weiß, das sagen alle.«

Er hob entschuldigend die Hände.

»Aber so war es. Natürlich war der Weg zum Erfolg kein einfacher. Ich musste hart arbeiten.«

Jean nickte wissend und goss Wein nach.

»Rückschläge, Umwege, all das gehört dazu, all das macht einen reifer. Und besser. Immer wieder muss man sich aufrappeln. Es wird einem nichts geschenkt. Dafür genießt man dann gewisse Privilegien. Zum Beispiel Selbstbestimmung. Aber eben, es ist nicht jedem gegeben, diese Freiheit auszuhalten. Manche haben lieber klare Spielregeln, einen Chef, der einem sagt, was man zu tun hat, geregelte Arbeitszeiten, vier Ferienwochen, ein gesichertes Einkommen.«

Jean wusste, wovon Filipp da sprach, er war ja selber Unternehmer und als solcher den Unsicherheiten und Turbulenzen des freien Marktes ausgesetzt. So unterschiedlich waren sie nicht. Das wollte er eben sagen, doch Filipp ließ ihn nicht zu Wort kommen.

»Ich bin, was ich immer war. Schauspieler mit Haut und Haar, bis in die letzte Faser, die äußerste Pore, das hinterste Gen.«

Er zuckte mit der Schulter, schürzte die Lippen und machte ein unschuldiges Gesicht.

»Ich kann einfach nicht anders«, fügte er noch hinzu.

Jeans iPhone surrte. Er fingerte es aus seiner Hosentasche. »Oh, das muss ich annehmen!«

Filipp wedelte mit der Hand, eine Geste, die wohl bedeutete: »Nur zu!«

Jean sprang vom Stuhl auf und ging mit dem Handy am Ohr davon.

Filipp streckte die Beine und setzte die Sonnenbrille zurück an ihren angestammten Platz. Es war in der Tat so, wie er es Jean geschildert hatte. Theater war schon immer seine Leidenschaft gewesen. Er erinnerte sich noch an das allererste Stück, in dem er mitgespielt hatte, im Schülertheater, als er Bekanntschaft machte mit dem betörenden Geräusch des Applauses, die vielen Dutzend Händepaare, die aufeinanderschlugen, die Musik einer vor Begeisterung mit den Füßen trampelnden Menge. Damals hatte er Blut geleckt.

Er wollte Schauspieler werden, sein Vater jedoch hatte andere Pläne für ihn. Filipp fügte sich dem Wunsch des Vaters, der eigentlich ein Befehl war, machte eine Lehre als Schlosser, jedoch mit einem für Filipp zeitlich klar begrenzten Horizont. Kaum hatte er die Lehre abgeschlossen, packte er seine Sachen und zog in ein Kaff im Tessin, das keinen Grund bot, dorthin zu ziehen, es sei denn, man war ein Aussteiger und wollte fortan sein Leben den Eutern von Ziegen widmen. Oder man war von der Schule dort angelockt worden, der Accademia Teatro Dimitri. Nach den Jahren der Ausbildung (und ein paar Alkohol- und Drogeneskapaden, die der Öde der entlegenen Ortschaft geschuldet waren) zog Filipp zurück in die Stadt, dort in ein besetztes Haus, wo er sich dank seiner alten Hard Skills als Schlosser in der unausgesprochenen Hierarchie der Besetzer bald in einer hohen Position wiederfand, denn er konnte schweißen. In der Besetzerszene existierte ein immenser Bedarf an Schweißerarbeit für Barmöbel, Wohnwagenumbauten oder Zirkusbühnenkonstruktionen.

In dieser Zeit des freien, leichten Lebens entwickelte er ein Einmannstück. Es kam gut an, er ging auf Tournee, sogar im benachbarten Ausland hatte er Engagements. Bei einem Theaterfestival in der Heimat lernte er Salome kennen. Sie schien ihm zwar auf den ersten Blick etwas zahm und bieder, ja langweilig gar, doch war Filipp kein Kostverächter. Er ließ sich von ihr mit nach Hause nehmen. Ihre Wohnung lag in der Altstadt, war sauber und aufgeräumt, mit Vorhängen und Teppichen und mit Möbeln ausstaffiert, die nicht verschrammt oder selbst gebastelt waren. Als Filipp am nächsten Morgen in Unterhose in der für ihn ungewohnt aufgeräumten Küche hockte und wartete, bis der Kaffeekocher auf der Gasflamme sein feucht pfeifendes Keuchen von sich gab, fragte er Salome, wie viele Leute in ihrer WG wohnten. Sie lächelte sichtlich verwundert.

»Ich lebe hier allein.«

Noch bevor der Kaffee hochkochte, zog Filipp seine neue Bekanntschaft zurück ins Schlafzimmer.

Es waren wilde Zeiten, damals. Wenn Filipp daran zurückdachte, stieg ein Gefühl in ihm empor, das er sofort wieder herunterwürgte: Wehmut, Sehnsucht, ein schmerzliches Verlangen nach diesen Jahren, in denen alles so einfach gewesen war, so easy. So unbekümmert waren sie beide gewesen, jeder Tag war einfach ein Tag, der gelebt werden wollte, cool und großartig.

Filipp war damals nicht auf eine feste Beziehung aus, ganz im Gegenteil. Weshalb sich an eine Person binden? Das wäre ja in etwa so öde, wie jeden Tag dasselbe zu essen oder jedes Jahr am selben Ort Urlaub zu machen. Spießerkram.

Doch dann geschah es: Er verliebte sich in Salome, konnte nichts dagegen tun. Er verliebte sich auch in ihre Stimme, liebte es, im Bett zu liegen und ihr zuzuhören, wie sie ihre Stimme durch die Gesangsübungen führte, herauf und herunter, sicher und klar.

Der Sex mit Salome war gut, aber konventionell. Und genau das fing Filipp an zu mögen. Er ahnte, dass sie etwas verkörperte, das ihm bis dahin unbekannt gewesen war. Etwas Grundsolides. Salome umwehte eine gewisse Aura, man spürte die Noblesse, die weitverzweigte Familie, die Tradition. Sie besaß eine Großzügigkeit, die einherging mit einer für ihn frappanten Selbstverständlichkeit. Bald einmal fragte er sich, wie sie die Miete für diese sicherlich nicht eben günstige Wohnung aufbringen konnte. Es war ein leiser Schock, als sie meinte, die Wohnung gehöre ihr, genauer ihrem Vater.

Vielleicht war exakt dieser Zeitpunkt, als er das wahre Ausmaß von Salomes Reichtum spürte, der Anfang vom Ende von Filipps Schauspielerkarriere. Unbewusst dachte er: Jackpot! Und alles eigene Streben erschlaffte.

Filipp gab sich gerne bestimmt und vertrat seine klaren Ansichten lautstark. Er lehnte Reichtum ab! War gegen Besitz! Gegen die Bonzen! Gegen Immobilienspekulanten! Gegen den Staat! Gegen jede Art von Institution! Gegen die Ehe! Er war für den Punk! Für die Anarchie! Für die Diktatur der Herzen und für den Autoritarismus der Kunst! Kunst über alles! Das war seine Devise. Wäre er ehrlich mit sich gewesen, hätte er geahnt, dass die Aussicht auf ökonomische Sorglosigkeit, die eine Beziehung mit Salome versprach, den Schalter seiner Karriere bereits auf »off« gelegt hatte. Wie bei einem guten, alten Röhrenverstärker, der noch eine Weile lief und weiter Musik spielte, auch wenn die Stromzufuhr bereits ausgeschaltet, der Stecker gezogen war. Bis er knisternd verstummte.

La forêt
Der Wald

»Ich geh mir die Beine vertreten«, sagte Bernhard, der vom synthetischen Duft eines billigen Shampoos umwölkt aus dem Bad kam, die Haare noch feucht von der Dusche. Veronika lag auf ihrem Bett, las in ihrem Buch, erwiderte nichts, sah nicht mal auf.

Bernhard zog den Reißverschluss seiner Fleecejacke hoch und ging ohne ein weiteres Wort aus dem Zimmer.

Im Garten sah er Filipp auf einem Liegestuhl, die Sonnenbrille auf, man konnte nicht sagen, ob er wach war oder schlief, er hätte auch tot sein können. Jean stand etwas abseits und telefonierte gestikulierend. Als er ihn sah, hob Jean die Hand zum Gruß, bedeutete pantomimisch, dass sein Gesprächspartner ununterbrochen erzählte. Bernhard winkte zurück.

Er spürte die Wärme der Sonne, zog den Zipper seiner Jacke wieder runter und ging zum Apfelgarten, wo das Gras hoch stand, da niemand sich die Mühe machte, es zu mähen. Die kleine, rostige Eisentüre in der rissigen und von Moos überwachsenen Mauer gab einen müden Seufzer von sich, als er sie öffnete. Bernhard folgte einem Trampelpfad. Am Himmel sah er eine einzelne Wolke, die wie verloren und seltsam dunkel im Blau hing. Surreal, dachte er. Wie ein Bild von diesem Maler, dessen Name ihm nie einfallen wollte. Er hatte vor Jahren eine Ausstellung von ihm gesehen, oder besser gesagt sehen müssen. Veronika hatte ihn mitgeschleppt, damals, als sie ihn noch mitgeschleppt hatte, an Orte und zu Anlässen, die ihr wichtig waren. Als sie sich noch die Mühe machte, ihn zum Mitkommen zu überreden. Diese Ausstellung war noch eine der erträglicheren gewesen. Manches von dem, das Veronika so großartig fand, war einfach nur Scheiße. Sie konnte vor einem Haufen Glasscherben oder Müll stehen und total gerührt tun. Irgendwann hörte er auf, zu sagen, »Das hätte ich auch gekonnt«, irgendwann hörte er auf, sich überhaupt noch über solche Dinge Gedanken zu machen.

Keine fünfzig Meter von der den Obstgarten einfriedenden Mauer entfernt endete die Wiese am Waldrand, doch der Weg führte weiter, hinein in den Wald, schmal und unscheinbar, wohl kaum je benutzt, und wenn, dann eher von Tieren als von Menschen. Bernhard blieb stehen, blickte abschätzend in den Wald hinein. Er zog eine Packung Fluppen aus der Jackentasche, zog das Cellophan ab, stopfte die widerspenstig knisternde Hülle in die Hosentasche.

Er klappte die Schachtel auf und tat das Gleiche wie immer, wenn er eine neue Schachtel öffnete. Es war ein Ritual, von dem er selbst nicht wusste, seit wann er es vollführte – und weshalb überhaupt. Mit gebührender Vorsicht zog er die erste Zigarette heraus, drehte sie um, schob sie, ebenso vorsichtig, wie er sie herausgezogen hatte, wieder in die Schachtel zurück. Zu den hellen Köpfen der Filter der anderen neunzehn Zigaretten gesellte sich nun das braunkrümelige Ende der Erstgezogenen, welche die Letztgerauchte sein würde, wenn alle anderen verbrannt und ausgedrückt wären. Ein Anfang unter lauter Enden. Er nahm eine zweite Zigarette aus der Schachtel, diesmal weniger behutsam, routiniert griff er sie mit Daumen und Zeigefinger, klemmte sie sich zwischen die Lippen. Ohne die Kippe anzuzünden ging er in den Wald hinein.

Eben noch hatte er den feinen Wind gespürt, der über seine Haut strich, hatte in der wärmenden Sonne gestanden, nun war er an einem anderen Ort. Ein Ort, der dunkel war, kühl und still. Gedämpft fielen die Sonnenstrahlen durch das Blattwerk herein. Nach einem Dutzend Schritten hielt er inne.

Die Zigarette im Mund blickte Bernhard hierhin, schaute dorthin, als stünde er in einer Kathedrale und betrachtete einen ausgeschmückten Bau mit reich verziertem Deckengewölbe. Etwas raschelte zwischen den Blättern. Bestimmt ein aufgescheuchter Vogel, was denn sonst? Trotzdem hatte er sich erschreckt. Das Gefühl, alleine zu sein und doch nicht alleine zu sein, war seltsam. Er ging sonst nie ohne eine Absicht in den Wald, wenn überhaupt, dann zum Joggen.

Mit zögerlichen Schritten ging Bernhard weiter, knirschend, knackend, bis er eine sumpfige Stelle kreuzte, an der feucht schmatzend sein Fuß im Grund versank. Er fluchte, als er den Fuß hob. Der Schuh war braun vor Dreck. Er streifte die schlammige Sohle an einem Baumstumpf ab, damit der gröbste Schmutz sich löste, und ging dann weiter.

Als er Veronika kennenlernte, war er überrascht, dass sich eine wie sie für einen wie ihn interessierte. Sie war Vertreterin einer Gesellschaftsschicht, die ihm bis dahin fern und fremd erschien, verschlossen und elitär: All diese Grafiker- und Künstlerfuzzis mit ihren schicken Klamotten und ihren noch schickeren Gedanken, selbstbewusst, arrogant und zynisch. Er machte sich nichts aus Vernissagen, Arthouse-Filmen oder Roland Barthes. Nicht, dass er sich für gar nichts interessierte. Er mochte etwa Fotografie, hatte in seiner Freizeit eine Weile sogar selbst fotografiert, obwohl er sich schlussendlich doch mehr für die Apparate und die Objektive begeisterte denn für das, was vor der Linse oder auf den Fotos war. Veronika aber fand er dennoch faszinierend mit ihrer ungewöhnlichen Schönheit und der ruhigen Stärke, die sie ausstrahlte.

Dann ging alles schnell. Zu schnell. Sie trafen sich, sie verliebten sich, Veronika wurde schwanger und für Bernhard war klar, dass man die Konsequenzen aus seinem Handeln zu tragen hatte, unabhängig davon, wie schwerwiegend diese sein würden. Außerdem liebte er Veronika wirklich, damals. Und sie liebte ihn. Dann kam Denis und es zeigte sich, dass Veronika keine geborene Mutter war, sondern kühl und analytisch auf den Kindersegen reagierte. Selten spielte sie mit dem Kleinen. Damit er sich an das Einschlafen im eigenen Bett gewöhnte, blieb sie in ihrem Schlafzimmer und hielt dem langen Weinen und Wimmern des Kindes stand. Als er gehen konnte, verbot sie ihm das nächtliche Hereinschlüpfen ins Elternbett. Und wenn der Junge entgegen den klaren Regeln Spielzeug im Wohnzimmer liegen ließ, entsorgte sie es; und wenn Denis sie mit traurigen Augen fragte, ob sie seine Lieblingsplaymobilfigur gesehen hatte, sagte sie ohne mit der Wimper zu zucken: »Nein.«

Und er? Er gab sich Mühe, wusste aber, dass auch er nicht gerade der beste Vater war, den man sich wünschen konnte. Doch für gewisse Dinge war man eben geeigneter, für andere weniger. Pech für Denis, dass er gleich zwei untalentierte Elternteile abbekommen hatte. Dafür, fand Bernhard, war der Junge ziemlich gut geraten, soweit man das bei einem so jungen Menschen überhaupt schon sagen konnte.

Bald nach Denis' Geburt verkroch sich Veronika in ihre Arbeit und ging wieder mit ihren schrecklichen Freunden aus. Sie war so gut wie nie zu Hause. Wenn sie doch mal was zusammen unternahmen, waren es Dinge, die *sie* vorschlug und *er* schrecklich fand. Einmal sagte sie ihm im Streit und nach ein paar zu schnell getrunkenen Gläsern Weißwein, er sei ihr nicht intellektuell genug, er läse keine Bücher, schaue keine Filme, interessiere sich für überhaupt rein gar nichts, das auch nur ansatzweise interessant sei. Da rief er: »Bin ich dir zu dumm?« Sie antwortete: »Ja.«

Sie hielt sich für gescheit, erzählte dabei aber Dinge, die Bernhard die Augen verdrehen ließ. Es waren hochtrabende Gedanken, die *Madame* da hatte, bei genauerer Betrachtung aber einfach nur hohles Gerede.

Als Mutter war Veronika kläglich. Als Hausfrau war sie gänzlich untauglich. Sie war schlampig. Immer wieder musste er die von ihr in den Geschirrspüler geräumten Teller herausnehmen, an denen noch die Essensreste klebten, um sie, wie es sich gehörte, unter fließendem Wasser vorzuspülen, da sonst die Maschine verstopfte. Wie oft holte er ihre leer getrunkenen PET-Flaschen aus dem Mülleimer, um sie in den Recyclingsack zu stecken? Als Ehefrau und Partnerin war Veronika einfach nur enttäuschend. Er fühlte sich von ihr im Stich gelassen. Und wenn sie mal miteinander sprachen, predigte sie ihren Sermon, in dem es nur um zwei Dinge ging: um sie selbst und ihre Arbeit. Natürlich war sein Beruf für Laien und Nichtpatienten nur von bedingtem Interesse. Die Schönheit der Osteotomie eines Weisheitszahnes unter fachmännischer Verwendung des Meißels, der Fräse und des Rosenbohrers beispielsweise war nur schwer vermittelbar. Doch es war offensichtlich, dass Veronika sich und ihre Arbeit höher schätzte als ihn und was er tat, Tag für Tag.

Er hatte eine Frau geheiratet, die schön war, talentiert und erfolgreich. Man beneidete ihn um sie. Aber was war das wert, wenn ihr Herz kalt oder vielleicht gar nicht vorhanden war. Sie war ein Schleppkahn, der ihn hinaus auf das öde, weite Meer der Einsamkeit zog, weiter und immer weiter. Also kappte er Tau um Tau und suchte anderweitig nach Bestätigung, ein bisschen Wärme, nach dem, was ihm zustand, was schließlich jeder brauchte, um nicht zu verkümmern. Liebe, oder wenigstens ein Surrogat davon. Dank der modernen Technologie musste man ja auch nicht mehr Stunden in lauten Bars oder Clubs verplempern, um jemanden aufzugabeln. Tinder war wirklich eine tolle Sache. Als Veronika dahinterkam, reagierte sie weder verletzt noch wütend. Es war ihr vollkommen gleichgültig.

Sie hätten sich viel früher trennen sollen, dachte er. Oder noch besser, sie wären sich niemals begegnet. Wie wäre sein Leben nun, hätten sie sich damals nicht auf dieser Dachterrasse getroffen? Anders wäre es, schöner. Im Nachhinein war man halt immer klüger. Müßig, darüber weiter nachzudenken. Besser ein Ende mit Schrecken als ein Schrecken ohne Ende. Auch wenn der Schrecken nun ins Geld gehen würde. Scheiß drauf, Hauptsache, es wäre vorbei.

Bernhard tastete die Taschen seiner Jeans ab, fühlte das Feuerzeug, klaubte es heraus und versuchte, sich die Zigarette anzustecken. Das Feuerzeug streikte. Er schüttelte es, klopfte es gegen einen nahen Baumstumpf, dann tat es endlich seinen Dienst. Qualm stieg auf, ein feiner, wirbelnder Rauch. Bernhard tat einen tiefen Zug, knisternd verbrannte der Tabak. Nachdem er die Zigarette aufgepafft hatte, löschte er die Glut mit gebührender Vorsicht am Stumpf, achtete darauf, dass kein Funke davonstob, schob den kalten Stummel in die Jackentasche und ging den Weg zurück, den er gekommen war.

La baleine à bosse
Der Buckelwal

Die Frauen saßen am Tisch, redeten und tranken Weißwein. Aus dem Zimmer nebenan klang Musik, ein französischer Schlager. Als Bernhard eintrat, verstummten sie, als hätten sie gerade über ihn gesprochen. Jacqueline brach das Schweigen, um ihn zu verhören, fragte, wo er denn so lange gesteckt, was er getrieben habe.

»Wo ich gesteckt hab?«, antwortete Bernhard verdutzt. Er runzelte die Stirn über diese übertriebene Aufmerksamkeit, die sein Erscheinen ausgelöst hatte. Die drei Frauen schienen ihm etwas angesäuselt.

»Ich war nur schnell eine rauchen«, sagte er.

Im Nebenzimmer verstummte die Musik, aber nur kurz. Man hörte die Nadel über die Scheibe kratzen und sogleich ertönte ein anderes Lied.

»Du warst über zwei Stunden weg!«, sagte Salome mit leisem Vorwurf in der Stimme. »Wir haben dich im ganzen Haus gesucht.« Verstohlen musterte sie ihn. Er wirkte auf sie spröde und fischblütig. Aber war Veronika nicht genauso? Da hatten sich die beiden Richtigen gefunden.

»Wir haben uns schon Sorgen gemacht«, ergänzte sie und machte ein Gesicht, als ob dem tatsächlich so sei. »Und was ist mit deinen Schuhen? Die sind ja ganz dreckig!«

Bernhard schaute auf seine Schuhe.

»Ich war im Wald spazieren, hab ich dir doch gesagt.«

Er blickte zu Veronika, als erwarte er, dass sie seine Aussage bestätigte. Sie aber schwieg, war nun plötzlich mit ihrem Handy beschäftigt.

»Auf jeden Fall habe ich Durst«, sagte er, es wurde ihm wirklich zu blöd, wie die Frauen ihn so erwartungsvoll anglotzten, als wäre er ihnen für irgendetwas Rechenschaft schuldig. Er schlüpfte aus den Schuhen. In Socken stand er da, die schmutzigen Sneakers in den Händen.

»Nimm ein Glas Wein!«

»Danke, aber Wasser wäre mir jetzt lieber.«

Plötzlich ertönte ein jähes Heulen aus dem Nebenzimmer. Ein lautes, grässliches Heulen, wie nicht von dieser Welt.

»Oje«, rief Jacqueline und verdrehte die Augen, »Jean hat wieder den Buckelwal gefunden. Oder der ihn.«

Schon bei ihrer Ankunft hatte Filipp Jeans Plattensammlung entdeckt. Er hatte ihr jedoch keine große Beachtung geschenkt, da er davon ausgegangen war, dass Jeans Platten für ihn wohl kaum von Interesse sein konnten. Doch er hatte sich getäuscht.

»Wirklich geil! Was du da alles hast! Unglaublich!«

Jean nahm einen Schluck aus seinem Weißweinglas, nickte und lächelte geschmeichelt.

Filipp ging die Schallplatten im Regal durch, zog ab und an eine heraus, betrachtete das Cover, nickte anerkennend oder stieß einen leisen Pfiff aus.

»Françoise Hardy! Geil! Ich meine, Schallplatten, also Vinyl, das klingt einfach viel besser, aber abgesehen davon ... ist so eine alte Scheibe einfach viel sinnlicher. Weißt du, was ich meine? Allein die Cover! Das sind manchmal wahre Kunstwerke. Heute nutzen alle bloß noch diese beschissenen Streamingdienste!«

Es klang, als hätte Filipp das letzte Wort nicht gesprochen, sondern auf den Boden gespuckt.

Er arbeitete sich weiter durch die imposante Sammlung der alten Schallplatten, hielt inne und zog eine Scheibe heraus, die Jean nur zu gut kannte.

»Was zur Hölle ist denn *das*?«, fragte Filipp, ungläubig, aber auch fasziniert. Jean trank sein Glas leer.

»Du kannst sie gerne mal auflegen!«

»Echt? Ich meine ... ist das Musik?«

Jean lächelte wissend.

»Musik? Nun ja ... wie soll ich sagen ... musst du selber hören. Mach schon!«

Filipp erwiderte nichts. Staunend studierte er den Umschlag mit dem realistisch gehaltenen Gemälde eines mächtigen Walfisches darauf. Ein Buckelwal. Sein schwarzer Leib ragte beinahe vollständig aus dem Wasser, die weiße Gischt ging hoch, wie Flügel schienen seine Flossen.

»Ich hab noch nie Buckelwale singen hören!«

Er legte die Platte auf.

Hörbar kratzte die Nadel auf dem Vinyl. Dann füllte

ein animalisches Trompeten den Raum. Ein Schnattern kam hinzu. Filipp drehte die Lautstärke noch etwas hoch, nun war der Pegel den mächtigen Tieren würdig.

»Jetzt einen Joint, das wärs.«

Filipp schrie, um sich verständlich zu machen.

»Damit kann ich leider nicht dienen«, brüllte Jean zurück, legte Filipp den Arm auf die Schulter, damit er dessen Ohr näher war, »aber noch etwas Wein?«

Er hob demonstrativ sein leeres Glas.

»Klar, ein Glas Wein ist der Joint des alten Mannes!«

Jean machte sich auf den Weg in die Küche, insgeheim froh, dem furchtbar lauten Gesang der Buckelwale zu entkommen. Filipp kramte weiter, beseelt, freudig erregt, immer wieder stieß er auf Altbekanntes, das er längst vergessen hatte.

»Was ist das denn für ein furchtbarer Lärm?«, rief Salome, die ihren Kopf ins Zimmer steckte.

»Ha! Das hat mein Vater auch immer gesagt, wenn ich die Sex Pistols laufen ließ!«

»Klingt aber nicht wie die Sex Pistols!«

»Das sind Buckelwale, meine Liebe. Geile Buckelwale! Auch die können singen, nicht nur du!«

»Mach das aus, das ist ja furchtbar!«

Jacqueline stand nun auch in der Türe, neben Salome, die beiden sahen aus, als kämen sie zur Inspektion und wären unzufrieden mit dem, was sie sahen. Oder hörten.

»Kulturbanausen«, rief Filipp über die Schulter, die Finger zwischen den Platten. Er hatte eine andere Scheibe gefunden, auf dem Cover ein Mann mit Gangstervisage, elegant gekleidet, ein Strauß roter Rosen in der linken und einen stupsnasigen Revolver in der rechten Hand.

»Sorry, liebe Walfische!«, sagte er, lupfte den Tonarm. Abrupt flutete Stille den Raum. Er hob die Scheibe mit den Walgesängen vom Plattenteller, legte sie zur Seite. Geschickt ließ er den weißen Schutzumschlag der anderen Platte in die Hand gleiten, zog die Vinylscheibe heraus, legte sie auf, hob die Nadel in die Rille. Ein Knistern, dann ertönte Fingerschnippen, eine Stimme sang dazu: »*Jukebox, Jukebox.*« Filipp stimmte in das Fingerschnippen ein: »*Jukebox, Jukebox*«, sang Gainsbourg, »*je suis claqueur de doigts devant les Jukebox, Jukebox, Jukebox* …«

Die Frauen gingen kopfschüttelnd davon.

»*Du Jazz dans le Ravin*. Unglaublich, dass du die hast!«, sagte er zu Jean, der mit zwei Gläsern Wein das Zimmer betrat, zufrieden und stolz. Er hatte keine Ahnung, was für eine Platte Filipp da hörte. Er hatte sie niemals zuvor gehört. Den Sänger erkannte er nicht, erst als Filipp sagte, Gainsbourg sei einfach der Geilste, begriff er. Er kannte von ihm bloß dieses eine Lied, in dem die ganze Zeit über gestöhnt wurde.

Filipp hob sein Glas Wein. Sie lachten, prosteten sich zu, dann begann Filipp zu tanzen, bewegte sacht seine Füße, drehte sich einmal um die eigene Achse.

»Yeah!«, rief er. »Manchmal kann ich nicht anders, manchmal muss ich einfach ein bisschen die alten Knochen bewegen.«

Er tanzte schneller, wilder. Jean sah, wie etwas Wein aus dem Glas auf den Teppich schwappte.

Oh, der Teppich, dachte Jean, ließ sich aber nichts anmerken, es war ja bloß Weißwein.

»Tanz auch!«, rief Filipp.

»Ich?«, sagte Jean und lachte verlegen.

»Ja! Du! Tanz, Jean, tanz!«

Jean stellte sein Glas auf dem Lautsprecher ab, tat ein paar Schritte zur Musik. Zaghaft erst. Zögerlich. Dann etwas schneller. Aber wie tanzen sah es nicht aus, eher so, als trample er ein Feuer aus.

Le taux de suicide
Die Selbstmordrate

Das Essen an diesem Abend blieb unter den Erwartungen. Filipp ließ es sich nicht nehmen, zusammen mit Salome (»Nur als Assistentin!«, wie sie betonte, die Hände abwehrend erhoben) sein »weiterum berühmtes« Gulasch zu »zaubern«. Doch das Gulasch wurde zäh, die Fleischstücke leisteten den Zähnen Widerstand, waren wie Gummi. Filipp hatte etwas Mühe gehabt, sich im Supermarkt dem Metzger mit der blutverschmierten weißen Schürze verständlich zu machen.

»Gulasch«, hatte Filipp über die Theke hinweg gesagt, hatte es französisch klingen lassen, obwohl es eher türkisch klang. »Gülasch«, die Betonung auf dem ü. Woraufhin der Metzger nickte und auf dies und jenes in der Kühlvitrine deutete, dazu sprach und erklärte, was Filipp jedoch nicht verstand. Am Ende richtete Filipp den Zeigefinger auf ein Stück Fleisch, das ihm nicht empfohlen worden war, ihm aber gefiel, von saftigem Rot, und das der Metzger nicht ohne Widerwillen und mit einem Schulterzucken heraushob.

»*Coupé?*«, fragte er, deutete mit dem langen Messer in der Hand eine Schneidbewegung an und blickte nicht ohne Strenge zu Filipp; seine Geduld mit dem unbelehrbaren Kunden schien sich langsam dem Ende zu nähern.

»Ja, ja, *coupé*«, sagte Filipp schnell, »Audi Coupé!«

Filipp lächelte, der Metzger jedoch reagierte nicht auf seinen Spruch.

Schnell war das Fleisch in schöne Würfel geschnitten, gewogen, verpackt, etikettiert. Schwer wog der Plastiksack in Filipps Hand, als er ihn vom Metzger entgegennahm. Salome erkundigte sich vorsichtig, ob er sich nicht zu viel Fleisch hatte geben lassen, doch Filipp verneinte kategorisch. »Drei Kilo sind genau richtig!«

Nach fünfzig Minuten Kochzeit fischte Filipp sich ein Fleischstück aus dem Topf. »Noch ein halbes Stündchen«, meinte er kauend. Doch auch nach diesem halben Stündchen war das Fleisch noch zäh, und als es eine weitere Stunde später serviert wurde, war es auch nicht mürber.

»Mit Biss!«, meinte Filipp.

Die anderen hatten darauf nichts erwidert, aber viel wurde von dem Gulasch nicht gegessen.

»Die Soße ist fein!«, hatte Jacqueline gesagt. Was auch nicht stimmte, sie war versalzen.

Dafür wurde umso mehr getrunken an diesem Abend. Die Diskussionen waren vielfältig und rege. Ein steter Fluss aus Worten, Meinungen und Informationen in wild wechselnden Konstellationen zu verschiedensten Gegenständen und Themen. Filipp jedoch schien beleidigt, nahm den mäßigen Appetit der anderen persönlich. Die Teller waren nicht leer gegessen, der Topf noch mehr als halb voll. Unverständlich. Ihm schmeckte es.

»Für etwas hat der Mensch ja Zähne«, hatte er irgendwann pikiert angemerkt. »Brei gibt es im Altersheim früh genug.«

Ein wenig Trost spendete ihm das Gespräch mit Jean über ein Sujet, das sie beide mochten, ja liebten: den Film. Ihre Standpunkte jedoch waren ganz und gar verschieden.

Jean meinte, die Filme von Jacques Tati seien einfach grandios, *Die Ferien des Monsieur Hulot* zum Beispiel, zum Wegwerfen komisch. Obwohl er sich dabei etwas verbog, denn in Wahrheit waren ihm die Filme mit Louis de Funès viel lieber. Das behielt er aber für sich, denn Filipp verstand etwas vom Kino, er war ja vom Fach. Tati war wie eine Tarte Tatin, dachte Jean, ein sicherer Wert, ein Klassiker, dagegen konnte niemand etwas haben.

Aber eben: Die Filme von Tati ließen ihn zwar schmunzeln, er nannte den Humor »köstlich«, doch Tränen lachte er bei den Schenkelklopfern mit Louis de Funès, all den ulkigen Komödien wie *Balduin, der Trockenschwimmer*, *Balduin, der Geldschrankknacker* oder *Balduin, der Heiratsmuffel*.

Jean konnte nicht ahnen, dass Filipp die Filme mit de Funès ebenfalls großartig fand. Über Tati aber urteilte er: »Völlig überschätzt! Dieses ewige Herumreiten auf der verborgenen Komik in den Dingen, das ist so was von bieder und altmodisch!«

Die Namen, die Filipp im weiteren Gespräch über den französischen Film erwähnte, sagten Jean alle nichts. Natürlich hatte er schon von der *Nouvelle Vague* gehört, wer nun aber zu ihrem »Kern« gehörte und wer zur »*Rive Gauche* und dem erweiterten Kreis«, das wusste Jean nicht. Obwohl er ratlos war, tat er interessiert und wissend, sagte »Ja, ja!« und »Absolut!«

Über Jahre hinweg hatte sich Filipp *von Filmen ernährt*, wie er Jean erklärte. Es verging kein Tag, an dem er nicht mindestens einen Film schaute. Er ackerte sich durch die Videothek, 365 Filme pro Jahr. Allerdings änderte sich das, als die Kinder kamen. Mit den Kindern änderte sich so manches für Filipp, nicht zuletzt die Beziehung zu Salome.

Wenn ein Kind zur Welt kam, war das immer ein Ausnahmezustand. Darauf war niemand vorbereitet, egal wie viele Geburtsvorbereitungskurse man im Vorfeld absolviert hatte. Die ersten Wochen und Monate nach einer Geburt waren das Betreten einer Terra incognita, das Vordringen in ein Gebiet, das wie ein dichter Dschungel der diffusen Hilflosigkeit war. Da war plötzlich dieser kleine Wurm, und mit ihm kam eine Verantwortung, wie man sie nie zuvor gekannt hatte. Man machte in der Folge manches richtig, vieles aber auch falsch. Hinzu kam der Schlafentzug. Die Reorganisation des Alltags. Ratschläge von allen Seiten. Viel Geschrei, viel Dreck, viel Angst. Viel zu viel von allem.

Filipp pflegte später zu sagen: »Wenn man wüsste, was auf einen zukäme ... niemand wollte mehr Kinder haben ... die Menschheit würde aussterben.«

Anfangs war die Elternschaft für Filipp wie auch für Salome ein veritabler Schock gewesen. Die Gefühle flipperten zwischen den schwindelerregenden Höhen der Glückseligkeit und den tiefdunkel schrundigen Tälern der Verzweiflung – Gefühlszustände, die beide Partner nicht immer synchron durchliefen.

Doch dann kehrte nach und nach so etwas wie Normalität ein, eine Routine, denn der Mensch besitzt die unglaubliche Fähigkeit, sich an alles zu gewöhnen. Sogar an Kinder.

Salome und Filipp wurden wieder zu denen, die sie zuvor gewesen waren, mehr oder weniger. Das »weniger« dabei betraf vor allem Salome, fand Filipp, der befürchtete, sie sei irgendwie auf einem Hormon-Trip hängen geblieben und werde nie mehr wieder die alte Salome. Auch was ihren Körper betraf. Bloß ein, zwei Mal ging sie zum Rückbildungstraining. Dann wollte sie nicht mehr. Es sei ihr zu anstrengend, sagte sie. Filipp kam es so vor, als wäre sie mit Zwillingen schwanger gewesen und einer wäre drin geblieben. So dachte er, wenn er böse auf Salome war. Was ihm aber sofort furchtbar leidtat. Wie konnte er nur! Sie hatte ihm Kinder geschenkt! Gab es ein größeres Glück? Existierte ein gewaltigeres Wunder? Musste man nicht unendlich dankbar sein dafür? Als Folge war er fürsorglich und lieb zu ihr; um wenig später bei anderer Gelegenheit wieder zu überlegen, ihr ein Rudergerät oder wenigstens einen Hometrainer zu schenken.

Anfangs dachte er, das würde schon wieder. Brauchte

nicht alles seine Zeit? Aber dem war nicht so. Die Geburten hatten Salome versehrt zurückgelassen, innerlich wie äußerlich. Niemals jedoch fragte er sich, was die Geburten mit ihm angerichtet hatten. Filipp war einfach der, der er immer gewesen war: Filipp.

Als Salome nun kopfschüttelnd sagte, nachdem sie eine Weile schweigend der Diskussion gefolgt war, dass das französische Kino vor allem eins sei, nämlich sexistisch, da glotzte Filipp sie an, als ob sie nicht ganz bei Trost wäre.

»Das ist doch bescheuert. Es geht doch hier nicht um ein Gender-Ding, sondern um Kunst. Kunst ist nicht männlich oder weiblich! Kunst ist gut oder schlecht, so einfach ist das!«

»Es geht sehr wohl um die Geschlechterthematik«, entgegnete Salome.

Hörte Filipp da den Alkohol reden? Salome trank selten, zwei Gläser genügten, und ihre Zunge wurde träge. Es war kein Lallen, so wie bei offensichtlich Besoffenen, vielmehr eine gewisse Nachlässigkeit in ihrer Sprache, eine Unordnung in der Syntax, eine Unschärfe in der Artikulation. Und sie wurde latent aggressiv.

»Die Frau im französischen Film ist meistens zwanzig Jahre alt und trägt selten mehr als einen Slip oder einen Bikini. Sie ist nichts als ein Körper. Eine Ware. Ein Lustobjekt. Nenn mir eine berühmte französische Regisseurin!«

Eindeutig zog hier ein unterschwellig aggressiver Ton auf.

»Salome hat völlig recht!«, sagte Veronika. »Frauen in französischen Filmen sind Fantasien von alten Männern. Geht es in *Claires Knie* von Éric Rohmer etwa darum, dass eine fünfzigjährige Frau zwanghaft das Knie eines sechzehnjährigen Jungen anfassen will?«

Jean machte ein sorgenvolles Gesicht angesichts der immer enervierter geführten Diskussion. Wie konnte er das Gespräch wieder in entspanntere Bahnen lenken? Bis eben war die Stimmung doch so schön gewesen! Er sah nur eine Möglichkeit, stand rasch auf, entschuldigte sich und ging in die Küche, um sich um das Dessert zu kümmern.

»Nein«, rief Veronika, »es ist ein sechzehnjähriges Mädchen, das sich von einem bärtigen alten Sack befummeln lassen muss. Das ist doch krank. Habt ihr *Claires Knie* nicht gesehen?«

Alle schüttelten die Köpfe, außer Filipp. Er ließ die anderen weiterreden, leerte sein Weinglas in einem Zug, goss sich nach und wandte sich Bernhard zu, der mehr oder weniger teilnahmslos am Tisch saß, nur ab und an auf sein Handy starrte. Bernhard ging ihm irgendwie auf die Eier. Der hielt sich für was Besseres, der Herr Doktor! Und humorlos war er auch. Humorlos wie eine Wurzelbehandlung.

Schon am ersten Tag hatte es eine kleine Spannung zwischen Filipp und Bernhard gegeben, als Filipp ihn gefragt hatte, ob er Archäologe sei, woraufhin Bernhard irritiert den Kopf geschüttelt hatte. Er war sich ziemlich sicher, dass Filipp seinen Beruf wusste.

»Nein, ich bin Zahnarzt. Wie kommst du auf Archäologe?«

Filipp hatte Bernhards Schulter getätschelt und mit ihm gesprochen, als spräche er zu einem Minderbemittelten.

»Ich dachte deswegen!« Er hatte den ausgestreckten Zeigefinger auf Bernhards Brust gelegt, wo das Logo der Marke des Faserpelzpullis prangte, das Skelett eines Archaeopteryx.

Bernhard hatte darauf trocken und ohne auch nur den Anflug eines Lächelns erwidert: »Archäologen interessieren sich ausschließlich für menschliche Knochen. Für Dinosaurierskelette wären Paläontologen zuständig.«

Woraufhin Filipp lachte, dass man seine Zähne sehen konnte. Bernhard hatte da gedacht, er sollte Filipp darauf hinweisen, sich einen Termin bei der Dentalhygiene geben zu lassen. Die Wahrscheinlichkeit, bei Filipp Kariöses oder gar Extraktionswürdiges zu finden, stufte er als hoch ein.

Doch er behielt es für sich, denn er war keiner, der Streit suchte. Er war im Allgemeinen stolz, ein korrekter Mensch zu sein. Und so wie er der Welt gerecht begegnete, so erwartete er von der Welt, dass sie es ihm gleichtat. Veronika sah in diesem Charakterzug nichts als Konfliktscheue. Darin war sie immer schon gut gewesen: ihm Dinge vorzuwerfen und an ihm rumzukritteln. Manchmal legte sie seine angebliche Konfliktscheue auch als pure Feigheit aus oder als blanke Faulheit oder als eine Mischung aus beidem, denn

Faulheit und Feigheit gingen bekanntlich gerne Hand in Hand. Bernhard sah das ganz anders. Seine Zurückhaltung in gewissen Situationen betrachtete er als den smarten, klugen Weg. Weshalb Energie verschwenden mit unnützem Streit? Die Dinge renkten sich doch in der Regel von alleine wieder ein. Wieder nahm Filipp einen Schluck Wein. Er hatte mächtig Durst. Wegen des feurigen Gulaschs wahrscheinlich. Die Schärfe war genau richtig gewesen, auch wenn die Kinder deswegen gemault hatten. Er richtete den Zeigefinger auf Bernhard, signalisierte so, dass er mit ihm sprechen wollte. Als er sich Bernhards Aufmerksamkeit sicher war, sagte er: »Eine Weinhändlerin hat mir mal erzählt, dass sie anhand des gekauften Weines den Beruf ihres Kunden erraten könne.«

»Ach ja?«

Bernhard klang nur mäßig interessiert.

»Diese Weinhändlerin meinte, dass Zahnärzte immer die schwersten Weine kauften. Amarone und solche Granaten. Fünfzehn Volumenprozent und mehr.«

»Und wo ist da der Zusammenhang?«

»Das wusste die Weinhändlerin auch nicht«, sagte Filipp, ließ es beiläufig klingen, zuckte mit der Schulter. »Sie hat es nicht interpretiert, bloß festgestellt. Während Chirurgen mittelschwere und Allgemeinärzte eher leichte Weine bevorzugen, greifen die Zahnärzte wohl zum schweren Tropfen. Ist doch interessant, oder?«

Bernhard ahnte, worauf Filipp hinauswollte. Es wäre nicht das erste Mal, dass er sich mit gewissen Ressentiments seinem Beruf gegenüber konfrontiert sah.

»Ich kann dazu nicht viel sagen, ich kenne mich mit Wein nicht aus«, sagte er nüchtern.

Jacqueline hörte den beiden Männern viel lieber zu als den beiden Frauen. Sie fand das Gespräch über Wein interessanter als jenes über Emanzipation und Frustration. Warum mussten Frauen sich immer beklagen und schimpfen? Warum konnten sie nicht zufrieden sein mit dem Erreichten? Die Sache mit dem Wein jedoch, von der Filipp da erzählte, die war spannend.

»Ich denke, es hat mit der Angst zu tun«, meinte Filipp.

Er war sich nun auch Veronikas und Salomes Aufmerksamkeit sicher, deren Gespräch über die Rolle der Frau im französischen Film erstorben war.

»Es ist ja auch so, dass Zahnärzte erwiesenermaßen die höchste Selbstmordrate aufweisen«, sagte Filipp, ließ die Aussage etwas wirken, und als Bernhard ansetzten wollte, etwas zu erwidern, zu dementieren, zu erwähnen, dass Schauspieler sich sicherlich nicht weniger oft umbrachten als Zahnärzte, fuhr Filipp schnell fort, bevor er auch nur ein Wort herausbringen konnte.

»Die Angst der Patienten, die mit aufgerissenen Augen auf den Behandlungsstühlen liegen. Die Angst vor den Schmerzen, die ihnen zugefügt werden. Die Angst vor den Spritzen, den Bohrern. All die Angst geht auf den Zahnarzt über. All die negativen Energien. Wenn beispielsweise ein Chirurg etwas tut, sagen wir, er entfernt einen Blinddarm, er schnetzelt da wild herum, das Blut spritzt, egal, der Patient ist friedlich am Schlafen und bekommt weder vom Schmerz noch von der eigentlichen Arbeit etwas mit. Der Patient des Zahnarztes aber sieht alles, hört alles, spürt alles!«

Bernhard schwieg und schaute Filipp ungläubig an.

»Zudem folgt nach all den Schmerzen, die der Patient ertragen musste, auch noch eine saftige Rechnung, die vielleicht noch mehr wehtut als die Behandlung. Kauwerkzeugmechaniker sind aber noch aus einem anderen Grund selbstmordgefährdeter, nämlich wegen ihres berufsbedingt einfachen Zugangs zu letalen, toxischen Substanzen und dem Wissen und Umgang mit diesen.«

»Letal«, wiederholte Bernhard, »wie gewählt du dich ausdrückst!«

»Der Zahnarzt sieht in die Augen von wachen Patienten, die wissen, was auf sie zukommt. Schmerzen.«

Bernhard lachte auf.

Filipp jedoch hatte sich gerade erst warm geredet. Salome legte ihre Hand auf seinen Unterarm, als drücke sie sachte auf eine Bremse, aber Filipp fuhr unbeirrt fort.

»Dazu all die furchtbaren Geräusche, das Heulen des Bohrers, das Röcheln dieses Dings, das man im Mund hat, um die Spucke abzusaugen.«

»Speichelzieher«, sagte Bernhard trocken. Er konnte es nicht ausstehen, wenn Dinge nicht korrekt benannt wurden.

Filipp schob sich den krummen Zeigefinger in den Mund, zog die Unterlippe herunter, röchelte, als ob er ein solches Gerät im Mund hätte.

Salome versuchte, ihn zu unterbrechen, sie spürte,

dass er es schon zu weit getrieben hatte und wohl noch weitertreiben würde.

»Filipp, bitte!«

Er ließ sich nicht beirren, nahm den feuchten Finger aus dem Mund, wischte ihn an der Hose ab.

»Natürlich verdient so ein Zahnarzt recht gut, oder? Also kann er sich zur Betäubung Dinge leisten, einen Porsche zum Beispiel, das wirkt auch, aber nur symptomatisch.«

»Ich fahre einen Prius, gebraucht gekauft«, sagte Bernhard mit einem milden Lächeln, »hat schon über hunderttausend Kilometer auf dem Tacho.«

»Die Angst sammelt sich weiter an und wird zu einem dunklen Gespenst im Kopf. Und dann, irgendwann …«

Filipp hielt sich die Hand wie eine Pistole an die Schläfe. Er drückte ab. »Peng!«

»Filipp! Bitte!«, zischte Salome.

»Das ist das Dümmste, was ich je gehört habe«, sagte Bernhard zu niemand Bestimmtem.

»Ich denke mir das ja nicht aus, ich habs gelesen. Es gibt Studien dazu.«

Der Ärger schwoll an in Bernhard, er regte sich darüber auf, schon wieder auf den Quatsch eingegangen zu sein, den Filipp verzapfte, und stand auf.

»Es war ein langer Tag. Ich gehe schlafen«, sagte er, »und danke für das Essen. Es war sehr fein. Es war aus zahnärztlicher Sicht ein sehr löbliches Kautraining.«

»Nein, Bernhard!«, rief Jacqueline. »Bleib doch, es gibt noch Dessert!«

In diesem Moment kam Jean aus der Küche, eine Kuchenplatte in den Händen. Jäh verflog sein Lächeln, als er die Stimmung am Tisch wahrnahm.

»Es gibt Tarte Tatin! Mit Äpfeln aus dem Garten. Äpfel, die *ihr* heute Morgen geerntet habt.«

Bernhard aber ging ohne ein weiteres Wort davon, bald hörten sie die Treppe knarzen, dann war Ruhe. Jean stellte die Tortenplatte in die Mitte des Tisches.

»Was ist denn geschehen?«

Er schaute hilflos in die Runde.

»Es ging um wissenschaftliche Studien«, sagte Filipp und hielt Jean seinen Teller hin, der sich neben ihn gesetzt hatte. »Für mich gerne ein großes Stück! Sieht großartig aus!«

Filipp hatte nicht erwähnt, was er auch gelesen hatte in einer dieser Studien. Auch Künstler nahmen sich gerne früh das Leben. Alkohol und Rauchen taten das Ihrige, jene Künstler hinwegzuraffen, die sich nicht schon jung umgebracht hatten oder an der korrekten Dosierung von illegalen Substanzen gescheitert waren, von welchen sie sich kreative Hilfe erhofften. Was die Künstler in den Selbstmord trieb, waren Erfolgsdruck, finanzielle Engpässe, die Frustration durch mangelnden Erfolg und daraus resultierende Zukunftsängste. Alles Dinge, die Filipp durchaus vertraut waren. Bis auf die Zukunftsängste, wenigstens die materiellen.

Maux de tête
Kopfschmerzen

»Wie findest du die beiden?«, fragte Filipp, der sich sachte auf die Bettkante neben Salome setzte, die sich schon hingelegt hatte.

»Die beiden?«

»Bernhard und Veronika.«

Salome gab ein unbestimmtes Geräusch von sich. Sie hatte keine Lust, über die anderen zu sprechen. Vor allem nicht jetzt, da ihr Kopf zu platzen drohte. Außerdem war sie Filipp böse, weil er die Stimmung am Tisch verdorben hatte. Das war unnötig gewesen.

»Veronika ist eine ziemliche Zicke«, sagte Filipp. »Hockt auf einem hohen Ross. Und Bernhard ... du weißt ja, was ich von Berni halte.«

Salome gefiel es nicht, dass Filipp Veronika schlechtmachte. Nicht, dass sie Veronika besonders mochte, aber wenn ein Mann schlecht von einer Frau sprach, einer Frau, die er noch nicht einmal richtig kannte, musste widersprochen werden. Grundsätzlich. So viel Geschlechtersolidarität musste sein, auch wenn Veronika ihr wirklich ein wenig elitär rüberkam.

»Sie ist eine gute Grafikerin, herausragend scheinbar. Sie hätte um ein Haar die neuen Geldscheine gestaltet«, sagte Salome mit leiser Stimme.

Filipp schnaubte, zuckte mit der Schulter.

»Fast, ist nicht ganz. Und nur, weil sie eine gute Grafikerin ist, muss sie ja nicht so arrogant tun. Ich bin ja auch ein guter Schauspieler, aber bin ich deswegen hochnäsig?«

Salome wusste nicht, ob er es ernst meinte. Vielleicht hätte sie es erkennen können, wenn sie sein Gesicht gesehen hätte. Ihre Augen aber lagen unter einem kühlen Waschlappen. Sie murmelte mehr, als dass sie sprach, ihre Stimme dünn und kraftlos.

»Ich finde sie nicht arrogant. Etwas kühl vielleicht. Etwas verschlossen, verkopft.«

»Ungesund sieht sie aus. So dünn. Sie müsste mehr essen.«

»Ich hatte eher das Gefühl, sie gefällt dir.«

»Was?«, sagte Filipp erstaunt. »Dass *die* mir gefällt? Wie kommst du darauf?«

»Ich weiß nicht ... eben ... wie du sie anschaust.«

»Absurd«, sagte er barsch.

Doch in der Tat hatte er sie mehrmals mit einem Blick bedacht, der einen Wimpernschlag länger als nötig gewesen war. Veronika war eine Frau, die auf eine nicht zu gewöhnliche Art schön war. Dafür war er empfänglich. Die Strenge ihres knochigen Gesichts wurde durch den Makel der kleinen Lücke zwischen ihren Schneidezähnen gemildert. Aber auch das Unnahbare und Kühle an Veronika waren reizvoll, weckten einen Erobererinstinkt in ihm. Ihre Signale, dass man ihr nie genügen konnte, und ihr Standesdünkel weckten in ihm die Lust am scheinbar Unerreichbaren. Schließlich hatte er ja auch Salome bekommen, obwohl zwischen ihrer und seiner Herkunft ein tiefer gesellschaftlicher Graben lag.

»Holst du mir etwas?«, bat Salome ihn.

»Klar.«

Er wollte nett sein. Sie hatte sich über ihn aufgeregt, er hatte es schon während des Abendessens registriert, aber er hatte nicht anders gekonnt, er hatte Bernhard einfach ein bisschen quälen müssen. Der hatte quasi darum gebettelt, mal ein bisschen grob angefasst zu werden. Nun tat es Filipp ein wenig leid. Nicht wegen Bernhard, diesem Spießer, sondern wegen Salome. Also wollte er lieb sein und ihr was gegen die Kopfschmerzen holen.

Filipp ging ins Bad, zog den Reißverschluss des Necessaires auf und wühlte darin nach einem Schmerzmittel, stieß jedoch auf etwas anderes. Er zog ein Kondom heraus. Violett schimmerte die versiegelte Folie, die das Kondom schützte und feucht hielt, »Large« mit extraweiter Öffnung. Nicht, dass Filipp extragroß nötig gehabt hätte, physiologisch, aber es war nur logisch, dass man »Large« kaufte. Auch wenn sie sehr geschickt waren in den Marketingabteilungen der Kondomfabriken, die großen Dinger als »Large« vermarkteten, die kleinen Modelle jedoch selbstverständlich nicht als »Small« kennzeichneten, sondern gewitzt als »Slim Fit« an den kleinschwänzigen Mann brachten.

Filipp lächelte bitter und er murmelte bei sich: »Das kann ich dann mal Quentin vererben.«

»Filipp?«, hörte er Salome aus dem Zimmer rufen.

Er warf das Kondom zurück in das Necessaire, wühlte weiter nach dem Schmerzmittel, fand eine Aspirin-C-Brausetablette.

»Bernhard ist wirklich seltsam«, sagte Salome, die ihren kalten Waschlappen auf der Stirn neu drapierte.

»Wie gehts deinem Kopf?«

Die Antwort war ein leises Stöhnen.

Er stellte das Glas mit dem wild sprudelnden Inhalt auf den Nachttisch.

»Du hättest ihn nicht so attackieren dürfen.«

»Ach komm! Er tut den Menschen mit seinem Bohrer und seinen Folterinstrumenten ja auch weh. Aber wenn man ihm mal ein bisschen auf den Zahn fühlen will, macht er auf hyperempfindlich. So ein verlogener Typ! Auch wie er daherkommt, äußerlich ein Biedermann, innen drin aber total durchtrieben.«

»Wie kommst du darauf? Durchtrieben? Wie meinst du das?«

»Er ist bei Tinder.«

Salome stützte sich auf, der Lappen verrutschte, legte ihr linkes Auge frei, mit dem sie Filipp nun anblickte; ihr Gesicht hatte etwas Entstelltes, Furchteinflößendes.

»Woher weißt du, dass Bernhard bei Tinder ist? Bist du auch bei Tinder?«

Filipp lachte auf.

»Nein, bin ich nicht«, sagte er und dachte dabei nicht ohne Selbstmitleid: leider.

»Dass Berni bei Tinder ist, das hat mir Susan gesagt.«

»Welche Susan?«

»Die Mutter von Indigo.«

»Welcher Indigo?«

»Na der eine, der auch mit den Jungs auf der Schule war.«

Salome dachte eine Weile nach. Dann stöhnte sie leise auf.

»Ach die! *Die* ist vielleicht arrogant! Hat mich immer ignoriert. Aber weshalb redest du mit ihr über so was?«

»Weiß auch nicht mehr, wie wir darauf gekommen sind.«

»Wieso redest du überhaupt mit ihr?«

»Sie hat mich angesprochen. Auf dem Markt.«

»Und sie ist bei Tinder? Wundert mich nicht. Die läuft ja auch rum wie eine Animierdame.«

Filipp lächelte.

»Animierdame. Ein schönes Wort, habe ich lange nicht mehr gehört. Aber keine Ahnung, ob sie auf Tinder ist. Sie hat mir gesagt, sie wisse es von einer Freundin, die sich ihr Fickfleisch ...«

»Filipp! Bitte!«

»Sorry, aber ich sag ja nur, wie es ist! Bei Tinder geht es nicht um romantische Gefühle, sondern nur um das gute, alte Rein-und-raus-Spiel.«

Salome stöhnte auf.

»Du bist wirklich unmöglich!«

»Auf jeden Fall stolperte Susans Freundin auf Tinder über Bernhard. Allerdings weiß ich nicht, ob sie gevögelt ... entschuldige ... ob sie Körperflüssigkeiten ausgetauscht haben.«

Salome erhob sich mühsam, faltete den warm gewordenen Waschlappen zusammen. »Ich hätte keinen Rotwein trinken sollen«, sagte sie zerknirscht, ging ins Bad, musste sich dabei am Türrahmen abstützen. Als sie zurückkam, mit halb geschlossenen Augenlidern, schlüpfte sie wieder ins Bett, nahm noch einen kleinen Schluck vom Schmerzmittel, erschauderte aufs Neue. »Schlaf gut«, sagte sie.

»Du auch«, erwiderte Filipp. Er war ebenfalls müde. Die Rennradtour tags zuvor, die Apfelernte heute, außerdem pochte sein Hintern wieder, das Geschwür dort am Gesäß, prall wie eine Pflaume. Schon den ganzen Abend über hatte es gepocht, nun aber war es wieder zu einem richtigen Schmerz geworden. Vielleicht sollte auch er sich ein oder zwei Aspirin reinziehen oder wenigstens noch etwas Creme draufschmieren.

»Wie geht es deinem Kopf?«, fragte er noch einmal. Auch wenn es etwas kühl klang, mechanisch. Immerhin erkundigte er sich nach ihrem Wohlergehen. Sie hatte seinen wunden Arsch mit keinem Wort erwähnt. Wie es ihm ging, schien ihr egal zu sein. Das Leidmonopol in ihrer Beziehung lag bei ihr.

»Nicht so gut«, murmelte sie und er hörte das »Klick« der Nachttischlampe.

Auch er löschte sein Licht.

Es war stockfinster im Zimmer. Kein Mondlicht schien herein. Salome musste die Läden immer geschlossen haben.

»Dunkel wie im Arsch einer toten Kuh«, sagte Filipp.

Er hörte Salome plötzlich leise stöhnen. Das Bettzeug raschelte. Sie drehte sich um. In der Dunkelheit erkannte er ihren ihm zugewandten Rücken, der ihn an die Silhouette eines Bergs bei Neumond erinnerte. Auch heute Nacht würde es keinen Beischlaf geben.

»Die Kopfschmerzen sind etwas besser geworden«, sagte sie dann doch noch, leise. »Ich hoffe, ich kann schlafen.«

Das hoffe ich auch, dachte Filipp, schwang sich noch mal aus dem Bett und tapste vorsichtig durch die Dunkelheit ins Bad.

»Muss doch noch aufs Klo«, rief er beiläufig, »sonst piss ich noch in die Kiste.« Dann hörte Salome ein Plätschern. Das Licht aus dem Bad fiel wie ein greller gelber Keil in die Schwärze, die sie umgab.

Salome schloss die Augen.

**VIERTER
FERIENTAG**

Les indigènes
Die Eingeborenen

Jean ärgerte sich, wieder war er es, der nun noch schnell in den Dorfladen rennen musste, um frisches Brot zu holen, denn eine Suppe ohne knuspriges Baguette war eine Unmöglichkeit! Es würde zu Mittag eine Kartoffel-Lauch-Suppe mit blanchierten Speckschwarten geben. Schon als er das Rezept im Kochbuch studiert hatte, lief ihm das Wasser im Mund zusammen. Der Clou bei dem Gericht: Die Speckschwarten würden vor dem Blanchieren gefaltet und dann mit Küchengarn zusammengebunden, damit sie ihre Form behielten. Das sah toll aus! Ein bisschen wie diese Smoking-Krawatten, fand er, die Querbinder. Dazu ein großzügiger Klacks vom scharfen Senf. Die Suppe war zwar etwas schwer für einen lauen Herbsttag, doch sie waren in Frankreich, da war jedes Rezept exotisch, das nicht mit dem Satz »Nehmen Sie 150 Gramm Butter« begann.

Nun duftete es im ganzen Haus, die Suppe war abgeschmeckt, der Tisch gedeckt, alles war bereit, nur das Brot fehlte noch!

Immer blieb die Arbeit an ihm hängen, dabei wäre eine solche Besorgung eine Aufgabe für die Kinder gewesen. Aber nein, die setzten wie so oft ihre über die Jahre hinweg perfektionierte zermürbende Taktik des Hinauszögerns ein, taten beschäftigt und sagten »Gleich« und »Bald« und »Wir sind grad so schön am Spielen«. Natürlich hätte er auch einen der Gäste fragen können. Aber das wollte er nicht, denn die sollten es schön haben, auf der faulen Haut liegen, die waren hier ja in den Ferien! Also ging er selber. Das war eben das Los eines guten Gastgebers.

Als er zur Türe eilte, stieß er beinahe mit Bernhard zusammen. »Gehst du ins Dorf? Dann komm ich mit.«

Bernhard nahm seine Jacke vom Haken, und plaudernd gingen sie aus dem Haus. Sie sprachen über das Pro und Kontra des Frühaufstehens, denn Jean war nicht entgangen, dass Bernhard zeitig auf den Beinen war. Bernhard lobte die Frühe des Tages, die Ungestörtheit und die Ruhe, woraufhin Jean meinte, das Sprichwort »Morgenstund hat Gold im Mund« passe ja bestens zu einem Zahnarzt.

Jeans Spruch gefiel Bernhard, doch fügte er hinzu, es sei leider nicht alles Gold, was glänze. Die Geschäfte liefen zwar tipptopp, seine Praxis sei gut gelegen und er verfüge über einen soliden Kundenstamm. »Doch die Bedingungen verändern sich dramatisch.« Vielleicht habe es Jean auch gelesen, es stand in der Zeitung. Finanzstarke Holdings aus Deutschland expandierten in die Schweiz, kauften Praxen zusammen, alle, die sie kriegen konnten.

»Oha!«, sagte Jean.

»Ja«, fuhr Bernhard fort. »Die bauen ein Imperium auf und haben so natürlich ganz andere Möglichkeiten und bessere Konditionen, etwa beim Einkauf von Gerätschaften und Material. Kostet mich ein Implantat im Einkauf vierhundertfünfzig, bekommt es ein Konzern-Zahnarzt für hundertfünfzig. Dem Kunden aber wird natürlich trotzdem der volle Preis angerechnet. Der Gewinn fließt an die Aktionäre der Holdings. Die sind ja nicht aus reiner Philanthropie in das Medizingeschäft eingestiegen.«

»Oha!«, wiederholte Jean.

Bernhard jammerte nicht, aber es tat ihm gut, mit jemandem über seinen Beruf und die damit verbundenen Widrigkeiten zu sprechen. Und Jean war wirklich ein guter Zuhörer.

»Keine Woche vergeht, ohne dass mein Telefon klingelt und mir jemand ein Angebot für die Praxis macht«, sagte Bernhard, »inklusive Übernahme von Inventar und Personal. Es ist ein wilder Kampf ums Überleben im Gange, in dem mit immer härteren Mitteln gekämpft wird.«

So viel hatte Jean seinen Gast noch nie reden hören. Ein gutes Zeichen, dass Bernhard sich ihm gegenüber öffnete. Es war ihm aber dann auch recht, als Bernhard mit seinen zahnärztlichen Ausführungen zu einem Ende kam und sie über andere Dinge sprachen, etwa die Schönheit der Landschaft der Franche-Comté und deren rennradtechnisch perfekte Topografie. »Ein absoluter Standortvorteil«, sagte Jean.

Bernhard wollte wissen, ob sie noch weitere Ausländer mit Ferienhäusern in der Gegend kannten, aber Jean meinte, nein, und gerade das sei ja mit das Großartige an diesem Flecken hier, man habe seinen Frieden, trample sich nicht gegenseitig auf den Füßen rum. Ob sie mit Einheimischen befreundet seien, fragte Bernhard weiter. Jean lächelte und antwortete: »Leben und leben lassen, das ist hier die Devise.«

Eigentlich pflegten Jacqueline und Jean nicht nur keine Freundschaften mit Einheimischen, sondern nicht mal etwas, das man oberflächlichen Kontakt nennen könnte. Von Anfang an begegneten sie diesen, wie Jean sie gerne nannte, »Eingeborenen« mit einem gewissen Misstrauen, das sich nie gelegt hatte. Er empfand die Menschen aus Saint-Jacques-aux-Bois und der Region nicht als offen oder herzlich. Es war ein eher in sich gekehrtes Völkchen. Sie schienen ausgeprägt ungesellig zu sein, nicht nur gegenüber Auswärtigen, sondern auch untereinander. Es gab kaum Restaurants, in denen sie sich trafen, Cafés auch nicht, sie saßen nicht auf Bänken auf öffentlichen Plätzen, wie sonst in südlichen Ländern, machten abends keine *passegiata*, promenierten nicht durch die Dörfer. Sie trafen sich nicht zum Schach, nicht mal Pétanque spielten sie. Die Menschen schienen keinerlei Bedürfnis zu haben, ihren Nachbarn zu begegnen. Und Fremden schon gar nicht.

Jean sprach schon mal etwas mit der Frau, die die Post brachte, aber sie bekamen selten Briefe. Und auch den Mann, der mit dem Tanklaster das Heizöl lieferte, sahen sie nur einmal im Jahr. Etwas länger redete er mit dem Garagisten, dem er mehr als einmal den Renault vorbeigebracht hatte, damit der Mechaniker – ein kleiner rotgesichtiger Mann im Blaumann, mit einem schiefen Lächeln und stets ölschwarzen Fingern – sich darum kümmerte. So kamen sie ins Gespräch, das sich aber vorwiegend um Autos drehte und von einer gewissen Melancholie und Nostalgie geprägt war (früher waren die Autos schöner, hatten Charakter, heute sehen alle gleich aus und bestehen nur noch aus Elektronik, solche Dinge). Wegen Jeans nicht wirklich gutem Französisch geriet die Unterhaltung allerdings schnell ins Stocken. Manchmal schwatzte er mit der Frau aus dem Dorf, die für 200 Euro monatlich das Haus putzte. Anfangs hatte sie sich noch mit 120 zufriedengegeben, dann jedoch sukzessive mehr verlangt, aber niemals so viel mehr auf einmal, dass Jean oder Jacqueline sich nach jemand anderem umgesehen hätten. Es waren oberflächliche Gespräche, ausschließlich über Dinge, die mit dem Haus zu tun hatten. Jean vergaß regelmäßig ihren Namen. Hieß sie Brigitte? Oder Pauline? Er musste jedes Mal Jacqueline fragen.

Nein, sie hatten kein Bedürfnis, zu erfahren, was im Dorf vor sich ging, hielten sich aus dem lokalen Alltag raus, wollten bloß ihren verdienten Urlaub in Ruhe und Frieden verbringen.

Deshalb war es nicht weiter verwunderlich, dass Jean die herumlungernden Jugendlichen ignorierte, die zu ihm herüberwinkten und johlten, als er an einem Tag im Frühling auf dem Parkplatz des Supermarkts gerade in den Wagen steigen wollte. Sie rauchten, gekleidet in Bomberjacken und dicke Basketballschuhe, die Haare kurz geschoren. Sie riefen Dinge und machten Gesten, die Jean nicht verstand. Er sah aus den Augenwinkeln zu ihnen rüber, wollte sie aber nicht ermutigen, ihn noch mehr zu provozieren.

Jean startete den Motor und fuhr los. Sie winkten und riefen.

Junge Menschen, dachte Jean, versuchte ein Lächeln, das Milde ausdrücken sollte, Nachsichtigkeit, aber auch Bedauern. Denn waren diese jungen Menschen nicht einfach so, wie junge Menschen nun einmal waren, bis zum Anschlag gelangweilt, dabei aber voller diffuser Energie, mit der sie nicht wussten, wohin? Trotzdem war ihm die Situation nicht geheuer, von dieser Gruppe ging ein drohendes, schwelendes Versprechen von Gewalt, Messerstechereien und Kleinkriminalität aus. Also gab Jean Gas, bog in den Kreisverkehr ein. Er erschrak, als er ein dumpfes Geräusch hörte, gefolgt von einer Kaskade leiser Detonationen. Er nahm den Fuß vom Gas, blickte in den Rückspiegel. Etwas lag auf der Straße. Und sein Kofferraumdeckel stand offen. Darauf hatten ihn die Jugendlichen aufmerksam machen wollen. Hastig setzte er den Blinker und hielt am Straßenrand. Ein mit Baumstämmen beladener Sattelschlepper fuhr langsam in den Verkehrskreisel ein und gab Jeans über die Fahrbahn verstreuten Einkäufen den Rest. Der Fahrer hob lässig die Hand, als er an Jean vorbeifuhr.

Jean stieg aus, kümmerte sich nicht um die platt gefahrenen Dosen mit Anchovis aus Kantabrien, das große Stück zermantschter *Terrine forestière*, die explodierten Milchpackungen, die ihr Inneres weit und weiß herumgespritzt hatten. Als ginge ihn dies alles nichts an, schlug er mit aller Wucht die Heckklappe zu und sah nicht zum Parkplatz hinüber, wo die Jugendlichen sich sicher in die Hosen pissten vor Lachen.

Als er den Wagen vor dem Haus parkte, stand Jacqueline vor der Tür und warf einen Müllsack in den Abfallcontainer, begrüßte ihren Mann mit erwartungsfrohem Blick und einem herzlichen Lächeln.

»Soll ich dir beim Reintragen helfen?«, rief sie fröhlich.

»Nicht nötig«, sagte Jean. Ohne ein weiteres Wort ging er an seiner verdutzten Frau vorbei ins Haus.

Während Bernhard sich im Laden umsah, orderte Jean einen Arm voll Baguettes und ein bisschen Patisserie zum Dessert. Süßes war nie verkehrt, vor allem nicht, wenn es sich um diese göttlichen Zitronentörtchen handelte. Sündhaft süße Dinger, ein jedes tausend Kalorien schwer, aber man war ja im Urlaub! Beschwingt verabschiedete er sich von den alten Damen und verließ gemeinsam mit Bernhard das Geschäft. Das Bimmeln der Ladenglocke war noch nicht verklungen, als ein Mofa Jean um ein Haar über den Haufen fuhr. Er erschrak so sehr, dass er die Baguettes und die Schachtel mit den Zitronentörtchen fallen ließ. Der Typ auf dem Mofa fuhr unbeirrt weiter. Jean kannte ihn. Sie hörten das Mofa manchmal, wenn sie bei offenem Fenster im Wohnzimmer saßen oder im Garten. Es war eine laute Maschine, deren Lärm in einem krassen Gegensatz zu ihrer Langsamkeit stand. Bläulicher Rauch quoll aus dem Auspuff, hing stinkend in der Luft. Eine Plage!

Scheinbar ohne Ziel fuhr der Kerl durchs Dorf. Ein klein gewachsener Typ, so breit wie groß, mit einer Wampe, über die sich ein Fußballtrikot der AS Saint-Étienne aus einer fernen Saison spannte. Die Hose hing ihm fast in den Kniekehlen, man sah seine bleiche Arschspalte, und dünne, strähnige Haare hingen ihm in die Augen, bedeckten seine Ohren und standen hinten auf dem Kragen seiner Jeansjacke auf. »Mit einer solchen Frisur braucht man ja auch keinen Helm mehr«, hatte Jacqueline gesagt, als sie ihn das erste Mal vorbeifahren sah und er seine linke Hand vom verchromten Lenker nahm, die Finger zum Peace-Zeichen spreizte, sie frech anfeixte und dabei die Zunge aus dem Mund streckte. Angewidert hatte Jacqueline weggeguckt.

»Ich kenne den Typen«, sagte Bernhard, der Jean half, die Baguettes aufzusammeln.

»Du kennst ihn?«, fragte Jean erstaunt, den Kopf rot vor Ärger.

»Man könnte sagen, unsere Wege haben sich gekreuzt. Wegen ihm bin ich gestürzt, vorgestern, auf meiner Fahrt.«

»Oh«, sagte Jean, »hast du dir dabei wehgetan?«

Bernhard hob die Hand, zeigte das Pflaster. Das war Jean zuvor schon aufgefallen, aber er hatte nicht nachfragen wollen.

»Nicht schlimm«, meinte Bernhard, »und mein Fehler: Ich trug keine Handschuhe.«

»Ein unangenehmer Kerl. Der ist irgendwie nicht richtig im Kopf, weiß auch nicht. Kein Dorf ohne Depp! Jemand muss es ja sein. Lieber er als ich!«

Le patrimoine culturel immatériel
Das immaterielle Kulturerbe

Nach dem Mittagessen lümmelte Filipp auf dem Bett, las in seinem Buch, war bester Laune, hatte die Schuhe von den Füßen gestreift, das Kissen hinter seinem Kopf gerafft, das Fenster geöffnet. Der laue Wind ließ die Vorhänge tanzen, langsam wie eine Musette. *Das* waren richtige Ferien: Man wurde bekocht, die Kinder waren außer Sicht- und Hörweite, man hatte Ruhe und Zeit für sich. *So* konnte man entspannen! Noch tat ihm der Arsch zwar weh, aber viel weniger als noch tags zuvor. Die Salbe tat ihre Wirkung.

Als Salome eintrat, sah Filipp sofort, dass etwas nicht stimmte.

»Hallo Schatz«, sagte er unbeschwert, schaute wieder ins Buch.

»Filipp? Ich muss mit dir reden.«

Er seufzte leise. Verlässlich kam jemand, um einen zu stören. Die Muße war ein scheuer Vogel. Um wirklich seine Ruhe zu haben, müsste man alleine verreisen. Nach Lappland oder so. Nördlich des Polarkreises gab es vielleicht noch so etwas wie Frieden, der länger als eine Viertelstunde anhielt. Er klappte das Buch zu, den Finger zwischen den Seiten, musterte Salome, die ihn schweigend fixierte, die Arme vor der Brust verschränkt.

»Bist du sauer oder was?«

»Ja, bin ich.«

»Dürfte ich den Grund erfahren? Was habe ich mir zuschulden kommen lassen?«

»Du hast gefurzt. Am Tisch. Beim Mittagessen. Die anderen konnten es hören. Es war peinlich, primitiv.«

Filipp schüttelte ungläubig den Kopf. Wegen dieser Lappalie regte sie sich derart auf?

»Ach komm schon, das war doch bloß ein kleiner Zwitscher.«

»Alle haben es gehört. Mir war es peinlich, den anderen auch. Veronika machte ein ganz angewidertes Gesicht. Hast du das nicht bemerkt? Ich habe mich für dich geschämt.«

»Hey, wir sind hier in Frankreich, da gehört furzen zur Kultur. Es drückt aus, dass man sich wohlfühlt. Wie Rülpsen in China. Jean und Jacqueline sollten sich geschmeichelt fühlen, es ist ein Kompliment! Und Veronika würde es guttun, mal ein bisschen zu furzen. Das entspannt ungemein.«

»Hör auf so zu reden«, sagte Salome scharf.

»Das Furzen ist ein geschütztes Kulturgut in Frankreich. Es gehört zum immateriellen Kulturerbe der UNESCO.«

»Hör auf!«

»Kein Wunder, bei dem, was die ständig essen. Ich meine, wenn Jean eine Lauchsuppe mit Speck serviert, muss er sich nicht wundern, wenn es anschließend knattert.«

»Filipp! Bitte!«

Salome schüttelte den Kopf.

Sie war aufgebracht, doch Filipps Bruch der zivilisatorischen Regeln bei Tisch war nicht der wahre Grund für ihre schlechte Laune, nicht seine Flatulenz brachte sie auf, sondern die Sorge um ihre Tochter. Sie hatte mit ihr telefoniert, wie jeden Tag, um zu fragen, ob zu Hause alles in Ordnung sei. Gena versicherte ihr jedes Mal, sie müsse sich keine Sorgen machen. Was Salome nur noch mehr veranlasste, sich Sorgen zu machen. Es war eine dumme Idee gewesen, Gena alleine zu lassen, sie hätten sie zwingen sollen, mitzukommen. Filipp gegenüber konnte Salome ihr Unbehagen nicht äußern. Er hätte bloß gesagt, sie solle keine Glucke sein, Gena würde von dieser Ferienfreiheit profitieren, es würde ihr Verantwortungsbewusstsein und ihre Selbstständigkeit fördern. Selbstständigkeit! Sie war erst fünfzehn. Ein Alter, in dem man von Unsinn magisch angezogen wurde. Zudem konnte Salome ihr nicht mehr trauen, seit der Sache mit dem Joint. Gena hatte damals mit Freundinnen eine Übernachtungsparty veranstaltet, und irgendwann war Salome wach geworden, hatte Rauch gerochen, Feuer! gedacht, das Schlimmste befürchtet, war in Genas Zimmer gestürmt, ohne Klopfen reingeplatzt, fand aber keine lodernden Flammen vor, sondern ihre Tochter, die mit ihren Freundinnen am offenen Fenster stand, einen qualmenden Joint in der Hand. Filipp hatte nach diesem Vorfall betont locker getan. »Irgendwann gibt es immer ein erstes Mal«, hatte er gesagt und nachgeschoben: »Sieh es als Vertrauensbeweis uns gegenüber, dass sie zu Hause kifft und nicht anderswo.«

Es schien nicht so, dass Filipp zu einer Entschuldigung wegen der Furzerei bereit war. Im Gegenteil kam er Salome auch noch frech. »Ich hab genug von deinen Sprüchen. Ich gehe und mache meine Übungen«, sagte sie energisch.

Filipp schwieg, nickte und öffnete sein Buch.

»Ja, geh und mach deine Übungen. Ich mach meine«, flüsterte Filipp, nachdem sie die Tür hinter sich zugezogen hatte.

Er hob den Hintern. Ein lauter Furz erklang.

Filipp lächelte zufrieden. Dann las er weiter.

La priorité
Die Priorität

Nach ihrem täglichen Übungsprogramm ging Salome ins Esszimmer, um zu sehen, was die anderen so trieben, doch sie fand das Zimmer leer vor. Aus der Küche dudelte Musik. Als sie nachschaute, sah sie, dass das Radio für niemanden spielte.

Sie trat auf den Balkon, sah hinaus auf die Felder, zu den Bäumen, eine Landschaft, über der sich weit der Himmel spannte. Sie setzte sich auf eine schmale Bank, die auf dem Balkon stand, lächelte und dachte: wunderbar! Ihr Ärger auf Filipp wegen seines primitiven Benehmens beim Mittagessen war verflogen, ebenso der akute Anflug von Heimweh, den sie am Morgen verspürt hatte, da sie sich um Gena sorgte. In diesem Moment war Salome einfach nur glücklich, denn Singen war magisch, eine Reinigung, die auch das letzte Staubkorn von der Seele pustete und sie wieder ins Gleichgewicht brachte, auf geheimnisvolle, aber verlässliche Weise ihre Psyche lotete, jedes Mal.

Es gefiel Salome hier, sehr sogar. Sie konnte sich durchaus vorstellen, öfter herzukommen, vorausgesetzt natürlich, Jacqueline und Jean sprächen wieder eine Einladung aus. Das Haus war zwar nicht übermäßig glamourös, ebenso wenig wie die Region, doch gerade das gefiel ihr. Alles war auf eine sympathische Art *normal*. Und deshalb konnte man selbst auch *normal* sein, musste sich nicht verstellen oder etwas darstellen, das man nicht war.

Solchen Gedanken hing sie nach, mit geschlossenen Augen und der Sonne zugewandt, deren Kraft und Wärme sie genoss. Ein Windhauch streichelte ihre Wangen. Plötzlich hörte sie ein Geräusch. Es kam von unten, aus dem Garten. Sie öffnete die Augen, erhob sich von der Bank und trat zögerlich näher an das Geländer heran, um besser sehen zu können. In einem blau-weiß gestreiften Liegestuhl unter dem Baum lag Veronika, die nichts trug außer einem zitronengelben Bikini mit Tangahöschen, das mehr nach Dessous aussah denn nach Bademode.

Das Strahlen wich aus Salomes Gesicht. Dass die sich hier so präsentieren muss, dachte sie. Sich halb nackt in den Garten zu legen ... völlig übertrieben ... es ist ja nicht Hochsommer ... dass sie sich nicht schämt ... dass *Bernhard* sich nicht für sie schämt. Doch vielleicht tat er das ja. Auf jeden Fall war von ihm nichts zu sehen. Wie ein billiges Flittchen, dachte sie. Der Gedanke tat ihr sogleich leid, Veronika hatte ihr ja nichts getan, war einfach bei Jean und Jacqueline zu Gast, so wie sie. War quasi eine Freundin, zwar keine besonders vertraute, aber doch eine, mit der sie über alles sprechen könnte, wenn sie wollte. Und Veronika hatte nun mal lange und schlanke Beine. Kein Wunder, dass die Männer ein bisschen länger als nötig hinschauten. War ja auch kein Verbrechen. Vor allem Jean betrachtete Veronika bisweilen, als sei sie ein leckerer Braten, der eben aus dem Ofenrohr gezogen worden war. Trotzdem, dieser schrecklich knappe Bikini ...

In diesem Moment trat jemand aus dem Schatten des Hauses und ging auf Veronika zu. Salome erkannte Filipps tiefe, brummige und Vertrauen einflößende Stimme, die sie so sehr mochte. Er sprach immer betont ruhig, mit der bestimmten Art desjenigen, der keinerlei Probleme hatte und wenn doch, dann solche, die sich auf einfache Weise und schnell lösen ließen.

Vom Balkon aus war die Szenerie für Salome ein wenig seltsam anzusehen. Wie Filipp nun neben Veronika stand, die sich im Bikini auf dem Liegestuhl aalte und mit ihm sprach. Und wie sie sich dabei rekelte und ihm den Kopf entgegenreckte. Irgendwie obszön, als böte sich Veronika ihm an. Was sie natürlich nicht tat. Außerdem musste sie sich keine Sorgen machen, Filipp war keiner, der auf billige Anmachen hereinfiel oder selber auf Anbaggern aus war. Er hatte sie schließlich nie betrogen, war ein guter und treuer Partner, auf den sie sich verlassen konnte. Salome zwang sich zu einem Lächeln.

Gerade wollte sie runterrufen und den beiden winken, doch etwas ließ sie innehalten. Sie entschloss sich, zu lauschen, und trat wieder einen Schritt zurück in den schützenden Schatten des Hauses. Erstaunlich, wie gut sie Filipps Stimme von hier hören konnte. Jedes Wort verstand sie, ganz deutlich.

»Kinder, extrem anstrengend«, sagte Filipp, »ganz ehrlich, es gab mehr als einen Moment, in dem ich dachte, ich halt das im Kopf nicht mehr aus. So stressig! Hab das Kleingedruckte wohl nicht gelesen. Aber Kinder sind natürlich auch das Wunderbarste, was dir passieren kann. Das Leben, das man bis dahin hatte, ist zwar schlagartig vorbei, dir wird regelrecht der Teppich unter den Füßen weggezogen, aber dann rappelst du dich auf und merkst, dass ein neues Leben beginnt, ein schöneres.«

Salome beugte sich ein Stück weit vor, aber nur so viel, bis sie die beiden gerade noch so sehen konnte. Filipp hatte sich eine Zigarette angesteckt. Weshalb musste er rauchen? Sicherlich war es eine dieser furchtbar riechenden Gauloises und er rauchte sie nur, weil sie jetzt in Frankreich waren. »*Die* Zigarette der französischen Filmgeschichte«, hatte er auf ihrer Shoppingtour euphorisch ausgerufen, »Belmondo hat die geraucht! In *À bout de souffle*!«

»Aber du rauchst doch gar nicht mehr«, hatte Salome eingewandt.

»Ich fang aber wieder an«, entgegnete er und kaufte eine Packung.

Nun schob er nachdenklich die Unterlippe vor, schnaubte den Rauch durch die Nasenlöcher aus, während er eine weitere Zigarette aus der Packung klopfte und sie Veronika reichte. Salome verzog das Gesicht. Nicht nur führte sich Veronika auf wie ein Möchtegernstarlet, jetzt musste sie auch noch paffen! Filipp gab ihr Feuer. »Ich meine, ohne Kinder hätte ich sicherlich eine ganz andere Karriere hinlegen können.«

Mit der Hand beschrieb Filipp die Flugbahn einer

Rakete. Salome hörte ihn kräftig lachen. Es klang wie ein Bellen.

»Die Schauspielerei erfordert Präsenz, Einsatz, Zeit. Aber für Salome und mich war immer klar, dass wir die Sache gemeinsam durchziehen, den Beruf *und* die Kinder. Schließlich hat auch sie ihren Job, ihre Passion. Ich war nie der Typ, der von seiner Frau verlangen würde, wegen der Kinder auf die Karriere zu verzichten. Man muss sein Ego zurückstellen. Das gilt für die Frau *und* den Mann, man ist ja schließlich ein Team. Wir haben kindertechnisch immer alles fifty-fifty aufgeteilt.«

Seltsam, dass Filipp das so sieht, dachte Salome, denn meist hatte sie sich um die Kinder gekümmert, während er herumreiste, um sich Premieren anzuschauen, oder selbst in einer Produktion steckte und sie ihn wochenlang kaum zu Gesicht bekam, höchstens morgens schnarchend im Bett, wenn die Proben am Abend zuvor in einer Bar geendet hatten. Sie war es auch, die den Löwenanteil des Haushaltsgeldes heranschaffte – beziehungsweise ihre Eltern, die ihnen immer wieder mit kräftigen Finanzspritzen zur Seite standen.

»Man verlangt so viel von sich selbst, will erfolgreich im Beruf sein, gute Eltern und zudem ein attraktiver Partner. Es ist ein verdammter Mehrfrontenkrieg, den wir führen. Manchmal denke ich, ein konservatives Rollenmodell wäre viel cooler«, fuhr Filipp fort. »Die Frau bleibt zu Hause bei den Kindern, der Mann macht den Job, bringt die Kohle nach Hause. Aber schon klar, ich weiß, was du jetzt sagst, wir leben nicht mehr in den Fünfzigern.«

Veronika sagte etwas, doch so sehr Salome die Ohren spitzte, sie verstand kein Wort, sah Veronika bloß gestikulieren und mit spitzen Fingern achtlos die Asche ihrer Zigarette abklopfen. Ihr war bisher noch gar nicht aufgefallen, wie kapriziös Veronika sich aufführen konnte.

»Ich gebe den Kindern keine Schuld«, antwortete Filipp auf was auch immer Veronika gesagt hatte. »Was ist schon ein bisschen Ruhm verglichen mit Kindern? Ja, ich hätte ins Ausland gehen können. Es gab da sogar Connections ... aber ich konnte ja nicht einfach kurzerhand die Koffer packen und nach Los Angeles düsen, Salome und die Kinder im Stich lassen.«

Filipp zog an seiner Zigarette, klemmte sich die Fluppe in den Mundwinkel, rauchte und redete jetzt gleichzeitig.

»Das Familienleben hat einfach Top-Priorität. Erst kürzlich sagte Quentin zu mir: ›Du, Papa, ohne dich wäre ich gar nicht auf der Welt.‹ Hey, diese Erkenntnis! Fuck!, da stellt es dir die Nackenhaare auf, da bekommst du feuchte Augen, das rührt dich in deinem Innersten.« Ein Vogel rief. Ein greller Pfiff. Mit breiten Schwingen segelte ein großer Raubvogel über das Haus. Schnell wich Salome etwas zurück.

Filipp wandte den Blick zum Himmel, die Hand an der Stirn gegen das grelle Licht der Sonne. »Ein Mäusebussard«, sagte er mit der Bestimmtheit eines Ornithologen. Er wollte Veronika fragen, ob sie wisse, was Mäusebussard auf Französisch heiße, ließ es jedoch sein, Veronika war eher nicht der Typ für solche Art von Witzen. Ein letzter Schrei war zu hören und der Vogel entschwand aus Filipps Blickfeld. Stattdessen bemerkte er Jacqueline, die halb verhüllt von einem träge wallenden Vorhang in einem offenen Fenster stand und zu ihnen in den Garten hinunterschaute. Kurz hob sie ihre Hand, als sich ihre Blicke trafen. Filipp winkte zurück. Und dann sah er in einem kleinen Fenster unter dem Dach Jean, mit einer Fotokamera in den Händen, die Trageschlaufe um seinen Hals geschlungen, die Linse auf den Garten gerichtet.

Humide et brillante
Feucht und glänzend

Filipp sah in der Tat so aus, wie ein Schauspieler auszusehen hatte, fand Jacqueline: gut. Natürlich sahen nicht alle Schauspieler per se gut aus, schließlich mussten manche ja auch die Furcht einflößenden Psychopathen spielen, die fetten, immerzu schwitzenden Betrüger oder die schmierigen, korrupten Polizisten. Da war auch mal eine pockennarbige Fratze gefragt. Doch die meisten Schauspieler waren attraktiv, denn wenn man schon jemandem dabei zusah, wie er tat, als wäre er ein anderer, dann doch lieber einem, der optisch etwas hermachte.

Anfangs hatte Jacqueline Filipp eher abstoßend gefunden. Nun ja, vielleicht nicht gerade abstoßend, einfach nicht ihr Typ, so schlecht rasiert, wie er immer daherkam, die Haare verwuschelt, als wäre er gerade aus dem Bett gekrochen. Auch seine Kleidung erschien ihr ungepflegt, das Hemd ein Loch zu weit aufgeknöpft, zu zerknittert, halb aus der Hose hängend, und dazu diese Turnschuhe! Er schien bloß ein einziges Paar zu besitzen, ausgelatschte einst wohl weiße Adidas mit blauen Streifen, die bestimmt auch schon mal blauer gewesen waren. Einfach nur schrecklich. Sneakers trugen Kinder, Jugendliche oder Rentner mit Gelenkproblemen, aber sie waren doch nicht das passende Schuhwerk für einen erwachsenen Mann. Dazu Filipps stets herausfordernder Blick, so als stünde er ständig unter Strom.

Irgendwie roch ihr bei Filipp alles ein bisschen zu sehr nach Schweiß. Nach einer Weile jedoch stellte sie fest, dass diese etwas heruntergekommene Fassade keineswegs ein Anzeichen von Faulheit oder Vernachlässigung war, wie bei anderen Männern. Dieser geschlechtsspezifischen Verwahrlosung begegnete sie im öffentlichen Raum ja auf Schritt und Tritt. Männer, die stanken, rülpsten, sich in der Öffentlichkeit ungeniert am Hinterteil kratzten oder an ihrem Gemächt, die krötengroße Schleimklumpen ausspuckten oder spätnachts enthemmt und wie selbstverständlich an Häuserecken urinierten. Filipp war anders. Bei ihm war das ramponierte Äußere ein bewusster Style, durchdacht, mit einem Plan dahinter.

Und der Geruch, den Filipp verströmte, war kein banaler Schweißgeruch, sondern vielmehr die Männlichkeit eines urbanen *homme sauvage*. Es war nicht der Geruch nach verrichteter dumpfer Arbeit, sondern das Odeur eines Versprechens – eines noch uneingelösten Versprechens.

Jacqueline liebte ihren Jean über alles, seine rundliche Güte, seine gemütliche Trägheit. Er war ein umgänglicher und zufriedener Mensch, mit ein paar kleinen Schwächen, die ihn umso liebenswerter machten. Würde man Jacqueline fragen, ob sie glücklich sei mit ihrem Mann, konnte sie mit Ja antworten, ohne rot zu werden. Wenn sie jedoch zusammen im Bett lagen und miteinander schliefen, tat sie es mit geschlossenen Lidern. Sie blickte dann nicht in zwei höhlenartige Nasenlöcher, aus denen ein Dickicht von Haaren spross wie Reisig, nicht auf schlaffe Backen, gerötet und mit geplatzten Äderchen verziert, sah kein aufgedunsenes Gesicht und kein Haupthaar, das auch schon mal dichter gewesen war, sie sah nicht die wabblige Wampe und den affenartig behaarten Rücken, nein, sie sah die schönen Körper und Gesichter der Männer aus einer ihrer Illustrierten. George Clooney gefiel ihr oder dieser Ryan Gosling – nicht zu muskulöse, zu übertrieben männliche Männer, sondern solche mit Niveau, Charakter und einer gewissen Güte. Gentlemen eben. Roger Federer war diesbezüglich ihre unumstrittene Nummer eins.

Früher hatten sie sich mit den Augen verspeist – die Lider blieben offen und das Licht wurde nicht gelöscht, wenn sie es miteinander trieben. Sie waren in einer Art übereinander hergefallen, wie sie heute nur noch über eine Platte mit frischen Austern herfallen würden. Meist dachte sie nicht daran zurück, wurde aber immer mal wieder daran erinnert, wie vor ein paar Wochen, als sie auf den Bus wartete. Mit ihr wartete ein junges Pärchen, das sich küsste, wie sich nur Frischverliebte küssen, mit von diesem Zustand vergifteten Sinnen. Ein Zustand, der nicht lange anhalten würde, was die beiden bemitleidenswerten juvenilen Geschöpfe natürlich noch nicht ahnen konnten.

Diese öffentliche Zurschaustellung junger Liebe am helllichten Tag ließ Jacqueline erschaudern. Weshalb konnten die jungen Leute nicht warten, bis sie in ihren eigenen vier Wänden waren? Warum mussten sie sich auf der Straße die Zunge in den Hals schieben? Jacqueline hatte sich angeekelt abgewandt, zugleich aber den stechenden Schmerz des Neides gespürt. Denn so fern dieses Gefühl des Taumels, dieser Rausch der Hormone für Jacqueline auch sein mochte, noch gab es diese Erinnerung in ihr, sie war nicht gefeit vor erotischen Gedanken, die sie aus heiterem Himmel überkamen, schließlich war auch sie nur ein Mensch. Und es gab Männer die sie attraktiv fand. Die Schönen eben, die Gepflegten, mit Manieren. Und manchmal, wenn auch bloß am Rande ihrer Vorstellung, auch andere: die Dreckigen, Unzimperlichen, Brutalen. Die, die nicht fragten, sondern sich einfach nahmen, was zu nehmen man sich von ihnen insgeheim ersehnte.

Was Jacqueline an Filipp am besten gefiel, waren seine Augen, die so blau und blass waren wie jene dieses Schauspielers, dessen Name ihr nie einfallen wollte, obwohl sie ihn schon in so vielen Film gesehen hatte, zum Beispiel in diesem, in dem er mit einem Wolf tanzt. Diese Augen! Als blickte sie in den aufgewühlten Ozean mit seinen sich stürmisch brechenden Wellen. Ein bisschen auch wie die Augen von diesem Typ aus der Parfümwerbung, Davidoff Cool Water. Außerdem war Filipp gut bestückt. Sie hatte es gesehen, als er eines Morgens nur in Unterhose und T-Shirt im Wohnzimmer erschien, um zu fragen, ob jemand sein Handy gesehen habe. Erst hatte sie erschrocken ihren Blick abgewandt, dann aber doch verstohlen hingesehen. Die

Beule in der engen schwarzen Unterhose hatte sie beeindruckt.

Als sie ihn mit Veronika im Garten hatte sprechen sehen, spürte sie Ärger. War sie etwa eifersüchtig? Aber nein, lächerlich! Auf Filipp und Veronika? Also bitte! Und trotzdem, weshalb musste Filipp so lange und innig mit der blöden Kuh reden? Immer lächelte sie mit Absicht so, dass man die Lücke zwischen ihren Schneidezähnen sehen konnte, auf die sie sich gehörig etwas einzubilden schien. Am allerschlimmsten war es, wenn sie die Zungenspitze in die Lücke schob. Sie kam sich dann wahrscheinlich unwiderstehlich sexy vor. Wen zur Hölle meinte sie darzustellen? Sicher war sie magersüchtig. Auf jeden Fall ein Klappergestell. Nur Haut und Knochen. Und eben: Sie warf sich an Filipp ran. Auch Salome schien das mitbekommen zu haben. Jacqueline hatte gesehen, wie sie die beiden vom Balkon aus belauscht hatte. Leider hatte Jacqueline kein Wort verstanden von dem, was unter dem Baum gesprochen wurde. Ihre Ohren waren halt klein und zart. Sie verlangten nach Perlsteckern. Und zwar sofort.

Le jambon
Der Schinken

Was war gut für die Moral, schweißte zusammen und verband eine Gruppe unterschiedlichster Menschen zu einer verschworenen Einheit? Genau: eine gemeinsame Unternehmung! Team-Building! Jean wusste, wie das ging. Er hatte einiges an Erfahrung vorzuweisen, hatte diverse Bücher zu dem Thema studiert. Genauer gesagt hatte Jacqueline sie gelesen und für ihn zusammengefasst. Aber so kompliziert war es ja nicht, es lief immer nach demselben Schema ab, war bloß ein bisschen angewandte Psychologie.

Deshalb schlug er nach dem Mittagessen und einer angemessenen Ruhezeit eine Wanderung vor.

»Eine Wanderung?«, wiederholten einige der Gäste. Hörte er da Widerwillen? Schnell sagte er: »Es wird nur ein kleiner Ausflug, ein gemütlicher Spaziergang.«

Die Erleichterung war spürbar. Jean ließ noch zwei, drei Details durchblicken, was sie alles Wunderbares erwarten würde. Es gäbe auch »etwas Kleines« zu essen und »etwas Großes« zu trinken. Sie zogen gutes Schuhwerk an und verteilten sich auf zwei Autos.

Eine gute halbe Stunde dauerte die Fahrt von Saint-Jacques-aux-Bois nach Luxeuil-les-Bains, ein Ort, dessen Thermalbadtradition bis in die Römerzeit zurückreichte und der für einen ausgezeichneten Schinken bekannt war. »Der *Jambon de Luxeuil* schmeckt so gut, dass er einen eigenen Wikipedia-Eintrag besitzt«, erklärte Jean mit erhobenem Zeigefinger.

Sie besahen sich das schmucke, kleine Städtchen, besuchten die Kirche Saints Pierre et Paul, bestaunten mit angemessenem Respekt – aber auch mit der Effizienz von nicht wirklich tiefgläubigen Menschen – sowohl den barocken Orgelprospekt aus dem 17. Jahrhundert als auch die aus der Kirche Notre-Dame in Paris stammende Kanzel aus dem frühen 19. Jahrhundert.

Jean fotografierte viel und als Bernhard sich für seine Kamera interessierte, sagte er nicht ohne Stolz: »Ja, eine Leica, eine M10, liegt super in der Hand. Ich habe sie mir selber zum Fünfzigsten geschenkt.«

Zur Verdeutlichung hob Jean die Kamera, die mit einem Riemen um seinen Nacken gesichert war. Schnell schoss er ein Bild einer Statue, die einen Heiligen darstellte, welchen, wusste er nicht, es gab so viele von ihnen.

»Analog?«, fragte Bernhard.

»Digital«, erwiderte Jean, »aber die Bilder werden so gut wie analog, wenn nicht sogar besser!« Bernhard nickte anerkennend. Er schien über den Anschaffungspreis des Apparates informiert zu sein. Jean meinte sogar, einen gewissen Neid bei Bernhard zu spüren, was ihn mit leiser Genugtuung erfüllte.

Sie traten aus dem Zwielicht und der klammen Kühle der Kirche zurück in die Milde des Herbstes, gingen weiter durch die pittoresken Gassen des alten

Städtchens. Da ertönte ein lautes Dröhnen. Es schien, als teile sich der Himmel über ihnen, als würde er wie eine blaue Leinwand entzweigerissen. Sie sahen Düsenjäger in Formation im Tiefflug. Die Einheimischen schienen davon keine Notiz zu nehmen. Keiner der Passanten hob den Kopf, sie waren längst daran gewöhnt. Jean wusste, weshalb. Nur drei Kilometer südlich war auf dem Militärflugplatz Luxeuil-Saint Sauveur das 2. Jagdgeschwader mit seinen *Cigognes* genannten Mirage-Mehrzweckkampfflugzeugen stationiert. Zweitausend Menschen hatten dort Arbeit – deshalb nahm man in der strukturschwachen Region gerne ein bisschen Fluglärm und hin und wieder einen Überschallknall in Kauf.

»Die habe ich auch gesehen, als ich mit Bernhard sprach.«

»Bernhard?« Jean blickte von Salome zu Bernhard, der ein erstauntes Gesicht machte, als er seinen Namen hörte.

Salome lachte.

»Nein, entschuldigt, ich meinte Bertrand. So heißt der junge Mann bei der Brücke im Dorf, ihr wisst schon, der mit der Drehbrücke.«

»Ach der, der immer so faul in seinem Stuhl hockt und Kette raucht.«

»Mit dem hast du geredet?«

»Ja, er hat mir die Brücke gezeigt, mir erklärt, wie sie funktioniert.

»Ich hoffe«, wandte Filipp sardonisch grinsend ein, »er hat dir nur die Brücke erklärt …«

Er machte mit den Händen ein bisschen Pantomime. Salome wollte gar nicht wissen, was sie zu bedeuten hatte, und gab Filipp einen Boxhieb auf den Oberarm. Der tat, als sei er ernsthaft verletzt. Salome hatte kräftig zugeschlagen, Filipps Anzüglichkeiten gingen ihr immer mehr auf die Nerven.

»Die fliegen ganz selten«, sagte Jean entspannt. »Wir hören sie fast nie.«

»Bertrand hat auch erzählt, dass in der Nähe ein Lager für Atommüll entstehen soll.«

»Stimmt das, Jean?«, fragte Filipp.

Jean machte ein gleichgültiges Gesicht.

»Davon habe ich noch nie etwas gehört. Ein Atommülllager? Wo denn?«

»Ganz in der Nähe. Es soll erst gebaut werden.«

»In tausend Jahren vielleicht!«, sagte Jean und wies auf ein Gebäude an der Straßenecke.

»Meine Damen und Herren!«, rief er mit der Stimme eines Touristenführers. »Darf ich Sie um Ihre Aufmerksamkeit bitten! Es folgt nun der erste wichtige Museumsbesuch in diesen Ferien! Die beste Metzgerei der Welt, dort gibts den Wikipedia-Schinken! Bitte folgen Sie mir!«

Bei der traditionsreichen Boucherie Giromagny an der Rue Carnot drängelten sie sich im engen Ladenlokal vor der Kühlvitrine wie Museumsbesucher vor einem Meisterwerk. Sie erstanden ein schönes Stück des famosen Schinkens, und wo sie schon mal dort waren, auch noch ein Kilo der ebenfalls viel gepriesenen und seit drei Generationen nach demselben Rezept zubereiteten *Mousse de foie*. Als es ums Bezahlen ging, zückte Salome ihr Portemonnaie, doch Jean reichte der Frau an der Kasse schnell seine Kreditkarte und meinte, er bestünde darauf, diese Kleinigkeit zu übernehmen, sie seien schließlich seine Gäste. »Das ist sehr großzügig«, erwiderte Salome etwas verlegen, als sie ihren Geldbeutel wieder in die Tasche schob. Sie stand nicht gerne in der Schuld von anderen, doch würde es sicherlich früher oder später eine Gelegenheit geben, sich erkenntlich zu zeigen.

Gesättigt von den Eindrücken der alten Gebäude fuhren sie aus Luxeuil-les-Bains heraus, bogen am Stadtrand auf die Umgehungsstraße Richtung Épinal ein, um zum Forsthaus von La Pépinière zu gelangen. Dort stellten sie die Autos auf einem großzügigen und von Tannenbäumen gesäumten Parkplatz ab. Jean schulterte den Rucksack mit dem Proviant. Eine muntere Truppe war da unterwegs. Sogar Bernhard schien gut gelaunt. Ein bisschen Bewegung, eine Portion frische Luft, es lief perfekt. Sie waren auf einer Wellenlänge, sie passten zusammen. Es waren schöne Ferien und bald wären die Gäste reif für die entscheidende Frage, ob sie nicht Interesse hätten, ein Teil dieses Traums in Frankreich zu werden. Unschlagbar günstig, mit so vielen Vorzügen! Jean hatte ein gutes Gefühl. Er lächelte, während sie durch die idyllische Szenerie stapften. Er würde sie alle einzeln ansprechen, direkt. Salome zuerst. Er wusste auch schon, wie.

Der Wald, kühl und dunkel, verschluckte sie. Der Weg schlängelte sich bergauf, bergab, sie querten die geteerte und schnurgerade durch den Wald führende Route Napoléon und kamen zur Fontaine des Baraques. Die Kinder hatten auch aufgehört zu quengeln, gingen in Gespräche vertieft nebeneinanderher und schienen so zufrieden, dass Filipp nicht umhinkam, sie zu imitieren: »*Wie weit ist es noch? Gehts noch lange? Wann sind wir endlich da?*«

Bald waren sie eine Stunde gegangen, ohne einem anderen Menschen begegnet zu sein. Kein Jogger mit heraushängender Zunge, niemand mit einem zerrenden Hund an der Leine, noch nicht einmal einen Forstarbeiter sahen sie. Die Ruhe ging auf sie über. Je länger sie marschierten, desto zufriedener wurden sie.

Sie machten Rast, aßen die Sandwiches, die Jean für sie geschmiert hatte, probierten auch von dem berühmten Schinken. Jean zog zwei Flaschen Rotwein aus seinem Rucksack. Der Korken knallte wie der Schuss eines Jägers, als Jean ihn mit Schwung aus dem Hals der Flasche zog.

Kurz vor 18 Uhr waren sie zurück in Saint-Jacques-aux-Bois.

»Gerade rechtzeitig zum Apéro«, bemerkte Jean mit glänzenden Augen, als sie den Dorfeingang erreichten, alle bester Laune, zufrieden und müde vom Spaziergang, der nun doch eine Wanderung geworden war.

Jean bemerkte es sofort, als sie vor dem Haus hielten. Die Haustüre stand sperrangelweit offen.

»Seltsam«, murmelte er und wandte sich an Jacqueline. Leise fragte er: »Hast du sie nicht geschlossen?«

»Aber sicher doch!«, sagte sie hastig. »Abgeschlossen. Ich bin mir sicher.«

»Und warum steht sie dann offen?«

Jean blickte sich um, unauffällig, darauf bedacht, dass die anderen nichts von dem Gespräch mitbekamen.

»Ich weiß es nicht«, sagte Jacqueline gepresst, dachte aber: Weil eingebrochen wurde!

Bisher hatten sie damit nie Probleme gehabt. Sie hatten Geschichten gehört von Freunden und Bekannten, die in Südfrankreich Häuser besaßen und dort ausgeraubt worden waren, tagsüber, während sie am Strand lagen und in der Sonne brutzelten, oder nachts, während sie schliefen. Jean merkte dann immer an, es sei eben doch klug gewesen, ein Haus in einer Gegend zu kaufen, die weniger glamourös sei, dafür aber friedlich.

Salome hatte die negativen Schwingungen mitbekommen und fragte besorgt, was denn los sei.

»Ach nichts«, sagte Jean und lachte sein bestes Lachen. »Jacqueline hat bloß vergessen, abzuschließen. Der Wind hat die Türe aufgerissen.«

»Aber ich habe abgeschlossen!«, rief Jacqueline protestierend. Jean warf ihr einen strengen Blick zu.

»Oder auch nicht«, sagte sie kleinlaut.

Er ließ sich weiter nichts anmerken, ging jedoch mit einem mulmigen Gefühl ins Haus, eilig, um den anderen zuvorzukommen, bereit, anzutreffen, was man nach einem Einbruch antrifft: Unordnung, Chaos, als wäre ein Rudel Wildschweine durchs Haus gerast. Vielleicht war sogar noch jemand im Haus. Eventuell sogar bewaffnet! Vorsicht war angebracht.

Im Entree gab es keinerlei Hinweise, dass etwas nicht in Ordnung war. Im Wohnzimmer sah er ebenfalls nichts Ungewöhnliches.

»Tja«, sagte Jacqueline und klang dabei ein wenig zerknirscht, »ich habe wohl tatsächlich vergessen, abzuschließen.«

»Nicht so schlimm!«, sagte Jean schnell. Er ließ es bestimmt klingen, versuchte seine Erleichterung zu überspielen, doch aus den Augenwinkeln sah er Salomes Gesicht, auf dem sich Sorge breitgemacht hatte. Er schnappte sich Jacqueline und drückte ihr einen schmatzenden Kuss auf die Backe, rief laut: »Aber wir sind hier ja in der Franche-Comté! Hier kann man aus dem Haus, ohne die Tür hinter sich abzuschließen. Hier passiert nichts. Niemals. Absolut nichts.«

Dann klatschte er in die Hände und verkündete fröhlich: »Und jetzt gibt es einen Aperitif!«

FÜNFTER
FERIENTAG

La surprise
Die Überraschung

Heute würden die Männer nach dem Frühstück zur Mosterei fahren, so war es abgemacht. Das wäre sicherlich ganz nach Filipps und Bernhards Geschmack, dachte sich Jean, und außerdem hätten die zwei dabei Gelegenheit, sich auszusöhnen. Filipp hatte sich tags zuvor zwar für sein Benehmen beim Abendessen entschuldigt, ein Besuch in der Mosterei würde jedoch endgültig alles wieder geradebiegen, es würde ein Spitzen-Event werden, das den Teamgeist nachhaltig stärkte! Und er hatte ja noch eine kleine Überraschung für danach geplant – Jean hatte noch den einen oder anderen Trumpf im Ärmel.

Gut gelaunt wegen der rosigen Aussichten und ein Liedchen trällernd betrat Jean das Bad. Sein Liedchen verstummte abrupt. Anstelle der fröhlichen Melodie trat ein leiser Schrei. In der Schüssel lag ein Monstrum!

Jean schielte in den Flur, versicherte sich, dass niemand in der Nähe war. Schnell schloss er die Tür, verriegelte sie, wandte sich wieder der Toilettenschüssel zu.

»Was zur Hölle …«, murmelte er.

In der Schüssel lag ein felliges Etwas, nass und struppig. Eine Ratte. Sie schien tot zu sein. Jean schnappte sich die Toilettenbürste und stupste das Ding an. Es regte sich nicht.

Was ging hier vor? Hatte jemand dieses Viech in die Toilette gelegt? Trieb hier jemand ein Spiel mit ihnen? Dieselbe Person, die hier zwei Tage zuvor ihr Geschäft nicht heruntergespült hatte? Aber wer sollte sich eine solche Mühe machen, und vor allem, weshalb? Man hatte ja nicht einfach so eine tote Ratte zur Hand. Oder war das Tier durch das eiserne Gedärm der Rohre aus der fäkalienträchtigen Kanalisation heraufgekrochen? Dort unten tummelten sich sicherlich noch weitere Kollegen, vielleicht eine ganze Legion. Allerdings war dieses Viech doch viel zu dick für die notorisch dünnen Rohre der französischen Bauweise.

Er wusste, dass es den Nagern am Kanal gut gefiel. Immer wieder mal hatte er einen gesehen, im Haus hatten sie mit den Viechern aber noch nie Probleme gehabt. Jedenfalls bis jetzt nicht.

»Scheiße«, wisperte Jean.

Er konnte unmöglich jemanden einweihen, schon gar nicht Jacqueline, die würde durchdrehen! Zum Glück war er als Erster an diesem Morgen ins Bad gegangen. Nicht auszudenken, was geschehen wäre, wenn beispielsweise Salome den Kadaver entdeckt hätte! Oder Veronika hätte sich schlaftrunken auf die Schüssel gesetzt, den Blick gesenkt und das pelzige Monstrum zwischen ihren Beinen entdeckt.

»Jetzt musst du funktionieren, Jean!«, murmelte er. »Eins nach dem anderen, immer eins nach dem anderen! Masterplan!«

Er öffnete das Fenster. Frische Luft war schon mal ein Anfang. Draußen zwitscherten unschuldig die Vögel. Er roch Zigarettenrauch. Da genehmigte sich jemand schon früh auf dem Balkon einen Glimmstängel, dachte er und hätte sich am liebsten selber eine Zigarette angesteckt.

Jean sah sich nach einem Behältnis um, in dem er den Kadaver unbemerkt aus dem Haus schaffen konnte. Er fand eine Rolle Hygienebeutel, die Jacqueline offensiv neben der Toilette deponiert hatte, damit die Damen ihre Tampons und Binden bitte schön nicht in die Schüssel schmissen, doch die Beutel waren viel zu klein. Sollte er das Viech einfach beim Schwanz packen und aus dem Fenster schmeißen, in den Kanal, mit weitem Wurf? Aber was, wenn es jemand mitbekommen würde? Eine durch die Luft fliegende Ratte würde Fragen nach sich ziehen. Einen Rattenschwanz von Fragen! Nein, er musste das verdammte Viech auf eine andere Art aus dem Haus bringen.

Da kam ihm eine Idee.

Er nahm eines der Badetücher von der Stange, warf es in die Schüssel, um das Viech zu umhüllen, es aus seinem nassen Grab zu heben, ohne es berühren zu müssen. Doch nun hielt er ein tropfnass triefendes Bündel in den Händen. Also wickelte er die bereits in ein fröhlich gelbes Badetuch gehüllte Ratte nochmals in ein anderes, violettes Tuch.

Vorsichtig öffnete er die Tür. Spähte in die eine, dann in die andere Richtung, niemand war zu sehen. Eilig schlüpfte er aus dem Bad, doch kaum hatte er ein paar Schritte getan, hörte er jemanden die Treppe heraufknarzen.

Hastig öffnete Jean ein Fenster, warf das Bündel hinaus, hörte es dumpf aufschlagen. Schnell schloss er das Fenster wieder.

Salome erschien auf der Treppe.

»Gut geschlafen?«, erkundigte sich Jean freundlich.

»Wie ein Stein«, sagte sie und hielt plötzlich inne.

»Du bist ja ganz nass!«, sagte sie verwundert.

Jean blickte an sich herab.

»War grad ein bisschen am Putzen«, sagte er schnell.

»Oh, dann will ich nicht stören, wollte nur schnell ins Bad.«

»Nein, nein, mach nur. Bitte.«

Jean lächelte und wies Salome mit höflicher Geste den Weg.

Kaum war sie im Bad verschwunden, eilte er hinunter und aus dem Haus. Da lag die Ratte in ihrem Leichentuch im wild sprießenden Unkraut am Straßenrand. Jean packte das violette Bündel und entfernte sich eilig vom Haus, betete stumm, dass er niemandem begegnete.

Hundert Meter vom Haus entfernt warf er den Kadaver mitsamt den Badetüchern in den Kanal. Das Wasser spritzte, doch das Bündel versank nicht im trüben Nass, sondern trieb violett leuchtend langsam dahin. Scheiße, dachte Jean, ich hätte es mit Steinen beschweren sollen.

Eine Weile stand er noch am Ufer und sah auf den Kanal, dann schritt er leise fluchend davon.

Nach der mehr oder weniger erfolgreichen Entsorgung holte er gelbe Gummihandschuhe und einen Lappen aus dem Putzschrank. Er ging zurück ins Bad, verriegelte die Türe und ging in die Knie, um die Schüssel gründlich zu schrubben. Der Geruch des Flüssigreinigers stach ihm scharf in die Nase.

Um sich auf andere Gedanken zu bringen, dachte er zurück an das gestrige Abendessen. Es gab Blutwurst mit Äpfeln aus dem eigenen Garten, dazu Kartoffelpüree mit viel untergezogener bretonischer Butter und Muskatnuss nach Paul Bocuse, zuvor verputzten sie noch das Kilo in Luxeuil gekaufte *Mousse de foie*, die ihrem guten Ruf absolut gerecht wurde. Aber auch der Moment, als sie bei der Rückkehr von ihrem Ausflug die Haustür offen vorgefunden hatten, ging ihm nicht aus dem Kopf. Ihm war bei der Vorstellung, jemand sei in ihr Haus eingedrungen, tatsächlich flau geworden.

Wenn Jean es sich recht überlegte, waren weder die offen stehende Haustüre noch die Ratte in der Kloschüssel die einzigen Seltsamkeiten. Jacqueline hatte ihn gestern nach dem Abendessen zur Seite genommen und eine weitere merkwürdige Geschichte erzählt.

Jacqueline hatte eine Leidenschaft für Puzzles. Es entspannte sie ungemein, sich die Zeit auf diese Weise zu vertreiben. Vor einem Jahr schon hatte sie ein 4000-teiliges Puzzle begonnen und immer wieder daran gearbeitet. Es zeigte die Marina von Dubai als Panorama bei Sonnenuntergang, die vielen gewaltig in den Himmel ragenden Hochhäuser waren erleuchtet, die Lichter der Stadt spiegelten sich im ruhigen Wasser des Hafens, wo die prächtigen Luxusjachten vor Anker lagen. Jacqueline hatte Veronika tags zuvor in ihre »private Leidenschaft« eingeweiht, er hatte dabeigestanden. Es sei so befriedigend, hatte Jacqueline ihr erklärt, nach und nach Lösungen zu finden, zuerst den Rand eines Puzzles zu schaffen, dann eine Ecke wachsen zu lassen, dann die andere Ecke, bis man schließlich das ganze Bild vor sich habe. Man schaffe etwas, von dem man anfangs dachte, es sei nicht machbar. Ein Teil führte zum nächsten, so ein Puzzle komme ihr manchmal vor wie das Leben selbst. Aber sie erzähle es nicht herum, sonst würden die Leute denken, sie sei verrückt. Sie hatte sich dabei mit dem Finger an die Stirn getippt und aufgelacht. Veronika dachte insgeheim dasselbe.

Jacqueline nahm Jean also zur Seite.

»Jean, ich muss dir was zeigen.«

Er dachte: Nicht schon wieder, ging aber mit ihr mit, da er gut gelaunt war vom Wein, den sie reichlich zu den Blutwürsten getrunken hatten, einen mittelschweren und schön fruchtbetonten Peyrals aus dem Languedoc.

Jacqueline hatte in eines der vielen unbenutzten Zimmer einen Tisch gestellt, um darauf ihre Puzzles zu vollenden. Dieses Zimmer war ein Ort, der ihr vorbehalten war, an dem sie in Ruhe ungestört über ihren Puzzles sitzen konnte.

Sie knipste das Licht an und die Marina von Dubai auf dem Tisch erstrahlte.

»Wunderbar!«, rief Jean. Er klang beeindruckt, auch

wenn er sich nichts aus Puzzles machte, doch was seine Frau glücklich machte, das machte auch ihn glücklich.

»Wann hast du das denn geschafft?«

»Das ist es ja eben«, sagte sie schnell, »ich war noch gar nicht fertig damit.«

»Wie meinst du das?«

»Ich habe mir die letzten Teile aufgespart. Und als ich vorhin dachte, ich könne noch ein bisschen entspannen beim Puzzeln, da hat mich fast der Schlag getroffen. Es war fertig!«

Jean blickte in das Gesicht seiner Frau, dann wieder zum Puzzle.

»Du willst sagen, das hast gar nicht *du* gemacht, sondern jemand anderes?«

»Genau. Ich war fast fertig, aber nicht ganz. Hatte vielleicht noch zwei Dutzend Teile übrig.«

»Und wer hat es dann fertig gemacht?«

»Genau das frage ich mich auch!«

»Die Kinder?«

»Aber wann? Die sind doch mit ihren Konsolen beschäftigt. Und ich glaube nicht, dass sie überhaupt imstande sind, die Geduld für so etwas aufzubringen.«

»Bernhard?«

»Weshalb sollte Bernhard ...«

»Was weiß ich? Er ist ja derjenige, der sich immer irgendwo versteckt und sein Sonderprogramm fährt.«

»Das ist doch absurd«, sagte Jacqueline kopfschüttelnd.

»Vielleicht erinnern ihn die Puzzleteile an Zähne. Er verdient ja sein Geld damit, Löcher zu füllen.«

»Jean, bitte!«

Sie überlegten noch eine Weile, aber es führte zu nichts. Sie würden die anderen fragen müssen, wer die Marina von Dubai vollendet hatte.

Nachdem Jean die Toilette tüchtig geschrubbt und sich anschließend auch die Hände gründlich mit Seife gewaschen hatte, ging er runter in die Küche, noch immer geplagt von unbeantworteten Fragen. Zur Ablenkung schlug er das Kochbuch auf, um das Abendessen zu planen, doch all die prächtigen Fotografien in dem Buch hatten nicht die Kraft, das Bild der toten Ratte aus seinem Kopf zu löschen. Vor allem nicht die eine Abbildung, die eine saftige Fleischroulade zeigte, die dampfend und in Soße schwimmend auf einem Teller lag. Ein Gericht, das er immer gerne gekocht hatte, heute allerdings lieber nicht. Als er dachte, dass vielleicht auch mal etwas rein Vegetarisches auf den Menüplan rücken könnte, steckte Bernhard seinen Kopf in die Küche. Jean lächelte, froh um weitere Ablenkung.

»Bernhard! Hast du gut geschlafen?«

Bernhard nickte.

»Möchtest du einen Kaffee?«

Erneut nickte er, sagte dann: »Hast du zufällig unser Badetuch gesehen? Das violette, es hing im Bad.«

Jean tat, als dächte er nach. »Nein, tut mir leid«, sagte er schließlich und schüttelte den Kopf.

La rage de dents
Die Zahnschmerzen

Sie hatte miserabel geschlafen, geschwitzt, ihr T-Shirt war klamm. Erst hatte Veronika schlecht geträumt, dann lag sie lange wach und wälzte Gedanken. Am liebsten hätte sie ihre Koffer gepackt und wäre gleich abgereist. Sie tat die ganze Zeit über, als gefiele es ihr hier, aber die erzwungene Nähe zu Bernhard war ihr unangenehm. Die zu den anderen ebenfalls. Die Gespräche langweilten sie. Jeden Morgen fragten alle: »Hast du gut geschlafen?« Zudem war ihr diese Fixierung auf das Essen und Trinken ein Gräuel. Der Ausflug tags zuvor? Furchtbar! Eine so triste Stadt und so öde Landschaft hatte sie lange nicht mehr gesehen. Und dieses Tamtam um diesen blöden Schinken mit seinem beschissenen Wikipedia-Eintrag! Noch dazu geschahen seltsame Dinge, wie etwa gestern, als sie heimgekommen waren und die Türe sperrangelweit offen vorfanden. Jean tat zwar so, als sei nichts, aber sie hatte seinen Schreck und seine Besorgnis deutlich gespürt. Und wie er immer die Vorteile des Hauses hervorhob, bei jeder sich bietenden Gelegenheit – als wäre er ein Immobilienmakler. Am liebsten wäre sie einfach allein zu Hause, in ihrem Atelier, bei der Arbeit. Glücklich.

Veronika hatte sich schlaugemacht, ohne Auto kam sie von hier nicht weg. Es gab keine Züge, keine Busse, ein Taxi müsste von weiß Gott woher bestellt werden. Sie steckte mitten in der Pampa fest.

Das einzig Positive: Der Urlaub dauerte nicht mehr lange, morgen wäre endlich alles vorbei.

Als sie an diesem Morgen ins Esszimmer kam, war dort bereits Jacqueline, die schon ihr Foulard trug und Fröhlichkeit versprühte wie den Duft eines üppigen Parfüms. Jacquelines gute Laune erschien Veronika forciert, so wie die Laune von dieser Moderatorin im Frühstücksradio, die schon um kurz vor sieben Uhr so gut drauf war, dass es wehtat. Fröhlichkeit oder nur schon Freundlichkeit vor dem zweiten Espresso war ihr grundsätzlich suspekt. Bernhard hatte irgendwann die dumme Angewohnheit angenommen, morgens in der Küche das Radio einzuschalten.

Veronika war konsequent und stellte, kaum kam sie in die Küche, die Kaffeemaschine an und das Radio ab. Um es dann aber sofort wieder dudeln zu hören, kaum war sie im Bad. Gerne drehte Bernhard dann auch die Lautstärke noch etwas hoch. Er tat es nicht, weil er Musik oder Nachrichten hören wollte, sondern nur, um sie zu ärgern. Obwohl, vielleicht mochte er diese Musik tatsächlich. Zuzutrauen war es ihm. Stilsicherheit war noch nie eines seiner herausragenden Merkmale gewesen, auch, was Kleidung anging. Anfangs dachte sie noch, sie könne ihm diesen Funktionskleidungs-Fimmel austreiben, diese Begeisterung für Softshelljacken, die für Exkursionen auf Viertausender perfekt sein mochten, nicht aber für Stadtspaziergänge. Sie schenkte ihm anständige Kleidung, zeigte ihm schlichte, unauffällige modische Möglichkeiten auf, er aber zog weiterhin seine Sachen vor, und irgendwann gab sie entmutigt auf.

Sie hatten sich auf einer Silvesterparty kennengelernt, auf einer Dachterrasse, als im Himmel die Raketen platzten und in den Straßen die Böller knallten und die Leute johlten. Sie kamen ins Gespräch, als sie auf das neue Jahr anstießen, sich wie alle anderen überschwänglich »nur das Allerbeste« wünschten. Als er beiläufig erzählte, dass er Zahnarzt sei, sagte sie: »So ein Zufall!« Denn seit zwei Tagen bohrte ein steter Schmerz in einem ihrer Zähne. In der Dunkelheit auf der Dachterrasse hatte sie nicht erkennen können, dass Bernhards Kleidungsstil schrecklich war, und als sie am übernächsten Tag wie in der Silvesternacht übermütig vereinbart die Zahnarztpraxis betrat, steckte er in seiner Uniform, die aus einer weißen Hose und einem weißen Poloshirt bestand. Einem Poloshirt mit Brusttasche, in dem ein Kugelschreiber steckte. Sie legte sich auf den Behandlungsstuhl, sah eine Weile bloß seine in Latexhandschuhen steckenden Finger, die er mit unglaublicher Sanftheit in ihren Mund schob. Er besaß eine beruhigende Art, sprach leise, erklärte ihr knapp, aber präzise, was er gerade tat. Auch mit den Instrumenten in ihrem Mund hantierte er mit außergewöhnlichem Feingefühl. Sie sah seine Augen hinter der Schutzbrille und verliebte sich in ihn.

Nicht nur das Loch im Zahn schmerzte Veronika.

Da war noch ein anderes, in ihrem Herzen. Dafür war Ramon verantwortlich, mit dem sie vier Jahre zusammen gewesen war, drei davon in einer gemeinsamen Wohnung. Ramon war verwegen und ein zumindest damals ziemlich angesagter DJ mit entsprechendem Lebensstil. Je länger ihre Beziehung jedoch anhielt, desto mehr verlor das Wilde seine Attraktivität. Der Lack ging ab und was von Ramon übrig blieb, war eine im Kern unsichere Person, die diese Unsicherheit laut und grell überspielte. Ganze Wochenenden über in Clubs abzuhängen, massiv zu trinken und sich mit gerollten Geldscheinen im Nasenloch über Glastische zu beugen und Staubsauger zu spielen entpuppte sich mehr und mehr als Camouflage. Dann traf sie Bernhard mit all seiner Normalität, seinem geregelten Berufsleben, seiner Sicherheit versprechenden Aura und seinen sanften Fingern, die sich in ihrem Mund zu schaffen machten, um ihr den Schmerz zu nehmen, der sie plagte.

Die Schmerzen verschwanden, eine Bezahlung lehnte Bernhard jedoch kategorisch ab. Also lud sie ihn zum Essen ein, und es war angenehm mit ihm. Er war nett und erfrischend unoriginell. Seinen furchtbaren Kleidergeschmack und seine ästhetische Unbedarftheit fand sie irgendwie süß. Zudem hatte er einen schlanken Körper, war groß gewachsen. Das mit den Kleidern würde sie schon hinbekommen, dachte sie, als sie ihn nach dem Essen auf einen Schlummertrunk in ihre Wohnung einlud. So begann die Geschichte mit Bernhard, der ihr eine Medizin war, eine Kur von der letzten Verirrung in Herzensangelegenheiten.

Bald nach dem Kennenlernen kaufte sie in der Bahnhofsapotheke einen Schwangerschaftstest. Als sie die zwei Striche sah, war sie erst mal schockiert. Ein Kind war nicht Teil ihres Plans, ein Kind wegzumachen aber auch nicht. Als sie es Bernhard erzählte, meinte er erst, Kinder seien eigentlich kein Thema, da sie sich ja auch kaum kannten. Aber zugleich war er in seiner Verliebtheit von Glückshormonen geflutet und zu großen Teilen unzurechnungsfähig.

Also verwarf er kurzerhand alle Bedenken und verkündete: »Okay, ich bin dabei. Machen wir.«

Sie reichten sich die Hände, als beschlössen sie einen Handel, und sahen es als gutes Zeichen, dass Denis genau an jenem Tag auf die Welt kam, an dem sie sich ein Jahr zuvor das erste Mal gesehen hatten. Dass von da an alles bergab ging, hatte wohl nicht zuletzt mit dem Geld zu tun. Nicht mit dem Geld, das sie zum Leben brauchten. Sie verdiente gut, Bernhard noch besser, zudem war er sparsam. Zwei Monate nach Denis' Geburt erhielt Veronika einen Brief der Schweizerischen Nationalbank mit der Einladung zu einem Wettbewerb. Es ging um die Gestaltung der neuen Banknoten. Was für eine Ehre! Zu ihren eher ambivalenten Gefühlen nach der Geburt – Euphorie, pures Glück, Panik, abgründige Gedanken, dann wieder Euphorie – kam nun noch eine einmalige berufliche Chance hinzu. Sie konnte unmöglich Nein sagen, das fand auch Bernhard.

Veronika stillte ab und machte sich an die Arbeit.

Le lièvre à la Royale
Der Hase nach königlicher Art

»Rambo und Schnüffi sind weg!«, rief Laurent, der ganz außer Atem reingerannt kam, Quentin und Denis liefen hinterher, wortlos wie Sekundanten. Alle drei blickten Jacqueline mit großen Augen an. Sie war dabei, die Kassenbons der Einkäufe aus den letzten Tagen zu begutachten. Es gab da ein paar Ungereimtheiten. Sie wandte sich den Kindern zu, lächelte ihr Was-habt-ihr-Kinder-nun-schon-wieder-dass-ihr-Erwachsene-bei-wichtigen-Dingen-stören-müsst-Lächeln und fragte: »Was sagst du, Schatz?«

»Rambo und Schnüffi sind weg. Das Gehege ist leer, die Türen waren offen.«

Was sollte sie erwidern? Die Hasen hatten sie noch nie interessiert, das war ganz und gar Laurents Zuständigkeitsbereich.

Zögerlich sagte sie: »Na, die werden sich nicht in Luft aufgelöst haben. Vielleicht sind sie spazieren gegangen.«

»Mama, die gehen nicht einfach spazieren, die waren ja im Stall.«

»Vielleicht haben sie ein Türchen öffnen können und sind rausgehoppelt?«

»Das geht nur von außen.«

»Vielleicht«, sagte Jean, der kauend aus der Küche

kam, das Küchentuch lässig über die Schulter geworfen, »haben sie einen Fluchtstollen gegraben, sind aus ihrem Gefängnis ausgebrochen.«

Laurent begriff, dass sich seine Eltern über ihn lustig machten.

»Wir müssen sie suchen!«

»Das ist eine gute Idee. Sucht noch mal«, sagte Jacqueline abwesend und studierte wieder die Kassenbons, die sie vor sich ausgebreitet hatte.

»Vielleicht hat der Fuchs sie geholt«, sagte Laurent, »oder sie wurden gestohlen.«

»Gestohlen? Weshalb sollte jemand zwei Kaninchen stehlen?«, fragte Jacqueline.

Keiner antwortete, aber Jean hob die Augenbrauen und warf seiner Frau einen Blick zu, der sagte: »Also ich wüsste, weshalb.«

Tatsächlich dachte er sofort an ein Rezept, an das er sich noch nie herangewagt hatte, denn Laurent würde durchdrehen, würde er einen Artgenossen seiner geliebten Kuschelhasen auftischen. *Lièvre à la Royale du Sénateur Couteaux* war einst für König Louis XIV kreiert worden. Da der Monarch keinen einzigen Zahn mehr in seinem königlichen Mund hatte, wurde der Hase dabei über Stunden hinweg auf kleinster Flamme zu Babybreikonsistenz verkocht. Paul Bocuse hatte das legendenumrankte und lange verschollen geglaubte Rezept wiederentdeckt und in die Gegenwart gerettet. Jean hatte es oft studiert, schon beim Lesen bekam er Lust auf einen zarten Mümmelmann. Nicht weniger als 60 Schalotten und 30 Knoblauchzehen brauchte es dafür. Die Soße wurde mit den erst klein gehackten, dann durch ein feines Sieb passierten Innereien gewürzt und mit dem Blut des Hasen und mit Cognac gebunden. Irgendwann würde er sich an den königlichen Hasen heranwagen, irgendwann.

Natürlich gab es interessantere Haustiere als Kaninchen, das war allen klar, aber Laurent hatte sie mit seinem Wunsch nach einem Tier so lange bestürmt, bis Jacqueline und Jean einknickten.

»Aber du musst dich um das Tier kümmern! Das ist eine ziemliche Portion Verantwortung, die du dir da auflädst, ist dir das klar?« Jean hatte seine strengste Miene aufgesetzt.

Laurent hatte eifrig genickt und war ihnen dann um den Hals gefallen.

Jean fand, Kaninchen seien doch eigentlich ganz passable Haustiere, klein, mehrheitlich stumm und mit einem flauschigen Fell ausgestattet, außerdem waren sie nicht nachtaktiv.

»Besser als ein Hamster«, hatte er Jacqueline gegenüber angebracht, »Hamster treiben dich in den Wahnsinn! Kaum löschst du das Licht und willst schlafen, drehen sie ihre Runden in diesem scheiß Hamsterrad. Und tagsüber schlafen sie.«

Jacqueline war weitaus kritischer gewesen. Wenn schon ein Haustier, meinte sie, dann einen Hund, einen Jack Russell vielleicht. Den konnte sie sich gut vorstellen, und in Gedanken band sie ihm schon ein Seidenfoulard um, für ein Foto auf Instagram.

Laurent sagte schnell: »Oh ja, ich hätte auch gerne einen Hund!«

»Ein Hund? Bist du wahnsinnig! Weißt du, wie viel Arbeit das ist? So ein Tier ist zwar schnell gekauft«, meinte Jean gewichtig, »aber wenn wir es dann haben, haben wir es, respektive: hast *du* es, Laurent. Du musst dich dann um das Tier kümmern. Es wird ein Teil deines Lebens!«

Als er das gesagt hatte, wurde ihm beinahe schwindlig, denn er sah, was alles auf sie zukommen würde. Andererseits fühlte er auch so etwas wie Stolz, denn Vater und Sohn sprachen über die Ernsthaftigkeiten des Lebens.

Laurent bekam schließlich sein Kaninchen, einen kräftig gebauten Holländer mit zweifarbigem Fell, vorne weiß, hinten schwarz. Es war ein Männchen namens Rambo, entgegen seines Namens aber auf dringendes Anraten des Zoofachverkäufers hin kastriert. Und Rambo bekam eine Gefährtin, denn der Verkäufer erklärte ihnen, dass man Kaninchen aus ethischen Gründen nicht alleine halten sollte, es seien sehr soziale Tiere, zwei seien das Minimum, in Einzelhaltung würden sie verkümmern, depressiv werden, sie seien da ganz wie die Menschen. Überhaupt hätten Kaninchen sehr viel mit den Menschen gemein.

Ohne darauf einzugehen zückte Jean das Portemonnaie und lud alles ins Auto, den Stall, das Futter, die Streu, die beiden Tiere. Schnüffi, das Weibchen, war ebenfalls scheckig, aber so, dass die Farben des Fells ein wenig an die Deutschlandfahne erinnerten, weshalb Jean Schnüffi gerne auch Angela Merkel, oder kurz Angie, nannte.

Die Kinder suchten den Garten ab. Von den Kaninchen keine Spur. Sie gingen den Kanal entlang, marschierten erst in die eine, dann in die andere Richtung, riefen die Namen der Tiere. Aber von Rambo und Schnüffi war nichts zu sehen.

Laurent blickte seine Mutter wütend an, Tränen füllte seine Augen, nachdem Jacqueline ihm klargemacht hatte, dass *er* die Verantwortung für die Tiere trug, folglich *er* es wohl auch gewesen war, der vergessen hatte, das Gatter zu schließen.

Er rannte davon, eine Gemeinheit auf den Lippen, während seine Freunde mit betretenen Gesichtern wieder nach draußen gingen, um weiter zu suchen. Und Jacqueline musste zugeben, dass es äußerst merkwürdig wäre, würden ihre Mutmaßungen zutreffen. Laurent war ein gewissenhafter Junge. Er hatte sich stets tadellos um die Tiere gekümmert, auch sonst war er sorgfältig und bedachtsam. Die Türchen nicht zu verschließen passte nicht zu ihm. Und je länger sie darüber nachdachte, desto merkwürdiger erschien es ihr. So sehr, dass sie eine leise Furcht beschlich. Vielleicht hatte tatsächlich jemand die Tiere gestohlen, um sie zu essen? Schließlich sah man Hasen in ländlichen Gebieten weniger als Haustiere, sondern als Nahrungsmittel. Gab es vielleicht einen Zusammenhang mit der offen stehenden Haustüre gestern?

Jacqueline behielt ihre Bedenken lieber für sich.

Aber da war noch etwas, das sie beschäftigte. Die Sache mit den Kassenbons. Sie war da auf ein paar Dinge gestoßen, hatte ein paar Beträge entdeckt, die sie stutzig machten.

»Jean!« rief sie. »Kommst du mal?«

Mit angesäuertem Gesichtsausdruck kam Jean aus der Küche, in die er eben erst zurückgekehrt war.

»Seltsam, die Sache mit Rambo und Angie«, sagte er, obwohl er eigentlich keine Lust hatte, die Angelegenheit weiter zu besprechen. Jacqueline tat es mit einer wedelnden Handbewegung ab.

»Hier, die Quittungen.«

Jacqueline biss sich auf die Unterlippe, strich einen sich aufmüpfig kringelnden Kassenbon glatt.

»Als Salome und Filipp einkaufen waren … diese Quittungen … da sind Dinge drauf, die wir gar nicht brauchten!«

»Wie meinst du das?«

Sie nahm einen der Kassenbons und reichte ihn Jean, der seine Lesebrille aus der Brusttasche fingerte, um die kleinen Buchstaben und Zahlen zu entziffern.

»Was denn?«, sagte er mürrisch.

»Teure Kosmetika, Unterwäsche von Petit Bateau, solche Dinge, für über hundert Euro.«

Jean gab ihr den Zettel zurück, so, als wolle er damit nichts zu tun haben.

»Nun«, sagte er etwas unwirsch, »dann müssen wir sie halt darauf ansprechen.«

Jacqueline entgegnete genervt: »Sie müssten *uns* darauf ansprechen. Nicht *wir* sie.«

»Du meinst, sie wollen uns das unterjubeln?«

Jacqueline sagte nichts, aber ihre Miene bestätigte seine Mutmaßung. »Das ist doch absurd«, sagte er, »so was tut doch niemand.«

»Genau deswegen tun Leute Dinge: Weil niemand erwartet, dass jemand die Frechheit besitzt, genau diese Dinge zu tun. Du musst mir versprechen, sie danach zu fragen!«

»Ich?«, sagte Jean erstaunt. »Weshalb ich?«

Ein Piepsen kam aus der Küche. Der Timer.

»Mein Apfelstrudel!«, rief Jean und ging eilig davon, ohne noch ein Wort über die Quittungen zu verlieren.

Jacqueline sah ihm ärgerlich nach. Das war wieder Mal typisch Jean. Wenn es unangenehm wurde, dann machte er sich aus dem Staub. Sie beugte sich wieder über den Tisch, studierte noch einmal die Quittungen. »Seltsam«, murmelte sie. Von draußen waren entfernt die Stimmen der Kinder zu hören.

»Rambo?!«, riefen sie.

»Schnüffi?!«

La cidrerie
Die Mosterei

Jean rieb sich den Rücken.

»Gehts?«, fragte Filipp mit vor Anstrengung rotem Kopf.

»Ja, ja«, sagte Jean und lächelte.

So ganz ohne war das Einladen der Kisten ins Auto nicht gewesen. Ein einzelner Apfel mochte zwar klein sein, eine ganze Kiste davon hatte jedoch ein ordentliches Gewicht.

»Gefährlich, so zu schuften«, sagte Filipp und beäugte kritisch seine Hand, in der ein Splitter von der Holzkiste steckte, »für Männer in unserem Alter.«

»Wir sind doch noch Jungspunde«, sagte Jean lachend, klatschte zweimal in die Hände und rief nach Bernhard.

Sie würden zur Mosterei fahren, in ein Dorf mit einem Namen, der unmöglich auszusprechen war, so wie es Ortsnamen in jener Gegend oft zu eigen war.

Die Mosterei war ein genossenschaftlich geführter Betrieb, in dem Jean bis dahin nur Frauen hatte arbeiten sehen. Es sei wohl eine lesbische Kommune, hatte er Jacqueline gegenüber einmal scherzhaft erwähnt. Ihr war das Fehlen von Männern in dem Betrieb nicht aufgefallen, wohl aber das Fehlen von etwas anderem.

»Hast du gesehen?«, fragte sie Jean auf der Rückfahrt, nachdem sie das erste Mal Äpfel in die Mosterei gebracht hatten. »Allen fehlte mindestens ein Finger, und einer fehlte eine ganze Hand.«

»Ein risikoreiches Gewerbe!«

»Furchtbar«, hatte Jacqueline gemurmelt.

»Ja. Zum Glück tragen sie Schuhe an den Füßen!«, hatte Jean glucksend erwidert.

Auf ihre fragende Miene hin lächelte er sein Ach-Jacqueline-Lächeln und sagte: »Wer weiß, wie viele Zehen ihnen fehlen!«

»Jean, bitte!«, rief sie, ihr Lachen erfüllte den Wagen.

Und Jean wiederholte wiehernd und mit Tränen in den Augen: »Zum Glück tragen sie Schuhe!«

Drei Männer und sechs Kisten Äpfel fuhren los. Im Sonnenlicht schillernd glitt der Espace über die Straße. Jean war stolz auf die Farbe seines Autos, immer wieder bekam er Komplimente dafür.

»Noir améthyste«, sagte er dann und ließ es mystisch klingen.

So auch heute, als Filipp ihn beim Einsteigen darauf angesprochen hatte.

»Geile Lackierung, Jean!«

»Noir améthyste!«

Die Straße verlief schnurgerade durch eine Landschaft, die überhaupt nicht so eintönig war, wie der Straßenverlauf es vermuten ließ. Jemand im Ministerium für Verkehrsplanung in Paris war wohl zu faul gewesen, das Kurvenlineal aus der Schublade zu holen, und hatte einfach eine direkte Linie von A nach B gezogen. Es ging hoch auf eine Kuppe, dann wieder steil herunter, immer geradeaus, am Horizont sah man schon die nächste.

»Ein bisschen wie in Kanada«, sagte Filipp, obwohl er noch nie in Kanada gewesen war. Bernhard saß auf der Rückbank und fuhr mit der Hand übers Leder.

»Bequem«, attestierte er. Jean quittierte das Kompliment mit einem Kopfnicken, sah im Rückspiegel, wie Bernhard brav angegurtet aus dem Panorama-Glasdach in den getönten Himmel schaute, staunend wie ein Kind.

Jean verlangsamte die Fahrt, setzte den Blinker, bog ab. So gerade der Weg bis dahin verlaufen war, so kurvenreich wurde er nun. Die Straße verengte sich, war kaum breit genug für zwei Wagen, was die ihnen entgegenkommenden Fahrzeuge jedoch nicht davon abhielt, mit unvermindert hoher Geschwindigkeit zu rasen. Jean fuhr gemütlich, es war mehr ein Kutschieren.

»Sich nur nicht verrückt machen lassen«, sagte er mit betont ruhiger Stimme, als hinter ihnen ein Wagen nahe auffuhr, hupte, das Aufblendlicht aufflackern ließ, einmal, zweimal, dreimal, schnell, dann auf einem kurzen geraden Stück aggressiv auf die Gegenfahrbahn ausschwenkte und mit aufheulendem Motor zum Überholen ansetzte.

»So ein Psycho!«, rief Filipp. Doch als der Wagen auf gleicher Höhe war, erkannten sie hinter dem Steuer des kleinen Peugeots keinen offensichtlich Irren und keinen jugendlichen Auto-Poser, sondern eine Frau um die fünfzig, die aussah wie eine ganz normale Frau um die fünfzig.

»Die hat es wohl eilig«, meinte Jean. Es klang wie eine Entschuldigung.

Der kleine Peugeot schoss an ihnen vorbei, wankte in die nächste Kurve, war bald außer Sicht.

Jean war froh, dass in den nächsten Minuten kein Wagen mehr im Rückspiegel auftauchte. Stattdessen sah er abermals zu Bernhard, der sich mit der rechten Hand am Halteriemen festhielt und den Wald betrachtete, durch den die sich schlängelnde Straße nun führte. Jean meinte, hier gäbe es noch Wälder, die *richtige* Wälder seien, Mischwälder von einem Ausmaß, dass sie kaum zu bewirtschaften seien. Solche Wälder, wie sie gestern einen durchwandert hatten, reich an Vögeln, die bei uns längst ausgestorben waren, besiedelt von Wildschweinen, dicht und urtümlich.

»Du hast absolut recht«, pflichtete Filipp ihm bei. »Bei uns werden die Wälder regelrecht geplündert. Es geht nur um Profit. Die Holzindustrie ist eine Mafia …«, sagte er gerade, als ein heftiger Rumpler seinen Kopf nach vorne schnellen ließ, beinahe hätte er ihn an der A-Säule angedonnert, nur der Gurt hielt ihn zurück.

»Woah!«, rief er aus.

Jean war in ein Schlagloch gefahren, gegen das nicht mal die bekanntermaßen gute Federung des Renaults ankam.

»Rallyefahrer Jean Klein!«, rief Filipp. Er klatschte in die Hände. »Mit Beifahrer Filipp Heiniger!«

Sie lachten.

Bald ließen sie den Wald hinter sich, fuhren an einem Ortschild und Häusern vorbei.

»Wir sind da«, sagte Jean und sie stiegen aus. Jean sog tief die Luft ein, die erfüllt war vom Duft nach Äpfeln. Schon im Wagen hatte sich das Aroma der Früchte ausgebreitet. Nun aber, vor den offenen Toren der Mosterei, war der Geruch noch intensiver.

»Immer wieder eine Sensation, dieses Parfüm«, sagte er. Die beiden anderen stimmten zu, der eine wortreich, der andere stumm nickend.

Es herrschte rege Betriebsamkeit. Bauern mit Pickups entluden ihre Ware, andere waren mit Traktoren und Anhängern gekommen. Drei Männer mit müden Gesichtern standen beisammen, rauchten und beobachteten die Neuankömmlinge in dem schillernd neuen und hier exotisch beulen- und kratzerlosen Renault verstohlen. Jean hob die Hand zum Gruß, als wären sie alte Bekannte. Nur einer nickte zurück.

Der Ablauf in der Mosterei war erprobt und effizient. Man wies Jean an, wie er den Wagen rückwärts heranzufahren hatte. Eine Frau in Arbeitskleidung winkte ihn an eine Rampe, näher, näher, bis sie mit einem Schlag auf die Heckklappe klarmachte, dass es nun gut sei. Die Kisten wurden aus dem Wagen gehievt und auf eine Waage gehoben, danach leerten sie sie in einen Container und Jean bekam einen Bon. Es musste schnell gehen, andere warteten bereits. Jean kannte das Prozedere und die damit verbundene Dringlichkeit, die nicht ohne Reiz war. Er sah erfreut, wie Filipp und

Bernhard dem Treiben staunend zusahen. Filipp zeigte auf einen gewaltigen pyramidenförmigen Haufen aus rötlich, gelblich und grünlich in der Herbstsonne glänzenden Äpfeln, Tausende Früchte. Bernhard schoss mit seinem Handy ein paar Fotos.

Laut klang das schleifende Geräusch eines Transmissionsriemens aus dem Gebäudeinneren. Und über allem lag der Geruch nach frisch gepressten, ausgequetschten, zermahlenen, zerstampften Äpfeln.

»Kommt«, sagte Jean. Sie gingen zu einer Art Lagerhalle, wo er den Bon einer Frau reichte, die ihn mit den verbliebenen drei Fingern ihrer rechten Hand entgegennahm. Bernhard warf Jean einen vielsagenden Blick zu. Jean nickte wissend. Die Frau tippte etwas in einen Taschenrechner, erklärte etwas in schnellem Französisch, stempelte den Zettel ab. Dann wurden ihnen sechs Kisten mit je zwölf grünen Saftflaschen zugewiesen.

Es klirrte und klimperte im Kofferraum, als sie den Weg zurück durch den Wald fuhren. Als sie wieder zur Kreuzung an der Hauptstraße kamen, bog Jean nicht nach links ab, sondern nach rechts. »Also ich habe jetzt Hunger«, sagte er, »gehen wir was essen?«

»Das klingt gut«, meinte Filipp. Bernhard konsultierte seine Armbanduhr. Es war halb eins.

»Ich kenne ein ziemlich tolles Restaurant, es ist nicht weit.«

Tatsächlich war es das beste Restaurant im Umkreis, auch wenn das nichts zu bedeuten hatte. Frankreich mochte wohl eine beachtliche Zahl an Gourmet-Tempeln aufweisen, in dieser Gegend jedoch waren sie rar, aus einem simplen Grund. Es war die Konsequenz einer mangelnden finanzkräftigen Kundschaft, die für Essen mehr als das Nötige auszugeben willens und in der Lage war.

Jean hatte tags zuvor in dem Restaurant angerufen, einerseits um zu hören, ob das Lokal überhaupt noch existierte, andererseits um zu erfahren, ob es mittags geöffnet hatte. Er reservierte einen Tisch für drei Personen. Ein Umstand, den er vor seinen Freunden verschwieg. Es sollte wie eine spontane Aktion daherkommen, *french Style* halt.

Jean wurde wie ein alter Freund empfangen. Filipp meinte, die Frau zu kennen, die sie so lebhaft begrüßte und wohl die Inhaberin sein musste. War es nicht sie gewesen, die sie in dem kleinen Peugeot überholt hatte? Vielleicht täuschte er sich auch.

Die Frau hängte ihre Jacken an die Garderobe, während sie sich wortreich nach dem Wohlergehen von Jean und seiner Gemahlin erkundigte, auch das Kind wurde nicht vergessen, wie hieß es noch gleich?

Im Gastraum war kaum die Hälfte der Tische belegt, ein Feuer knisterte im Kamin. Sie wurden an einen weiß gedeckten Tisch geführt, der überquoll vor kunstvoll drapierten Stoffservietten, Besteck und Gläsern, Blumenvasen.

Sie verschwanden hinter den Speisekarten, die groß wie Tageszeitungen waren. »Das sind ja sensationelle Preise!«, rief Filipp, nachdem er wie die anderen die Karte ein Weilchen studiert hatte. »Hier etwa ...« Er senkte die Speisekarte, um über deren Rand seine Tischgenossen anzusehen, die es ihm gleichtaten.

»Unter ›*Viandes*‹, schaut mal, das Entrecôte für 23 Euro wiegt 350 Gramm!«

»Ja. Das ist ein annehmbares Gewicht für ein Entrecôte. Sie kochen wirklich ausgezeichnet hier«, sagte Jean und klappte seine Karte zu. »Man kann alles bestellen, alles ist vorzüglich.«

Bernhard, der noch kaum ein Wort gesprochen hatte, verschwand wieder hinter der Karte.

»Also ich nehme den Geysir-Salat!«, sagte Filipp. Er las auf Französisch, die Worte langsam und übertrieben modulierend, als kaue er an den Buchstaben herum: »*Salade aux gésiers confits et Figues séchées*, was auch immer das ist. Und danach das Entrecôte. Für so ein kleines Entrecôte ist immer Platz!«

Der Weißwein kam, ihre Gläser wurden gefüllt, auch Bernhard wurde allmählich lockerer, obwohl er kritisch dreinschaute, als Jean seine Vorspeise serviert bekam, sein geliebtes *Cassolette d'escargots au vin jaune*, und sich die Geysire bei Filipp als glasierte Geflügelmägen herausstellten. Bernhard befand zufrieden, sein *Salade au chèvre chaud* sei eine kluge Wahl gewesen. Er schmeckte auch ausgezeichnet, so wie alles, was noch folgen sollte, etwa sein mit *Foie gras* gedeckeltes Rindsfilet Rossini. Auch Filipps Entrecôte sah verführerisch aus, außen kross gebraten, innen saftig rot. Lediglich Jeans *Pied de cochon farci à l'Andouillette* war nicht nach Bernhards Geschmack. Der Anblick des mit Innereien gefüllten Schweinefußes war ekelerregend, wie eine aufgeplatzte eitrige Geschwulst, und auch der säuerliche Geruch, der von ihm ausging, war schauerlich – zum Glück musste *er* es nicht essen.

Jean schien es zu schmecken, er gab wohlig brummende Geräusche von sich, während er sich die fettglänzenden Brocken des gefüllten Schweinefußes in den Mund schaufelte. Von dem Rotwein zum Hauptgang – einem vollmundigen und gehaltvollen Burgunder – bestellten sie noch mal eine Flasche.

Zu den Desserts – *Profiteroles* für Jean, *Ile flottante* für Filipp, *Crème brûlée* für Bernhard – orderte Jean eine Runde Calvados, der äußerst großzügig eingeschenkt in bauchigen Gläsern serviert wurde. Jean schwenkte seinen Calvados, schob die Nase in das Glas und sagte: »So habe ich die Äpfel am allerliebsten.« Er nahm einen kräftigen Schluck.

Die Stimmung war ausgelassen. Sogar Bernhard wieherte, als Filipp seine Finger verbergend die Entgegennahme der Äpfel vom Vormittag pantomimisch nachspielte. Filipp konnte so witzig sein, dachte Jean, der ihn langsam richtig ins Herz geschlossen hatte. Wie schön es sein würde, auch in Zukunft mit ihm Zeit im Haus zu verbringen.

Als sie das Restaurant verließen, waren alle drei satt, zufrieden und ein bisschen beschickert. Jean ließ sich nichts anmerken, als sie in den Wagen kletterten, zu den klirrenden und klimpernden Flaschen mit dem Apfelsaft im Kofferraum. Fest umklammerte er das weiche lederummantelte Lenkrad, entlang der schnurgeraden Straße ging es in zügiger Fahrt zurück. Filipp erzählte einen Witz nach dem anderen. Im Rückspiegel sah Jean, dass auch Bernhard lachte, er war ganz rot im Gesicht. So fuhren sie in bester Laune zurück zu ihren wunderbaren Frauen, ihren wunderbaren Kindern und ihren wunderbaren Ferien in dem wunderbaren Haus.

Als sie vor dem Haus hielten, war es allerdings schnell vorbei mit der guten Laune. Mit Filipps Auto stimmte offenbar etwas nicht, der rechte Rückspiegel hing traurig herab. Als sie ausgestiegen waren, sahen sie das ganze Malheur. Über die Flanke des Fahrzeuges hatte jemand mit einem spitzen Gegenstand drei große Worte in den roten Lack des Leihwagens gekratzt: *FILS DE PUTE.*

Le chien
Der Hund

»Nein!«, rief Jacqueline vehement. »Wir haben nichts mitbekommen. Wir waren den ganzen Tag im Garten.«

Jacqueline und Jean standen vor der Haustüre. Jean hatte das Handy am Ohr. Er hatte auf Google Maps nachschauen müssen, wo die nächste Polizeistation war.

Als jemand abhob, ging Jean ein paar Schritte davon. Er wollte nicht, dass Jacqueline Zeugin dieser Konversation mit der französischen Polizei wurde, es würde sicherlich ein zähes Gespräch voller Missverständnisse, Unklarheiten und Gestotter seinerseits. Er hasste solche Telefonate. Es gab ja durchaus ein paar schön klingende französische Wörter. *Coq au vin. Vis-à-vis. Ménage-à-trois.* Die meisten aber waren kompliziert und kaum auszusprechen. Was hieß »Anzeige« noch mal? *Annonce?*

Während die Männer bei der Mosterei waren, fläzten die Frauen faul herum, ganz so, wie es sich für einen erholsamen Ferientag gehörte. Die Kinder waren müde und enttäuscht von der erfolglosen Suche nach den Hasen und verkrochen sich in ihrem Zimmer, um sich mit einem Ballerspiel zu trösten. Jacqueline war das zwar nicht recht, der Tag war so schön, doch sie hatte schlichtweg keine Lust, immerzu das Kindermädchen zu spielen. Sollte Salome sich doch mal um die Bälger kümmern, ein Machtwort sprechen, oder Veronika, die ihr sowieso ziemlich faul vorkam. Der schienen die Kinder völlig egal zu sein. Auch in der Küche half sie bisher nie mit, sogar zum Abräumen des Tisches musste man sie persönlich einladen. Die *Madame* machte sich wohl ungern die Hände schmutzig.

Jacqueline ging in den Garten. Aus einem der Fenster drang Salomes Gesang. Die Kühe auf der gegenüberliegenden Wiese hoben die Köpfe.

»Na, da staunt ihr!«, sagte Jacqueline zu den Kühen gewandt, die herüberglotzten. »Da wird die Milch in euren Eutern sauer, was?«

Veronika lag in einem Liegestuhl im Halbschatten der Linde und las. Sie hatte sich so hingelegt, dass ihre nackten und sicherlich frisch gewaxten Beine (*dafür* hatte sie natürlich Zeit) von der Sonne gewärmt wurden. Jacqueline zog sich einen Liegestuhl heran, legte sich neben Veronika. Sie begrüßten sich gegenseitig mit einem wortlosen Lächeln. Veronika wollte weiterlesen, aber da fragte Jacqueline: »Was liest du?«

»Sloterdijk«, sagte Veronika und streckte Jacqueline das Buch hin, damit sie den Umschlag sehen konnte.

Sphären II, las Jacqueline. »Ein toller Titel. Ist es ein Krimi?«

Veronika lächelte und verneinte knapp.

»Klingt auf jeden Fall interessant. Wie diese Bücher aus der Stieg-Larsson-Trilogie«, sagte Jacqueline. »Die waren fesselnd, aber auch brutal! Hast du sie gelesen?«

»Nein«, sagte Veronika.

»Solltest du, die machen süchtig!«

Für Jacqueline war das Thema Literatur damit erledigt. Sie schlug die Zeitschrift auf, die sie mitgebracht hatte und auf deren Lektüre sie sich schon seit ihrer Ankunft gefreut hatte. Eine Zeitschrift voller Träume.

Es war eines ihrer Rituale: Immer, bevor sich Jacqueline in die Ferien aufmachte, fuhr sie an den Bahnhofskiosk und deckte sich dort mit Zeitschriften ein, denn Zeitschriften zu lesen, in ihnen zu blättern, sich die Bilder anzusehen, war eine ihrer liebsten Beschäftigungen und zudem ein sicheres Zeichen dafür, dass sie ganz und gar in den Ferien angekommen war. Neben diesen Illustrierten gehörte zu ihrem Einkauf auch immer ein Comic für Laurent. Meist ein *Asterix* oder ein *Lucky Luke*. Mittlerweile nahm Laurent diese mit Augenverdrehen entgegen. Fern waren die kindliche Begeisterung und die aufrichtige Dankbarkeit von einst, und längst hatte er es aufgegeben, seiner Mutter zu erklären, dass er nicht mehr fünf sei. Selbstverständlich wählte sie aus den überbordenden Regalen des Bahnhofskioskes auch eine Zeitschrift nach Jeans Gusto aus, ein Uhrenmagazin oder etwas aus der Abteilung »Kulinarik«. Doch unter den französischen Magazinen befand sich ihr wichtigster Einkauf. Ihre Lieblingslektüre war 250 Seiten stark, durchweg farbig bebildert und übertrieben teuer: *Propriétés* von *Le Figaro*. *Propriétés* war keine Zeitschrift im eigentlichen Sinn, vielmehr war es ein Immobilienprospekt, bestehend aus Hochglanzanzeigen mit qualitativ gehobenen

Fotografien, auf denen vorteilhaft und *en détail* Traumobjekte präsentiert wurden. Eine 236-m²-Wohnung auf der Île de la Cité im 4. Arrondissement für 7,9 Millionen Euro, ein modernes Haus mit Koi-Teich in Aix-en-Provence, Preis auf Anfrage, oder ein Herrschaftshaus aus dem 18. Jahrhundert in der Normandie, mit 120 Hektar Land, darauf nicht ein Tennisplatz, sondern zwei, zudem eine Pferdekoppel und ein gläsernes Gewächshaus. Nichts als Traumhäuser in schicken Regionen füllten die Seiten in *Propriétés*. Die Franche-Comté kam in dieser Zeitschrift nie vor, wie Jacqueline nicht ohne Bitterkeit realisieren musste.

»Ihr sucht ein Haus?«, unterbrach Veronika sie in ihrer Träumerei.

»Ein Haus? Oh nein, wir haben ja schon eins! Aber ich kann mich einfach nicht sattsehen an diesen wunderbaren Häusern und Wohnungen ... wie sie eingerichtet sind ... so inspirierend. Dieses Magazin ist für mich so etwas wie der *Playboy* für Männer«, sagte sie verschmitzt.

Veronika wusste nicht, was sie darauf antworten sollte, und gerade als sie ihren Sloterdijk wieder aufschlagen wollte, hörte sie das Hundegebell. Das war ihr gestern schon aufgefallen, ein vielstimmiges Gekläffe in der Ferne.

»Sag mal, die Hunde?«, fragte sie.

»Die Hunde?«

»Manchmal hört man Gebell. Ganz leise, wie jetzt. Hörst du?«

Jacqueline spitzte die Ohren, tat, als hörte sie nichts.

Die Hunde ... Sie hob ihren Kopf und spähte in das Geäst des Baumes, als ob dort die Antwort auf die Frage zu finden wäre. Die Hunde ... Ja, sie konnte sich erinnern. Leider.

Wie lange war das her? Zwei Jahre, drei? Der Sommer war heiß gewesen, abartig heiß. Das wusste sie noch. Sie lag damals am selben Ort in einem Liegestuhl wie jetzt, in der gnadenlos prall herunterprügelnden Sonne, im Bikini und glänzend vor Sonnenöl ließ sie sich bräunen. Manchmal brauchte sie das: Vitamin D, hoch dosiert, volle Strahlendröhnung!

Jean war zum Hyper Casino gefahren, um sich einen Hochdruckreiniger zu kaufen, mit dem er dem Moos und dem Dreck und was immer sonst sich ihm in den Weg zu stellen wagte zu Leibe rücken wollte. Laurent las in seinem Zimmer. Jean und Jacqueline hatten sich zum Mittagessen eine Flasche Weißwein geteilt, einen herrlichen Pouilly-Fumé, der seine Kraft aus den schiefrigen Böden des Burgunds gezogen hatte. Und weil sie es so wunderbar hatten, ging er zum Kühlschrank, öffnete die schwer aufschwingende Tür und holte eine weitere Flasche heraus. Deshalb lag Jacqueline damals beduselt im Liegestuhl, mit schweren Lidern, und hing keinen allzu belastenden Gedanken nach. Ein wohliger Seufzer kam aus ihrem Innersten. Sie streifte das Bikinioberteil ab, überließ ihre weißen Brüste der Schwerkraft und gönnte auch ihnen etwas Sonne.

Ein Rascheln holte sie aus dem süßen Schlummer. Sie hörte einen Ast knacken und noch mehr Rascheln, dann Stille. Als Jacqueline sich auf die Unterarme aufstützte und die Augen öffnete, sah sie den Hund. Er stand keine zehn Schritte von ihr entfernt und stierte sie an, schwer schnaufend, ansonsten regungslos. Die Zunge hing ihm aus dem Maul, die Lefzen nass, weiß waren seine Zähne, weiß auch der Geifer, der wie Schaum aus der Schnauze troff. Absurderweise hob sie sofort ihr Bikinioberteil vom Boden auf, um sich zu bedecken.

Sie kannte sich mit Hunden nicht aus, aber ihr war klar, dass das kein Schoßtier war, das in ihrem Garten stand und sie mit seinen kleinen, bösen Augen fixierte. Die Ohren hingen herab, und das wie zerknüllt faltige Gesicht des Hundes hatte beinahe menschliche Züge. Die Züge eines Menschen, der keine guten Absichten hegte.

Sie fühlte, wie sich Angst in ihr ausbreitete, Panik schnürte ihr die Brust zu. Sie sah den Penis des Hundes, rot glänzend und erigiert, dünn und lang. Sie sah, wie das Tier atmete, seine Brust hob und senkte sich, schnell. Aber es regte sich nicht, so als warte es auf einen Befehl.

Warum war Jean nicht hier? Wo war ihr Handy? Jacqueline wusste später nicht mehr, ob es Sekunden waren, die vergingen, oder Minuten – aber es kam ihr vor wie eine Ewigkeit.

Ein erneutes Rascheln, eine Frau kam aus dem Gebüsch, ging über die Wiese und rief, nicht laut, aber bestimmt, nach dem Hund.

Sie kannte die Frau vom Sehen. Eine mürrische Person mit vergrämten Gesichtszügen. Von kleiner Statur und burschikos trug sie die strähnigen Haare halblang und ihre Bewegungen waren zackig. Wenn Jacqueline ihr zufällig im Dorfladen begegnete oder auf der Straße, was beides äußerst selten vorkam, grüßten sie sich nie, und im Laden sprach sie unfreundlich mit den zwei Alten, die sie auch nicht zu mögen schienen. Jacqueline wusste, dass sie Hunde züchtete, auf einem Bauernhof etwas außerhalb, aber bisher nicht, was für Hunde, jedenfalls nicht bis zu jenem Moment.

Die Frau befahl dem Tier, zu ihr zu kommen. Es gehorchte. Sie nahm den Hund an die Leine und verschwand ohne ein Wort zu sagen, ohne Erklärung, ohne Entschuldigung. Der Spuk war vorüber. Jacqueline fing an, am ganzen Körper zu zittern. In diesem Moment trat Laurent aus der Türe, einen Krug mit Eistee in der Hand, gut gelaunt. Von dem Hund hatte er nichts mitbekommen. Als er seine Mutter sah, hielt er inne. »Mama, alles okay? Was ist los?«

Daran dachte Jacqueline nun, als Veronika sie nach dem fernen Hundegebell fragte. Schnell verscheuchte sie die schreckliche Erinnerung und versuchte, an etwas anderes zu denken. Es gelang ihr ganz gut, und sie zwang sich ein Lächeln auf ihr Gesicht.

»Es gibt eine Hundezucht, auf einem Hof außerhalb des Dorfes«, sagte sie.

»Und was züchten die?«

»Hunde.«

»Was für eine Rasse?«

»Welche Rasse? Keine Ahnung.«

Dann hörten sie ein Hupen.

»Oh, die Herren sind zurück. Endlich. Das hat ganz schön gedauert.«

Sie sprang vom Liegestuhl auf und ging ins Haus.

Sciences et technologies
Wissenschaft und Technik

Bedröppelt saßen sie im Wohnzimmer. Nur Filipp schien die ganze Sache nichts anhaben zu können. Er hatte den Wagen einfach umgeparkt, mit der zerkratzten Seite zur Hausmauer hin. Dann hatte er Jean nach Klebeband gefragt und den kaputten Rückspiegel notdürftig geflickt.

»*Et voilà*, schon sieht man nichts mehr. Ist wieder fast wie neu!«

»Ich habe mit der Polizei telefoniert«, sagte Jean bedrückt und mied den Augenkontakt mit Filipp. Es tat ihm furchtbar leid, was mit dem Auto passiert war.

»Und?«

»Sie meinten, wir sollen zur Polizeistation kommen. Wegen einer solchen Bagatelle kommen sie nicht her. Ist eine knappe halbe Stunde von hier entfernt.«

»Easy«, erwiderte Filipp, »machen wir morgen. Ist ja eh nicht mein Auto. Außerdem sind wir ja versichert.«

»Das waren sicher irgendwelche Jugendliche!«, schimpfte Jean. »Die lungern manchmal beim Supermarkt rum.« Er war um eine Erklärung bemüht, möglichst eine, die nichts mit dem Dorf und seinen Einwohnern zu tun hatte. Die Übeltäter mussten von außerhalb kommen, Fremde sein, Unbekannte. Bisher hätten sie solche Probleme auch nie gehabt. Außer einmal, da wurde die Hausfassade mit einer Schmiererei verunstaltet. *MANGERONT LES RICHES* hatte jemand hingesprayt. Er hatte damals den Mofatypen im Verdacht gehabt. Doch dieser Vorfall geschah kurz nachdem sie das Haus gekauft hatten, sicherlich bezog sich die Schmiererei auf den Vorbesitzer und eine alte Geschichte.

»Anarchos gibts überall, gab es immer schon, wird es immer geben«, sagte Filipp beinahe gleichgültig, ja er lächelte sogar ein wenig, wie Jean schien, der sich fragte, ob Filipp den Vandalen gegenüber etwa Sympathien entgegenbrachte. Konnte es sein, dass Filipp derselben Ansicht war wie jene, die sein Auto zerkratzt hatten? Befürwortete er die Zerstörung von Besitz und Eigentum? Und was hieße das dann im Hinblick auf eine Beteiligung am Haus? Jean wurde es mulmig.

Mit einem breiten Grinsen im Gesicht kam Filipp ins Wohnzimmer.

»Ratet mal, was ich in der Bibliothek gefunden habe«, rief er begeistert. Ganz im Gegensatz zu den anderen, die nur mit Mühe zu überhaupt einer Reaktion imstande waren. Sie hatten den Blues, der Vorfall verdarb ihnen die Ferienlaune.

Filipp präsentierte, was er in den Händen trug: eine quadratische Schachtel, petrolblau, mit einem verschnörkelten gelben Schriftzug darauf.

»Oh«, sagte Jean erstaunt: »Wo hast du *das* denn gefunden?! *Trivial Pursuit*, oder?«

»Richtig geraten! Fucking *Trivial-Fis-de-put-suit!* Ich liebe dieses Spiel! Wer hat Lust?«

Freudig blickte er in die Runde.

Keine Reaktion, alle schwiegen. Veronika hatte nicht mal von ihrem Buch hoch geschaut. Jean wollte anmerken, dass es sich um eine alte Ausgabe des Spiels handle, eine sehr alte sogar, die Fragen seien nicht mehr sonderlich aktuell, aber Filipp begann bereits mit den Spielvorbereitungen, klatschte in die Hände, um sie aufzuwecken und die gedrückte Stimmung aufzuheitern.

»Ich hab so meine Zweifel, ob mir das überhaupt Spaß macht«, merkte Veronika trocken an, während sie eine Seite umblätterte: »Ich hasse Brettspiele. Generell. Kann nichts dafür. Ist was Genetisches.«

Filipp überhörte ihren Einwand, schon hatte er einen Stapel mit Fragekärtchen in der Hand. Er räusperte sich.

»So, dann wollen wir mal ein paar Testfragen in die Runde werfen. Zum Warmwerden. Damit wir in die Gänge kommen.«

Er überflog die Frage still für sich, dann las er sie mit getragener Stimme, in seinem besten Bühnendeutsch und mit ernsthafter Miene, als verläse er die Acht-Uhr-Abendnachrichten im Fernsehen.

»»Welcher deutsche Dichter starb am 22.3.1832?‹«

Niemand antwortete. Jean tat, als ob er angestrengt nachdenken würde. Bernhard runzelte die Stirn, unklar war jedoch, ob er sich Gedanken über die Frage machte oder ob er einfach genervt war. Er wandte sich seinem Handy zu. Salome lächelte, nicht ohne vorsichtige Besorgnis im Blick, wissend, wie sich die Dinge entwickeln konnten, wenn Filipp vom Eifer gepackt wurde. Bloß Jacqueline zuckte mit der Schulter und meinte: »Da hab ich leider gar keine Ahnung! Mit Dichtern kenne ich mich nicht aus.«

Filipp drehte die Karte um, las die Antwort, nickte und blickte noch mal in die Runde. Und als tatsächlich niemand die Chance auf eine hoffentlich richtige Antwort wahrnehmen wollte, rief er: »Goethe!«

»Goethe!«, wiederholte Jacqueline, ließ es klingen, als hätte die Antwort auf der Hand gelegen.

»Egal wie dicht du bist: Goethe war Dichter«, murmelte Filipp, griff sich die nächste Karte und las laut vor: »Wie viele Tonnen Nutzlast kann ein Fracht-Jumbo über den Atlantik befördern?«

Das Spiel gefiel Filipp, in froher Erwartung von Antworten hob er den Kopf. Er war ganz bei der Sache. Als er jedoch feststellte, dass die Begeisterung seiner Mitspielerinnen und Mitspieler sich nach wie vor in Grenzen hielt, rief er: »Bernhard, wäre das nicht eine Frage für dich? Hey, du schummelst doch nicht, oder?«

Bernhard schaute von seinem Handy auf.

»Was?«

»Ob das nicht eine Frage für dich wäre? Stammt aus der Kategorie ›Wissenschaft und Technik‹. Du googelst jetzt nicht die Antwort, oder? Nicht schummeln!«

»Welche Frage? Ich habe nicht zugehört.«

Filipp wiederholte die Frage. Bernhard schüttelte den Kopf.

»Keine Ahnung. Aviatik ist nicht so mein Ding.«

»›Weit über 100 Tonnen‹!«, las Filipp vor und schnappte sich schnell die nächste Karte.

»Hier mal was aus der Sparte ›Unterhaltung‹, vielleicht mal was für die Ladys. Also: ›Wer spielte den Monaco Franze?‹«

Jacqueline lachte auf.

»Den wen?« Filipp blickte ungläubig. Wie konnte jemand Monaco Franze nicht kennen?

»Das war eine Fernsehserie, ziemlich erfolgreich. Kult, könnte man sagen.«

Jean nickte, tat so, als sagte ihm dieser Name tatsächlich etwas.

»Das Startgewicht eines Jumbojets liegt bei 330,4 Tonnen«, sagte Bernhard.

»Bernhard, wir sind leider schon bei der nächsten Frage. Monaco Franze. Wer spielte den Monaco Franze? Und nicht googeln!«

»Stell dir vor, du willst was in einen Jumbo laden, Fracht …«

»… die fliegen doch gar nicht mehr!«, wandte Jean ein. »Die haben alle aus dem Verkehr gezogen. Ist ja schon ein richtiger Oldtimer jetzt.«

»Ein dicker Oldtimer … so wie du!«

Jacqueline hatte es aus Verlegenheit gesagt, unbedacht, es war ihr rausgerutscht, diese Fragen machten sie ganz konfus. Sie hatte solche Spiele noch nie gemocht, war diesbezüglich ganz einer Meinung mit Veronika, fühlte sich aber verpflichtet, mitzumachen. Jean schien ihre freche Bemerkung nicht in den falschen Hals geraten zu sein, im Gegenteil, er lachte.

»Ein dicker Oldtimer! Ja, aber noch gut in Schuss! Gut geölt!«

»Monaco Franze? Hat irgendwer eine Antwort zur aktuellen Frage, wer den Monaco Franze gespielt hat?«

»Einmal saß ich oben«, hob Jacqueline mit verklärtem Blick an zu erzählen, »im Jumbo, das war schon sehr speziell. So ein schönes Flugzeug.«

»Ja, damals hatte das Fliegen noch Klasse! Das hatte Stil! Heute ist es wie Viehtransport!«

»Kinder!«, rief Filipp mahnend. »Monaco Franze! Hat jemand eine Idee, wer den Monaco Franze gespielt haben könnte?«

»Oder die Concorde!«

»So ein schnittiges Flugzeug!«

»Aber ein ökologischer Irrsinn!«

Filipp gab auf. Die Freude am Spiel war ihm verdorben. »Helmut Fischer«, sagte er lasch, aber die Antwort schien den anderen egal. Still las er für sich noch ein paar der Fragenkärtchen.

»Lass gut sein!«, hörte er Salome sagen. Sie lächelte sanft, mitfühlend. »Filipp, wir spielen lieber *Trivial Pursuit*, wenn die Kinder dabei sind. Dann macht es mehr Spaß.«

Filipp schaute beleidigt in die Runde, legte die Karten zurück in die Schachtel und stülpte den Deckel wieder darauf. Es klang, als furze jemand.

»Apropos Kinder«, sagte er, »wo stecken die eigentlich?« Kaum hatte Filipp es ausgesprochen, bereute er es schon. Sollten die Kinder doch in Ruhe machen, was sie machten. Er wollte keine schlafenden Hunde wecken. Doch Salome war schon aufgesprungen.

»Ich schau mal nach ihnen«, sagte sie und ging nach oben.

Die Kinder lagen auf dem Boden ihres Zimmers und lachten, kriegten sich kaum mehr ein. Laurent hielt ein iPad in den Händen.

»*Fils de pute* heißt Hurensohn.«

»Wieder was gelernt!«

»*Con* ist die Fotze. *Enfant mal* die Missgeburt.«

Sie kicherten. Sie lachten, stießen sich gegenseitig mit den Ellenbogen.

»Fis dö Püt!«

Wieder warfen sie sich weg vor Lachen, japsten nach Luft.

Als Salome ihren Kopf ins dunkle Zimmer steckte, verstummten sie abrupt. Die Fensterläden waren geschlossen und die Gesichter der Kinder leuchteten im Schein des Bildschirms.

»Ihr hockt immer nur vor diesen Dingern«, sagte sie besorgt und vorwurfsvoll zugleich. »Kommt doch runter. Dann spielen wir alle zusammen was.«

»Wir schauen nur nach, was das heißt, das auf Quentins Auto steht«, erklärte Laurent.

Die beiden anderen kicherten, obwohl sie wussten, dass Kichern jetzt nicht angebracht war. Doch es sprach ja Laurent, und seinen Eltern gehörte das Haus.

Salome ging resigniert davon.

Die Jungs schauten sich an. Ihnen schwante, dass

nun etwas Ungemütliches geschehen würde. Trotzdem johlten sie, als Quentin leise in Richtung Türe rief: »*Con.*«

»Sie sind immerzu nur am Gamen!«, sagte Salome zu Filipp, der im Wohnzimmer eine Partie Yahtzee gegen sich selber spielte.
»Ach komm schon«, sagte Filipp entspannt, »lass sie einfach, ist doch okay. Die trauern, wegen der Hasen.«
»Nein, es ist *nicht* okay, immerzu hängen sie an diesen Geräten, und wenn sie nicht gamen, schauen sie dieses schreckliche YouTube-Zeug. Und von Trauer keine Spur, sie sind frech!«
Filipp hörte den verzweifelten Unterton in ihrer Stimme. Als gäbe es keine Hoffnung mehr, als wären die Kinder für immer verloren, wenn man nicht sofort! Jetzt! Etwas! Dagegen! Unternehmen! Würde!
»Ich bin ganz Salomes Meinung!« Es war Jacqueline, die ihr beipflichtete.
»Ich hätte da eine Idee!«, sagte Jean.
»Dann lass mal hören«, sagte Filipp und warf die Würfel mit Schwung.

Jeans Idee hatte etwas Radikales, so gesehen war sie durchaus nach Filipps Geschmack, auch wenn sie einen Makel besaß: Es war nicht seine. Trotzdem sagte er beeindruckt: »Geile Idee!«
Bernhard und Veronika waren anfangs wenig begeistert, doch schließlich willigten sie ein.
Die geile Idee hieß Digital Detox. Kalter Entzug.

Allumfassend. Für 24 Stunden würden die Kinder auf all ihre elektronischen Geräte verzichten müssen. Das täte ihnen gut!

Die Kinder wurden gerufen.

»Und bringt gleich eure Geräte mit, iPads, Gameboys und Mobiltelefone, alles!«, schrie Filipp, der die Federführung übernommen hatte, ins Treppenhaus.

Die Kinder breiteten all ihre technischen Geräte auf dem Esszimmertisch aus, eine imposante Menge kam zusammen.

»So«, sagte Filipp scharf, »das kommt jetzt alles mal weg, Jungs!«

Die schwiegen, bis Laurent sagte: »Ihr aber auch!«

»Wie bitte?«, erwiderte Jean, verdattert.

»Ihr aber auch!«, wiederholte Laurent. Es klang trotzig und auch ein bisschen frech. Quentin unterstützte ihn: »Genau! Ihr auch! Ihr meckert immer, wir würden die ganze Zeit über nur gamen. Dabei hängt ihr ständig an euren Handys! Wenn wir süchtig sind, dann seid ihr es auch.«

»Genau«, meinte auch Denis, ermutigt von den Reden seiner Freunde, »wir machen nur nach, was ihr uns vorlebt.«

Ihr verdammten Stinker!, dachte Filipp. Aber hatten sie nicht auch ein Stück weit recht? Bernhard beispielsweise glotzte immerzu auf sein Handy. Und auch er selbst hatte das verdammte Ding weit öfter in seinen Händen, als ihm lieb war.

So kam man überein, dass die Idee der »Jungmannschaft« eine gute sei, man lobte die Kinder sogar und vereinbarte ein 24-Stunden-Verbot alle technischen Dinge betreffend, Küchengerätschaft ausgenommen.

»Jetzt aber an die frische Luft!«, rief Jean, nachdem alle Geräte in einem Schrank weggesperrt worden waren. Er klang gut gelaunt, ja fast euphorisch, denn so eine geniale Idee, die hatte man schließlich nicht alle Tage.

La pulpe
Das Fruchtfleisch

Das Experiment mit dem Digital Detoxing für alle brachte neuen Schwung in die Feriengesellschaft, die Stimmung festigte sich wieder. Als ob man die Trübsal über das Geschehene einfach hinter sich ließe, schlenderte man schwatzend in den Garten hinaus, wo die überbordende Natur wartete, die milde Sonne, die freie Zeit. Man kam auf andere Gedanken. Jean sagte gut gelaunt, er komme gleich nach, er wolle nach dem Wein sehen. Die Männer hatten sich auf ein Pétanque-Turnier über drei Gewinnsätze zu je fünfzehn Punkten geeinigt, das alsbald beginnen sollte, aber ohne Eile, ohne Hast. Die Frauen weigerten sich, mitzuspielen. Eisenkugeln durch die Gegend zu werfen war nicht nach ihrem Geschmack.

Jacqueline hatte sich eine Gartenschere geschnappt und schnippelte an einem der Rosensträucher herum, die an einem grün gestrichenen Spalier an der Hausfassade gediehen. Sie trug den großen Strohhut, den sie bei der Gartenarbeit immer aufhatte. Salome ließ sich die Sonne auf das Gesicht scheinen, fläzte in einem Liegestuhl einem süßen Schlummer entgegen. Veronika hatte es sich wie Salome in einem Liegestuhl etwas abseits bequem gemacht und las im Schatten eines

Baumes. Bald legte sie das Buch zur Seite, erhob sich träge, ging zum Gartentisch und beugte sich vor, um zu der Schale mit dem Obst zu gelangen, die im Halbschatten stand. Eine Weile besah sich Veronika dieses perfekt ausgeleuchtete Stillleben, überlegte, ob sie sich einen Apfel oder eine dieser wunderbar reifen Feigen nehmen sollte oder doch von den Weintrauben mit ihren süßen, prallen Beeren? Sie bemerkte nicht, dass Jean sie beobachtete.

Er war mit einem Weidenkorb aus dem Haus getreten, darin eine Flasche Weißwein, die er noch kurz in den Tiefkühler gelegt hatte, Chips, Cracker, sechs Gläser.

Von der Remise her hörte er Filipp drohend rufen, dass er sich auf etwas gefasst machen könne, dass er ihn gleich beim Pétanque plattmachen würde. Filipp rieb mit einem Lappen die Kugeln sauber, hielt sie frisch poliert ins Sonnenlicht, prüfte eine nach der anderen.

»Das werden wir ja sehen«, gab Jean zurück, »bin gleich bei euch.« Im Himmel sah er ein Flugzeug. Es war nur ein gleißender Punkt mit einem weißen Strich dahinter. Immer, wenn er ein Flugzeug sah, fragte er sich, woher es kam und wohin es flog. Wäre er jetzt gerne in dem Ding dort oben? Nein, zu schön war es doch, wo er gerade war, in diesem Augenblick, in diesem Garten, der ihm gehörte, unter dem alten mächtigen Baum mit seinen schattenspendenden Ästen, mit seinen Gästen, die ihm Freunde geworden waren in den vergangenen Tagen. Er konnte sich wirklich keinen schöneren Ort vorstellen.

Jean stellte den Korb auf den Tisch und als er sah, wie Veronikas wählerische Finger nach der weichsten Feige tasteten, da fasste auch er in die Schale, schnell, pickte sich frech eine heraus, wie um ihr zuvorzukommen, ihr die süßeste Frucht wegzustibitzen. Ihre Finger berührten sich. Für Jean fühlte sich diese Berührung wie ein Stromschlag an, Veronika ließ sich nichts anmerken. Sie nahm eine Feige, musterte sie kurz und biss hinein. Mit vom süßen Saft der Frucht glänzenden Lippen lächelte sie Jean an.

Veronika gefiel ihm, obwohl ihn sonst Frauen, die größer waren als er, einschüchterten. Er bevorzugte die kleinen, pfiffigen, immer schon, seitdem er seine Unschuld verloren hatte, damals, während des Urlaubs mit seinen Eltern auf dem FKK-Campingplatz in Südfrankreich. Ein Ereignis, an das er immer wieder denken musste, auch nach all den Jahren noch. Es war der Sommer, als im Land die Fußball-Europameisterschaft stattfand, die gesamte Nation in einem wahren Fieber lag, da ihre *Equipe* Sieg um Sieg errang und schließlich den Titel holte. Ganz Frankreich wurde von dieser Euphorie erfasst, sogar Jeans Eltern und die anderen Nudisten am Cap d'Agde. In der Woche, als es geschah, stand Jean an der Strandbar und lutschte ein Eis, das ihm klebrig über die Finger rann, während er zum Fernseher über dem Tresen glotzte. Eine Frau sprach ihn auf Englisch an. Ob er auf Fußball stehe, woher er komme, wie er heiße. Belangloses Zeug. Ein unverfängliches und unbeholfenes Gespräch voller Holprigkeiten, Lächeln, Kopfnicken.

Als sie sich verabschiedete, sagte sie, sie heiße Ingvill.

In den folgenden Tagen bedachte sie ihn mit Blicken, dass es Jean ganz unbehaglich wurde. Natürlich interessierten ihn Mädchen, jene in seinem Alter. Die Sexualität, dieses ferne Land, er hatte eben gerade dessen Gestade erreicht und wollte die Beiboote zu Wasser lassen, um erste Expeditionen zu starten, noch neugierig und zaghaft. Doch die Mädchen in seinem Alter, so sehr sie ihn auch interessierten, nervten ihn mit ihrem umständlichen Getue, ihren hohen Stimmen und dem nervösen Gekicher. Sie machten es Jean ganz schön schwer. Außerdem entsprach er nicht gerade dem Ideal, das man an einem sommerlichen Strand erwartete. Er war nicht groß und schlank, nicht muskulös, nicht braun gebrannt. Konnte weder surfen noch schwimmen. Eine reife Frau wie Ingvill verströmte ein ganz anderes Versprechen als all diese kapriziösen Kichererbsen.

An einem helllichten Nachmittag lockte sie Jean in ihren Bungalow. Ihr Mann war mit Freunden nach Béziers gefahren, um sich das Stierkampfmuseum anzusehen. Ingvill hatte dankend abgelehnt, sie verachte den Stierkampf, hatte sie gesagt – und sich stattdessen Jean geschnappt.

Eine Frau mit Oberarmen, die mehr Umfang hatten als Jeans Unterschenkel, und die den unerfahrenen, aber naiv interessierten und verstört geilen Jean derart ritt, dass er noch heute mit Schrecken an sein erstes Mal zurückdachte, das schwitzende Gesicht, das auf ihn heruntergrinste, die ihm ins Gesicht fallenden, dicken blonden Haare. Laut war ihr Stöhnen, und sie schrie, als sie kam. Er wimmerte leise. Das erste Mal, es war geschafft! Doch Ingvill hatte noch nicht genug, führte forsch seine Hand, leitete seine Finger, stieß seinen Kopf in ihren Schoß. Er hatte sich oft ausgemalt, wie es sein würde, und die Vorstellung war immer anders gewesen. Obwohl ihn ihr salzig-säuerlicher Geschmack ekelte, wurde sein Penis wieder steif, als er wie geheißen seine Zunge in den riesenhaften Leib der fremden Frau steckte. Er versank in ihr, es kam ihm vor, als ertrinke er in brackigem Wasser. Jean schnappte nach Luft, während er sie in ihrer fremden Sprache mit rauer Stimme Dinge rufen hörte, die in seinen Ohren klangen wie schreckliche Verwünschungen.

Für den Rest der Sommerferien wich Jean der Norwegerin aus. Nur einmal noch sprach sie ihn an, aber er blieb distanziert und gab sich wortkarg, lächelte blöd, wurde rot und machte sich stotternd davon, die Hände vor seiner Scham. Als sie am Ende des Urlaubs in ihren Renault stiegen und nach Hause fuhren, war er einerseits stolz, andererseits steckte ihm auch noch der Schreck in den Knochen. Fortan hielt er nur noch Ausschau nach Frauen, die kleiner waren als er selbst.

Und doch hatte Veronika was, auch wenn Jean nicht sagen konnte, was genau es war, das ihn anzog. Waren es ihre Unabhängigkeit und Offenheit? Oder gefiel ihm einfach, dass sie – wie Jacqueline pikiert angemerkt hatte – fast nie einen BH trug? Bernhard war ein beneidenswerter Glückspilz. Wie kam einer wie er zu einer solchen Frau? Das Geld? Sicherlich, dachte Jean, war auch Veronika nicht frei von Makeln. Bestimmt hatte sie ihre Macken und Marotten und konnte eine Zicke sein. Rein äußerlich war sie Bernhard jedoch weitaus überlegen, spielte in einer ganz anderen Liga.

Am Morgen unter der Dusche hatte Jean an Veronika gedacht. Hatte sie befummelt, ihren Hintern befühlt, seine Hand zwischen ihre Pobacken gleiten lassen, schob seine Hände unter ihr T-Shirt, umschloss ihre Brüste, die harten Nippel zwischen seinen Fingern. So umständlich und schwerfällig ihm die menschliche Anatomie im wirklichen Leben oft vorkam, in seinen Gedanken gab es keine Hindernisse. Jean sog die Luft tief in seine Lunge, während er sich rieb, bis ihm beinahe schwindlig wurde. Die Muskeln angespannt ging seine Hand so schnell wie sonst nur, wenn er in der Küche Eiweiß schlug. Ein krächzender Schrei entfuhr seiner Kehle, als sein Samen in kleinen Klacksen in die Wanne spritzte.

»Jean?«, hörte er Jacqueline fragen. Sie war ins Bad gekommen, ihre Stimme klang verwundert. »Ist alles in Ordnung?«

»Alles in bester Ordnung, Schatz!«, rief er, nach Luft schnappend. »Alles tipptopp.«

Er begann laut, ein Lied zu summen. Der Strahl der Brause spülte das Geschehene davon.

»Die Feigen sind göttlich!«, sagte Veronika, die sich mit einer Pobacke auf den Tisch gesetzt hatte. »So süß und saftig.« Sie nahm eine weitere Frucht, riss sie in zwei Stücke, betrachtete das rote Fleisch.

»Ja«, pflichtete Jean ihr bei. »Das sind sie. Süß. Und saftig.«

Veronika sah auf. Jeans Stimme klang seltsam, irgendwie traurig. Auch seine Miene, als bedrücke ihn etwas. Sicher noch immer die Sache mit dem zerkratzten Auto. Das war nur verständlich. Sie würde ja wie die anderen Gäste am Ende des Urlaubs einfach wieder abreisen und alles vergessen, musste nie mehr zurückkehren an diesen Ort, Jean und Jacqueline aber schon.

»Jetzt wird es aber höchste Zeit für ein Glas Wein«, sagte er schließlich und deutete auf den Korb.

»Ja«, rief Filipp, der hinzutrat, eine Pétanque-Kugel lässig in der Hand, »eine sehr gute Idee!

»Und danach mach ich dich platt und zwar so was von! Aber erst etwas Zaubertrank! Schenk mir ein Glas ein, Jean, und mach es schön voll!«

Veronika schüttelte den Kopf, sie konnte sich ein Lachen nicht verkneifen. Filipp war wirklich durchgeknallt.

»Und gerne auch eines für mich«, sagte sie.

Bernhard saß auf einem Stuhl, sein Blick ohne sein Mobiltelefon ziellos ins Leere gerichtet. Salome lag unter dem Baum und schnarchte leise. Jacqueline stutzte die Rosen, ein Lied summend, von dem sie nicht wusste, welches es war. Vielleicht hatte sie es noch nie zuvor gehört. Leise klang das Knipsen ihres Werkzeugs herüber, mit dem sie an den Pflanzen zu Werke war, die dornig waren, aber wunderschön.

La masculinité toxique
Die toxische Männlichkeit

Noch immer waren sie im Garten. Die Frauen saßen nun unter dem Baum am Tisch und tranken Weißwein, »klack« machte es von der Remise her, wo die Männer ihre Partie Pétanque spielten.

»Wer ist hier der Gott der Kugeln, verdammt?!«, rief Filipp laut.

Gelächter. Gejohle.

Veronika schob die Sonnenbrille auf die Stirn und wandte ihre Aufmerksamkeit wieder Salome zu, die von einem Zeitungsartikel erzählte, in dem es um die Verbindung von Körper und Geist und den Zusammenhang zwischen Stress und Krankheit ging.

»Und wisst ihr, was in diesem Artikel noch stand? Was das Beste sei, was ein Mann für seine Gesundheit tun kann?«

»Sport treiben?«, riet Veronika.

»Nein! Mit einer Frau verheiratet zu sein!«

»Wieso?«, fragte Jacqueline, während sie auf die Madeleines schielte, die verlockend auf dem hübschen Teller mit dem grünen Vichy-Muster thronten.

»Das senkt seinen Blutdruck, ist gut für seine Seele *und* seinen Körper. Eine Beziehung zu einer Frau wirkt für den Mann lebensverlängernd.«

»Klar. Es schützt ihn vor der eigenen toxischen Männlichkeit«, sagte Veronika. »Die Frau passt auf, dass der Mann sich nicht zu Tode säuft oder in seinem eigenen Testosteron ertrinkt.«

Jacqueline nickte, ganz so, als wisse sie genau, wovon Veronika da sprach.

Salome fuhr fort.

»Für eine Frau dagegen ist es andersherum.«

Jacqueline hielt ein halbes Madeleine in der Hand, die andere Hälfte steckte schon in ihrem Mund, und sagte leise zu sich: »Ich sollte das Ding eigentlich nicht essen ...«

»Frauen tun sich Gutes, wenn sie die Beziehungen zu ihren Freundinnen pflegen!«, sagte Salome überzeugt.

Jacqueline nickte erneut.

Veronika machte ein skeptisches Gesicht. Salome sah ihre Zweifel, lächelte.

»Frauen helfen sich gegenseitig bei Stress und in schwierigen Lebenserfahrungen. Es ist wissenschaftlich erwiesen: Wenn Frauen mit Frauen zusammen sind, erzeugen sie mehr Serotonin.«

»Serowas?«, fragte Jacqueline.

»Serotonin. Ein Hormon, das gut ist gegen Depressionen und für das allgemeine Wohlbefinden.«

Salome beugte sich vor, legte ihre Hand auf Jacquelines Arm: »Frauen unterscheiden sich von Männern außerdem dadurch, dass sie Gefühle miteinander teilen können. Das ist eine wichtige Fähigkeit, aber Männer tun sich damit schwer. Sie teilen nicht Gefühle, sondern Aktivitäten!«

»Ganz so wie unsere Sportsfreunde da drüben«, sagte Veronika und nickte in Richtung der Männer, während sie ihre Sonnenbrille zurück auf ihren Nasenrücken schob und ihr Weißweinglas leerte. Gleichzeitig musste sie denken, dass die Männer immerhin Spaß hatten. Sie hingegen waren bloß am Tratschen. Kaffeeklatsch hatte sie noch nie gemocht.

»Nicht selten müssen sich Männer bei diesen Aktivitäten messen«, sagte Salome. »Wer ist besser? Wer ist schneller? Sehen Männer einen Berg, müssen sie den Gipfel stürmen. Wie du gesagt hast, Veronika, das ist ungesund, diese, wie heißt es gleich wieder?«

»Toxische Männlichkeit.«

»Genau. Wir Frauen hingegen teilen unsere Seelen. In dem Artikel stand auch, es sei für unsere allgemeine Gesundheit genauso wichtig, Zeit mit einer Freundin zu verbringen, wie Sport zu treiben.«

Als sie das hörte, überkam Veronika eine leise Sehnsucht nach dem Fitnessstudio. Eine Stunde auf dem Laufband, Zeit nur für sich, das monotone »Plack! Plack! Plack!« ihrer Laufschuhe auf dem sich ewig hinwegrollenden Band unter ihren Füßen; nichts müssen, außer zu laufen, an Ort und Stelle, diese pure Egozeit: ein Traum!

Und sie dachte an Matteo.

Das erste Mal hatte Matteo sie im Starbucks angesprochen, der gleich um die Ecke des Fitnessstudios lag, in dem sie trainierte. Sie wartete, bis die junge Frau, die an den Maschinen hantierte, ihren Matcha Green

Tea Latte fertig zubereitet hatte, als sie seine Stimme hörte.

»So sehen Sie also von Nahem aus.«

Sie drehte sich nach der Stimme um und erkannte ihn sofort.

»Matcha Green to go!«, brüllte die junge Frau. Veronika griff nach dem Becher und der Mann hob den Zeigefinger und sagte zur Bedienung: »Der Doppio ist dann für mich«, und zu Veronika: »Ich sag immer Doppio, obwohl sie den hier ja *Double* nennen, aber ich kann nicht anders.«

Entschuldigend zuckte er mit den Schultern und lächelte. Veronika nickte und schwieg. Sie musterte ihn, seine Augen, beobachtete, wie er sich bewegte, hörte seine Stimme. Als er seinen Espresso entgegennahm, sagte er zu Veronika: »Der Kaffee hier schmeckt grausam. Eigentlich hat das gar nichts mit Kaffee zu tun.«

»Weshalb kommen Sie dann her?«

Er lächelte noch etwas breiter. Er war jung, sympathisch und strahlend und schien voller Energie. Etwas sehr *slick* gekleidet vielleicht, mit dem eng geschnittenen, dunkelblauen Anzug und dem weißen Hemd. Keine Krawatte, Haare kurz, teure Sneakers. Der typische, nicht allzu stromlinienförmige, aber doch ehrgeizige und Belastungsfähigkeit ausstrahlende Jungbanker.

»Ihretwegen.«

»Meinetwegen?«, sagte sie überrascht.

»Das ist doch Grund genug, oder?«

»Und weshalb siezen Sie mich?«

»Alte Schule.«

Veronika musste lachen.

»Ein Kavalier!«

»Matteo«, sagte er, stellte den Doppio auf dem Tresen ab und reichte ihr die Hand. Sein Händedruck war angenehm. Nicht zu stark, nicht zu schlaff. Die Hand fühlte sich warm an, die Haut weich. Die Nägel waren gepflegt.

Sie kannten sich nur vom Sehen, und auch das ausschließlich aus der Ferne, über die Straße hinweg, durch Fensterscheiben hindurch. Vier Straßenspuren und eine Tramlinie lagen zwischen ihnen, wenn Veronika auf dem Laufband im Fitnessstudio lief. Aus dem Fenster sah man direkt auf die in den gegenüberliegenden Büros arbeitenden Menschen.

Irgendwann war ihr dieser Typ aufgefallen, der gerne die Füße auf den Schreibtisch legte, während er telefonierte. Irgendwann bemerkte er auch sie, erkannte sie wieder, hob die Hand zum Gruß. Sie winkte zurück, während das Laufband unter ihr surrte und die Musik dröhnte. Irgendwann tat er, als ob er schlafe, den Kopf auf die Tischplatte gelegt, was sie zum Lachen brachte. Irgendwann tanzte er, offensichtlich für sie, nur kurz, aber immerhin. Sie fiel beinahe vom Laufband. Dann sah sie ihn wochenlang nicht mehr. Sie war nicht unbedingt traurig darüber, aber doch etwas enttäuscht. Er gehörte mittlerweile zu ihren Besuchen im Fitnessstudio dazu, der Fremde im Haus gegenüber war zu einem unbekannten Bekannten geworden. Sie vermisste ihn.

Irgendwann war er plötzlich wieder da. Sie winkte ihm und er winkte zurück. Und nun hatten sie sich im

Starbucks um die Ecke in der Schlange derer, die auf ihre Heißgetränke warteten, getroffen.

In seiner Wohnung zog er erst sich aus, dann sie. Das war schon mal ein guter Anfang, fand Veronika, er fiel nicht über sie her, sondern ging die Sache ruhig an, ohne Hast, aber voll Selbstvertrauen. Einer, der wusste, was er wollte – und auch wusste, dass er es bekommen würde. Sie schliefen miteinander. Es war gut. Sie hatte kein schlechtes Gewissen. Weshalb auch.

So ging es eine Weile, dann bat sie Matteo, sich an einem neutraleren Ort zu treffen, in einem Hotel. Die persönlichen Gegenstände in seiner Wohnung irritierten sie zunehmend. Das gerahmte Foto, das ihn als Soldaten zeigte, das Surfbrett im Flur, der absurd große Flatscreen, der Vitamix-Smoothie-Hochleistungsblender in der pingelig sauberen Küche und auch der geschmacklose Design-Ständer für die Weinflasche.

Einmal hatte sie ihn gefragt, ob er viele Freundinnen habe.

»Freundinnen?«

»Affären«, präzisierte sie.

Sie lagen nach dem Sex im Bett und waren ein bisschen zärtlich zueinander, aber nicht zu sehr. Sie hatten ein Sexding am Laufen, kein Kuscheldang. Kühl fühlte sich Matteos Sperma an, das sie auf ihrem Rücken spürte, an ihren Schenkeln, ihrem Kinn. Sie mochte, dass er einfach tat, nahm und genoss. Selbstverständlichkeit, Natürlichkeit, Beherztheit, ohne Komplexe und nervöses Getue. Bernhard war immer gleich am Putzen. Kaum war er gekommen, hatte sein Sperma verspritzt, seinen letzten Stöhner getan, schon riss er Taschentücher aus Verpackungen oder rannte los und holte eine Rolle Küchenpapier. Haushaltspapier, das *er* gekauft hatte. Niemals hätte sie Haushaltspapier mit aufgedruckten Motiven gekauft. Aber die Rollen im Multipack waren im Sonderangebot gewesen, hatte er gesagt, und so waren Hirsche und Bäume auf den Bögen, mit denen er sein Sperma vom Laken wischte, hastig, als hätte er versehentlich einen Milchreispudding verschüttet. »Waldzauber« hatte sie auf der Verpackung gelesen. Bernhard hatte ein gestörtes Verhältnis zu Körperausscheidungen. Musste wohl mit seinem Beruf zusammenhängen. Selten verspürte sie eine solch tiefe postkoitale Traurigkeit, wie wenn sie Bernhard mit dem Waldzauber-Haushaltspapier aus dem Sonderangebot hantieren sah.

Sie hatte Matteo also gefragt, während sie neben ihm lag und an die Decke des Hotelzimmers starrte, die Öffnung der Lüftungsanlage studierte, die dunklen Schlitze, zufrieden, aber zugleich auch seltsam leer, ob er auch andere Frauen aus dem Fitnessstudio habe. Matteo meinte, natürlich, für jeden Wochentag eine, für manche sogar zwei. Sie lachte, aber er blieb ernst. Ihr war unbehaglich, weniger weil es andere Frauen neben ihr geben könnte, sondern weil sie ihn überhaupt gefragt hatte. Wollte sie tatsächlich Besitzansprüche anmelden? War sie drauf und dran, sich in diesen jungen Kerl zu verlieben? Sie war bereit, sich in den Sex zu verlieben, den sie mit Matteo hatte, aber nicht in den Menschen. Belog sie sich selbst? Eine leise Traurigkeit beschlich sie, denn ihr wurde klar, dass sie ihn loswerden musste. Je schneller, desto besser. Es war eine klare Verabredung zwischen ihnen: Sex, Spaß, keine Verpflichtungen, keine Reue, keine Fragen, keine Ansprüche – das war die Theorie. Sie musste gehen, solange es ihr noch nicht wehtat. Doch vielleicht war es dafür schon zu spät. Sie ahnte, dass es in Tränen enden würde. Und es würden *ihre* Tränen sein, nicht seine. So kam es dann auch.

»Veronika?«

Veronika spürte Salomes Hand auf ihrem Unterarm, instinktiv zog sie ihren Arm zurück. Salome lächelte fürsorglich.

»Ist alles in Ordnung?«

»Oh«, sagte Veronika, »ja, entschuldigt, ich war gerade in Gedanken.«

»Es ist so interessant, was du erzählst«, sagte Jacqueline an Salome gewandt.

»Absolut!«, pflichtete Veronika hastig bei.

»Wenn wir uns im Fitnessstudio abstrampeln ...«, sagte Salome, hielt inne und schüttelte sich ob der absurden Vorstellung, dass Frauen in Fitnessstudios schwitzen, sich quälten und abmühten, um einem nie erreichbaren Idealbild hinterherzulaufen.

»Das gilt doch allgemein als erstrebenswert, oder? Diese grässliche Selbstoptimierung!«

»Oh ja«, pflichtete Jacqueline ihr bei, während sie sich ein weiteres Madeleine nahm und sich dabei ertappte, wie sie Veronika musterte, ihren schlanken Körper. Schnell guckte sie weg.

Salome nahm sich nun auch ein Madeleine, schob es sich in den Mund. Kauend wischte sie die Krümel an ihren Fingern am Rock ab, fuhr dann mit der Hand herunter, um die Wunde an ihrem Knöchel, die sie juckte, zu befühlen, geistesabwesend an deren Schorf zu kratzen, und sagte: »In dem Artikel stand sogar, das Scheitern von Freundschaften zwischen Frauen berge für unsere Körper ähnliche gesundheitliche Gefahren wie das Rauchen.«

»Tatsächlich?«

»Deshalb muss man Beziehungen pflegen. Immer, wenn sich Freundinnen treffen, sollten sie sich für ihre gegenseitige Freundschaft beglückwünschen.«

Jacqueline zog die Weißweinflasche aus dem Kühler, goss die Gläser voll und setzte ein feierliches Gesicht auf.

»Lasst uns also anstoßen!«

»Ja!«

»Auf uns Freundinnen! Und auf alle Freundinnen, die wir haben.«

Die Gläser klirrten.

»Chin-chin!«, sagte Veronika und gab sich Mühe, es nicht zu trocken klingen zu lassen, doch hinter der Sonnenbrille konnte sie ihre Augen verdrehen, ohne dass ihre Instant-Schwestern etwas davon mitbekamen.

»Chin-chin!«, wiederholte Jacqueline.

Salome blickte ihre Freundinnen eindringlich an und andachtsvoll sagte sie: »Auf alle Frauen in unseren Leben.«

Dann nahm sie einen kleinen Schluck, es war mehr

ein Nippen. Sie dachte an Gena, ihr verzerrtes Gesicht tauchte vor ihrem inneren Auge auf. Salome sah, wie sie ihrer Tochter die Hand ins Gesicht schlug. Aus Wut. Mit Wucht. Wie die Tränen über die gerötete Wange flossen. Sie hörte das Heulen. Aber in Gottes Namen, man nannte seine Mutter doch nicht »dumme Fotze«, oder?

Von der Pétanque-Bahn ertönte Metall, das auf Metall traf.

»Du verdammter Hurensohn!«, rief Filipp und tat so, als wolle er Jean erwürgen.

»Du hurenverdammter Hurensohn!«, wiederholte er.

Die Männer lachten, alles war nur Spaß.

Un homme et une femme
Ein Mann und eine Frau

Hatte sie sich verhört? Was hatte Filipp da eben gesagt? Wenn sie es richtig verstanden hatte, war das ein Heiratsantrag gewesen. Jetzt und hier, in den Ferien in Frankreich, nach dem Abendessen an einem Tisch mit nicht ganz und gar Fremden, aber auch nicht dem, was man den engsten Freundeskreis oder Familie nennen konnte.

Ein Heiratsantrag! Einfach so. Es hatte keinerlei Anhaltspunkte gegeben, Filipp hatte die ganze Zeit über nichts angedeutet.

Salome war sprachlos, sie war aufgewühlt. Filipp überraschte sie immer wieder, nach all den Jahren noch immer. Sie konnte die Tränen nicht zurückhalten. Oh, wie peinlich, dachte sie, und gleichzeitig auch oh, wie schön! Sie würden doch noch heiraten! Wer hätte das gedacht?

Immer hatte sie betont, dass das nicht wichtig sei, auch ihren Eltern gegenüber vertrat sie diese Meinung, was die überhaupt nicht goutierten, sie hatten sich deswegen mehr als einmal gestritten. »Warum müsst ihr so elend modern sein?«, sagte ihre Mutter gallig und ihr Vater kam immer mit derselben Leier: »Ich bezahl auch die Feier, daran soll es nicht scheitern! Einen Zuschuss für die Hochzeitsreise gibts auch, ich lass mich doch nicht lumpen, wenn mein einziges Kind unter die Haube kommt! Heiratet endlich, gottverdammt, wie es sich gehört!« Für Filipp aber gehörte es sich anders, stets sträubte er sich gegen die »Institution Ehe«. Und nun dieser Sinneswandel!

Ganz unerwartet war das Thema auf den Tisch gekommen, aus dem Nichts. Eben sprachen sie noch über etwas völlig anderes. Es ging darum, wie man die Umwelt retten konnte, die Menschheit, schlussendlich sich selbst oder zumindest die Zukunft der Kinder. Zum Beispiel mit einem Ferienhaus in Frankreich, meinte Jean. So seien die Ferien extrem nachhaltig, die zweihunderteinundfünfzig Kilometer mit dem Auto könne man ohne schlechtes Gewissen tausend Mal zurücklegen, wenn man dafür auf nur einen Langstreckenflug verzichte. Jean verschwieg dabei selbstverständlich den immensen Energieaufwand, der durch das Heizen entstand, denn das Haus mit seinen vielen, lediglich einfach verglasten Fenstern war jämmerlich isoliert. Dieser Energieaufwand schmerzte Jean, weniger der Umwelt, sondern eher des Loches wegen, das diese Kosten in sein Portemonnaie fraßen.

»Wenn ihr die Umwelt retten wollt, wenn euch unser Planet am Herzen liegt, habe ich einen Vorschlag für euch! Steigt doch bei uns ein, beteiligt euch am Haus, verbringt eure Ferien hier. Nie mehr Flugscham! Keine Kreuzfahrten. Kommt zu uns nach Saint-Jacques-aux-Bois!«

Geschickt formulierte er die Worte, sodass sie klangen wie ein spontaner Einfall, ließ seine Zuhörer im Unklaren, ob er es in übermütigem Scherz gesagt hatte oder ernst meinte. Als wäre sie von seiner Eingabe überrascht, rief Jacqueline: »Jean! Eine großartige Idee!« Sie ließ den Blick durch die Runde schweifen und fügte hinzu: »Wie wunderbar das wäre! Wir alle, hier zusammen!«

Nun war es ausgesprochen, auf dem Tisch. Die Worte würden ihre Wirkung tun. Jean nahm sich vor, nach ein paar weiteren Gläsern Wein noch mal nachzufassen, die Freunde einzeln anzugehen, eventuell mit konkreten Angeboten und Zahlen. Schnell schenkte er nach und meinte zu Filipp und Salome gewandt: »Ihr seid ja die schlimmsten Klimasünder hier am Tisch.«

»Weshalb?«, fragte Salome verdutzt. Wie kam er auf diese absurde Idee? Sie lebten doch in einer modernen Genossenschaftswohnung, sie besaßen kein Auto, kauften immer biologische Lebensmittel, die Haare wusch sie sich nur zweimal pro Woche, und baden tat sie wenn immer möglich nach Gena oder Quentin, im gleichen Wasser.

»Weil ihr als einziges Paar von uns zwei Kinder in die Welt gesetzt habt!«, rief Jean. »Nichts ist schädlicher für die Umwelt als Kinder. Wir haben uns brav an die Einkind-Regel gehalten, Bernhard und Veronika auch.«

»Soviel wir wissen!«, fügte Filipp an, den Kopf rot vom Wein und der gehobenen Stimmung. »Wer weiß, ob nicht irgendwo noch mehr kleine Bernhards oder

Jeans herumrennen ... übrigens habe ich noch drei Kinder aus einer früheren Ehe.«
»Filipp! Bitte!«
»Aber du bist doch gar nicht verheiratet!«, rief Jean.
Filipp hob entschuldigend die Achseln.
»Weshalb eigentlich nicht?«, fragte Jacqueline.
Filipp schwieg. Salome räusperte sich, sprach an seiner Stelle, wählte sorgsam ihre Worte.
»Filipp ist gegen die Institution Ehe. Das war er schon immer, weil ...«
Salome sah Filipp an.
»Warum eigentlich genau?«
Filipp schüttelte den Kopf.
»Als ich jung war, da fand ich die Ehe schrecklich, das stimmt. Nur was für Spießer.«
»Weshalb?«
»Nun, wer sich liebt, braucht doch keine Ehe, oder? Warum muss der Staat sich da einmischen? Was hat der in unseren Betten zu suchen? Ich bin ich, Salome ist Salome. Zusammen sind wir ein Team. Wollen wir Kinder, dann machen wir Kinder. Braucht es dafür den Gang zum Standesamt und den Segen von Vater Staat? Oder gar von dem ollen Typen da oben?«
Filipp wies mit dem Zeigefinger an die Zimmerdecke.
»Na ja, das Gute am Heiraten ist, dass man ein schönes Fest feiern kann!«, sagte Jacqueline.
»Das kann man auch so. Und die meisten Hochzeiten, zu denen ich eingeladen war, waren furchtbar. Schlussendlich war auch die ausgefallenste, nonkonfor-

mistischste Hochzeit im Kern schrecklich banal und konservativ. Schöne Kleidchen, Stunden beim Friseur, unnütze Geschenke, der unvermeidbare Walzer, nach dem Dreivierteltakt folgt die dreistöckige Torte und irgendwann, wenn alle schön besoffen sind, kommen noch Spiele und Darbietungen von Gästen.«

»Furchtbar! Wenn die Braut mit verbundenen Augen ihren Mann erkennen muss, ihr wisst schon, durch das Abtasten der entblößten Beine!«

»Na ja, solange es nur die Beine sind …«

»Filipp! Bitte!«

Jacqueline fragte sichtlich interessiert: »Du hast vorhin gesagt, *früher* seist du dagegen gewesen. Und heute?«

Sie sah ihn fragend an. Alle schauten gespannt zu Filipp, der sich auf seinem Stuhl streckte, ernsthaft nachzudenken schien, dann zögerlich nickte.

»Ja. Das hat sich verändert, sogar ganz und gar hat sich das verändert.«

»Wie bitte?«, rief Salome verdutzt.

»Oho!«, sagte Jean aufgekratzt, er spürte, jetzt würden sie gleich Zeugen von etwas Außergewöhnlichem werden.

Salome bedachte Filipp mit einem prüfenden Blick. Er hatte doch immer nur Spott und Hohn für die Ehe übriggehabt?

Filipp lehnte sich über den Tisch, nahm zärtlich ihre Hand und blickte ihr in die Augen.

»Salome, möchtest du meine Frau werden?«

Für einen Moment herrschte Ruhe. Alle waren ergriffen von der Besonderheit des Augenblicks, genossen dessen Gewicht und Kostbarkeit. Filipp mochte ein Spaßvogel sein, doch nun war allen klar, dass er es ernst meinte.

Filipp erhob sich, trat zu Salome, nahm ihre beiden Hände, zog sie sanft vom Stuhl und umarmte sie. Sie wischte sich die Tränen aus den Augenwinkeln, salzige Perlen, bald flossen immer mehr.

»Ich weiß nicht, was ich sagen soll!«

Ihre Stimme klang brüchig.

»Ist das ein Nein?«, fragte Filipp, er wirkte aufrichtig enttäuscht.

Salome lachte auf, rief schnell: »Nein, ich meine: Ja. Ich meine: Nein! Also: Ja! Aber warum ...« Sie stockte.

»Kein Warum!«, sagte Filipp. »Aber ein Kuss!«

Und dann küsste Filipp seine Salome. Die anderen klatschten und auch bei Jacqueline kullerten nun Tränen, während Jean im Rhythmus seiner plump aufeinanderplatschenden, dicken Hände rief: »Bacio! Bacio! Bacio!«

Filipp kniete sich vor Salome hin, während er sich ein Stück Aluminiumfolie vom Tisch schnappte, in der eben noch eine Tafel Schokolade gesteckt hatte. Flugs hatte er aus der silbernen Folie einen groben Ring gebastelt, unförmig, aber eindeutig ein Ring, den er Salome über den Finger stülpte.

»Du spinnst!«, rief Salome.

Noch einmal wischte sie sich die Tränen aus dem Gesicht und dann küssten sie sich, wie sie sich schon lange nicht mehr geküsst hatten, hielten sich umschlungen, da sie nun waren, was sie für immer sein würden: Mann und Frau.

Le nid
Das Nest

»War dein Heiratsantrag von langer Hand geplant?«, fragte Veronika. Sie hatte Filipp nach einer Zigarette gefragt, und er hatte gemeint, er brauche nun wohl auch eine. Also gingen sie zusammen auf den Balkon, um zu rauchen. Leise knisterte der Tabak an den rot glühenden Enden ihrer Zigaretten, der zwirbelnde Rauch vollführte Kapriolen. Sie hörten die anderen drinnen reden, ein durch die Balkontüre gedämpftes Gemurmel. Jemand hatte Musik angemacht. Der Mond beschien die Landschaft, spiegelte sich im trägen Kanal, bevor eine Wolke das Bild verdunkelte. Ein Schatten flatterte vorbei, eine Fledermaus wohl.

»Nein. Sonst hätte ich einen Ring dabeigehabt«, sagte er lächelnd, »du weißt schon ... so einen Kitschring, wie es ihn früher zu diesen Zuckerkirschen gab, erinnerst du dich?«

Veronika nickte.

»So einer wäre perfekt gewesen.«

»Und nicht zu teuer«, fügte Veronika hinzu.

Filipp zog tief den Rauch in seine Lunge, lachte, sah zu ihr herüber. Veronikas Gesicht wirkte in der Schwärze der Nacht geheimnisvoll, erinnerte ihn an eine Figur aus einem Film noir. Ihm gefiel ihr ungewohnt direkter Blick. Er machte ihn aber auch nervös. Filipp war es nicht gewohnt, dass ihn jemand so ansah, wie *er* es sonst tat. Er wandte seine Augen ab und starrte hinaus in die Dunkelheit.

»Es war eine spontane Idee. Ich weiß ja, dass Salome immer gerne heiraten wollte. Auch ihren Eltern zuliebe. Sie hat auch immer wieder mal den Versuch unternommen, mich zu überreden. Ich habe mich immer erfolgreich gewehrt, wenigstens bis eben. Beinahe bereue ich es schon wieder, wenn ich an die selbstzufriedenen Gesichter ihrer Eltern denke.«

»Sind sie so schrecklich?«

»Schrecklich reich«, wollte Filipp sagen, stattdessen sah er zu Veronika und verdrehte die Augen.

Veronika sah ihn unverwandt an, während sie an ihrer Zigarette zog, zögerlich, denn der Tabak war ihr zu stark. Was Filipp erzählte, genügte ihr als Erklärung nicht, sie vermutete mehr dahinter.

»Vielleicht bin ich altersmilde geworden«, meinte er nach einer Pause. »Oder senil. Vielleicht habe ich Alzheimer bekommen und vergessen, dass ich niemals habe heiraten wollen.«

Veronika lachte. Das Lachen gefiel Filipp ebenso wie ihr Blick. Es war direkt, aus dem Bauch heraus, ein Lachen, dem es egal war, ob es gemocht wurde. Er zog noch einmal tief an seiner Zigarette, sie drückte ihre erst halb aufgerauchte Kippe im Aschenbecher auf dem Fenstersims aus, ihr war schwindlig geworden, die Knie ganz weich.

»Seid ihr eigentlich verheiratet?«, fragte Filipp.

»Ja, klar.«

Veronika sah ihn an, lächelte vage.

»So mit Kirche und allem?«

»Nein, wo denkst du hin! Nur Standesamt mit den Trauzeugen, dann Mittagessen mit Champagner und dann eine Party, aber erst zwei Jahre später.«

»Eine Party. Schön!«

»Und ohne Darbietungen.«

»Wurde getanzt?«

»Und wie!«

»Ich kann mir Bernhard gar nicht als Tänzer vorstellen«, sagte Filipp.

Er hatte Lust, Veronika zu erzählen, weshalb er Salome nun doch heiraten wollte. Aus Liebe? Weil sich seine Ansicht über die Ehe geändert hatte? Bullshit! Der Grund war simpler Natur, es ging um die Zukunft – *seine* Zukunft. Irgendwann würde Salome erben. Wenn ihre Eltern, die alten von Pfannenstiels endlich den Löffel abgaben, würde Salome als einziges Kind die ganze Kohle bekommen, die Wertschriften, die Immobilien. Und das wäre ziemlich viel.

Manchmal dachte er beim Einschlafen, was sie mit all den vielen Millionen machen würden. Was *er* damit anstellen würde. Es waren schöne Gedanken, manchmal war er von den sich offenbarenden Möglichkeiten geradezu euphorisiert, ja, wie besoffen. Es gab Projekte, die ihn schon lange verfolgten, endlich bei einem Film Regie führen *und* die Hauptrolle spielen zum Beispiel. Vielleicht würde er ein eigenes Theater eröffnen. Er hatte so viele Ideen und so viel Energie! Doch dann beschlichen ihn jedes Mal ungute Gefühle. Was wäre mit dem Erbe, wenn Salome etwas zustoßen würde? Es fiele seinen Kindern zu, er aber würde leer ausgehen. Oder was wäre, wenn sie ihn verlassen würde, weshalb auch immer. Er stünde mit leeren Taschen da. Ebenso, wenn er *sie* verließe. Das könnte er sich gar nicht leisten. Er wäre mittellos, ein armer Schlucker. Zudem sorgte er sich in letzter Zeit um Salome. Sie erzählte seltsame Dinge. Ihre Ansichten waren immer schon esoterisch angehaucht gewesen, in letzter Zeit aber wurden sie zunehmend abstrus. Sie hatte sich ein paar hypersensible Freundinnen mit obskuren Ansichten zugelegt. Was, wenn die oder ihre im Hintergrund agierenden Sekten auf Salomes Erbe aus waren? Man hörte solche Geschichten doch immerzu. Weshalb also nicht besser schnell heiraten und ein bisschen Planungssicherheit in die Sache bringen? Er hatte sich unlängst mit einem Juristen darüber unterhalten, einem alten Freund, den er zufällig getroffen hatte und der um das mächtige Erbe Salomes wusste. Der hatte ihm eindringlich zur schleunigen Eheschließung geraten.

»Es ist frisch«, sagte Veronika. Sie trug nur ein dünnes T-Shirt und schlang sich die Arme um ihren Oberkörper, Filipp konnte sehen, dass sie eine Gänsehaut hatte.

»Ja«, sagte er, »lass uns wieder reingehen.«

»Die Süchtigen kehren zurück!«, rief Jean, als er sie kommen sah. »Selber Suchthaufen!«, entgegnete Filipp lachend, nahm sein Weinglas und einen Kaffeelöffel vom Tisch, schlug gegen den Rand des Glases, bis er sich der Aufmerksamkeit aller sicher war.

»Ich möchte einen Toast aussprechen!«

Er räusperte sich. »Einen Toast auf uns alle, die wir hier in diesem wunderbaren Haus versammelt und nun alle auch bald verheiratet sind, *endlich*, vereint vor Gottes Antlitz und so weiter. Shakespeare schreibt in *Romeo und Julia*: ›Die Liebe ist so tief wie das Meer. Je mehr ich gebe, je mehr hab' ich: Beides ist unendlich.‹«

»Ja, ja!«, pflichtete Jean ihm bei, vom Wein berauscht, in völlig übertriebener Lautstärke: »Und so manch einer ist schon im Meer ersoffen!« Gelächter. Protest. Zustimmung. Filipp streckte seinen Arm in die Höhe, Wein schwappte über. »Auf die Ehe!«, rief er.

Alle hoben ihre Gläser und prosteten sich zu. Und als das Klirren der Gläser und die Beglückwünschungen der baldigen Brautleute verklungen waren, hob Bernhard die Hand. Filipp fragte sich, was die Spaßbremse wohl zu diesem außergewöhnlichen Moment beizutragen hatte. Schenkte er ihnen zur Hochzeit Gratiszahnarztleistungen mit lebenslanger Laufzeit?

»Bernhard?«, sagte Filipp, als übergäbe er ihm das Wort.

Die Köpfe wandten sich Bernhard zu, überrascht, aber auch erwartungsfroh, gespannt. Nur Veronikas Gesicht war leer, der Mund ein Strich, die Augen kalt.

Bernhard stand auf.

»Wenn wir schon bei diesem Thema sind … dann möchte ich auch etwas dazu sagen.«

»Nur zu!«, rief Jean in froher Erwartung von was auch immer.

»Veronika und ich. Wir werden uns trennen.«

Diese Verkündung war für alle ein Schock. Nicht, dass Veronika und Bernhard in diesen Tagen wie ein frisch verliebtes Paar gewirkt hätten. Aber wirkten denn die anderen so?

Man verliebt sich, dann liebt man sich, das war schon mal ein Unterschied. In der Folge wächst eine Partnerschaft. Man lernt sich besser kennen. Waren eben noch Dinge wie Verrücktheit, Wildheit und Freiheit wichtige Attribute, so gewinnen nun andere Aspekte einer Persönlichkeit an Gewicht, etwa Intelligenz, Vertrauenswürdigkeit oder seelisches Gleichgewicht, Belastbarkeit. Das Staunen schwindet, man ahnt bange die Schalheit der steten Zweisamkeit.

Dann kommen die Kinder und verändern noch einmal alles – ganz und gar bringen sie die Dinge durcheinander, und für die nächsten Jahre muss man vor allem als Gespann funktionieren. Da kommt in der Folge einiges zu kurz. Rar werden Momente der Zärtlichkeiten oder auch nur flüchtige Bekundungen von Zuneigung, Berührungen, ein schneller Kuss, ein Spaziergang Hand in Hand. Diese kleinen Dinge werden Opfer der Umstände, gehen in der Routine unter und werden vergessen. Der Grad der persönlichen Zufriedenheit richtet sich in der Folge nicht mehr danach, wie sehr man in sein Gegenüber verliebt ist, sondern wie wenig dieses nervt, stört oder einen gar anwidert. So gesehen gingen Veronika und Bernhard in ihrer Außenwirkung als ein ganz normales Paar durch, das sich über vierzehn Jahre hinweg so weiterentwickelt hatte, wie sich ein Ehepaar eben weiterentwickelt.

Nach ungläubigen Ausrufen saßen alle wie vor den Kopf gestoßen am Tisch. Konsterniert über das, was sie gehört hatten, aber auch über die Art und Weise, wie Bernhard es ihnen mitgeteilt hatte, mehr wie ein Roboter denn wie ein Mensch.

»Schnaps!«, hatte Jean in die beklemmende Stille gerufen. »Jetzt brauchen wir etwas Starkes.«

Polternd ging er davon, gläserklimpernd kam er wieder zurück. Es war Salome, die das im Schreck erstorbene Gespräch wieder in Gang brachte. »Und wie hat Denis es aufgenommen?«

Ihre Stimme war voller Mitgefühl.

»Denis weiß es noch nicht«, antwortete Bernhard. »Wir haben einen Plan.«

Nun ergriff Veronika das Wort, ihre Stimme klang monoton, fast gelangweilt.

»Ja. Eine Art Fahrplan, alles ist definiert. Was wann zu tun ist, zu welchem Zeitpunkt wer informiert wird.«

»Das ist eine große Hilfe, dieser Plan«, meinte Bernhard. »Und heute steht auf dem Plan, es den Freunden sagen. Deshalb habe ich es erzählt, und ich möchte erwähnen, dass ich es zuvor mit Veronika abgesprochen habe.«

»Richtig. So ist es in der Agenda eingetragen«, sagte Veronika.

»Denis wird es erst nächste Woche erfahren. Die Methode nennt sich Nesting.«

»Nesting? Ich muss zugeben, ich begreife noch immer nicht …«

»Es heißt eigentlich Nest-Programm.«

»Davon habe ich gehört! Das ist ...«, sagte Salome, aber Filipp fiel ihr ins Wort, sagte scharf: »Jetzt lass doch mal Veronika sprechen!«

»Wir werden uns nicht im klassischen Sinne trennen ... trennen werden wir uns schon ... mit Scheidung und allem, ganz sauber ... aber es wird nicht so sein, dass Denis hin und her pendelt zwischen Bernhards Wohnung und meinem Zuhause. Es wird eine Familienwohnung geben, das sogenannte Nest eben, wir werden abwechselnd dort sein, in der für Denis gewohnten Umgebung.«

Sie schwiegen alle eine Weile.

»So ist es«, sagte Bernhard schließlich. »Und heute stand eben auf dem Plan, es den Freunden zu erzählen. Und das haben wir nun getan.«

Er nickte, als gäbe es nun nichts mehr zu sagen, und leerte sein Schnapsglas in einem Zug.

Le nettoyage
Die Reinigung

Die Nacht war klar. Der abnehmende Mond beschien mit seinem geborgten Licht das Zimmer und die in ihren Betten liegenden Menschen. Jacqueline und Jean waren beide noch wach, wenn auch müde vom Tag, der viel für sie bereitgehalten hatte, Gutes wie Schlechtes. Wie fast jeden Abend unterhielten sie sich noch ein wenig nach dem Zubettgehen, betrachteten gemeinsam die jüngsten Ereignisse, bevor beide in den Schlaf sanken und in ihre jeweiligen Träume glitten.

»Was war heute das Schönste?«, fragte Jean gerne mit ruhiger Stimme, wenn er neben Jacqueline lag und ihre Wärme spürte. Dann wiederholte Jacqueline seine Frage, leise, während sie darüber nachdachte. Sie atmete tief und ließ den Tag Revue passieren, pickte die besten Momente heraus, wog sie gegeneinander ab, bis die allerschönste Erinnerung gefunden war.

»Das Chateaubriand, das du gezaubert hast«, sagte sie dann etwa, was Jean wohlig summen ließ, weil auch seine Gedanken zu diesem schönen Erlebnis zurückschweiften.

Oder sie sagte: »Als ich im Schlussverkauf diesen tollen Kaschmirpullover gefunden habe.«

Normalerweise fragte Jean nach einer angemessenen

Pause auch, was denn das Unangenehmste des Tages gewesen sei, das Schlimmste, das ihr widerfahren sei. Auch darüber zu sprechen war wichtig, tat der Seele gut. Selten waren es echte Probleme, meist nur Petitessen, auf die sie nun mit einem Schmunzeln zurückblicken konnten.

So ordneten sie den Tag, räumten das Geschehene auf wie Marie Kondo einen Schrank.

Heute aber musste Jacqueline länger als üblich nachdenken.

»Die Sache mit Veronika und Bernhard ist so traurig. Sie tun mir leid.«

»Ja, wirklich traurig«, erwiderte Jean und dachte bei sich, dass es vor allem für ihn und Jacqueline traurig war, für sie beide und ihren Plan, denn ein Paar in Scheidung hätte wohl kaum Zeit und Lust, sich an einem Ferienhaus zu beteiligen, so paradiesisch es auch sein mochte. Sogleich aber tauchte ein neuer Gedanke auf: Vielleicht hatte Veronika alleine Interesse am Haus, ohne Bernhard. Für eine frisch Geschiedene war es ja sicher nicht einfach, Ferien mit einem Kind zu machen. Hier im Haus wäre sie immer willkommen, hätte stets Anschluss und Denis wäre versorgt.

Ein verstohlenes Lächeln kroch auf sein Gesicht.

»Und was das kostet!«, hörte er seine Frau sagen.

»Was?«

»Na, sie brauchen nun bald drei Wohnungen! Eine für Veronika, eine für Bernhard und eine für ihr ›Nest‹. Das muss man sich auch erst mal leisten können, diese Art von Trennung. Zweifelsohne modern, aber auch sehr kostspielig. Ich denke nicht, dass die noch Geld für ein Ferienhaus haben. Die beiden können wir uns abschminken.«

Jeans Lächeln schwand. Eine Weile lagen sie schweigend nebeneinander und sahen an die Zimmerdecke.

»Wir haben immer noch Salome und Filipp«, meinte Jean.

Jacqueline machte ein vage zustimmendes Geräusch.

Jean wandte sich Jacqueline zu, stützte seinen Kopf auf dem Arm ab.

»Denen gefällt es hier, da bin ich mir sicher. Das Haus in Italien spielt außerdem keine große Rolle, mir scheint, die fahren da gar nicht mehr hin. Ich werde morgen mal ein bisschen nachbohren. Ich denke aber, ich halte mich da besser an Salome. Sie hat die Hosen an. Wenigstens die Hosen mit dem Portemonnaie in der Tasche.«

Jacqueline schien nicht sehr überzeugt.

»Hast du Bedenken?«, fragte Jean.

»Salome ist irgendwie seltsam.«

»Ich finde sie auch etwas seltsam mit ihrem Geträller, aber das ist halt ihr Beruf. Vielleicht wurde sie im Laufe der Jahre auch einfach etwas komisch.«

»Wie meinst du das? Bin ich im Laufe der Jahre auch komisch geworden?«

Jean grinste und gab seiner Frau einen Kuss.

»Nein, mit dir ist alles bestens. Aber ich stelle mir vor, dass es für Salome mit Filipp sicher auch nicht immer einfach ist. Ein erfolgloser Schauspieler, der vom Geld seiner Frau lebt? Oder besser gesagt vom Geld der Eltern seiner Frau? Schwiegereltern, die er nicht ausstehen kann! Das muss ganz schön an seinem Ego nagen. Du hast ihn ja erlebt, wie er beim Abendessen auf Bernhard herumgehackt hat.«

»Du bist doch nur neidisch, weil sie so reich sind!«

»Ach, Geld ist nicht alles.«

»Da hast du recht.«

»Aber alles ist nichts ohne Geld! Gegen so ein paar Milliönchen auf der hohen Kante hätte ich nichts einzuwenden. Kann man immer gut gebrauchen.«

»Ich habe mich heute länger mit Salome unterhalten. Ich wollte sie eigentlich wegen den Kassenbons fragen.«

»Und?«

»Ich kam nicht dazu. Aber sie hat mich gefragt, ob Laurent etwas nimmt.«

»Etwas nimmt?«

»Ob wir ihm Ritalin geben, damit er das Gymnasium schafft. Weil es doch so schwierig sei. Ich habe natürlich Nein gesagt.«

»Gut. Stimmt ja auch. Wir geben ihm Concerta.«

Jean lächelte. Was für ein wohlklingender Name für eine Pille mit diesem Wirkstoff, dessen Name niemand aussprechen konnte: Methylphenidat. Er hatte auch mal eine genommen, um zu wissen, wie sich das anfühlte, schließlich fütterten sie ihren Jungen damit. Und er musste sagen, es fühlte sich gut an. Mit einer Concerta intus konnte er einen Gedanken über eine Stunde hinweg verfolgen, ohne dabei das Bedürfnis zu haben, ständig seine Mails zu checken, nochmals einen

Espresso zu trinken oder auf dem Handy Candy Crush zu spielen. Es war auch nicht bei dem einen Mal geblieben. Immer wieder bediente sich Jean von Laurents Pillendose. Welch Wunder der Pharmaindustrie! *Dafür* hätte er gerne Werbung gemacht.

»Aber dann hat sie mich auf das Haus angesprochen.«
»Interessant! Erzähl!«
»Das Haus sei wunderschön, meinte sie …«
»… sehr gut, das höre ich gerne!«
»Aber es gebe seltsame Schwingungen.«
»Seltsame Schwingungen?«

Jean schnaubte. Er war nicht empfänglich für das Feinstoffliche – mal abgesehen vom Aroma eines guten Himbeer- oder Quittengeistes. Andererseits musste er zugeben, dass in der Tat seltsame Dinge vor sich gingen, Dinge, die er sich nicht erklären konnte.

»Hör zu«, sagte Jacqueline und setzte sich mit ernstem Gesichtsausdruck auf.

Es war am Nachmittag gewesen, als Filipp und Bernhard noch eine Partie Pétanque spielten, als Jean in der Küche summend am Werkeln war und Veronika in ihr Buch vertieft unter dem Baum lag. Salome fragte Jacqueline, ob sie Lust hätte, ein paar Schritte am Kanal entlangzugehen. Schnell kamen sie auf die Schule zu sprechen, die aktuelle Situation der Kinder, Jacqueline wurde nicht müde zu berichten, wie anspruchsvoll die ersten Wochen auf dem Gymnasium für Laurent gewesen seien, für sie alle, doch tat sie es auf behutsame Weise, denn sie wusste, dass Salome darunter litt, dass Quentin den Übertritt nicht geschafft hatte. Salome hatte ihr gestanden, in Tränen ausgebrochen zu sein, als sie den Brief mit der Absage geöffnet hatte. Das Haus lag weit zurück, schon lange hörten sie die Geräusche der Pétanque-Partie nicht mehr, die Rufe der Männer. Eine niedrige Stromschnelle im Kanal ließ das Wasser rauschen, eine Entenfamilie patrouillierte ruckelnd in Reih und Glied vorbei, Vögel in den Bäumen verhandelten lauthals ihre Dinge, Bienen und Hummeln erledigten ihre Jahresabschlussgeschäfte. Gelb leuchteten Horste von Goldruten, violett strahlte das noch immer blühende Eisenkraut, zartrosa die Herbstanemonen an ihren bevorzugten Plätzen im Halbschatten.

Unvermittelt blieb Salome stehen.

»Darf ich dich etwas fragen?«

»Aber sicher.«

»Das Haus«, sagte Salome mit zögerlicher Vorsicht, als spreche sie ein delikates Thema an.

Jacqueline merkte auf, musterte sie. Nun würde Salome sich erkundigen, ob nicht eventuell, vielleicht, unter Umständen die Möglichkeit bestünde, sich am Haus zu beteiligen. Salome wollte einsteigen, Jacqueline spürte es. Nun war es so weit.

»Was ist damit?«, fragte sie erwartungsfroh.

»Was weißt du über den Mann, der vor euch darin gewohnt hat?«

»Der Vorbesitzer? Ein ehemaliger Kollege von Jean, auch aus der Werbebranche. Durch seine Scheidung war er gezwungen, das Haus zu verkaufen. So ist das eben, des einen Leid, des anderen Freud!«

»Nein, ich meine den Mann, der es gebaut hat.«
»Der Kapitän?«
Salome nickte. Jacqueline zuckte mit den Schultern.
»Über den weiß ich nicht viel. Außer, dass er Kapitän war. Nach seiner Pensionierung setzte er sich hier zur Ruhe. Er stammte aus der Gegend.«
»Weißt du, wie er gestorben ist?«

Jean setzte sich auf.
»Wieso interessiert sie sich denn auf einmal für den Kapitän?«
»Ja! Aber warte. Jetzt kommt der verrückte Teil.«
»Ich weiß nicht, ob ich den hören will.«
»Sie meinte ... mal sehen, ob ich das noch zusammenkriege ... sie meinte also, sie kenne eine Frau im Schwarzwald, die mache Hausreinigungen.«
»Hausreinigungen? Ich lass doch nicht eine aus dem Schwarzwald kommen, um das Haus zu putzen! Wozu soll das gut sein? Das ist doch absurd.«
»Sie sprach von einer spirituellen Hausreinigung.«
Jean machte ein entsetztes Gesicht und Jacqueline fuhr fort: »Sie schaute mich dabei ganz seltsam an. Als ich fragte, wie sie das meine, sagte sie, solche spirituellen Reinigungen mache man, um ein Haus von negativen Schwingungen zu befreien. Etwa wenn etwas Schlimmes an dem Ort geschehen sei. Oder auch ganz generell.«
»Salome ist eine Esotante?«
»Sie lässt das mit ihrer Wohnung regelmäßig machen. Sie schwöre darauf. Und der Clou dabei ist, es

muss niemand persönlich vorbeikommen. Die ›Reinigung‹ kann die Frau vom Schwarzwald aus erledigen, per Gedanken. Es reiche, wenn man ihr ein Foto des Hauses zuschicke. Es sei reine Energiearbeit.«

Jean schüttelte den Kopf. »Die ist übergeschnappt!«

»Irgendwann hat sie wohl gemerkt, dass das nicht so mein Ding ist. Ich glaube, es war ihr sogar etwas peinlich. Sie hat jedenfalls schnell das Thema gewechselt.«

»Fernheilung unseres Hauses, du meine Güte!«, stöhnte Jean.

»Ich hätte es dir besser ein andermal erzählt«, sagte Jacqueline.

»Nein, schon gut. Ich denke ...« Er hielt inne und schüttelte nochmals den Kopf.

»Was denkst du?«

»Ach nichts«, sagte Jean. Er wollte seiner Frau nicht noch weiter die Stimmung verderben und behielt lieber für sich, was er gedacht hatte: Nach den letzten fünf Tagen musste er zugeben, dass er echt ein Händchen bewiesen hatte, und zwar eins fürs Danebengreifen. Anstatt solventer Interessenten hatte er eine Horde Verrückter in sein Haus eingeladen. Eine Esotante, einen erfolglosen Schauspieler, zwei Scheidungswillige. Vielleicht müssten Jacqueline und er eine zweite Casting-Runde starten, in den Frühlingsferien – wenn bis dahin das Hausdach noch nicht eingestürzt war.

»Träum süß«, sagte er müde, »aber hoffentlich nicht vom Kapitän.«

Jacqueline beugte sich zu ihrem Mann herüber und gab ihm einen Kuss.

»Hab dich lieb, mein Bär.«

»Ich dich auch, Schatz.«

Sie legten sich auf den Rücken, schlossen die Augen und schliefen ein, begleitet von der Geräuschkulisse des alten Hauses. Ein Knarzen. Leise. Jean kannte das Knarzen. Es war das Gebälk, das Holz, das, so alt es auch sein mochte, noch immer lebte und sich regte, als reckte es sich müde vor dem Zubettgehen. Er hörte gedämpftes Tropfen. Erst rhythmisch, dann aus dem Takt, dann hörte es ganz auf. Bis es wieder einsetzte. »Pling pling pling«, das kannte er ebenfalls. Manchmal war da auch ein leise singendes Wimmern, ein fernes Poltern, ein dumpfes Bollern. Es waren die Radiatoren und die daran hängenden Leitungen, die Rohre und die Röhren, die bis unters Dach hinauf- und in den Keller hinabführten. Das alte eiserne und weit verzweigte Gedärm der Heizungsanlage besaß ein vieltöniges Eigenleben. Es gehörte dazu. Er war mit ihm vertraut, aber nun hörte er etwas, das nicht in diese nächtliche Hausmusik passte.

Waren es Schritte?

Jean öffnete die Augen, horchte angestrengt, lauschte in die Dunkelheit hinein. Es hörte sich an, als ginge jemand über den Dachboden. Jemand mit einem Holzbein. Spukte der Geist des Kapitäns da oben rum? Jean seufzte leise. Er hatte einfach zu viel Fantasie. War immer schon sein Problem gewesen. Er legte sich auf die Seite, presste sein Ohr in die Matratze und bedeckte das andere mit dem Kissen, schloss die Augen. So schlief er schließlich ein.

LETZTER FERIENTAG

Une petite musique de nuit
Eine kleine Nachtmusik

»Jean«, rief Jacqueline, »Jean! Wach auf!«

Sie rüttelte am walrossträgen Leib ihres Mannes, der hustend aus dem Schlaf hochfuhr, die Augen öffnete, klein und klebrig waren sie, und die schweren Lider sofort wieder schloss. Eben noch hatte er in einem schönen Traum geschwebt, köchelten seine Gedanken im seichten Sud seiner süßen Sehnsüchte, nun wurde er brutal in die Wirklichkeit zurückgeholt.

»Was?«, stöhnte er, während er instinktiv die Bettdecke raffte, als wolle jemand sie ihm stehlen.

»Hör doch!«, presste Jacqueline hervor und sah ihn erschrocken an.

Jean wusste nicht, ob sie panisch war oder nur genervt, das konnte man bei ihr immer schlecht auseinanderhalten. Was sollte er hören? Warum sagte sie nichts, sondern stierte ihn bloß auffordernd an?

Das Einzige, was er mit Sicherheit wusste, war, dass es im Schlaf schöner gewesen war als jetzt. Zudem war die Wahrscheinlichkeit groß, dass alles, was jetzt käme, noch weniger angenehm werden würde. Es roch nach Ärger.

»Hör doch, die Musik!«

Jacqueline verharrte, machte keinen Mucks und bedeutete ihm erneut, hinzuhören. Und dann hörte er es: ein dumpfes Dröhnen, eindeutig Musik. Nun war er wach. »Wer spielt um diese Uhrzeit Musik?«, fragte Jacqueline.

»Woher soll *ich* das wissen?«, antwortete er barsch.

»Geh nachschauen, Jean! Bitte.«

Grunzend wuchtete er seinen weichen Körper aus dem Bett, seine Uhr sagte ihm, dass er noch nicht lange geschlafen hatte.

»Ein sehr schlechter Scherz, so mitten in der Nacht. Wer auch immer das ist, kann sich auf etwas gefasst machen!«

Hastig schlüpfte er in seine Hose, die er vor dem Zubettgehen über eine Stuhllehne gelegt hatte, steckte seine Füße in die Schuhe und noch während er den Gürtel festzurrte, stapfte er aus dem Zimmer.

Die Gürtelschnalle fühlte sich kalt an, als sein Bauch darüberquoll, er hatte ihn in der Eile wohl ein Loch zu eng geschnallt. Auch Jacqueline stieg aus dem Bett, stand im Seidenpyjama an der Tür, hielt sich an ihr fest, sah schweigend zu, wie Jean die Treppe hinunterstieg.

Im Erdgeschoss war es dunkel, niemand schien dort zu sein. Er machte die Lichter an, eines nach dem anderen, fast im Rhythmus der Musik, als er durch den nun immer lauter werdenden Lärm eilte, dem Zentrum des Getöses zu.

Jean trat in das Zimmer, in dem die Stereoanlage stand und wo der Teller des Plattenspielers sich in der Dunkelheit drehte. Er knipste auch dort das Licht an. Niemand war zu sehen. Jean musste sich die Hände auf die Ohren pressen, so laut war die Musik. Jemand hatte voll aufgedreht. Nur kurz dachte er, wie erstaunlich gut die Anlage klang, trotz der Lautstärke schepperte oder klirrte da nichts.

Der Krach erstarb, als er die Nadel von der Platte riss. Zur Sicherheit zog er auch noch gleich den Stecker. Der Plattenteller lief aus, das Kontrolllämpchen des Verstärkers erlosch. Filipp tauchte plötzlich in der Türe auf.

Er trug einen gestreiften Pyjama, der aussah wie ein Sträflingsanzug. »Was ist hier los?«, rief er. Es klang verwirrt, aber auch belustigt. »Hab ich was verpasst? Machst du Party, Jean? Was war das für ein Lärm?«

»Ich mach hier gar nichts! Ich hab bloß die verdammte Anlage ausgeschaltet.«

»Wer hat sie denn angemacht?«

Jean hob ratlos die Schultern. »Die Kinder?«, mutmaßte er.

»Nein, die schlafen tief und fest«, warf Veronika ein, die ebenfalls hinzugekommen war.

Jean registrierte, dass sie eine lockere Jogginghose trug, was ihn einerseits erleichterte, gleichzeitig auch etwas enttäuschte.

»Vielleicht tun sie nur so, als ob sie schlafen«, sagte Jean entnervt, während er sich konzentrierte, Veronika ins Gesicht zu blicken und nicht auf ihr T-Shirt zu starren, »weil sie sich einen Scherz mit uns erlauben. Ich meine, wer, wenn nicht die Kinder, sollte sonst auf eine so hirnverbrannte Idee kommen, mitten in der Nacht Musik zu spielen?« Denn, so dachte Jean, wer hätte es sonst sein sollen? Einer der Erwachsenen etwa? Wer fand so etwas lustig? Bernhard etwa? Der war so seltsam, ihm würde er das zutrauen. Oder übte Filipp für eine nächste Rolle? Womöglich steckte der sogar hinter all den seltsamen Vorkommnissen? Trieb er ein Spiel mit ihnen? Nur das Auto konnte er schlecht zerstört haben. Für die Tatzeit besaß er ein hieb- und stichfestes Alibi, da waren sie ja zusammen im Restaurant gewesen. Vielleicht hatte er einen Komplizen? War Quentin sein Handlanger? Lächerlich! Oder war es Bernhard, der sich an Filipp rächen wollte, indem er etwas tat, das Filipps »Handschrift« trug, den Verdacht also auf ihn lenken würde? Durchaus möglich, vielleicht aber doch zu weit hergeholt. Oder war irgendwo eine versteckte Kamera montiert, um sich auf seine Kosten lustig zu machen? Steckten alle unter einer Decke, auch Jacqueline, die ihn eben erst aus dem Schlaf gerüttelt hatte? Nein, unmöglich, dafür war ihr panischer Blick zu echt gewesen.

Und Salome? Hatte die nicht das Potenzial dazu? Hatten ihre ganzen eigenartigen Bemerkungen nicht genügend Hinweise dafür geboten, dass in ihrem Oberstübchen etwas durchgeschmort sein musste? Kam so was nicht ständig vor? Vermeintlich normale Menschen, die plötzlich durchdrehten? Oder mochte Veronika hinter allem stecken? Ja! Veronika! Dann aber dachte er sofort: Absurd! Niemals! Veronika war doch zu so etwas nicht fähig, diese zarte Person! Außerdem war die doch mit ihren eigenen Problemen beschäftigt.

All das ging Jean durch den Kopf. Er konnte kaum mehr klar denken.

»Alle sollen runterkommen!«, ordnete er schließlich ungewohnt bestimmt an. »Es ist an der Zeit, dass wir ein paar Dinge besprechen.«

»Aber es ist mitten in der Nacht ...«, monierte Veronika, »... können wir das nicht morgen machen, wenn alle ausgeschlafen sind?«

»Nein, Jean hat recht«, meinte Filipp ernst, »es sind seltsame Dinge geschehen. Denkt mal nach, das zerkratzte Auto, die verschwundenen Hasen, nun diese Musik. Vielleicht hat alles miteinander zu tun. Wir müssen darüber reden, unser Wissen zusammentragen.«

Jeux de détective
Detektivspiele

Schweigend saßen sie alle um den Tisch versammelt und warteten darauf, dass jemand den Anfang machte. Salome schaute zu Jean, Jean zu Bernhard, Filipp zu Veronika. Jacqueline ergriff schließlich das Wort, genauer gesagt brüllte sie ihren Mann an, als aus der Küche jäh ein lautes Pfeifen die Stille zerriss.

»Verdammt, stell diesen blöden Teekessel ab!«

Jean sprang auf, während der Kessel lauter und lauter wurde, sich in ein schreckliches Crescendo steigerte. In seinem Rücken konnte er den bösen Blick seiner Frau spüren, die sich demonstrativ die Ohren zuhielt. Er hatte es doch nur gut gemeint, eine beruhigende Tasse Eisenkraut war doch genau das, was jetzt alle brauchten. Alles machte man falsch, dachte er beleidigt, als er den Kessel von der Flamme riss.

Mit einer dampfenden Kanne in der Hand kam er zurück. Filipp hielt es nicht auf seinem Stuhl. Die Hände in die Hüften gestemmt stand er neben dem Tisch und signalisierte, dass nun er das Heft in die Hand nehmen würde.

»Also, was wissen wir? Tragen wir die Fakten zusammen. Die Kinder schwören, nichts mit dieser kleinen Musikeinlage von eben zu tun zu haben.«

Filipp sah streng zu den Kindern, die ebenfalls am Tisch saßen, die Köpfe in die Arme gestützt und müdigkeitsbleich, wie Tatverdächtige nach einem stundenlangen Verhör. Er ließ seine Feststellung fragend klingen, als gäbe er den Verdächtigen eine letzte Gelegenheit, es sich anders zu überlegen und doch noch zu gestehen.

»Ich schwöre, wir haben damit nichts zu tun!«, sagte Laurent mit trockenem Mund.

»Mag jemand Tee? Eisenkraut?«, fragte Jean leise, um Filipps Ausführungen nicht zu stören, wie ein Diener stand er mit der Kanne in der Hand am Tisch.

Veronika nickte, und Salome bedeutete ihm mit einem Lächeln, wie wunderbar das wäre, wie freundlich und aufmerksam. Jacqueline ignorierte ihn. Sie folgte aufmerksam Filipps Ausführungen.

»Vielleicht«, brachte der hervor, zögerlich, als denke er weiter nach, während er sprach, »gibt uns die gespielte Musik einen Hinweis? Was, wenn die Musik uns eine Botschaft vermitteln sollte?«

»Ich weiß nicht, ob diese Detektivspiele ...«, hob Bernhard an.

»Jetzt lass ihn doch!«

Filipp nickte, zufrieden, dass seine Methode Rückhalt in der Runde genoss, wenn auch scheinbar nicht bei allen. Nachdenklich fasste er sich ans Kinn, kratzte sich am Dreitagebart und wandte sich schließlich an den Gastgeber.

»Jean, welche Platte wurde denn gespielt?«

Jean sah Filipp hilflos an, dann ratsuchend die anderen, nahm sich einen Stuhl, stellte die Kanne ab und goss sich stattdessen ein Glas Rotwein ein.

Schon besser, dachte er. Viel besser.

»Ich habe keinen Schimmer«, sagte er. »Sie war laut, das ist alles, was ich darüber sagen kann. Und klassisch! Orchester und so. Geigen vor allem. Kein Gesang.«

Jean fand, er habe die Sache präzis beschrieben. Genauer ging es nicht.

Filipp wandte sich an seinen Sohn.

»Quentin?« Der Junge hob müde seinen Kopf.

»Hol die Schallplatte!«

Er stand auf, ging wie befohlen, aber nicht sonderlich schnell ins Nebenzimmer, holte die Scheibe vom Plattenspieler und brachte sie seinem Vater, der nur kurz die Augenbrauen hob, als er sah, auf welche Art sein Junge eine Schallplatte herumtrug, als wäre es kein kostbares Vinyl, sondern eine schnöde, leere Pizzaschachtel. Nun aber war nicht der Zeitpunkt für die Maßregelung eines Angehörigen einer Generation, die den sachgemäßen Umgang mit Vinyltonträgern nicht kannte.

Sachte nahm Filipp seinem Jungen die Schallplatte ab, betrachtete sie von beiden Seiten, als ob er sie auf Fingerabdrücke hin untersuchte. Alle schauten ihm gebannt zu, niemand sprach ein Wort, nur Bernhard schnaubte und schüttelte den Kopf.

Laut las Filipp: »Die Berliner Philharmoniker. Herbert von Karajan. Serenade Nummer 13 in G-Dur.«

»Ha!«, rief Salome aus. »Karajan! Ein schrecklicher Mensch! Wie der seine Sänger behandelt hat! Unglaublich! Und dann noch Mozart! Ich habs nicht richtig gehört, aber ja ... jetzt wo du's sagst. Klar. Ein furchtbares Stück! Mozart ist ja nicht per se furchtbar, aber dieses Stück ist total abgenudelt. Vor allem der erste Satz.«

»Und gibt uns das einen Hinweis? Können wir etwas daraus schließen? Weshalb Mozart?«

»Diese Serenade ist unter einem anderen Namen besser bekannt.« Salome lächelte und ergänzte triumphierend: »*Eine kleine Nachtmusik!* So nennt man das Stück gemeinhin, oder wie der Franzose sagen würde: *Une petite musique de nuit!*«

Sie richtete ihren Oberkörper auf, streckte sich, mit geradem Rücken öffnete sie den Mund und sang die ersten Töne der populären Komposition. Erstaunlich, welch große Laute aus einem so kleinen Mund kommen konnten, selbst zu dieser Unzeit. Zur Erleichterung aller brach Salome ihren wortlosen Gesang bald wieder ab.

»Ja!«, rief Jean. »Das wars! Jetzt fällt es mir auch wieder ein! Ich wusste, dass ich es kenne. Aus dieser Werbung für diese Tiefkühlpizza! Ristorante von Doktor Oetker!«

»Vielleicht waren es ja die Hasen«, meinte Bernhard trocken.

»Bitte!«, rief Jacqueline, der nicht nach Scherzen zumute war, und warf Bernhard einen bösen Blick zu. Auch Filipp sah ihn streng an. Wollte ausgerechnet Bernhard jetzt auf witzig machen?

»Zu zweit könnten sie so was schaffen«, sagte Bernhard noch und konnte sich dabei ein Grinsen nicht verkneifen.

Nun wollte Veronika etwas sagen. Als die anderen endlich schwiegen, sprach sie sachlich und mit ruhiger Stimme.

»Wenn es niemand von uns gewesen ist, die oder der diese Musik gespielt hat – und davon gehen wir ja aus, oder? –, wer war es dann?«

Alle schwiegen, betretene Blicke. Wer, wenn nicht jemand von ihnen?

»Jemand von draußen. Könnt ihr mir folgen? Jemand ist hier reingekommen und hat diesen Krach veranstaltet, weshalb auch immer. Dass jemand einfach so ins Haus spaziert, mitten in der Nacht, finde ich ehrlich gesagt ziemlich unheimlich. Wir sollten besser die Polizei rufen. Und zwar jetzt gleich.«

»Veronika hat recht! Rufen wir die Bullen an.«

»Die Frage ist nur, wie wir das tun sollen«, sagte Bernhard laut.

Veronika blickte ihn fragend an, die anderen ebenfalls.

»Unsere Telefone, die wir alle dank des genialen Einfalls vom Digital Detoxing im Schrank verstaut hatten, sind weg.«

»Weg?«

Jean schoss von seinem Stuhl hoch, die Gläser auf dem Tisch klirrten, sein Stuhl fiel hintüber polternd zu Boden. Er stürzte davon. Jacqueline lief hinterher. Sogleich waren sie wieder zurück, mit blassen, ratlosen Gesichtern.

»Es stimmt, sie sind alle weg«, bestätigte Jacqueline.
Dann ertönte ein lautes Krachen.
Ein Splittern.
Ein Bersten.
Als der Lärm nachließ und auch ihre spitzen und jähen Aufschreie verstummten, sahen sie den Stein, der durch das Fenster geflogen war. Ein Stein so groß, dass er die Sprossen aus dem Rahmen gerissen hatte und nun mitten im Zimmer lag. Kantig und dunkel lag er auf dem Parkett, umgeben von größeren und kleineren Splittern von Fensterglas, die das Licht der Deckenlampe funkelnd reflektierten.

Les mesures
Die Maßnahmen

Bernhard hatte sich als Erster wieder gefasst. Er sprang zur Tür und löschte schnell das Licht.

Der nächste Stein flog durch ein anderes Fenster hinein und die nächste Scheibe ging zu Bruch, weitere Steine verfehlten ihre Ziele, knallten polternd gegen die Fensterläden, prallten dumpf an die Hausfassade.

»Wer ist das? Was wollen die?«, quiekte Jacqueline voller Angst.

Von einem Moment auf den anderen kehrte eine gespenstische Ruhe ein.

Salome war zu den Kindern gerannt, hielt ihre Arme schützend über ihren Sohn und seine Freunde, eng kauerten sie so zusammen.

»Wir müssen als Erstes nachsehen, ob alle Türen verschlossen sind«, sagte Bernhard in die Stille hinein. Er klang gefasst.

Filipp nickte. »Jeder übernimmt ein Stockwerk«, schlug er vor. »Bernhard, du gehst nach oben und kontrollierst die Balkontüren und Fenster!«

Bernhard widerstrebte es zwar, von Filipp Befehle entgegenzunehmen, aber es war nicht der Augenblick für Rangkämpfe. Sie mussten als Gruppe funktionieren, zusammenhalten.

»Ich checke diesen Stock. Jean, die Haustür ist zu, oder?«

»Ja. Ich habe sie vor dem Zubettgehen wie immer verschlossen«, sagte Jean.

»Gut. Gehst du in den Keller, du kennst dich dort am besten aus? Und schaust, ob alles verrammelt ist?«

Jean wollte einwenden, dass es dort unten stockfinster sei. Er mochte keine Keller, hatte Angst, doch das behielt er für sich.

»Schließt die Fensterläden, aber seid vorsichtig.«

»Ich habe Angst«, flüsterte Laurent.

»Alles wird gut«, versicherte ihm Salome und ließ es beruhigend klingen, was ihr aber nicht sonderlich gut gelang. Sie strich mit ihrer Hand zärtlich über den Rücken des Jungen.

»Wir müssen einen kühlen Kopf bewahren«, appellierte Filipp.

Noch immer war draußen alles ruhig. Es flog kein Stein. Kein Laut war zu hören.

»Haben wir Taschenlampen?«, fragte Filipp.

»Ja«, sagte Jean, »ich hole sie.«

»Gut. Nimm du eine mit in den Keller. Die Kinder und die Frauen gehen am besten in ein Zimmer im zweiten Stock, dort oben sind sie am sichersten.«

»Wie bitte?«, rief Veronika. »Sind wir im Mittelalter? Frauen und Kinder zuerst ...«

Filipp hob beschwichtigend die Arme.

»Bitte!«

Veronikas Züge waren hart, sie alle waren angespannt.

»Ich geh mit den Kindern hoch«, bot Salome an.

»Wir kommen auch alleine klar«, meinte Quentin, dem schien, dass seine Mutter mehr Angst hatte als er selbst.

»Ich lass euch nicht allein«, sagte Salome jedoch bestimmt.

»Wir müssen erst die oberen Stockwerke kontrollieren«, wandte Veronika ein, »schließlich war jemand hier im Haus. Er könnte noch immer hier sein.«

»Wenn jemand drinnen wäre, würde er ja nicht von draußen mit Steinen schmeißen, oder?«, gab Bernhard zu bedenken.

»Und wenn es mehrere sind?«

Sie sahen sich ratlos an.

»Ich bleibe bei Jean«, sagte Jacqueline und blickte verzweifelt zu ihm, ihre Hände zitterten, als sie sich an ihn klammerte. Er strich ihr übers Haar.

»Hilf Salome mit den Kindern«, sagte Jean, »ich muss in den Keller und die Tür kontrollieren. Wenn ich das gemacht habe, sehe ich nach euch.«

»Kommt, schnell«, drängte Salome, darum bemüht, möglichst ruhig zu wirken, während sie die Kinder vor sich herschob, doch kaum waren sie auf der Treppe, schrie sie auf.

Bernhard war als Erster bei ihr.

»Was ist los?«

»Da!«, rief sie und wies mit ausgestrecktem Arm in den Flur, in dem das Licht hell brannte.

Nun sah es auch Bernhard: Der Griff der Haustüre wurde heruntergedrückt. Wie von Geisterhand senkte sich die Klinke langsam, hob sich wieder, senkte sich noch mal.

Jemand versuchte, die Türe zu öffnen.

»Sie ist verschlossen«, raunte Jean, »da kommt keiner rein.«

Sie starrten noch immer zur Eingangstüre. Die Klinke hatte aufgehört zu ruckeln.

»Geht rauf, schnell!«

Polternd eilten die Kinder, Salome und Jacqueline die Treppe hoch, begleitet von Bernhard.

»Hast du Waffen im Haus?«, fragte Filipp.

Jean starrte ihn verständnislos an. Weshalb sollte er Waffen haben?

»Ein Jagdgewehr, eine Schreckschusspistole, was weiß ich. Irgendwelche Waffen halt. Was man so hat auf dem Land.«

Jean schüttelte den Kopf.

Er, Filipp und Veronika drängten sich eng zusammen, nahe beim Treppenabsatz, von wo aus sie einen guten Blick sowohl zur Haustüre wie auch ins Esszimmer hatten. Sie suchten nach Schatten in den Fenstern, nach Gefahren, Hinweisen. Doch sie sahen nichts und hörten nur ihren eigenen Atem.

»Messer gibt es natürlich in der Küche«, fiel es Jean ein, und er stutzte, denn Messer hatte er bisher noch nie als Waffen gesehen.

»In der Remise ist doch eine Axt«, erinnerte sich Filipp. Er hatte sie dort tags zuvor im Spaltstock stecken gesehen.

»Ja, schon, aber ich habe gerade keine große Lust,

aus dem Haus zu spazieren und in die Remise zu gehen. In der Werkzeugkiste hier habe ich einen Hammer. Er ist nicht besonders groß, aber ...«

»Hammer? Sehr gut.«

»Und eine Säge. Aber bloß eine Eisensäge.«

»Sägen taugen nichts. Der Hammer ist besser. Und Schraubenzieher wären gut!«

Sie hörten ein Poltern. Bernhard kam die Treppe heruntergerannt, kauerte sich neben sie.

»Oben ist alles in Ordnung, war niemand da. Hab auch draußen keinen gesehen. Die Fensterläden sind jetzt geschlossen. Da kommt keiner rein.«

»Die Kids und die anderen sind okay?«

»Ja, ja, alles bestens, also den Umständen entsprechend.«

»Gut. Lasst uns die Werkzeugkiste inspizieren.«

»Draht? Gibt es Draht? Dann könnten wir Stolperfallen bauen.«

»Bestimmt gibt es irgendwo Draht.«

»In der Küche ist ein Fleischklopfer.«

»Tragen wir alles zusammen.«

»Hast du Spraydosen? Insektenvernichter? WD-40 oder so.«

»Ah, du willst sie zu Flammenwerfern umfunktionieren, oder?«

»Ja! Oder einfach als Spray benutzen. So eine Ladung WD-40 direkt in die Augen ...«

Dann kam Laurent herunter. Jean zischte ihn an.

»Was willst du hier, verdammt? Geh nach oben zu den anderen! Aber dalli, dalli.«

Sein Sohn hielt ihm etwas hin.

»Vielleicht könnt ihr das gebrauchen«, sagte er schüchtern.

»Was ist das?«

»Eine Steinschleuder.«

Jean besah sich das Gerät.

»Gib mal«, sagte Filipp sofort und nahm ihm die Schleuder aus der Hand. So simpel die Konstruktion dieser Schleuder auch sein mochte, es war kein Kinderspielzeug, sondern eine potente Waffe.

»Eine Hochpräzisionsschleuder!«, rief er begeistert. »Hervorragend!«

Jean blaffte seinen Sohn an: »Und woher kommt die? Die sind doch verboten!«

Laurent wich seinem Blick aus.

»Ist doch jetzt egal«, sagte Filipp schnell. »Gibts auch Munition dazu?«

Laurent reichte ihm einen Plastikbeutel voller Kugeln aus Stahl.

»Danke«, sagte Filipp. Der Junge rannte wieder nach oben.

Veronika kam mit zwei langen Messern aus der Küche, in jeder Hand eines. Die Klingen blitzten.

»Sei bloß vorsichtig mit diesen Dingern, die sind verdammt scharf«, mahnte Jean, während er im aufgeklappten Werkzeugkasten wühlte. Er gab Filipp den Hammer und nahm für sich einen langen Schraubenzieher mit Kreuzschlitzspitze.

Nun hatten sie ihre Waffen, waren gerüstet, dem entgegenzutreten, von dem sie nichts anderes wussten, als dass es eine Bedrohung war. Sie warteten und hofften, dass der Spuk vorüberging, sich die Sache von alleine erledigte.

»Ich habe noch eine Idee!«, sagte Jean. »Hältst du hier die Stellung, Bernhard?« Der nickte. »Gut. Gib ihm die Schleuder und komm mit«, sagte er zu Filipp.

Filipp folgte Jean in den Salon. Ihre Schritte waren vorsichtig und sie versuchten, so weit weg wie möglich von den Fenstern zu bleiben, duckten sich.

»Was hast du vor?«, flüsterte Filipp.

Er sah in Jeans Gesicht. Lächelte er?

»Da!«, sagte Jean, als sie im Salon angekommen waren. Er wies auf das antike Tellereisen, das als Dekoration über dem Kamin hing.

Filipp blickte Jean ratlos an.

»Was willst du denn damit?«

»Wir sichern mit dem Teil die Kellertür. Hilf mir.«

Sie legten die Werkzeuge zur Seite und machten sich daran, das Tellereisen aus seiner Halterung zu heben.

»Weißt du überhaupt, ob das Ding noch funktioniert? Das ist doch eine verdammte Antiquität!«

»Gleich finden wir's raus.«

Das Tellereisen war unförmig, so groß wie ein Gartengrill, dabei aber erstaunlich schwer. Sie holten es herunter, mit gebührender Vorsicht, und als es scheppernd zu liegen kam, sahen sie das Bedrohliche der Falle mit ihren spitzen Zähnen aus schwarzem Eisen.

»Gut, dann mal runter in den Keller damit«, sagte Jean.

Sie hoben es wieder hoch und machten sich auf den Weg.

»Scheiße, ist das Ding schwer«, stöhnte Filipp, der mit gekrümmtem Rücken rückwärts voranging.

Als sie bei der Kellertür angelangt waren, drückte er sie mit dem Rücken auf, ohne das Tellereisen abzusetzen. Der Dreck auf der Treppe knirschte unter ihren Schuhen, Filipp hatte Spinnweben im Haar und Jean pustete einen aufgescheuchten Falter weg, der um seine Nase herumflatterte. So ging es Stufe um Stufe hinab ins Dunkel.

Mâchoires supérieure et inférieure
Ober- und Unterkiefer

Mehr als einmal wäre einer von ihnen um ein Haar auf der Treppe ausgerutscht. Sie hatten den Lichtschalter angeknipst, doch die Glühbirne schien defekt zu sein.

»Seltsam«, murmelte Jean, der es aber schaffte, die kleine Stabtaschenlampe aus seiner Hosentasche zu klauben und sie sich zwischen die Zähne zu klemmen. So hatten sie wenigstens ein bisschen Licht. Stufe um Stufe stiegen sie hinab, bis sie endlich im Keller angelangt waren.

Filipp spürte die Kühle und Feuchtigkeit, die aus den Mauern drang und dem Fußboden entstieg, der mit festgetretenem Kies bedeckt war. Er sog den modrigen Geruch ein, roch die Süße von Äpfeln, die Schärfe von Heizöl. Sein Atem ging schwer, er schwitzte vor Anstrengung und Angst.

Das Tellereisen schien mit jedem Schritt schwerer zu werden. Immer wieder drohte es, ihren Händen zu entgleiten. Vorsichtig schoben sie ihre Füße voran über den steinigen Grund, Schritt für Schritt, bis sie an der Türe angelangt waren, durch die sie sonst in den wunderbaren Garten hinausgetreten waren, um unter dem Baum zu sitzen, in den Liegestühlen in der Sonne zu liegen oder eine Partie Pétanque zu spielen.

Sachte setzten sie ihre schwere Fracht ab. Jean nahm die Taschenlampe aus dem Mund, wischte sie an seinem Hosenbein ab, spuckte aus. Filipp, dem von der Anstrengung die Arme brannten, klopfte sich Staub und Spinnweben von den Händen und Hosenbeinen, Schweiß lief ihm übers Gesicht. »Gut«, sagte er, »jetzt schauen wir mal, wie das geht.«

»Sei verdammt noch mal vorsichtig. Das Ding hackt dir sonst die Hand ab! Ist mir irgendwie nicht geheuer, sieht echt barbarisch aus!«

»Hilf mir doch mal.«

Unter großer Anstrengung und fluchend öffneten sie die geschwungenen und mit scharfen Zähnen bewehrten Bügel des Fangeisens. Das Ding schien eingerostet.

»Noch ein Stück«, presste Filipp hervor, »gleich haben wir's.«

Die Bügel schwangen unter Aufbietung ihrer beider ganzen Kraft langsam zurück, wie die Unter- und Oberkiefer eines sich öffnenden Gebisses. Der Teller kam zwischen ihnen zum Vorschein, eine glatte Fläche, wie eine schwarz glänzende Zunge. Wer auf diesen Teller träte, löste damit den Mechanismus aus, der die Fangzähne zuschnappen ließ.

Laut klackend rastete das Tellereisen ein, es war nun scharf. Die Falle war gestellt.

Le cri
Der Schrei

Zurück im Esszimmer sahen sie, wie Bernhard mit der Schleuder in der Hand am Fenster kauerte und in die Nacht spähte. Durch das zersplitterte Loch kroch die Kühle ins Zimmer.

»Im Moment ist alles ruhig hier«, meldete er den anderen, »niemand zu sehen. Wer könnte das überhaupt sein, verdammt?«

»Keine Ahnung!«, stammelte Jean. »Bis jetzt hatten wir nie irgendwelche Probleme mit den Leuten im Dorf, nichts, das eine solche Reaktion rechtfertigen würde.«

»Viele schlucken ihren Frust zu lange runter, bis sie irgendwann explodieren«, sagte Filipp.

»Aber was hat das mit uns zu tun?«

»Na ja, stell dir vor, du bist ein Bauer, schuftest den ganzen Tag, aber es reicht nicht zum Leben. Dann wird dein Hof zwangsversteigert.«

»Wessen Hof wurde versteigert?«, fragte Jean unwirsch.

»Ich mache nur ein Beispiel.«

»Aha.«

»Dein Hof wird also versteigert, und alles geht den Bach runter, alles ist am Arsch. Dann kommen so ein paar reiche Ferienhausbesitzer mit ihren fetten Karren.«

»Wir haben gar keine Protzwagen!«, protestierte Jean.

»Trotzdem, da kommen also die Ferienhausbesitzer mit ihren schicken Autos, hängen in dem schönen Haus ab, genießen ein paar süße Tage und machen dekadent auf Party, lassen die Seele baumeln inmitten der wirtschaftlichen Tristesse und dem täglichen Kampf ums Überleben.«

»Jetzt übertreib mal nicht und sei still!«

Bernhard bedeutete Filipp, zu schweigen. Sie horchten, wandten ihre Aufmerksamkeit wieder dem Fenster zu, versuchten, irgendetwas im nebligen Dunkel zu erkennen.

»Siehst du was?«, fragte Jean. »Hast du was gehört?«

»Ich weiß nicht ...«, sagte Bernhard mit zusammengepressten Lippen, während er angestrengt rausspähte, »ich glaube, dort hat sich etwas bewegt. Ich bin mir nicht sicher, aber gleich werden wir es herausfinden.«

Er hob die Schleuder, die kleine Stahlkugel lag schon auf dem Gummi. Mit Zeigefinger und Daumen hielt er sie und spannte die Schleuder mit ganzer Kraft.

Er zielte.

Er schoss.

Die Kugel zischte aus dem Fensterloch in die Finsternis, deutlich hörten sie das Projektil ins Geäst einschlagen.

Sie horchten.

Nichts.

Es war so still wie zuvor. Nur ihr eigener Atem war vernehmbar und das rauschende Blut in den Ohren, die pochenden Herzen.

»Und?«, durchbrach Filipp die Stille.

Noch einmal schaute Bernhard vorsichtig durch das Fensterloch.

»Da ist keiner mehr.«

Jean richtete sich auf, in der Hand hielt er eine Vase, die von Jacqueline gepflückten Wiesenblumen hatte er achtlos zu Boden fallen lassen. Er holte aus und warf die Vase aus dem Fenster, mit der Kraft seiner geballten Wut.

»Ihr verdammten Arschlöcher! Zeigt euch, ihr Wichser! Kommt her, wir machen euch fertig!«

Ein »Plock!« unterbrach seine Tirade, er schrie auf, sackte zusammen.

Er hatte den Stein nicht kommen sehen, ihn erst bemerkt, als er ihn an der Schläfe getroffen und einen grellen Schmerz verursacht hatte.

Bernhard und Filipp sahen ihn erschrocken an. Auch Veronika machte ein entsetztes Gesicht.

»Du blutest«, sagte sie.

Jean befühlte die Wunde, besah sich seine Hand, die Finger voller Blut.

»Nur ein Kratzer.«

»Die können jetzt was erleben«, sagte Bernhard energisch, legte eine neue Kugel auf die Schleuder, spannte den Riemen und schoss hinaus. Und gleich noch eine hinterher. Und noch eine. Schuss um Schuss böllerte er ziellos ins dunkle Gehölz, mal dahin, mal dorthin, in blindem Furor.

Zwei Stockwerke darüber saßen die Kinder mit Salome und Jacqueline im Halbdunkel des Zimmers. Salome blickte sich um. Auch wenn gerade nicht der Moment dafür war, regte sich angesichts der sogar noch bei diesem schwachen Licht deutlich erkennbaren Unordnung ein sanftes Ohnmachtsgefühl in ihr. Aus offenen Koffern quollen Kleider, überall lagen Dinge verstreut, Kabel, Comics, Crocs. Die übliche Unordnung von drei Jungs nach ein paar Tagen im selben Raum.

»Wir könnten rausschleichen und im Dorf Hilfe holen«, sagte Laurent. »Ich könnte gehen.« Quentin und Denis wirkten nicht sonderlich überzeugt von dieser Idee, die Mütter erst recht nicht.

»Nein!«, sagte Jacqueline streng. »Ihr bleibt hier. Wer weiß, was da draußen los ist! Ich lass euch auf keinen Fall aus dem Haus!«

Sie hatten diskutiert, ob sie das Licht ausschalten sollten oder nicht. Salome war der Ansicht, dass Licht Angst vertreibe. Die Kinder sahen es anders, für sie bedeutete Dunkelheit Sicherheit und Schutz. Licht würde die Angreifer anlocken. Sie einigten sich auf einen Kompromiss und schalteten nur eine Nachttischlampe an.

Jacqueline schrie auf, als plötzlich die Zimmertüre aufging. Jeans Gesicht erschien im Türspalt.

»Du hast uns zu Tode erschreckt!«, rief sie vorwurfsvoll.

»Entschuldigt. Ich wollte nur schnell schauen, wie es euch geht.«

»Uns geht es gut«, versicherte sie ihm, auch wenn ihre Stimme nicht so klang.

Er trat ins Zimmer.

»Du blutest! Was ist geschehen?«, sagte Salome.

Jean machte eine wegwerfende Geste.

»Nichts. Hab mir bloß den Kopf gestoßen.« Er wandte sich den Kindern zu. »Jungs, alles okay?«

»Alles klar, Paps«, sagte Laurent, auch er um eine feste Stimme bemüht, »aber was ist unten los?«

»Wir besprechen gerade, was zu tun ist. Ob jemand im Dorf Hilfe holen soll. Irgendwas müssen wir unternehmen. Ihr seid hier oben aber in Sicherheit. Bleibt hier und vor allem, geht auf keinen Fall in den Keller! Verstanden?«

Jacqueline schwieg und nickte, sie wollte so gerne glauben, dass sie hier tatsächlich in Sicherheit waren und alles gut werden würde. Doch etwas in ihrem Blick irritierte Jean.

»Ist noch was?«, fragte er.

Sie schwieg und schob Jean so unauffällig wie möglich aus dem Zimmer, folgte ihm vor die Türe und griff in die Tasche ihrer Jeans. Sie zog ein Handy hervor.

»Du hast ein Telefon?«, fragte Jean verblüfft.

»Ja. Ich hatte es gestern aus dem Schrank geklaut. Weil ich auf dem Handy meinen Schrittzähler habe. Ich wollte ja nicht all die Schritte umsonst tun.«

Jean starrte seine Frau entgeistert an.

»Und das sagst du erst jetzt? Spinnst du? Wir zerbrechen uns alle den Schädel, wie wir die Polizei rufen können, und du hast ein Handy in der Tasche?«, presste er wütend hervor.

»Ich wollte nicht, dass die anderen es sehen.«

»Du meine Güte!«, zischte Jean und schüttelte den Kopf, riss ihr das Handy aus der Hand.

Da ertönte ein Schrei.

La queue de billard
Der Queue

Der Mann bot einen seltsamen Anblick, wie er da am Boden lag und lauthals schrie. Zusammengekrümmt und den Kopf mit einer Sturmhaube vermummt waren nur seine vor Schmerz geweiteten Augen und sein weit aufgerissener Mund zu sehen. Der Mann wand sich, sein Unterschenkel steckte in der Falle, das Bein war unnatürlich abgewinkelt.

»Du Sauhund«, rief Jean, nahm den Billardstock, der in einem alten Schirmständer stand, und zog ihn dem Eindringling kurzerhand über den Schädel.

Mit einem Knacksen zerbrach der morsche Stock. Gleichzeitig gab der Mann Ruhe, wurde von Jeans Schlag ohnmächtig. Noch einmal holte Jean aus, doch hielt er sich zurück, obwohl er am liebsten gleich noch mal zugeschlagen hätte. Der Eindringling war k. o., lag regungslos und mit verdrehten Gliedern zu ihren Füßen.

Bernhard stupste ihn an, doch der Kerl regte sich wirklich nicht. In den Gesichtern der anderen sah er, was er selber fühlte: Entsetzen, Angst, Überforderung, gleichzeitig aber auch einen Anflug von Erleichterung.

»Was sollen wir jetzt tun?«

»Durchsuch ihn!«, sagte Jean. »Vielleicht hat er eine Waffe oder so was in der Tasche.«

»Durchsuch du ihn doch! Ich fass den nicht an.«

»Herrgott noch mal.«

Jean tastete den Ohnmächtigen ab, unbeholfen, schließlich kannte er so was bloß aus TV-Krimis. Er griff auch in die Jackentasche des Eindringlings, zog ein Handy hervor, welches er als sein eigenes erkannte. Jean steckte es ein. Dann zog er ihm die Sturmhaube vom Kopf. Das Gesicht, das zum Vorschein kam, war Jean unbekannt. Der Kerl mochte wohl um die sechzig sein. Mit seinem struppigen Bart, seiner Camouflagehose, der waldgrünen Faserpelzjacke und den schweren Schuhen an den Füßen sah er aus wie ein Jäger.

Jean hatte damit gerechnet, ein bekanntes Gesicht zu sehen, hatte befürchtet, jemanden aus dem Dorf zu erkennen. Die Fresse des Typen, der immer auf dem Mofa herumfuhr etwa, oder die fahle Fratze des Wirts, oder auch – so absurd es erscheinen mochte – die Visage einer der beiden Alten aus dem Krämerladen. Ein bekanntes Gesicht eben. Aber der hier war einfach ein Kerl, ein Unbekannter, ein Fremder. Was die Sache noch unheimlicher machte.

»Kennst du ihn?«, fragte Bernhard.

Jean schüttelte zur Antwort den Kopf.

»Ich habe ihn schon mal gesehen!«, sagte Salome, die hinzugetreten war, zusammen mit Jacqueline, da sie es oben nicht mehr ausgehalten hatten nach dem jähen Geschrei und der darauffolgenden Stille.

Alle sahen sie erstaunt an.

Sie trat noch näher, betrachtete den Mann genauer.

»Du hast den schon mal gesehen? Wo denn?«, wollte Filipp wissen.

»Im Supermarkt! Als wir einkaufen waren. Am zweiten Tag. Da stand er beim Eingang und hat uns angestarrt. Ist er dir nicht aufgefallen?«

»Nein, ist mir nicht aufgefallen, bist du dir sicher?«

»Ja«, sagte Salome, »das ist der Mann aus dem Supermarkt. Aber das erklärt nicht, was er hier im Keller zu suchen hat.«

Lumière bleue
Blaues Licht

Bald wimmelte es von Menschen im und vor dem Haus. Drei Polizeifahrzeuge parkten an der Straße, ein Krankenwagen stand direkt vor der Haustür. Erste Vernehmungen wurden durchgeführt, Polizisten mit Funkgeräten kamen ins Haus. Die Funkgeräte knacksten, Lichter von den Fotoapparaten der Spurensicherung blitzten auf.

Jean trat mit dem Mann vor die Tür, der sich als der leitende Kommissar vorgestellt hatte. Er erkannte Leute aus dem Dorf, die in einiger Entfernung standen und herüberstarrten. Jemand sprach mit einem Polizisten, der sich Notizen machte. Es war der Wirt. Jean hob die Hand zum Gruß, aber er schien ihn nicht zu sehen. Blau sprangen die flackernden Lichter der Notrufwagen an die Fassade des Hauses, als man den Eindringling auf einer Bahre in den Wagen schob. Er war wieder bei Bewusstsein, schwieg jedoch und hielt die Augen geschlossen. Ein Polizist stieg zu dem Verletzten ins Auto und zog die Tür hinter sich zu. Ohne das Martinshorn einzuschalten, fuhr der Krankenwagen davon und mit ihm verschwand das blaue Licht.

La rosée
Der Tau

Als Veronika in ihrem Bett erwachte, wusste sie nicht, wie spät es war, wo sie sich befand und weshalb sie sich so erschöpft und leer fühlte. Ihr Mund war trocken. Sie hatte Durst. Sie blickte sich im Zimmer um, Bernhards Bett war leer. Dann fiel ihr alles wieder ein.

Als sie herunterkam, war Jacqueline dabei, die Spuren des Geschehenen zu beseitigen.

»Ich helfe dir«, sagte Veronika und bückte sich, um Jacqueline zu helfen, die Glasscherben zusammenzukehren.

»Im Keller habe ich schon alles aufgeräumt, zum Glück hat die Polizei dieses schreckliche Ding gleich mitgenommen.«

»Das Tellereisen?«

»Ja. Einer der Polizisten hat gesagt, der Einbrecher hätte Glück gehabt. Das Ding sei so eingestellt gewesen, dass es nicht vollständig zuschnappen konnte. Sonst wäre es für ihn übel ausgegangen.«

»Noch übler.«

»Der Polizist meinte … so habe ich ihn jedenfalls verstanden … mein Französisch ist ja nicht gerade das Beste … man stelle die Fallen normalerweise so ein, dass den Tieren nur die Knochen gebrochen werden.«

»Nett«, sagte Veronika.

»Wenn nämlich die Falle voll zupackt und den Tieren die Pfoten abgetrennt werden, können sie abhauen. Dann hat der Jäger nichts von seiner Beute. Auf jeden Fall hat der Einbrecher nur eine Fleischwunde, nichts ist gebrochen. Der Polizist hat gesagt, eine Blutvergiftung sei das Schlimmste, was er zu befürchten habe.«

»Und Gefängnis.«

»Bestimmt.«

»Weiß man denn schon, wer er ist?«

»Nein. Jean ist noch auf dem Polizeirevier. Um das Protokoll zu unterschreiben. Sie sind heute früh losgefahren, Bernhard hat ihn begleitet. Hat er dir das nicht gesagt, dass er mitfährt?«

»Nein. Wir sprechen nicht mehr viel miteinander.«

Jacqueline sah sie mitfühlend an.

»Es ist so schrecklich, was geschehen ist«, sagte sie, und es blieb unklar, ob sie die Vorkommnisse in der Nacht oder Veronikas und Bernhards kaputte Beziehung meinte. Veronika schien ihr blass auszusehen, noch blasser als sonst.

»Komm«, sagte Jacqueline und zwang sich zu einem aufmunternden Lächeln, »lass uns im Keller schauen, ob wir etwas finden, womit wir die Fenster abdichten können.«

Sie gingen hinunter und vermieden es, im Keller auf die Stelle zu blicken, wo der Eindringling in die Falle geraten war. Zwar lag das Tellereisen nicht mehr dort, doch ein dunkler Fleck am Boden erinnerte sie an das, was in der Nacht zuvor geschehen war.

Bald kamen sie wieder herauf, mit einer alten Sperrholzplatte, ein paar Latten und einer riesigen Kartonschachtel. Jacqueline holte Klebeband, Schere und anderes Werkzeug und sie machten sich daran, die Fenster wieder abzudichten.

La corde
Das Tau

Filipp lud gerade das Gepäck in seinen ramponierten Wagen, als Jeans in der Vormittagssonne schillernder Espace auf den Kiesplatz rollte. Er verstaute den letzten Koffer, schlug die Heckklappe zu und trat zu Jean und Bernhard, die aus dem Wagen stiegen.

»Das hat gedauert«, bemerkte Filipp.

»Ja«, erwiderte Jean sichtlich müde, »das kann man wohl sagen.«

»Und weiß man schon mehr? Wer der Typ ist? Und warum er es getan hat?«

Jean streckte seine Glieder, die Augen ganz klein vor Müdigkeit, und sagte: »Am besten gehen wir rein. Dann kann ich es allen erzählen. Vor allem brauche ich einen Kaffee.«

Wenig später saßen sie gemeinsam am Tisch und hörten Jean zu.

»Noch ist vieles unklar, die Polizei hat ja eben erst mit den Ermittlungen begonnen. Aber ein paar Dinge weiß man schon.«

Er kramte einen Zettel aus der Hosentasche, entfaltete ihn, darauf hatte er sich in Stichworten notiert, was er von der Polizei erfahren hatte. Er räusperte sich.

»Zuerst einmal hat der zuständige Beamte gesagt,

dass es ihm leidtue, was uns zugestoßen ist. Er sagte, dass der Einbrecher noch in der Nacht ein erstes Mal verhört werden konnte. Sein Zustand ist nicht besonders ernst, die Verletzung nicht gravierend. Also: Er heißt Tavernier, ist 51 Jahre alt, derzeit ohne feste Beschäftigung. Er hält sich mit Gelegenheitsjobs über Wasser, und ist ledig. Nicht, dass das für uns irgendwie wichtig wäre, aber ich habs halt einfach notiert. Als sie ihn befragt haben, weshalb er uns angegriffen hat, weshalb er all diese Dinge getan hat ... denn alles geht auf seine Kappe, auch das zerkratzte Auto und ...«

Jean hielt inne. Er dachte an Rambo und Schnüffi, die beiden Hasen. Der Mann hatte angegeben, die Tiere entwendet, entführt und bei sich zu Hause im Garten geschlachtet zu haben. Erst hatte er den Plan gehabt, die getöteten Tiere zurückzubringen und ihnen in den Kühlschrank zu legen. Aber dann hatte er sie doch lieber selber gegessen. Der Polizist hatte unmerklich gelächelt, schien es Jean, als er dieses absurde Detail erzählte.

»Und was?«

Jacqueline forderte ihren Mann auf, weiterzuerzählen. Weshalb spannte er sie so auf die Folter? Jean nickte, gab sich einen Ruck, fuhr fort.

»Der Grund für alles, was er uns angetan hat, liegt über vierzig Jahre zurück. Und es ist ein seltsamer und auch trauriger Grund. Als er noch ein Kind war, gab es in der Nähe seines Dorfes einen Bauernhof, einsam gelegen, wo sich Fuchs und Hase ... na ihr wisst schon ... dieser Hof wurde von einem Mann aus der

Schweiz bewirtschaftet, einem Aussteiger und Sozialarbeiter. So ein Hippietyp. Er nahm Jugendliche aus seiner Heimat auf, mit denen man dort Schwierigkeiten hatte. Drogensüchtige, Kleinkriminelle, Querulanten. Anstatt in den Jugendknast, steckte man sie in diesen französischen Bauernhof. Jugendliche, die fernab ihres toxischen Umfelds hier in der freien Natur und bei tüchtiger körperlicher Arbeit auf einem Bauernhof und mit all den Tieren wieder auf die rechte Bahn gebracht werden sollten. Irgendwann sind aber zwei von denen ausgebüxt. Ein junger Mann und eine junge Frau. Die hatten wohl die Schnauze voll vom Leben auf dem Bauernhof, sind abgehauen, wollten zurück in ihre Heimat oder einfach in eine Stadt, was weiß ich. Die hauten also ab, und kaum hatten sie das nächste Dorf erreicht, stiegen sie in ein Haus ein, wahrscheinlich suchten sie nach Geld für ihre Reise. Als sie mit ihrer Beute aus dem Haus rauskamen, lief ihnen dieser kleine Junge über den Weg. Die beiden konnten kein Französisch und der Knirps kein Deutsch, und natürlich passte es ihnen gar nicht, dass der Kleine sie beim Einbrechen gesehen hatte. Also nahmen sie ihn ein Stück weit mit in den Wald, und als sie fanden, es sei nun genug, banden sie ihn dort an einen Baum und ließen ihn zurück. Man fand das Kind erst zwei Tage später.«

»Oh nein«, rief Salome.

»Er war in schlechter Verfassung, unterkühlt, halb verdurstet und völlig verängstigt. Im Dorf hatte man schon mit dem Schlimmsten gerechnet. Für den Jungen war es traumatisierend. Er habe sich nie ganz davon erholt, hat der Polizist gesagt. Und dann, vierzig Jahre später, sah er euch.«

Bei diesen Worten wies er mit der Hand auf Salome und Filipp, die einen Moment stutzten, ihn dann entgeistert anstarrten.

»Uns?«, fragte Salome und sah verwirrt zu Filipp, der nicht minder irritiert wirkte.

»Er sah euch im Hyper Casino, beim Einkaufen. Oder besser gesagt: Er hörte euch. Wie ihr euch unterhalten habt. Über irgendwas, welche Milch ihr kaufen wollt, oder vor der Fleischtheke, was weiß ich. Auf jeden Fall hörte er euch reden, und das hat das schreckliche Erlebnis wieder in ihm wachgerufen. Die Sprache seiner damaligen Entführer wieder zu hören hat etwas in ihm ausgelöst«

»Aber wir werden doch wohl nicht die einzigen Schweizer gewesen sein, die der Kerl seitdem zu Ohren bekam«, warf Filipp ein.

»Bestimmt nicht, nein. Aber etwas anderes war auch noch entscheidend.«

»Und was bitte schön?«

Jean lehnte sich auf dem Stuhl zurück und spähte unter den Tisch.

»Deine Schuhe«, sagte er.

»Meine Schuhe?«, antwortete Filipp. »Was soll das denn heißen?«

Nun schauten auch die anderen unter den Tisch.

»Der Typ, der den kleinen Buben damals fesselte, trug die gleichen Schuhe wie du, dasselbe Modell.

Weiße Adidas mit blauen Streifen. Als er die sah, nachdem er euch gehört hat, ist er durchgedreht.«

»Aber das sind doch einfach Turnschuhe! Die halbe Welt trägt solche!«, rief Filipp.

»Weiße Turnschuhe mit blauen Streifen«, wiederholte Jean und fügte sachlich hinzu, so wie der Polizeibeamte es ihm gegenüber gesagt hatte: »Marke Adidas, Modell Rom.«

»Es sind doch einfach nur Turnschuhe!«, rief Filipp enerviert.

»Ihr als Pärchen, eure Sprache und deine Schuhe, all das ließ das Unverarbeitete von damals in dem Kerl wieder hochkochen: Wie der junge Mann und die junge Frau ihn mitnahmen und an den Baum banden, die zwei Tage und Nächte alleine mitten im Wald, in Todesangst. Und da beschloss er, euch zu folgen.«

»Mir ist er im Supermarkt nur kurz aufgefallen«, sagte Salome, »aber sein Gesicht hat sich mir eingeprägt. Er stand bei der Bäckerei und hat komisch zu uns rübergeschaut. Ich dachte, weil Filipp gesungen hat.«

Jean räusperte sich und fuhr fort.

»Er folgte euch durch den Supermarkt, dann eurem Auto bis nach Saint-Jacques-aux-Bois, bis hierher. Er beobachtete fortan das Haus, aus dem Schutz der Bäume heraus. Und dann begann er mit seinen Sabotageakten, diesem subtilen Terror.«

»Weil wir Schweizer sind? Und ich die falschen Turnschuhe trage? Das ist der Grund dafür?«

»Genau. Tag für Tag schlich er um das Haus, war immer hier, hat beobachtet und getan, was ihm gerade einfiel. Ging ein und aus, ohne dass wir es bemerkt haben. Bis er gestern Nacht komplett durchgedreht ist.«

Eine Weile schwiegen alle, ließen das eben Gehörte sich etwas setzen, versuchten, zu begreifen. Schließlich war es Veronika, die mit matter Stimme fragte: »Und was nun?«

Betretene Blicke, fragende Gesichter. Niemand schien zu wissen, was sie tun sollten.

Filipp fasste sich als Erster. »Wir haben fertig gepackt, wir könnten gleich losfahren«, sagte er und schaute fragend zu Salome.

»Wir auch«, sagte Veronika.

»Jetzt gleich? Ihr wollt alle schon heim?«, fragte Jacqueline. Sie klang enttäuscht. Natürlich war ihr klar, dass es für die anderen keinen Grund mehr gab, in Saint-Jacques-aux-Bois zu bleiben. Die Ferien waren vorüber. Und zwar so richtig. Alle wollten nach Hause. Nach den Vorkommnissen der letzten Nacht war das nur verständlich. Wäre das Haus nicht ihres, würde sie auch diesen Ort so schnell wie möglich verlassen wollen. Dennoch schien es ihr nicht richtig, auf diese Weise auseinanderzugehen.

Niemand sagte ein Wort.

Da erhellte sich Jeans Miene ein wenig.

»Wisst ihr was?«, rief er. »Wir fahren noch nach Ronchamp.«

»Nach Ronchamp?«

»Ja. Das hatte ich euch doch versprochen. Das stand von Anfang an auf unserer To-do-Liste. Die Besichtigung der berühmten Kirche von Ronchamp. Wer die nicht gesehen hat, hat nicht gelebt! Und es liegt für euch sowieso auf dem Heimweg.«

Freudig lächelnd blickte Jean von einem Gast zum nächsten, doch niemand regte sich, bis Veronika sich schließlich erbarmte: »Na dann«, sagte sie und klang beinahe fröhlich, »auf nach Ronchamp!«

Notre-Dame-du-Haut
Unsere liebe Frau von der Höhe

Eine gute Stunde später passierten sie die Ortstafel von Ronchamp. Drei Autos mit Schweizer Kennzeichen, das eine davon arg ramponiert, fuhren durch das Dorf, in gemäßigtem Tempo, wie eine Prozession.

Bald wurde die Straße eng und steil, führte wieder aus dem Ort heraus, in einen Wald und kurvig hinauf auf den Berg, auf dem die Kapelle vor über einem halben Jahrhundert erbaut worden war. Sie stellten ihre Wagen auf dem Parkplatz ab, liefen los, sprachen wenig, eine Gruppe aus neun Menschen. Im Besucherzentrum lösten sie Eintrittstickets, sagten dem Mann an der Kasse auf dessen Anfrage hin, woher sie stammten, für die Statistik, gingen weiter den Berg hinauf, vorbei an den bescheidenen Pilgerunterkünften. Dann kamen sie zur Kapelle, die vor ihnen auftragte mit ihrem geschwungenen Dach, das wie ein Hut aus Zement auf den Mauern saß. Sie betrachteten den Bau, eine Ikone der Architektur, die noch heute ihre Wirkung tat. »Fantastisch!«, rief Veronika sichtlich beeindruckt. Bernhard zuckte mit der Schulter.

Wolken zogen auf. Der Wind fuhr in die Bäume, ließ das trockene Laub rascheln, riss Blätter von den Ästen, wirbelte sie davon.

Sie betraten die Kirche durch eine bescheidene, niedrige Türe an der Nordfassade, so als nähmen sie den Hintereingang.

Drinnen war es dunkel und kalt. Der karge Kirchenraum war nicht beheizt, das ganze Jahr über nicht, denn es gab schlichtweg keine Heizung. Als Salome Filipp dieses wie ihr schien bemerkenswerte Detail aus dem Reiseführer zitierte, antwortete er: »Wer braucht schon eine Heizung, wenn er Gott hat?«

Den bunt bemalten Glasfenstern mit den Ornamenten und den handgeschriebenen Gebetssätzen sah man ihr Alter an, gedämpft drang das Herbstlicht herein.

Salome warf eine Münze in die Kasse, nahm eine der langen, weißen Kerzen vom Stapel und steckte sie auf den Kerzenständer, wo bereits andere brannten, manche noch nicht lange, andere waren schon fast erloschen. Es hatten Menschen an Menschen gedacht. Zischend flammte das Streichholz in Salomes Fingern auf.

Die Ruhe des Raumes war mächtig, schwach die Geräusche, die die Besucher machten, das synthetische Funktionsjackengeraschel, das flüsternde Murmeln, das Schaben von Schuhen durch den Raum wie bei einem langsamen Tanz. Ein Klettverschluss wurde aufgerissen, Bernhard nahm eine Packung Hustenbonbons aus seiner Umhängetasche, steckte sich eines in den Mund, bot stumm die offene Packung den anderen an, die sich bedienten oder wortlos dankend ablehnten. Alle waren um eine dem Ort entsprechende Würde bemüht. Sogar die ansonsten immer lautstarken Kinder.

Salome setzte sich auf eine der harten Bänke und Jacqueline gesellte sich zu ihr. Und als Jacqueline, um irgendwas zu sagen, bemerkte, dass sie hier nicht lange sitzen könne, ohne sich eine Blasenentzündung zu holen, sah sie, dass Salome weinte. Sie legte ihr tröstend die Hand auf den Arm, holte dann aus ihrer Tasche ein Papiertaschentuch und reichte es Salome, die es dankend annahm.

»Es tut mir wirklich leid, was geschehen ist«, flüsterte Jacqueline.

»Du kannst ja nichts dafür«, entgegnete Salome, die sich laut schnäuzte und nun ihre Hand auf Jacquelines Arm legte, ihn sanft drückte, das Taschentuch noch immer in den Fingern.

Die anderen standen herum, taten interessiert, nur Veronika war wirklich hin und weg von dem Bauwerk. Ganz ergriffen sagte sie zu Jean: »So etwas Schönes habe ich selten gesehen!« Jean nickte, als gelte das Kompliment ihm. Er selber fand die Kirche allerdings trist, sogar deprimierend, er war kein Freund von rohem Beton, doch wusste er, dass seine Meinung von vielen anderen abwich.

»Müssen wir noch lange hierbleiben?«, wollte Quentin wissen. Filipp schüttelte sachte den Kopf, dabei war unklar, ob diese stumme Verneinung eine Antwort auf Quentins Frage war oder Ausdruck von Ärger, dass der Junge überhaupt fragte. Mit demonstrativem Interesse und gerecktem Hals ließ Filipp seinen Blick zum Tabernakel des Altars schweifen, um ihn genauer zu betrachten.

Jean schlurfte weiter durch den Kirchenraum bis zum Nordturm, betrachtete die Fenster unter dem Dach, die zusammen wie ein riesenhaftes Gesicht wirkten; wie eine Fratze mit kleinen, bösen Augen und einem gewaltigen Mund, die ihn zu verhöhnen schien. Und Grund, ihn auszulachen, hatte die Kirchenfenstervisage genug. Was waren das für verkorkste Ferien gewesen! Da lud man Freunde ein, beziehungsweise Bekannte, die Freunde werden sollten. Verwöhnte sie. Zeigte ihnen, wie schön die Landschaft war. Machte ihnen auf diese Weise das Ferienhaus schmackhaft. Anfangs lief ja auch alles nach Plan. Sie hatten eine wunderbare Zeit. Bis dieser Psychopath auftauchte, durchdrehte und alles zunichtemachte. Und nun stand er hier in dieser kalten, abweisenden Kirche und wusste mit Sicherheit nur eines: Von diesen Gästen würde niemand je wieder nach Saint-Jacques-aux-Bois kommen, geschweige denn, dass jemand von ihnen auch nur eine Sekunde darüber nachdachte, sich finanziell am Haus zu beteiligen. Das konnte er vergessen. Am besten, sie würden das Haus verkaufen. Die Frage war nur: an wen? Wo fände sich jemand, der genauso blöd war, wie sie gewesen waren, damals, als sie ihre Unterschriften unter den Vertrag gesetzt hatten. Sie würden das Ding nie im Leben loswerden. Und wenn doch, dann nur zu einem Bruchteil dessen, was sie bezahlt und ins Haus reingesteckt hatten.

Ein Knarzen. Die Türe schwang auf. Licht brach in einem Schwall herein, und mit dem Licht kam eine

Gruppe von Ordensschwestern in grauen Gewändern in den Kirchenraum, lebhaft, schwatzend, lächelnd. Man nickte sich zu.

Die Feriengesellschaft verließ die Kapelle, sehr zur Erleichterung der Kinder, denen die feierliche Stimmung am Ort des Schweigens immer unheimlicher geworden war. Es hatte zu regnen begonnen, die Tropfen fielen kalt vom Himmel, der Wind blies stärker. Eilig gingen sie den Berg hinunter.

Im Souvenirshop kaufte sich Salome einen Schlüsselanhänger mit dem Heiligen Christophorus darauf, der einen Fluss überquerte, das Jesuskind sicher auf seinem Rücken.

Bald waren sie wieder bei ihren Autos. Die Stimmung war der eines Begräbnisses nicht unähnlich, bei dem man die kirchliche Pflicht hinter sich wusste und nun langsam, aber sicher zum Leichenmahl überging. Die Atmosphäre wurde lockerer, alle entspannten sich, sprachen wieder mit lauter Stimme, die Kinder konnten durch den Regen rennen, lachen war wieder erlaubt. Trotzdem waren sie alles andere als ungezwungen. Zu viel hatten sie zusammen erlebt, zu viel war geschehen, zu schlecht kannten sie sich.

Sie standen noch etwas herum, sprachen ein paar letzte Worte miteinander, dann umarmten, drückten und verabschiedeten sie sich, versprachen sich gegenseitig, dass man sich melden würde, etwas von sich hören ließe.

Neun Menschen stiegen in Autos, neun Türen wurden zugeknallt, neun dumpfe Schläge. Die Wagen fuhren den Berg hinunter, die Scheibenwischer ächzten und quietschen, der Regen war stärker geworden, trommelte auf die Autodächer. Sie fuhren durch den Wald hindurch, alle in dieselbe Richtung, aber alle hatten sie andere Ziele.

Leise klimperten in den Kofferräumen Flaschen aus grünem Glas, darin frisch gepresster *Jus de Pomme*. Flüssige Erinnerung an die gemeinsamen Tage im großen Haus am dunklen Kanal in Saint-Jacques-aux-Bois, die so wunderbar begonnen hatten.

Fin
Ende